PHILIP GWYNNE JONES stammt aus Wales, lebt aber seit 2011 mit seiner Frau Caroline in Venedig, wo er anfing, als Lehrer und Übersetzer zu arbeiten. Inzwischen schreibt er Romane, in denen seine Liebe zu Venedig deutlich mitschwingt. Er liebt die italienische Küche, Kunst, klassische Musik und die Oper, und bisweilen singt er als Bass bei den Cantori Veneziani und dem Ensemble Vocale di Venezia.

BIRGIT SALZMANN studierte Deutsche Sprache und Literatur, Anglistik und Romanistik und übersetzt englischsprachige Literatur ins Deutsche. Nach Venedig zieht es sie seit über 25 Jahren immer wieder. Sie lebt mit ihrer Familie in Marburg.

«Knorrige Charaktere, launige Dialoge und britischer Humor sind kennzeichnend für den unterhaltsamen Roman. Aber der Star ist unbestritten die Lagunenstadt, die der Waliser mit großer Liebe zu ihrer kunstgeschichtlichen Einmaligkeit beschreibt.»
(*Frankfurter Neue Presse über «Das venezianische Spiel», Band eins der Serie*)

Philip Gwynne Jones

VENEZIANISCHE
VERGELTUNG

KRIMINALROMAN

Aus dem Englischen von
Birgit Salzmann

Rowohlt Taschenbuch Verlag

Die Originalausgabe erschien 2018
unter dem Titel «Vengeance in Venice»
bei Constable/Little, Brown Book Group, London.

Deutsche Erstausgabe
Veröffentlicht im Rowohlt Taschenbuch Verlag, Hamburg, Juli 2021
Copyright © 2021 by Rowohlt Verlag GmbH, Hamburg
«Vengeance in Venice» Copyright © 2018 by Philip Gwynne Jones
Covergestaltung FAVORITBUERO, München
Coverabbildung Novarc Images/Stefano/mauritius images
Satz aus der Calluna, InDesign,
bei Pinkuin Satz und Datentechnik, Berlin
Druck und Bindung CPI books GmbH, Leck, Germany
ISBN 978-3-499-27660-6

Die Rowohlt Verlage haben sich zu einer nachhaltigen Buchproduktion verpflichtet. Gemeinsam mit unseren Partnern und Lieferanten setzen wir uns für eine klimaneutrale Buchproduktion ein, die den Erwerb von Klimazertifikaten zur Kompensation des CO_2-Ausstoßes einschließt.
www.klimaneutralerverlag.de

Für Caroline, in Liebe.

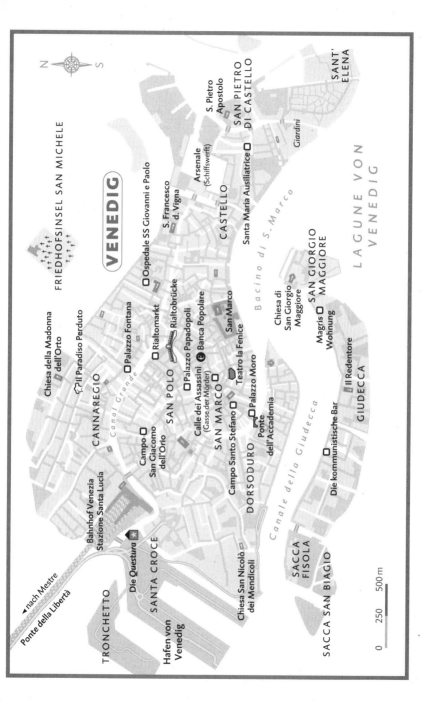

Vernissage [vɛrnɪˈsaːʒə]
von französisch vernir = lackieren, firnissen;
vernis = Lack, Firnis

1. Ursprünglich: Firnistag. Der Tag vor der Eröffnung einer Kunstausstellung, an dem der Künstler seine Gemälde endgültig fertigstellte, indem er eine Schicht Firnis auftrug.

2. Heute: Feierlicher Empfang für geladene Gäste, bevor die Ausstellung eines Künstlers offiziell für das Publikum geöffnet wird.

– 1 –

Gramsci sprang von seinem Platz vor dem Fenster, stolzierte über den Schreibtisch und ließ sich auf meiner Tastatur nieder. Er stupste mich gegen die Brust und maunzte zufrieden. *Da staunst du, bin ich nicht ein toller Kater?*

Ich sah zuerst ihn und danach den Bildschirm an, der sich jetzt mit einer langen Reihe t füllte. Dann schob ich ihn weg und legte so lange den Finger auf die Rücktaste, bis alles wieder gelöscht war.

«Hör zu, ich weiß, es ist nicht gerade das Beste, was ich je geschrieben habe.» Ich scrollte zum Textanfang zurück und las mein Werk noch einmal. Gramsci sprang auf die Schreibtischstuhllehne, um mir über die Schulter zu schauen. Am Seitenende angekommen, drehte ich mich zu ihm um. «Ehrlich gesagt verstehe ich wahrscheinlich genauso wenig hiervon wie du.»

Ich warf einen Blick auf die Uhr. Die Zeit lief mir davon. Nachdem ich viel zu spät aufgestanden war, hatte ich schon den Großteil des Tages vertrödelt. Ich hatte mit einem leichten Kater zu kämpfen (nicht Gramsci) und geriet langsam mit meiner Arbeit in Rückstand, aber diese Übersetzung musste heute auf jeden Fall noch fertig werden.

Jahre, die auf ungerade Ziffern endeten, waren immer gut fürs Geschäft. Fast jede freie Ecke in der Stadt wurde als Ausstellungsort für die Kunstbiennale genutzt, und sämtliche Aussteller brauchten jemanden, der ihnen etwas ins Englische übersetzte. Allein mit den Übersetzungen aus dem

Spanischen, Italienischen und Französischen hätte ich für die nächsten Monate locker ausgesorgt.

Gramsci sprang von der Stuhllehne und setzte sich schließlich vor den Lüfter. Dort saß er oft. Keine Ahnung, warum, denn es gefiel ihm nicht. Wie immer hielt er es zwei Sekunden aus, dann lief er wieder über meine Tastatur. Seufzend betrachtete ich, was er angerichtet hatte, während er neben dem Bildschirm saß und mich erwartungsvoll ansah.

Ich nickte. «Weißt du, vielleicht liegst du gar nicht so falsch.» Ich las den Rest meiner Übersetzung durch. «Eigentlich ergibt es genauso viel Sinn wie alles andere, was da steht. Mir scheint, du wirst immer besser.» Als ich ihn hinter den Ohren kraulte, ließ er es sogar einen Moment lang zu, bevor er nach mir schnappte. Mit den Jahren wurde er sentimental.

Während ich den Text noch einmal durchlas, fiel es mir schwer, mit dem Blick nicht von den Worten zu gleiten. Meinen Worten. Oder zumindest meiner Übersetzung von José Rafael Villanuevas Worten. Auf gewisse Weise ergaben sie Sinn, indem sie erkennbare Sätze und Absätze bildeten, aber ihre Bedeutung – und irgendeine Bedeutung hatten sie sicher – erschloss sich mir nicht. Dabei hatte ich dieses Geschreibsel doch verfasst. Wer sonst sollte daraus schlau werden?

Ich seufzte. Wie viele solcher Texte hatte ich in den vergangenen Monaten wohl fabriziert? Natürlich war ich dankbar für den Berg Arbeit, trotzdem überkam mich langsam das Gefühl, je zahlreicher die Übersetzungen waren, die ich anfertigte, umso mehr verlernte ich meine eigene Muttersprache.

Erst nach dem Ausdrucken merkte ich, dass ich vergessen

hatte, Gramscis Buchstabensalat zu entfernen. Einen Moment lang schwebte mein Finger über der Rücktaste, dann entschied ich mich anders. Ich würde es so lassen. Mal sehen, ob es irgendwem auffiel.

Früher einmal hatte ich die Biennale von Venedig geliebt, diese großartige Ausstellung zeitgenössischer Kunst, die (abgesehen von ein paar kurzen Unterbrechungen aus stets unerfreulichen Gründen) schon seit dem Ende des neunzehnten Jahrhunderts regelmäßig stattfand. Alle zwei Jahre fanden die Berühmten und die weniger Berühmten, die Talentierten und die weniger Talentierten der Kunstwelt ihren Weg in die dreißig nationalen Pavillons in den Giardini und zu den Ausstellungsflächen in den großen Hallen am Arsenale. Für diejenigen, die dort keinen Platz bekamen, wurde außerdem fast jeder leerstehende Palazzo in einen Länderpavillon umfunktioniert. Lange schon ungenutzte Kirchen wurden wieder geöffnet, um Kunst darin zu präsentieren. Und auch viele der noch genutzten profitierten von dem Geld, das in die Stadt floss, indem sie Künstlern Raum für ihre Präsentationen boten; vorausgesetzt natürlich, ihr Werk war pietätvoll genug. Zwischen Mai und September lebte die Stadt praktisch von nichts anderem als von zeitgenössischer Kunst.

All das hatte mich anfangs in Begeisterung versetzt. Als ich vor zehn Jahren zum ersten Mal nach Venedig gekommen war, hatte ich meinen kompletten Urlaub damit verbracht, wie vom Stendhal-Syndrom berauscht von Pavillon zu Palazzo zu Kirche zu ziehen. Natürlich gab es nicht nur Meisterwerke zu bestaunen. Mit der Zeit hatte ich die Faustformel entwickelt, dass ungefähr neunzig Prozent der Ausstellungen sich nicht lohnten. Blieb immer noch ein beträchtlicher Rest, der zumindest ziemlich gut war. Und die

Chance, wie klein auch immer, dass jeder nicht besuchte Ort etwas absolut Geniales verbergen könnte, trieb mich an.

Irgendwann wurde das Ganze Teil meines Jobs, und alles änderte sich. Jeden Tag hatte ich nun das Gefühl, in einem Meer aus unverständlichem Geschwafel zu ertrinken. Jedes Jahr schien ich mehr zu schreiben und weniger anzuschauen. Alles erschien mir fade und schon mal dagewesen. Und wenn ich einmal die Giardini oder das Arsenale besuchte, überkam mich unweigerlich das dringende Bedürfnis, in eine naheliegende Kirche zu gehen und einen Tizian oder Tintoretto zu betrachten. Selbst Palma il Giovane wirkte manchmal wie eine wohltuende Abwechslung. Vielleicht war die ganze Übersetzerei daran schuld. Womöglich lag es aber auch daran, dass ich inzwischen einfach älter war.

Es klingelte an der Haustür. Federica natürlich. Ich öffnete ihr. Sie kam herauf. Kuss und Umarmung.

«Und, hattet ihr gestern einen netten Abend, Dario und du?»

«Woher weißt du, dass ich mich mit Dario getroffen habe?»

Sie deutete Richtung Küche. «Ein leerer Pizzakarton und eine Bierflasche. Pizza gibt's bei dir inzwischen nur noch nach einer Kneipentour mit Dario. Außerdem», und dabei zuckte sie kaum merklich zusammen, «Blue Öyster Cult in der Anlage. Die hörst du auch nur dann.»

«Bloß, weil du mich nicht lässt. Aber sonst gut kombiniert, *dottoressa*. Sonst noch was?»

«Na ja, du hast mich um Viertel nach eins angerufen, um mir zu sagen, wie sehr du mich liebst.»

«Ach.»

«Ach.»

Verlegenes Schweigen. Ich kratzte mich am Kopf. «Ja. Ja, jetzt, wo du es erwähnst, fällt's mir wieder ein.»

«Wie schön. Das will ich auch hoffen.»

«Musstest du heute etwa früh raus?»

«Ja. Wie ich dir gestern Abend schon sagte.»

«Oh, sorry. Tut mir leid, das war mir irgendwie entfallen. Bist du wieder in der Frarikirche gewesen?»

«Ja.»

«Auf diesem Gerüst? Ganz oben?»

«Genau.»

«Auf diesem Ding, für das man gut ausgeschlafen sein sollte?»

«Du sagst es.»

Ich nickte. «Verzeih mir.» Ich schenkte ihr ein möglichst entwaffnendes Lächeln. «Aber irgendwie cool war die Aktion schon, oder?

Sie schüttelte den Kopf. «Nein. Überhaupt nicht cool», antwortete sie. Dann gab sie es auf, ernst wirken zu wollen, und strich mir lächelnd über die Wange. «Aber es war lieb.» Ihr Blick wanderte zum Schreibtisch. Gramsci, offensichtlich in Sorge, meine Unterlagen könnten vom Lüfter weggeweht werden, hatte beschlossen, sich nützlich zu machen, und sich auf den Stapel gesetzt. «Wie läuft's?»

«Viel zu tun. Arbeit über Arbeit. Und das Zeug ist kein Zuckerschlecken.»

«Ich weiß. Es ist ja nur für ein paar Monate. Und es bringt gutes Geld.»

«Stimmt. Wenn das so weitergeht, muss ich sogar Angebote ablehnen. Aber es macht nicht wirklich Spaß.»

Sie zog die Nase kraus. «Ach, komm schon. Es ist doch sicher besser als – was hast du zuletzt übersetzt? – ein Bratpfannenkatalog.»

«Bratpfannen sind eine feine Sache. Sehr nützlich. Ich hab sogar ein paar gekauft. Im Prinzip habe ich das Geld, das ich mit der Übersetzung verdient habe, sofort wieder ausgegeben, um diese verdammten Dinger zu bezahlen. Aber das da», ich deutete auf Gramsci und seinen Papierstapel, «dieser ganze überkandidelte Kunstkram macht mich ganz kirre.»

«Denk an das Geld, *tesoro.* Wenn du es hinter dir hast, kannst du einen oder zwei Monate freinehmen. Vielleicht könnten wir sogar verreisen? Und sag nicht überkandidelt, das klingt, als wärst du ein Banause. Und das bist du nicht.»

«Es will mir einfach nicht in den Schädel. Ich habe einen unverständlichen spanischen Text bekommen und einen unverständlichen englischen Text daraus gemacht. Hier, sieh dir das an.» Ich schubste Gramsci von seinem Blätterstapel, nahm Mr. Villanuevas Ausführung und gab sie ihr.

Sie las ein paar Minuten. «Ah, es geht um Chávez und die Revolution.»

«Es ist der venezolanische Pavillon. Da geht es immer um Chávez und die Revolution. Aber erkennst du irgendeinen Sinn darin?»

Sie las weiter. «‹... somit stellt José Rafael Villanuevas Installation einen Bezug zur klassischen marxistischen Theorie der historischen Unvermeidbarkeit her und bildet zugleich das neue Paradigma einer postkolonialen Gesellschaft. Der dialektische Materialismus ist tot. Lang lebe bningydega.›» Sie runzelte die Stirn. «Was ist bningydega?»

Ich grinste. «Das stammt von Gramsci. Ich glaub, ich lass es drin.»

«Das machst du nicht!»

«Komm schon, er hat – wie sagst du immer? – ‹Position bezogen›. Mir gefällt es ziemlich gut.»

Sie versuchte, mich streng anzusehen, was ihr wieder missglückte, und fing an zu lachen. «Na schön. Es ist witzig. Aber stehen lassen kannst du es nicht. Das hier ist dein Job. Und, wie heißt dein Freund noch mal, der Konsul von Venezuela?»

«Enrico.»

«Enrico. Er ist doch so was wie ein Freund, oder? Wenn das so rausgeht, kriegt er vielleicht Ärger.»

Ich seufzte: «Du hast ja recht.» Ich setzte mich hin und schob Gramsci weg. Dann änderte ich das Wort ‹bningydega› in ‹der dialektische Materialismus› und druckte das Ganze noch mal aus. «Ich schicke ihm später eine Kopie, dann kann er ein paar Infoblätter für morgen machen lassen, wenn er will.»

Ich fuhr den Computer herunter. «Und das wär's dann für heute.»

«Großartig. Was unternehmen wir jetzt?»

«Ich dachte, wir könnten auf einen Negroni runter zu den Brasilianern gehen. Und dann koche ich Abendessen.»

«Perfekt. Was gibt's?»

«Also, eigentlich sollte es Fisch geben, aber, na ja, ich hab's nicht mehr rechtzeitig zum Markt geschafft. Ein paar Auberginen und ein paar Paprikaschoten hätte ich noch da. Und Tomaten. Das beste Nudelgericht aller Zeiten?» Ich ging in die Küche und stellte den Backofen an. «Wenn ich die Paprika jetzt auf niedrigster Stufe reinschiebe, sollten sie fertig geröstet sein, wenn wir zurückkommen. Ohne dass wir dabei die Bude abfackeln. Es sei denn, aus dem einen Negroni werden mehrere, aber dafür sind wir wohl langsam zu alt.»

Sie lächelte. «Du vielleicht.» Dann zog sie mich an sich und gab mir einen Kuss. «Ich liebe dich übrigens auch.»

Eduardo schob Federicas Drink über den Tresen und wollte gerade dasselbe mit meinem tun. Doch dann hielt er kurz inne, legte den Kopf zur Seite und musterte mich von oben bis unten.

«Er sieht gut aus, weißt du das?», wandte er sich an Federica.

Sie lächelte. «Ja, er hat sich ziemlich gemacht.»

«Der Unterschied ist nicht zu übersehen. Er sieht aus wie neugeboren.»

«Na ja, er kocht wieder anständig. Das hilft bestimmt.»

«Nicht nur das. Er kommt auch kaum noch zum Frühstück. Und diese wilden Negroni-Abende ... na ja, ich weiß sowieso nicht, ob es die in Zukunft noch geben wird. Ehrlich gesagt, die Umsätze sind mies. Vielleicht muss ich verkaufen.»

«Das kannst du nicht machen. Du bist praktisch ein Beichtvater für ihn.»

Ich wedelte mit der Hand vor ihnen herum. «Hallo, ich bin noch da, wisst ihr? Und zufällig besitze ich einen Kater, dem ich meine unzähligen Sünden beichten kann.»

Ed schob mir meinen Drink herüber. «Also schuftest du immer noch fleißig für die Biennale, Nat?»

«Jep. Und das wahrscheinlich noch die nächsten paar Monate. Die Arbeit für die nationalen Pavillons ist zwar erledigt, aber es gibt immer noch ein bisschen was für kleinere Ausstellungen und unabhängige Präsentationen zu tun. Die zahlen zwar nicht so viel, aber es ist trotzdem die Mühe wert.»

«Und wie steht's mit Einladungen? Eröffnungen? Promis treffen – und so?»

«Morgen Vormittag. Britischer Pavillon in den Giardini. Da laufen einige große Nummern auf. Journalisten, Kritiker, der britische Botschafter reist aus Rom an. Der Kurator der Biennale schaut wahrscheinlich auch vorbei, wie war noch mal sein Name?», wandte ich mich an Federica.

«Scarpa. Vincenzo Scarpa.»

Ed schüttelte den Kopf. «Noch nie gehört.»

«Ich auch nicht», sagte ich.

Federica nippte an ihrem Drink. «Kluger Mann. Die Klugheit in Person, könnte man sagen. Außerdem der unverschämteste Kerl ganz Italiens.»

«Donnerwetter», antworteten Eduardo und ich wie aus einem Mund.

«Bist du ihm mal begegnet?», fragte ich.

«Einmal. Bei einer Ausstellungseröffnung vor fünf Jahren. Er war so gnädig, mir ungefähr dreißig Sekunden seiner kostbaren Zeit zu widmen.»

«Du mochtest ihn also nicht?»

«Wisst ihr, es gibt zwei Sorten von Menschen. Diejenigen, die Vincenzo Scarpa hassen, und diejenigen, die ihn noch nicht kennengelernt haben. Ach, und seine Mutter vermutlich.»

«Du lieber Himmel. Das verdirbt mir ja die ganze Vorfreude.»

Sie zuckte mit den Schultern. «Mach dir keine Gedanken. Wahrscheinlich stehen alle großen Pavillons auf seinem Programm. Er wird kurz reinstolzieren, um den Künstler zu beleidigen, und schon ist er wieder weg. Wahrscheinlich spricht er nicht mal mit dir.»

«Aber ich bin der Honorarkonsul.»

«Der unverschämteste Mann Italiens folgt einem engen Terminplan, Nathan. Wenn er die Chance hat, entweder zu dir oder zum Botschafter unverschämt zu sein, was meinst du wohl, wen er dann wählt?»

Ich machte ein betrübtes Gesicht. «Ich wünschte, du würdest mitkommen. Jetzt habe ich ein bisschen Angst.»

«Keine Zeit, *tesoro*. Warum hast du Dario nicht gefragt?»

«Hab ich.» Sie wollte etwas sagen, aber ich kam ihr zuvor. «Ich habe ihn gefragt, *nachdem* du mir gesagt hattest, dass du beschäftigt bist, okay? Aber wenn er schon frühmorgens nach Venedig reinkommt, dann würde er gern Valentina und Emily mitbringen. Einen Tagesausflug daraus machen.»

«Und du konntest ihnen keine Eintrittskarten besorgen?»

«Emily ist das Problem. Kindern ist der Zutritt streng verboten. Ohne Wenn und Aber.»

«Warum das?», fragte Eduardo.

«Keine Ahnung. Wahrscheinlich gibt's irgendwas furchtbar Unanständiges zu sehen. Hoffe ich zumindest.»

Federica strafte mich mit einem strengen Blick. Ich griff nach meinem Negroni und leerte ihn. Dann sah ich auf die Uhr. «Die Paprika müsste jetzt so weit sein. Lass uns essen gehen. Morgen sehen wir uns wahrscheinlich nicht, Ed.»

Er machte ein trauriges Gesicht. «Du hast mich aber schon noch lieb, Nathan?»

«Das weißt du doch, Ed.»

«Amüsier dich gut!», antwortete er grinsend.

«Ganz bestimmt. Das Beste an der Biennale ist schließlich immer die Vernissage.»

– 2 –

Es wäre schön gewesen, mit dem Wassertaxi vorzufahren.
Etwas, das ich in all den Jahren in Venedig noch nie gemacht
hatte. Ein gewisses Flair des Extravaganten, Mondänen um-
gab diese Boote, aber der Spaß kostete leider auch ein Vermögen. Und es konnte leicht passieren, dass man auch noch
seinen letzten Cent für das Trinkgeld ausgab. Also würde
es, wie immer, auf ein *vaporetto* hinauslaufen. Ich ging zur
Haltestelle bei Rialto und stellte fest, dass ich mich mit dem
Timing verschätzt hatte.

Die Warteschlange erstreckte sich aus dem *pontile* bis auf
die *fondamenta* hinaus. Es war zwar erst Anfang Mai, aber
tagsüber wurde es schon ziemlich heiß, und ich hatte keine
Lust, während der ganzen Fahrt zu stehen; ohne jedes Lüftchen. Also was tun? Ich könnte einen Kaffee trinken und
aufs nächste Boot warten, in der Hoffnung, dann vielleicht
der Erste in der Schlange zu sein. Ich sah auf die Uhr. Keine
Zeit mehr.

Der für die Aussteigenden vorgesehene Teil des *pontile*
war verführerisch leer. Aber auch mit einem «Kein Zugang»-
Schild versehen. In diesem Bereich zu warten und einzustei-
gen, war strikt und unter allen Umständen verboten. Es sei
denn, natürlich, man tat es trotzdem. Jeder machte das hin
und wieder. *In Through the Out Door*, wie Led Zeppelin es
formuliert hätten. Ich marschierte auf den Anleger, als wäre
es die normalste Sache der Welt, und ließ mich auf einer
Stahlkiste nieder, die von den *marinai* zum Lagern von Ma-

terial benutzt wurde. Um mich vor etwaigen vorwurfsvollen Blicken zu schützen, nahm ich meine Zeitung heraus und gab vor zu lesen. Es würde schon gut gehen.

Ging es nicht. Kaum hatte ich mich hingesetzt, ging eine ältere Dame auf mich los. «*Signore! Signore!*»

Ich tat so, als hätte ich sie nicht gehört, und versteckte den Kopf hinter den Fußballergebnissen. «*Signore!* Das Ende der Schlange ist draußen. Sie dürfen hier nicht warten.»

«Tut mir leid», antwortete ich. «Ich bin auf dem Weg zur Arbeit. Es ist wichtig.»

«Ich bin auf dem Weg zum Einkaufen. Das ist auch wichtig. Und ich muss mich setzen.»

Ein anderer meldete sich zu Wort. «Ich bin auch auf dem Weg zur Arbeit. Stellen Sie sich gefälligst hinten an!»

«Hören Sie, hier ist doch Platz für uns alle», startete ich einen letzten verzweifelten Versuch. Ich klopfte neben mich auf die Kiste. «Bitte, setzen Sie sich, *signora.*» Offensichtlich hatte ich den falschen Tag erwischt. Sämtliche vorn Stehenden fingen jetzt an, mich zu beschimpfen. Normalerweise sind Italiener ziemlich gut darin, sich anzuschreien und so zu tun, als würden sie miteinander streiten, bis sich die Situation nach fünf Minuten plötzlich entspannt und das Problem irgendwie in Luft auflöst. Mir schwante allerdings, dass dies keine dieser Gelegenheiten war. Als ein bedrohlich bulliger, bärtiger Fischhändler ebenfalls anfing zu protestieren, beschloss ich, den Rückzug anzutreten. Ich faltete meine Zeitung wieder zusammen und marschierte, von spöttischem Beifall begleitet, zurück auf die *fondamenta.*

Schließlich durfte ich als Letzter aufs *vaporetto*, während der *marinaio* außer mir ein paar Nachzügler hineinschob, ähnlich wie die Pendler in Tokio, die noch kurz vor Abfahrt in die U-Bahn gepresst werden. Ich teilte den spärlichen

Platz mit dem Rucksack des Touristen neben mir, der die Bitte des *marinaio* ignorierte, ihn abzunehmen und auf den Boden zu stellen; was er vielleicht getan hätte, wäre da nur ein einziger Zentimeter Platz gewesen. Die meisten Passagiere würden hoffentlich bei Zan Zaccharia aussteigen, um zum Markusplatz zu gehen. Bis dahin waren es nur zwanzig Minuten. Ziemlich lange zwanzig Minuten allerdings.

In Venedig zu leben, konnte zuweilen ganz schön anstrengend sein. Manchmal, dachte ich, muss man es schon wirklich wollen.

Das Gedränge ließ tatsächlich ein wenig nach, aber mir war immer noch unangenehm heiß, als wir die Haltestelle am Arsenale erreichten, die letzte vor den Giardini. Ich beschloss auszusteigen. Der Fußmarsch war nicht lang und würde mir vielleicht helfen, ein wenig abzukühlen. Hier an der *riva* hatten zahlreiche der Berühmten und weniger Berühmten ihre Jachten vor Anker liegen, was ihnen erlaubte, den grandiosen Blick übers *bacino* von San Marco zu genießen, während es den Anwohnern besagten Blick gleichzeitig blockierte.

Nach einem zehnminütigen Spaziergang erreichte ich den Eingang zu den Giardini, dem berühmten Parkgelände, einem der schöneren Vermächtnisse Napoleons an Venedig. Ich lief an den Statuen von Wagner und Verdi vorbei, denen beiden vor ein paar Jahren in einem Akt von Vandalismus die Nasen abgeschlagen worden waren. Nichts deutete darauf hin, dass man sie jemals wieder restaurieren würde. Wahrscheinlich würden die zwei Opern-Titanen des neunzehnten Jahrhunderts für immer und ewig nasenlos auf die Vorbeigehenden herabblicken.

Venedig besitzt nur wenige öffentliche Grünflächen, deshalb fand ich es schon immer schade, dass der Zugang zu einem beträchtlichen Teil des größten Parks der Stadt so lange eingeschränkt wird. Und in den ersten drei Tagen der Biennale, in denen sich während der Preview die Presse unter Künstler, Kuratoren, Sammler und Oligarchen mischte, hat die Öffentlichkeit überhaupt keinen Zutritt. Trotzdem bildete sich jetzt vor dem Eingang eine Menschentraube. Selbst unter den wenigen Auserwählten gab es noch eine Hackordnung.

Ich hatte ein bisschen Zeit gutgemacht, also legte ich einen Zwischenstopp am Paradiso ein, um einen *caffè macchiato* zu trinken. Ich nahm ihn mit nach draußen. Von dort aus konnte ich das gesamte Hafenbecken von San Marco, die Giudecca, die Salute-Kirche und die Einmündung in den Canal Grande überblicken. Wann war ich das letzte Mal hier gewesen? Zur vorigen Biennale? Ich hatte ganz vergessen, wie majestätisch dieser Anblick war. Es stimmte, um in Venedig zu leben, musste man es wirklich wollen. Und das hier war einer der Gründe dafür.

Ich ging an der immer länger werdenden Menschenschlange vorbei und zeigte der Dame am Einlass meinen Ausweis. Sie warf einen kurzen Blick darauf und tippte die Nummer in ihr Mobilgerät. Dann schien sie verwirrt, sah mich noch einmal an und gab die Nummer erneut ein. Das Gerät fing an zu piepsen, während ein nicht gerade vielversprechendes rotes Lämpchen aufblinkte. Sie holte tief Luft. «Das Ding spinnt schon den ganzen Vormittag», sagte sie schließlich und winkte mich durch.

Meine Schritte knirschten im Kies. Der Himmel war klar, die Sonne strahlte und, abgesehen von dem erstickenden Gedränge auf dem *vaporetto*, herrschte genau die richtige Temperatur. So ziemlich die perfekte Zeit des Jahres, um in Venedig zu sein. Und auf jeden Fall die perfekte Zeit, um auf der Biennale zu sein; bevor man sich wirklich etwas angesehen hatte, wenn alles noch unbekannt war, verheißungsvoll, genial womöglich. Ich schmunzelte. Nach der monatelangen Übersetzungsarbeit betrachtete ich das Spektakel mit mehr als nur ein bisschen Zynismus, doch trotz der Oligarchen, der Luxusjachten und der unverständlichen Katalogbeschreibungen besaß das Ganze immer noch eine gewisse Magie. Einige der Pavillons schienen Stereotype der jeweiligen Länder widerzuspiegeln – die klaren, minimalistischen Formen der Schweden und Dänen, der eigenwillige Modernismus von Alvar Aaltos finnischem Gebäude. Manche waren besonders außergewöhnlich. Der ungarische Pavillon wirkte auf gewisse Weise wie das ungarischste Gebäude, das je entworfen wurde. Die bedauernswerten Uruguayer hatte man in eine kleine Lagerhalle im hinteren Teil des Parks verbannt. Ich blieb kurz stehen, um Enrico zuzuwinken, der im Gespräch mit ein paar Journalisten vor dem venezolanischen Pavillon stand, einem Fünfzigerjahre-Werk von Carlo Scarpa.

«Nathan, Nathan, warte!» Die Stimme kannte ich. Als ich mich umdrehte, sah ich meinen Freund Gheorghe in kompletter Abendgarderobe den Kiesweg hinter mir herauftraben, ein bisschen overdressed vielleicht. Er lächelte. «Was machst du denn hier?»

«Meet and greet, Gheorghe. Eröffnungstag bei den Briten. Und, na ja, bei allen anderen wohl auch. Und du? Willst du den Rumänen zujubeln?»

«Später vielleicht, Nathan. Erster Arbeitstag.»

«Arbeit? Ich dachte, du trägst immer noch Hunde über Brücken?»

«Stimmt. Aber mittlerweile übernehme ich selbst nicht mehr so viel Beinarbeit. Hab das Ganze ein bisschen outgesourct. Da bleibt mir mehr Zeit für andere Projekte.»

«Großartig. Freut mich für dich, dass es so gut läuft. Und was genau machst du hier?»

«Ich bin ein tanzender Franzose.»

«Du bist was?»

«Ein tanzender Franzose. Gehört zur französischen Installation dieses Jahr. Wir sind zu sechst, alle so aufgetakelt, in Abendklamotten. Und sobald jemand den Pavillon betritt, führen wir um die Leute herum einen kleinen Tanz auf. Ein bisschen Text sprechen wir auch dazu. Es macht Spaß. Komm doch später mal vorbei.»

«Mach ich. Aber, ähm, wieso du? Ich meine, du bist doch gar kein Franzose.»

«Sie konnten nicht genug echte auftreiben, Nathan. Akuter Franzosenmangel angeblich. Also haben sie Leute gesucht, die ganz gut tanzen und einen französischen Akzent nachahmen können.»

«Und da sind sie auf dich gekommen?»

«Glücklicher Zufall, ehrlich gesagt. Ich hab einer jungen Frau ihren Pudel über die Rialtobrücke getragen. Ist ein ganz schönes Stück, da kann man ein bisschen mit den Leuten ins Gespräch kommen. Es stellte sich raus, dass sie für den Kurator arbeitet, und sie meinte, ich sollte mich da mal melden.» Er grinste. «Gut bezahlt wird's auch. Und fast ein halbes Jahr Arbeit.»

«Wie schön. Vielleicht kommst du ja als tanzender Franzose ganz groß raus?»

«Man kann nie wissen. Ist zwar ein gewisser Nischenmarkt, aber das Know-how könnte noch mal nützlich sein.» Ich war mir nie ganz sicher, wann Gheorghe es ernst meinte und wann er scherzte.

«Sie hätten mich anrufen können. Ich spreche Französisch.»

«Bist du denn auch ein guter Tänzer, Nathan?»

«Nicht wegen des Tanzens. Zum Übersetzen.»

Wir schlenderten noch ein bisschen in der Vormittagssonne die Kieswege entlang, bis zu den drei Pavillons von Deutschland, Frankreich und Großbritannien. Alle ein bisschen pompös im Vergleich zu einigen der moderneren, unkonventionelleren Entwürfen, an denen wir zuvor vorbeigekommen waren. Zum Abschied gaben wir uns die Hand. «*Buon lavoro*, Gheorghe.»

«Danke, dir auch.» Er blickte sich um. «Sind so einige Fotografen auf dem Gelände. Vielleicht kommen wir ja beide in die Zeitung?»

«Das wäre nett. Bis später.» Während er sich entfernte, drehte er eine kleine Pirouette, als wäre er bereits in seine Rolle geschlüpft.

Am Eingang zum britischen Pavillon verteilte eine Gruppe junger Leute in vorschriftsmäßigen kunstweltschwarzen T-Shirts Kataloge und Geschenktüten. Ich nahm eine von einer jungen Frau entgegen und sah mich suchend um.

«Kein Prosecco?»

Sie lächelte. «Kein Prosecco. Wurde uns untersagt. Zu gefährlich, angeblich.»

«Gefährlich?» Ich sah auf die Uhr. «Es ist zwar erst halb elf, aber was soll an ein paar Drinks und *ciccheti* denn gefährlich sein?»

Wieder ein Lächeln. «Sie werden schon sehen.»

Da legte sich eine Hand auf meine Schulter. «Sagen Sie bloß – schon wieder eine Beschwerde über die fehlenden Drinks?» Ich drehte mich um. Der Sprecher war ein Mann in ungefähr meinem Alter in dunklem Anzug über einem schwarzen T-Shirt. Er hatte einen spärlichen Dreitagebart und etwas zu lange Haare. Sein Versuch, streng zu schauen, schlug fehl, woraufhin er anfing zu grinsen. «Ich bin Paul Considine. Und es ist meine Schuld, dass es keinen Prosecco gibt.»

«Sie meinen …?»

«Das ist mein Pavillon. Wobei, das klingt ein bisschen überheblich, nicht wahr? Also, ich bin jedenfalls der Künstler.» Wir schüttelten uns die Hand.

«Nathan Sutherland.»

«Ah, der Herr Botschafter.»

«Nicht ganz so bedeutend. Nur der Honorarkonsul.»

«Das klingt immer noch ziemlich bedeutend. Freut mich, Sie kennenzulernen. Ich hoffe, es gefällt Ihnen. Sagen Sie, leben Sie dauerhaft hier in Venedig?» Gerade als ich antworten wollte, wandte er den Blick ab und sah in eine andere Richtung. «Oje, tut mir leid, mein Agent winkt mich zu sich. Wahrscheinlich befürchtet er, ich könnte meine Rede vergessen, oder so. Ich muss leider los. Wir unterhalten uns später, ja?» Er drückte kurz meinen Arm und eilte davon.

Ich fand es ein bisschen merkwürdig, ohne ein Glas Prosecco in der Hand eine Runde durchs Publikum zu drehen, aber ich gab mir Mühe, es mir nicht anmerken zu lassen. Nach einer Weile entdeckte ich jemanden, der mir irgendwie bekannt vorkam. Ein eleganter, grauhaariger Herr Ende fünfzig in einem teuren Kamelhaarmantel. Der britische Botschafter. Ich ging zu ihm.

«Guten Morgen. William Maxwell, nehme ich an? Ich bin Nathan Sutherland.»

«Ah, unser berühmter Honorarkonsul. Freut mich, Sie kennenzulernen.»

Eine kräftige, tiefdunkle Stimme, die aus demselben Laden hätte stammen können wie der Kamelhaarmantel. «Ich

28

glaube, wir sind uns noch nicht persönlich begegnet, Nathan. Wie lange leben Sie schon hier?»

«Fast sechs Jahre inzwischen. Zwei davon als Konsul.»

«Das ist die Erklärung. Zur letzten Biennale ist noch mein Vorgänger hergereist. Sie sind ein Glückspilz, wenn Sie hier wohnen. Ich beneide Sie.»

«Na ja, Rom ist sicher auch sehr schön.»

«Oh ja, das ist es. Ein bisschen hektisch allerdings. Es ist herrlich, dem Autoverkehr mal entfliehen zu können. Ich sollte wirklich versuchen, öfter hierherauf zu kommen. Haben Sie viel zu tun?»

«Nicht besonders. Die üblichen Kleinigkeiten. Verschwundene Pässe, kleinere Diebstähle. Etwas wirklich Ernstes passiert eigentlich nie.»

Er zog die Augenbrauen hoch. «Ach, wirklich?»

Ich wusste, was er meinte und schmunzelte. «Sie haben also davon gehört?»

«‹Motorradfahrer rettet britischen Konsul bei Versuch, wertvolles Kunstobjekt vor Versinken im Canal Grande zu bewahren.› Ja, das hat in der Tat Schlagzeilen gemacht.»

«Tut mir leid.»

Er lächelte und klopfte mir auf die Schulter. «Und, kennen Sie sonst noch jemanden hier?»

«Keine Menschenseele. Meine Freundin ist flüchtig mit dem Kurator bekannt.»

Maxwell deutete unauffällig mit dem Daumen in Richtung des – noch geschlossenen – Haupteingangs, wo ein auffallend kleiner Mann mit Hornbrille in angeregtem Gespräch stand. Er sah aus wie ein etwas in die Breite gegangener Dmitri Schostakowitsch.

«Das ist er?», fragte ich. «Vincenzo Scarpa? Der berühmtberüchtigte Teufelskurator?»

«Lassen Sie sich durch sein Äußeres nicht täuschen», antwortete Maxwell. «Er hat erst vor ein paar Monaten jemandem live im Fernsehen einen Kinnhaken verpasst.» Ich stieß einen Pfiff aus. «Der Bursche, mit dem er da spricht – der ältere – ist Gordon Blake-Hoyt. Alias GBH.»

«Ach der. Ich hab von ihm gehört. Arbeitet für die *Times* oder so. Verabscheut alles Moderne, stimmt's?»

«Genau der. Die zwei scheinen sich prächtig zu verstehen, was?»

In der Tat. Scarpas Hand ruhte auf GBHs Schulter, und beide lachten. Als sich ein dritter Mann zu ihnen gesellte, hielten sie kurz inne. Paul Considine. Dann fingen sie wieder an zu kichern, als amüsierten sie sich über einen Insiderwitz, den er nicht verstand. Considine bemühte sich zu lächeln, schien sich jedoch unwohl dabei zu fühlen. Es war nicht zu übersehen, dass er versuchte, an der Unterhaltung teilzunehmen, während die anderen offensichtlich von seiner Gesellschaft gelangweilt waren und ihn bewusst ignorierten. Schließlich gab er auf und ging kopfschüttelnd davon.

«Und wer ist das?», erkundigte sich Maxwell.

«Das ist unser Künstler. Paul Considine. Wir haben uns vorhin kennengelernt, aber ich weiß nicht viel über ihn.»

«Ich auch nicht. Nur was hier steht.» Maxwell schwenkte ein Exemplar der Presseinformationsbroschüre. «Viel entnimmt man diesen Dingern meistens nicht, stimmt's? Immerhin ist es die englische Version. Manche davon sind mir wirklich ein Rätsel.»

Ich schenkte ihm ein dünnes Lächeln. «Allerdings.»

«Ich werde oft zu so etwas eingeladen. Genau wie Sie, wahrscheinlich. Bin mir nie ganz sicher, was ich davon halten soll. Wie auch immer, das Beste an der Biennale ist immer noch …»

«... die Vernissage.» Wir mussten beide lachen.

«Ah, ich glaube, jetzt passiert etwas.»

Ein Fotograf drängte sich durch die Menge und manövrierte die Leute vor dem Eingang sanft in Position. Ich fand mich in der zweiten Reihe neben Schostakowitschs dicklichem Doppelgänger wieder. Ich schenkte ihm ein Lächeln, das «Ist das nicht schrecklich aufregend und doch ein bisschen peinlich?» bedeutete, aber er würdigte mich nicht mal eines Blickes. Wortlos packte er den Mann vor sich an den Schultern, zog ihn nach hinten und nahm den Platz neben Gordon Blake-Hoyt in der ersten Reihe ein. Mein neuer Nachbar drehte sich zu mir um und flüsterte kaum hörbar «Idiot», während er Scarpa einen Moment lang Hasenohren hinter den Kopf hielt. Ich grinste und nickte kurz, bevor der Fotograf uns alle anwies, stillzuhalten und zu lächeln. Ein paar Schnappschüsse, dann löste sich ein Mann im Nadelstreifenanzug und mit nach hinten gegelten Haaren aus der vordersten Reihe und wandte sich an uns, um uns zu begrüßen.

«Ladies and Gentlemen, *signore e signori.* Werter Herr Botschafter.» Er nickte respektvoll. «Verehrte Gäste. Vielen Dank für Ihre Geduld. Ich werde mich kurzfassen. In wenigen Minuten gehen wir hinein – einige von Ihnen haben das Werk bereits gesehen, alle anderen werden mit Sicherheit feststellen, dass sich das Warten gelohnt hat. Doch vorher möchte ich Ihnen noch meinen lieben Freund Paul Considine vorstellen.»

Es folgte erwartungsvoller Beifall, aber nichts passierte. Mein Blick wanderte nach links. Considine starrte selbstvergessen Löcher in die Luft. Die Frau neben ihm fasste ihn am Arm und flüsterte ihm etwas ins Ohr. Er schüttelte den Kopf, wie um sich zu sammeln, und drehte sich dann zu uns um.

Sein Freund im Nadelstreifenanzug lächelte ihn an. «Nur ein paar Worte, Paul.»

Considine räusperte sich und hob verlegen die Hand. «Ähm, viel gibt es wirklich nicht zu sagen.» Er sprach leise, sodass ich Mühe hatte, ihn zu verstehen. «Es ist großartig, hier zu sein. Mein Dank gilt dem British Council. Ich danke auch Lewis – Mr. Fitzgerald –, meinem Agenten. Für all seine Arbeit. Und dafür, dass er mir ein so wunderbarer Freund ist. Es ist nicht zu viel behauptet, wenn ich sage, dass ich ohne ihn nicht hier sein könnte ... nicht hier wäre.»

Ihm versagte kurz die Stimme. Er holte ein paarmal tief Luft und fuhr fort.

«Es ... es ist nicht immer leicht. Nicht immer leicht, ein Künstler zu sein. Wenn wir etwas erschaffen ... wenn wir es den Menschen zum Betrachten überlassen, vergessen wir manchmal, dass wir ihnen damit die Macht geben, uns zu verletzen. Darum geht es bei diesem Werk auf gewisse Weise. Es heißt ‹Seven by Seven by Seven›. Der Titel spricht für sich.»

Wieder verstummte er. Die allgemeine Verlegenheit war förmlich spürbar. Vor mir fingen Blake-Hoyt und Scarpa an zu tuscheln. Ich suchte Augenkontakt zu Fitzgerald. *Schreiten Sie doch ein, um Himmels willen, und sagen Sie etwas.* Doch dann schien Considine sich zu fassen und lächelte kaum merklich. «Jedenfalls danke ich Ihnen allen. Ich hoffe – nun, ich hoffe einfach, dass es Ihnen gefällt. Hier zu sein, bedeutet mir eine Menge. Und ich bin sehr stolz und sehr glücklich. Nochmals vielen Dank.» Er verbeugte sich leicht, dann gab er der Gruppe schwarz gekleideter Helfer ein Zeichen. «Ich denke, wir können jetzt öffnen?»

Zwei von ihnen gingen nach vorn und schoben die große Flügeltür auf.

Scarpa schüttelte Blake-Hoyt die Hand, klopfte ihm kurz auf die Schulter und verschwand, ohne einen einzigen Blick in den Pavillon zu werfen, in die entgegengesetzte Richtung.

Der Rest der Menschenmenge strömte ins Innere. Bevor ich eintrat, drehte ich mich noch einmal nach Considine um. Er stand ganz alleine da, starrte ins Leere und wirkte schrecklich einsam.

– 3 –

Der Sinn des Zutrittsverbots für Kinder erschloss sich mir
sofort. Glas. Überall Glas. Riesige aufrecht stehende Glasplatten mit gezackten Rändern, Glasspieße, zerbrochene
Spiegel, eine dicke Schicht Glassplitter auf dem Boden. Nur
eine dünne Linie Klebeband als Abgrenzung zum Betrach-
ter.

Ich rief mir in Erinnerung, wie der Pavillon bei meinem
letzten Besuch vor zwei Jahren ausgesehen hatte. Damals
war es ein eher konventioneller in weiße Kuben unterteilter
Ausstellungsraum gewesen. Jetzt hatte man ihn zu einem
einzigen riesigen Saal umgestaltet. Auf gegenüberliegenden
Seiten führten zwei gläserne Treppen zu einer Galerie hinauf, einem rundherum verlaufenden Gang mit Glasfuß-
boden und mit Blick auf die zentrale Ausstellungsfläche.

Ich stieg etwas widerwillig hinauf. Höhen waren noch nie
mein Ding gewesen, aber das war nicht das Problem. Eher
das Gefühl, über einem Tal aus scharfkantigem und zersplittertem Glas in der Luft zu hängen. Die Geländer – ebenfalls
aus Glas und etwas niedriger, als ich es mir gewünscht hätte –
vermittelten nicht wirklich ein Gefühl der Sicherheit. Vor
der einen Wand waren sieben gläserne Sensen aufgereiht.
Vor der nächsten sieben Schwerter. Vor der dritten sieben
Dolche. Es war einer der schönsten und zugleich furchterre-
gendsten Anblicke, die sich mir je geboten hatten.

Als ich nach unten sah, warfen die Spiegel bizarr ver-
zerrte Bilder meines Gesichtes zurück. Ich legte die Hände

auf das gläserne Geländer, schloss die Augen und atmete ein paarmal tief durch. Da klopfte mir plötzlich jemand auf die Schulter, und ich unterdrückte einen Schrei. Ich drehte mich um, kurz davor, eine Schimpftirade loszulassen.

Es war mein Nebenmann von vorhin, der Mann, der beim Fototermin von Vincenzo Scarpa so unsanft aus der ersten Reihe entfernt worden war. Mittleres Alter, ungepflegter Haarschnitt und leicht rötliche Gesichtsfarbe. Er sah aus, als würde er gerne mal einen über den Durst trinken.

«Tut mir leid, das war ein bisschen gedankenlos von mir. Hab ich Sie erschreckt?» Er sprach Englisch mit kaum merklichem italienischem Akzent.

Ich atmete langsam aus. «Ja, könnte man so sagen.»

Er grinste. «Sorry noch mal. Was halten Sie davon?»

«Ich finde es großartig. Ziemlich angsteinflößend, aber großartig. Was meinen Sie?»

Er legte den Kopf zur Seite und verzog ein wenig das Gesicht. «Es ist, na ja, es ist nicht schlecht. Ich meine, es gefällt mir. Es ist gut. Und von den Leuten wird es fantastisch aufgenommen.» Er lächelte. «Aber sonderlich originell finde ich es nicht.»

«Nicht?»

Er schüttelte den Kopf und senkte die Stimme. «Nein. Genau so etwas in der Art habe ich schon letztes Jahr auf einer Ausstellung in Stavanger gesehen. Was der Künstler hier gemacht hat, ist – nun ja, vielleicht eine Nummer größer. Aber wie schon gesagt, neu ist die Idee nicht.»

«Sie meinen, das Ganze ist ein Plagiat?»

Er wedelte mit den Händen, um mich zum Verstummen zu bringen. Dann sprach er im Flüsterton weiter. «Keine Ahnung. Hoffentlich nicht. Ich habe jedenfalls nicht vor, etwas zu sagen. Erst recht nicht vor seinem Agenten. Andere sind da aber vielleicht weniger zurückhaltend.» Er nickte in Richtung der gegenüberliegenden Galerie, wo Gordon Blake-Hoyt sich eifrig Notizen machte und betont auffällig den Kopf schüttelte. «Das ist nur Show, wissen Sie. Scarpa hat ihm gestern eine Privatführung gegeben. Er hat seinen Artikel schon längst im Kasten. In der *Times* von heute steht ein ziemlicher Verriss.»

«Wieso ist er dann noch mal hier?»

«Aus reiner Bosheit. Um Considine den großen Tag zu verderben. Das ist typisch Gordon Blake-Hoyt.»

«So ein Mistkerl. Der Arme scheint mir ohnehin nicht in bester Verfassung.»

«Ja, ich weiß. Er ist wohl psychisch labil.»

«Das wusste ich nicht.»

«Man munkelt so einiges. Alkohol, Drogen. Früher mal. Ich glaube, sein Agent tut sein Möglichstes, um ihn auf dem Pfad der Tugend zu halten. Das ist ziemlich sicher seine Hauptaufgabe. Sie selbst gehören wohl nicht dem Kunstbetrieb an?»

«Ich? Nein, ich bin der hiesige Honorarkonsul. Mein Name ist Nathan. Nathan Sutherland.»

«Freut mich, Sie kennenzulernen, Nathan. Ich bin Francesco Nicolodi. Ich schreibe für *Planet Art*.» Wir schüttelten uns die Hand.

«Sind Sie länger in der Stadt?»

«Nur ein paar Tage. Werde ziemlich beschäftigt sein. Möglichst viel sehen, Promis aufspüren und so. Manuskriptabgabe nächste Woche.»

«Werden Sie sich Schottland und Wales anschauen?»

Er zuckte mit den Schultern. «Weiß nicht. Ich sollte wohl. Aber wenn man bloß ein paar Tage hat, fällt es schwer, sich von den Giardini und dem Arsenale loszureißen. Und Sie?»

36

«Auf jeden Fall. Das ist einer der Vorteile des Jobs als Honorarkonsul: Man ist Gast auf jeder Menge Partys. Und der walisische Pavillon war letztes Mal richtig gut. Aber verpassen Sie Schottland nicht. Die fahren immer ordentlich was auf.»

Er warf den Kopf in den Nacken und lachte. «‹Fahren ordentlich was auf›? Sie altes Schlitzohr, Mr. Sutherland.» Er hielt kurz inne. «Was genau fahren sie denn auf?»

«Hendrick's Gin. Schon am Nachmittag.»

«Ich werde da sein.» Er sah auf die Uhr. «Also gut. Jetzt muss ich mich auf den Weg rüber zu den Franzosen machen, und dann zu den Deutschen. Kommen Sie doch mit, die lassen sich am Eröffnungstag auch nicht lumpen.»

«Wenn Sie nichts dagegen haben.»

Wir stiegen gemeinsam die Treppe hinunter. Beim Hinausgehen sah ich, dass Gordon Blake-Hoyt auf uns herabschaute, während er mit beiden Händen das Geländer umklammerte. Er schien entschlossen, auf jeden Fall als Letzter zu gehen. Nur aus Prinzip.

Considine saß ganz alleine da, während Lewis, sein Manager, mit dem Botschafter und verschiedenen Presseleuten sprach. Er versuchte, sich eine Zigarette anzuzünden. Was ihm misslang.

«Einen Moment, Francesco.» Ich ging zu Paul hinüber und fischte das Feuerzeug aus meiner Tasche. «Feuer?»

Er nickte. «Danke.» Mit zitternden Händen nahm er es entgegen. Sein Gesicht war faltiger, als ich es anfangs wahrgenommen hatte. Die Augen gerötet, offenbar hatte er geweint. Er zog an seiner Zigarette, dann sah er mich entschuldigend an und hielt mir die Schachtel hin.

Ich schüttelte den Kopf. «Ich versuche gerade aufzuhören.»

«Aber Sie haben ein Feuerzeug dabei?»

«Für den Fall, dass ich mich umentscheide.»

Damit entlockte ich ihm ein Lächeln. Das gefiel mir. «Hören Sie», sagte ich, «wenn Sie mich fragen, ich finde Ihr Werk großartig. Absolut großartig.»

Er antwortete einen Moment lang nichts. Dann: «Danke. Vielen Dank, Mann.»

«Wen kümmert's schon, was dieser unverschämte Kerl denkt? Es ist eben sein Job. Von Berufs wegen fies zu sein, meine ich.»

Paul holte ein zerknülltes Blatt Papier hinter seinem Rücken hervor. «Die *Times* von heute. Frisch aus der Presse.»

Es war Blake-Hoyts Kritik, oder zumindest der größte Teil davon, schludrig aus der Zeitung gerissen. Ich überflog sie stellenweise. Mehr brauchte ich nicht. «Tut mir leid», sagte ich.

Paul lächelte, mit hängenden Schultern allerdings, und mit traurigem Blick. Er wirkte niedergeschlagen. «Wissen Sie, nach all den Jahren hab ich eins über solche Menschen gelernt. Der Versuch, freundlich zu ihnen zu sein, ist sinnlos. Das betrachten sie bloß als Schwäche. Es geht ihnen auch nicht darum, einen positiven gesellschaftlichen Beitrag zu leisten. Sie sind Parasiten, nichts weiter. Krebsgeschwüre.»

«Tut mir leid», wiederholte ich nutzloserweise.

«Schon gut. Danke.»

Er behielt sein aufgesetztes Lächeln bei und hielt mir die Zigarettenpackung erneut hin. «Es sind nur noch zwei übrig. Nehmen Sie sie, man kann nie wissen, wann man eine braucht.» Er schloss einen kurzen Moment seine hellblauen Augen, und als er sie wieder aufschlug, lächelte er. Dieses Mal richtig.

Ich klopfte ihm auf die Schulter, dann drehte ich mich um und machte mich auf den Weg zum französischen Pavillon, gefolgt von Francesco Nicolodi.

– 4 –

Ich hatte gerade mit Nicolodi und dem französischen Botschafter angestoßen, als wir Schreie hörten. Beziehungsweise zuerst ein Krachen und einen dumpfen Schlag. Ein paar laute Stimmen. Und dann das Schreien. Panisches Schreien. Aus Richtung des britischen Pavillons.

Alle schienen einen Moment wie erstarrt, dann rannten Francesco und ich los. Vor dem Haupteingang stand eine junge Frau und schluchzte hysterisch, während ihr Freund sie im Arm hielt und versuchte, sie zu beruhigen. Einer der schwarz gekleideten Ausstellungsmitarbeiter war gerade dabei, sich heftig zu übergeben.

Wir hasteten nach drinnen, wo allgemeine Panik herrschte. Lewis und Maxwell liefen hektisch hin und her und versuchten offenbar, einen Weg in das Glaslabyrinth zu finden. Ich verstand nicht recht, was sie vorhatten. Da nahm Francesco meine Hand und zog sie nach oben. «Sehen Sie!» Zuerst war es schwer zu erkennen, doch als ich mich konzentrierte, sah ich, dass an der Galerie ein Teil der Geländers fehlte. Francesco zog meine Hand wieder herunter …

Eine aufrecht stehende Glasplatte. Geborsten. Gezackt. Voller Blut. Weniger allerdings, als man erwartet hätte. Doch wenn man es bedachte, ergab es Sinn. Das Ganze musste so schnell gegangen sein, dass beim Aufprall selbst nur sehr wenig Blut vergossen wurde. Eine weitaus größere Menge bildete mittlerweile eine Pfütze am Fuß der Platte. Auf deren einer Seite der Körper Gordon Blake-Hoyts lag. Und auf der anderen sein Kopf.

Mir wurde übel, und ich war kurz davor, hinauszurennen und mich zu übergeben. Doch dann kam mir der Gedanke, dass ich vermutlich schon mehr Leichen gesehen hatte als jeder andere hier. «Okay, Francesco.» Ich ergriff seinen Arm. «Ich möchte, dass Sie jetzt rausgehen und sich vergewissern, dass es allen gut geht. Treiben Sie etwas Wasser auf, sorgen Sie dafür, dass die Leute sich hinsetzen. Lassen Sie niemanden weggehen. Die Polizei wird mit allen reden wollen.» Er sah mich halb entsetzt, halb verwirrt an, nickte dann aber und rannte los.

Lewis und Maxwell versuchten immer noch, einen Weg durch das zerklüftete Glaslabyrinth zu finden. Mit Lewis hatte ich bisher noch kein Wort gewechselt, also ging ich so ruhig wie möglich zum Botschafter und streckte ihm meinen Arm in den Weg.

«Lassen Sie es gut sein. Kommen Sie. Beide. Gehen wir einfach nach draußen.»

«Wir können ihn doch nicht so da liegen lassen!» Lewis' Stimme klang wütend und hysterisch zugleich.

«Doch, können wir. Genau das werden wir tun. Er ist tot. Wir können nichts mehr machen. Und wir sollten nicht riskieren, uns selbst zu verletzen.»

«Wer zum Teufel sind Sie?»

«Ich bin der britische Honorarkonsul in Venedig, und ich versuche gerade zu verhindern, dass noch jemandem etwas zustößt. Also bleiben Sie jetzt gefälligst zurück.»

Wir starrten uns alle drei einen Moment an, doch dann nickte Maxwell, und wir begaben uns nach draußen.

***

«Himmel, Sutherland, das ist eine Katastrophe.»

«Mit Verlaub, Herr Botschafter, für ihn ist die Lage noch etwas ernster als für uns. Also, was machen wir jetzt?»

«‹Wir›? Was meinen Sie mit ‹wir›?

Ich holte tief Luft. «In Ordnung. Die Sache ist die. Ich werde zwar nicht dafür bezahlt, aber ich weiß, was zu tun ist. Die Polizei ist sicher schon unterwegs. Und in ein paar Minuten wird ein Krankenboot hier sein.»

«Ein Krankenboot?»

«Ja.» Herrje, wie lange machte der Mann seinen Job jetzt schon? «Ein Krankenboot. Sie nehmen die Leiche mit, und dann macht die Polizei, nun ja, was sie eben macht.»

«Und dann?»

«Ich habe Kontakte dort, und bei den Rettungskräften. Ich kümmere mich darum. Wollen Sie sich vielleicht der Verwandten annehmen?»

Er sah mich weiter mit versteinerter Miene an. Mist, auch das würde an mir hängen bleiben. Der allerschlimmste Part an der Sache.

«Na schön, um die Verwandten kümmere ich mich auch. Die Polizei wird eine Stellungnahme veröffentlichen. Das ist fürs Erste in Ordnung. Aber sie wird ziemlich nichtssagend sein. Deshalb müssen Sie ebenfalls eine Presseerklärung abgeben. Für die britischen Medien. Irgendwas, das sie zufriedenstellt, das ihnen den Eindruck vermittelt, wir haben alles im Griff. Verstehen Sie? Das kann ich nicht übernehmen. Es wird eine Riesenstory; darum müssen Sie sich kümmern.»

Er holte tief Luft. «Gut. Danke, Sutherland.»

«Bitte nennen Sie mich Nathan. Wie vorhin. ‹Sutherland› klingt so, als wären Sie mein Chef.»

Weder von Considine noch von Lewis war etwas zu sehen. Ich brauchte dringend eine Zigarette. Ich sah mich um, aber niemand der Umstehenden rauchte. Da fiel mir Considines Päckchen wieder ein, und ich fasste in mein Jackett. Selbstgedrehte. Von einem Künstler persönlich. Ich sollte mich geehrt fühlen. Plötzlich registrierte ich, dass meine Hände zitterten, dass der Schock sich bemerkbar machte. Ich setzte mich hin, schloss die Augen und rauchte schweigend.

Die Sanitäter kamen zuerst. Gefolgt von der Polizei. Ein paar der Beamten kannte ich, und sie nickten mir zu. Der Eingang zum Pavillon wurde mit Flatterband abgesperrt, während die Spurensicherung eintraf, was mich annehmen ließ, dass mein Job damit erledigt sei.

Maxwell, Nicolodi, Lewis und ich sahen uns an. Von Considine keine Spur.

Ich zog mein Handy hervor und wählte.

«Dario. Das ist ein Notfall ...»

– 5 –

Nachdem die Polizei mit ihm fertig war, ging ich zu Lewis.

«Ich war ein bisschen schroff da drin, tut mir leid», sagte ich.

Er schüttelte den Kopf. «Kein Problem.» Dann streckte er mir die Hand hin. «Wir sind uns nicht offiziell vorgestellt worden. Ich bin Lewis Fitzgerald. Pauls Agent.» Wir schüttelten uns die Hände.

«Wo Sie ihn gerade erwähnen …?» Ich blickte mich um. Von Considine war noch immer nirgends etwas zu sehen.

«Er hat mir eine Nachricht geschickt. Bevor das Ganze passierte, ist er zurück in sein Hotel.»

«Geht es ihm gut?»

«Nicht wirklich.»

Ich fuhr mir mit der Hand durch die Haare. «Hören Sie. Wahrscheinlich ist Ihnen das selbst klar, aber ich kann es genauso gut auch noch mal sagen. Es besteht keine Chance, dass der Pavillon noch mal aufmacht. Nicht die geringste.»

Er antwortete mit einem kurzen Nicken. «Das habe ich befürchtet. Was passiert als Nächstes? Beziehungsweise was hat das für Konsequenzen?»

«Keine Ahnung. Ich weiß es wirklich nicht. Ich habe gesehen, wie er an dem Geländer lehnte – das haben wir wahrscheinlich alle –, und das hat anscheinend nachgegeben.»

«Das ist nicht unsere Schuld.»

«Na ja, die Verantwortung liegt wohl bei denjenigen, die

es gebaut haben. Aber das nachzuweisen wird wahrscheinlich ewig dauern. Verstehen Sie? Jahre.»

«Mein Gott. Verdammt. Ich glaube, das wird ihn umbringen.»

Wir standen einen Moment schweigend beisammen. Dann fasste ich in meine Jacketttasche und reichte ihm meine Visitenkarte. «Rufen Sie mich an, wenn ich irgendwie behilflich sein kann.» Er nickte und nahm sein Handy heraus, während er davonging.

Viel mehr konnte ich offenbar nicht tun. Ich wechselte noch ein paar Worte mit einem der Polizisten und bot an, dass die *Questura* mich gern jederzeit kontaktieren solle, wenn ich helfen könnte. Er nickte höflich und zuckte mit den Schultern, als hielte er das für eher unwahrscheinlich.

Ich machte mich auf den Rückweg. Am Eingang der Giardini blieb ich kurz stehen. Immer noch strömten Menschen herein. Der unbedeutende Umstand, dass jemand gewaltsam zu Tode gekommen war, konnte die große Geldmaschinerie nicht zum Stillstand bringen. Eigentlich wäre es schön gewesen, auf ein Bier im Paradiso haltzumachen, ich hätte weiß Gott eins brauchen können. Doch in dem Moment sah ich ein *vaporetto* kommen und rannte los.

Ich schaffte es gerade noch auf das Boot, bevor es wieder ablegte, und ging in die hintere Kabine. Kein Sitzplatz mehr frei, natürlich. Da winkte mir jemand von draußen. Es war Francesco Nicolodi, der dort saß und etwas in ein Notizbuch schrieb. Er winkte noch einmal, klopfte auf den leeren Platz neben sich und schüttelte den Kopf, als ein paar andere Fahrgäste ihn offensichtlich fragten, ob dort frei sei. Ich schob mich durch das Gedränge bis zum hinteren Ende des Bootes.

«Ich habe Sie gar nicht weggehen sehen», sagte ich.

«Die Polizei hat mir ein paar Fragen gestellt, und das war's. Ich dachte, ich fahre zurück in mein Hotel.»

«Wollten Sie nicht noch einen Rundgang durch die anderen Pavillons machen?»

Er sah mich ehrlich schockiert an. «Nach dem, was gerade passiert ist? So ein gefühlloser Kerl bin ich nun doch nicht.» Erneut fiel mir auf, wie perfekt sein Englisch war. Er lächelte. «Die Leute werden sich sowieso nur für eine Story interessieren. Ich dachte, ich liefere meinen Artikel ab, bevor sonst jemand dazu kommt.»

«Mir war gar nicht bewusst, dass Journalisten heutzutage noch Notizbuch und Stift benutzen», sagte ich. «Das ist irgendwie beruhigend.»

«Die meisten von uns verzichten darauf. Aber ich kann unheimlich schlecht mit der Tastatur umgehen, reines Ein-Finger-Suchsystem.» Er sagte einen Moment lang nichts. «Hören Sie, vielleicht könnte ich Ihnen bei etwas behilflich sein?»

«Ach ja?»

«Ich habe gehört, wie Sie mit dem Botschafter gesprochen haben. Darüber, die Angehörigen zu informieren. Also, ich kenne eine Menge Leute, mit denen Blake-Hoyt zusammenarbeitet.» Er kicherte unpassenderweise. «Sorry, zusammengearbeitet hat. Ich könnte sie informieren, wenn Sie möchten.»

«War er verheiratet?»

«Nein. Und ich glaube auch nicht, dass er eine Freundin hatte. Aber, wie schon gesagt, ich kenne ein paar seiner Kollegen. Ich könnte dafür sorgen, dass sie es erfahren, dann können die es seiner Familie sagen, falls es eine gibt.»

Ich zögerte. Es war meine Aufgabe. Aber die allerschlimmste in meinem Job. Oft kam es zwar nicht vor, dass ich Todesnachrichten überbringen musste, dadurch wurde es jedoch nicht leichter. «Also gut. Danke. Ist wahrscheinlich besser, als wenn's von einem Fremden kommt. Aber nur, wenn Sie sich wirklich sicher sind.»

«Bin ich. Kein Problem.»

Ich gab ihm meine Karte. «Nur für den Fall, dass sie mich erreichen müssen. Und vielleicht sehen wir uns bei Schottland oder Wales?»

«Frei-Gin? Ich werde da sein! Ehrlich gesagt, könnte ich jetzt schon einen Drink brauchen.»

«Ich würde Sie gern zu einem einladen, aber ich bin ein bisschen in Eile.»

«Macht nichts. Dann vielleicht morgen.» Das *vaporetto* legte bei Spirito Santo an. «Hier steige ich aus.»

«Ich fahre bis Zattere», sagte er. Ein kurzer Fußweg über die Accademia-Brücke, dann wären es nur noch fünf Minuten bis nach Hause. «Wenn das so ist, begleite ich Sie und erspare mir, mich alleine durchs Gedränge zu kämpfen.»

Wir manövrierten uns durch die Kabine, wobei unsere genervten *permesso*- und *scendiamo*-Rufe immer verzweifelter wurden, je näher wir unserem Ziel kamen. Nach diversen Ellbogenstößen und Tritten auf anderer Leute Zehen schafften wir es schließlich an Deck, wo wir mit einer sanften Brise belohnt wurden, während das Boot an den Halteponton fuhr. Alle warteten den üblichen Ruck ab, den es gab, wenn es kurz am Anleger abprallte, dann machte der *marinaio* das *vaporetto* mit der einen Hand fest und schob mit der anderen die Sperre am Ausgang zurück. «Spirito Santo, nächster Halt Zattere, Endstation Piazzale Roma.» Verspiegelte Sonnenbrille, einzelner schwarzer Handschuh, Undercut, Dreitagebart. In jeder anderen Stadt in jedem anderen Land wäre der Mann Busfahrer. Hier sah er aus wie ein Rockstar.

«Gehen Sie in die Kabine, bitte. Nehmen Sie Ihren Rucksack ab.»

Francesco klopfte mir auf die Schulter. «Bis morgen dann, hoffe ich. Schottland und Wales, ja?» Ich nickte. Er ging lächelnd von Bord.

In dem Moment fiel mir etwas auf den Fuß. Als ich mich danach bückte, stieß ich beinah mit dem Kopf eines jungen rucksacktragenden Mannes zusammen. «Ich mach das schon», sagte ich. Sich mit einem so großen Ding auf dem Rücken auf einem überfüllten *vaporetto* zu bücken, würde wahrscheinlich einen Tumult auslösen.

Ich hob ein schwarzes Lederportemonnaie auf. «Gehört das Ihnen?» Er schüttelte den Kopf. Francesco war fast schon über den Anlegesteg auf der *fondamenta* angelangt «Francesco!», rief ich. «Gehört das Ihnen?» Er drehte sich um, während ich das Portemonnaie über den Köpfen der Leute in die Höhe hielt. Einen Moment lang schien er verwirrt, dann wanderte seine Hand in seine Jackentasche.

«Nicht meins!», rief er zurück.

Der *marinaio* warf die Sperre zu und machte das Boot los. Ich versuchte, seine Aufmerksamkeit zu erregen. «Entschuldigung, jemand hat seine Geldbörse verloren.» In diesem Augenblick machte der Tourist von eben einen Schritt rückwärts, und sein Rucksack traf uns beide zeitgleich ins Gesicht.

«Nehmen Sie bitte den Rucksack ab. Gehen Sie in die Kabine. In die Kabine, bitte.» Wahrscheinlich konnte der *marinaio* das in einem Dutzend Sprachen sagen. Der Tourist wälzte seinen Rucksack vom Rücken, was zur Folge hatte, dass der *marinaio* und ich zurückweichen und uns gegen die Sperre pressen mussten. Ich versuchte es noch einmal. «Das Portemonnaie hier gehört mir nicht ...»

Wieder wurde ich unterbrochen. Von einem Franzosen diesmal. «Entschuldigung, aber wir haben keine Fahrscheine. Können wir bei Ihnen Fahrscheine kaufen?»

Falls der *marinaio* genervt war, verbarg er es perfekt. «Ja, Monsieur, das können Sie», antwortete er auf Französisch.

«Danke. Sind wir hier richtig nach San Marco?»

Nun konnte er seinen Unmut jedoch nicht mehr unterdrücken. «San Marco liegt in dieser Richtung, Monsieur.» Er zeigte energisch mit dem Finger in die Richtung, aus der wir gerade gekommen waren, wo Basilika, Dogenpalast und *campanile* unübersehbar den Horizont beherrschten.

«Oh.» Der Tourist runzelte die Stirn. «Und wie kommen wir nun nach San Marco?»

«Steigen Sie bei Zattere aus, Monsieur, fahren Sie zurück, Linie Nummer 2.» Seine Körpersprache wurde jetzt energischer.

«Zattere? Wo ist Zattere? Wie kommen wir nach San Marco? *Place Saint-Marc?*»

«Einen Moment bitte.» Inzwischen war der *marinaio* leicht ins Schwitzen geraten. Wir legten an den Zattere an, und er ließ die Fahrgäste aussteigen. Mein Gott, dachte ich, das macht er jeden Tag mit. Jeden lieben langen Tag, acht Stunden lang, an beinah jeder Haltestelle. Der Mann muss eine Engelsgeduld haben. Und dabei sieht er immer noch frischer aus als ich.

Als ich einen weiteren Versuch startete, ihm das Portemonnaie zu übergeben, sah er mich nur kopfschüttelnd an. Keine Zeit. «Bitte gehen Sie in die Kabine weiter. Nehmen Sie den Rucksack ab. San Marco, Monsieur, warten Sie hier, nehmen Sie das nächste Boot in die andere Richtung. Bitte in die Kabine gehen. In die Kabine bitte ...»

Ich stand auf der *fondamenta* und sah das Boot ablegen. Wenn die ACTV beschloss zu streiken, könnte ich die örtliche Verkehrsgesellschaft jedes Mal verfluchen. Auf der anderen Seite erlebte ich Situationen wie eben oft und fragte mich jedes Mal, wie man diesen Job überhaupt machen konnte, ohne dabei durchzudrehen. Ich schüttelte den Kopf. Egal. Früher oder später würde ich Vanni in der Questura aufsuchen müssen. In der Nähe befand sich ein ACTV-Büro mit Fundstelle. Dort würde ich das Portemonnaie abgeben. Ich ließ es in meine Jackentasche gleiten und machte mich auf den Weg Richtung Accademia.

Später am Nachmittag traf ich mich mit Dario im Bacarando. Ich fühlte mich ein bisschen treulos gegenüber Eduardo und den anderen Brasilianern, aber das Bacarando war in der Nähe von Rialto, was Darios Rückfahrt zur Piazzale Roma und nach Mestre deutlich beschleunigen würde. Er hatte zwar am Nachmittag in Venedig gearbeitet, aber mir war klar, dass ich es ein bisschen übertrieb, indem ich ihn zum zweiten Mal in drei Tagen auf ein Bier mitschleppte. Er lächelte, wie immer, wirkte aber müde. «Langer Tag.»

«Langer Tag und lange Nacht. Emily hat nicht gut geschlafen, wir also auch nicht. Und mein Chef war aus irgendeinem Grund mies gelaunt. Was ist mit dir?»

«Einem britischen Staatsbürger wurde auf der Biennale von einer Glasplatte der Kopf abgetrennt.»

Er nickte und trank einen Schluck von seinem Bier. «Okay. Du hast gewonnen.»

«Es gibt also ziemlich viel zu tun die nächsten Tage. Die Rückführung der Leiche muss organisiert werden.»

«Aber so was hast du doch schon gemacht, oder?»

«Ein paarmal. Ist aber nie angenehm.» In Anbetracht der bloßen Anzahl von Menschen, die hierher reisten, war es unvermeidlich, dass manche von ihnen es nicht wieder nach

Hause schafften. Im Grunde war es sogar ein Wunder, dass das so selten vorkam. Wenn es jedoch passierte, war es jedes Mal eine unerfreuliche Angelegenheit. Immerhin hatte Francesco mir eine potenziell quälende Unterhaltung mit Blake-Hoyts Verwandten erspart.

«Und was passiert jetzt? Obduktion?»

«Keine Ahnung, ich meine, der Mann ist einen Kopf kürzer. Was soll da eine Obduktion noch groß bringen? Kann schon sein, dass sie trotzdem eine machen, nur um im Fall der Fälle irgendwen belangen zu können.»

«Glaubst du, das würden sie tun? Und wen?»

«Ach, irgendjemand kriegt sicher Riesenärger wegen der Sache. Ich weiß bloß nicht, wer. Am ehesten die Leute, die die Installation aufgebaut haben. Ich kann mir nicht vorstellen, dass der Künstler schuld ist. Trotzdem beschissen für ihn. Der größte Tag seiner Karriere, und dann so was. Der arme Kerl sah sowieso schon aus wie das reinste Nervenbündel.»

Dario sah auf die Uhr.

«Du musst los, was?»

«Tut mir leid.»

«Schon gut. Danke, dass du gekommen bist. Ich brauchte ein Bier.»

«Triffst du dich heute Abend mit Federica?»

«Heute nicht. Sie ist bei sich zu Hause auf dem Lido. Manchmal fahre ich rüber, aber ich hab jedes Mal Angst, was Gramsci dann wohl anstellt. Du weißt schon, den Kühlschrank plündern, unziemliche Katzen zum Feiern einladen. So was in der Art. Ich geh früh ins Bett, morgen gibt's viel zu tun.»

«Noch mehr Biennalekram?»

«Schottland und Wales. Und es ist zwar unwahrscheinlich,

dass sie morgen schon die Leiche freigeben, aber ich sollte lieber vorbereitet sein. Man erwartet, dass ich anwesend bin, wenn der Sarg versiegelt wird.»

«Alles klar. Aber die Krawatte musst du ihm nicht auch noch richten?»

Ich prustete in mein Bierglas. «So sollten wir wirklich nicht reden.»

Er zuckte mit den Schultern. «Schwarzer Humor. Das hilft. In der Armee war es manchmal das Einzige, was uns über Wasser gehalten hat. Okay, ich muss los.»

«Kein Problem. Vergiss nicht, wir wollen euch irgendwann zum Abendessen einladen.»

«Das wäre großartig. Gebt uns einfach Bescheid, wann, dann besorgen wir einen Babysitter für Emily.»

«Ach, Unsinn, bringt sie doch mit. Sie kann ja schlafen, wenn sie müde wird.»

«Bist du sicher? Wie versteht sich denn dein Kater mit Kindern?»

«Genauso gut, wie er sich mit dem Rest der menschlichen Spezies versteht. Und mit unbelebten Objekten. Aber im Ernst, ich hab sie schon ewig nicht mehr gesehen. Kann sie schon sprechen?»

Darios Gesicht erhellte sich, und seine Müdigkeit schien plötzlich wie weggeblasen. «*Mamma. Papà.* Und – halt dich fest – einmal hat sie *Ummagumma* gesagt!»

«Machst du Witze?»

«Nee. Sie hat gerade so vor sich hingeplappert, und plötzlich kam's raus: *Ummagumma.* Glaub mir, Nat, mir kamen echt die Tränen.»

Ich war nicht hundertprozentig überzeugt, dass Emily ganz nebenbei plötzlich den Titel eines Progressive-Rock-Albums von 1969 von sich gegeben hatte, aber das sagte ich lieber nicht. Dario hatte ja von Natur aus ein sonniges Gemüt, doch ich konnte mich nicht erinnern, ihn je so glücklich gesehen zu haben.

«Das ist fantastisch! Ich freu mich für dich, ehrlich.»

Er sah ein bisschen beschämt zu Boden. «Danke, Nat.»

«Ach, komm schon, trinken wir noch ein Bier. Und essen wir was.» Im Bacarando bekam ich jedes Mal Hunger. In der Glasvitrine lagen einige der besten *cicchetti* und *polpette* ganz Venedigs, dazu Fleischspieße, Meeresfrüchte und geröstetes Gemüse. Man konnte sogar etwas bekommen, das für italienische Verhältnisse einer Pastete ziemlich nah kam.

Er schüttelte den Kopf. «Ich habe wirklich keine Zeit.» Dann grinste er. «Na gut, ich hab doch Zeit. Aber nur ein kleines. Und einen Garnelenspieß.»

«Geht klar.» Ich lächelte die *cameriera* an. «Zwei kleine Bier, einen Garnelenspieß und eine Portion Sardinen. Oder sind das Sardellen?»

Sie zuckte mit den Schultern. «Kleine Fische.»

«Eine Portion kleine Fische dann.» Kleine, knusprige Fische, Sorte unbekannt, die man im Ganzen und mit einem Spritzer Zitrone aß.

Im Bacarando lief nur leise Musik, aber trotz des Lärms der Gäste konnten wir die Anfangsakkorde von ‹Satellite of Love› erkennen. Schweigend tranken wir unser Bier und lauschten ehrfürchtig Lou Reeds schwermütigen Klängen. Als der Song zu Ende ging, überlief mich ein leichter Schauer. Und das war noch der *gut gelaunte* Lou. «Wir sollten öfter herkommen, weißt du?»

«Stimmt. Ich würde es zwar nicht *progressive* nennen, aber ...»

«Es ist alte Musik für alte Leute.»

«Genau.» Dario streifte die letzte Garnele von seinem

Spieß und steckte sie sich in den Mund. Dann schwenkte er sein Bier kurz im Glas, bevor er es leerte. «Und jetzt muss ich wirklich nach Hause.»

Ich umarmte ihn kurz. «Alles klar, sieh zu, dass du deine Straßenbahn kriegst. Bis bald. Grüß deine beiden Hübschen.»

Er marschierte in Richtung Rialto davon und verschwand durch das frühabendliche Gedränge auf dem Campo San Bartolomeo. Ich zog kurz in Erwägung, auf dem Heimweg noch rasch einen Drink bei den Brasilianern zu nehmen, besann mich jedoch eines Besseren. Es schien mir auch verlockend, mir irgendwo eine Pizza zu holen, aber mit zweimal Pizza in drei Tagen riskierte ich, in meine alten schlechten Gewohnheiten zurückzufallen. Also ging ich stattdessen einfach hinauf in die Wohnung.

«Was sagst du dazu, Grams?» Ich nahm den Kater auf den Arm. «Ich glaube, ich werde erwachsen.»

Gramsci schlug mit der Pfote nach mir und verfehlte meine Nase nur knapp.

«Du bist ja offenbar wenig beeindruckt. Hättest wohl lieber den alten, nichtsnutzigen Nathan zurück.» Er maunzte, als wollte er sagen, dass der alte, nichtsnutzige Nathan doch nie wirklich fort gewesen war.

Viel befand sich nicht im Kühlschrank, aber meine neue Methode, ab und zu einkaufen zu gehen, zahlte sich aus. Ich erhitzte ein paar geschälte Tomaten in Knoblauchöl, gab einige zerrupfte Basilikumblätter dazu und bereitete mit ein bisschen gewürfeltem Mozzarella eine einfache Nudelsoße daraus.

Dann machte ich es mir mit einem großen Glas Wein auf dem Sofa bequem und holte mein Handy hervor. Federica würde sicher schon gehört haben, was heute passiert war.

Herrje, jeder würde schon davon gehört haben. Gerade als ich sie anrufen wollte, merkte ich, dass mich irgendetwas in der Jackentasche drückte. Considines Zigarettenpackung, in der noch eine Zigarette war. Was mich in so etwas wie eine moralische Zwickmühle brachte. Eigentlich rauchte ich in der Wohnung nicht mehr. Andererseits, es war ja nur noch eine, also …

Ich ging in die Küche, scheiterte bei der Suche nach einem Aschenbecher und kehrte mit einer Espressotasse zurück. Dann durchforstete ich meine Jackentaschen, bis ich mein Feuerzeug fand und zog den letzten, leicht zerknautschten Sargnagel aus der Packung. Ich zündete ihn an und nahm einen Zug. Eine Paul-Considine-Zigarette. Als Markenname klang «Considine» ziemlich elegant, wenn ich so darüber nachdachte. Wahrscheinlich wusste ich sie nicht genug zu schätzen.

In meiner Jackentasche erfühlte ich noch etwas und fischte es heraus. Das Portemonnaie. Das hatte ich völlig vergessen, was aber nicht weiter schlimm war. Morgen würde ich es wie geplant auf dem Weg zur *Questura* beim ACTV-Büro abgeben. Ich öffnete es in der Hoffnung, vielleicht irgendeinen Hinweis auf seinen Besitzer zu finden. Keine *Carta d'identità.* Keine *tessera sanitaria.* Also wahrscheinlich kein italienischer Staatsbürger. Auch von einer Bankkarte, einer Kreditkarte und einem Führerschein war nichts zu sehen. Ein völlig, und etwas überraschend, anonymes Portemonnaie. Vielleicht hatte es schon jemand vor mir gefunden und alles von Wert daraus gestohlen. Andererseits waren da noch ein paar Geldscheine. Warum sollte jemand die zurücklassen? Ich zählte sie schnell durch. Fünfundvierzig Euro. Plötzlich spürte ich noch etwas anderes zwischen den Fingern. Eine Blisterpackung Tabletten. *Priadel.*

Was zum Teufel war Priadel? Mir kam der Gedanke, dass der Besitzer des Portemonnaies womöglich in diesem Moment verzweifelt nach seinem dringend benötigten Medikament suchte. Vielleicht sollte ich nachsehen, um was es sich handelte. Ich ging ins Büro, loggte mich am Computer ein und fing an zu googeln. Priadel. 150 mg. Ein Präparat auf Lithiumkarbonatbasis. Üblicherweise zur Behandlung von bipolaren Störungen eingesetzt. Ich sah mir die Ergebnisse näher an. Na schön, es handelte sich also um ein Medikament, das man täglich einnehmen sollte, aber offenbar hatte es keine potenziell lebensbedrohlichen Folgen, wenn man mal eine Dosis ausließ.

Ich ging zurück ins Wohnzimmer und steckte die Tabletten wieder in das Portemonnaie. Da merkte ich, dass sich noch etwas zwischen den Banknoten verbarg, das mir vorher entgangen war. Ein zerknittertes Stückchen bedrucktes Papier. Ich sah es mir näher an. Der Zeitungsschnipsel war aus der *Times* gerissen worden, Gordon Blake-Hoyts Foto prangte über der Schlagzeile. Und irgendjemand hatte etwas in großen Buchstaben quer über den Text geschrieben:

JUDITHA TRIUMPHANS

– 6 –

Gramsci spielte verrückt. Er war jedoch nicht derjenige, der mich weckte. Das Telefon hatte geklingelt, eine römische Nummer.

«Botschafter Maxwell?»

«Guten Morgen, Nathan. Ich hoffe, Sie konnten letzte Nacht gut schlafen. Ich weiß Gott nicht.»

«Nun ja, es war ... schon ein ziemlicher Schock, das muss man wohl sagen.»

«Das ist deutlich untertrieben. Na ja, ich wollte mich jedenfalls vergewissern, dass es Ihnen gut geht. Wir haben eine offizielle Erklärung abgegeben. Die von der Biennale, glaube ich, auch. Ich gehe davon aus, dass die Verwandten informiert wurden?»

«Ja». Das hieß, hoffentlich.

«Gut. Sehr schön. Dann gibt es von unserer Seite aus vermutlich nichts weiter zu tun. Können Sie sich um den Rest kümmern?»

«Kein Problem, Herr Botschafter. Die Sache mit der Überführung könnte vielleicht noch eine Woche dauern, aber das lässt sich leider nicht ändern.»

«Gut. Ich verlasse mich auf Sie. Ah, Ihr Freund, der Journalist, war schnell bei der Sache, wie ich sehe.»

«Entschuldigung, wer bitte?»

«Der Bursche, mit dem Sie sich unterhalten haben. Irgendwo hab ich hier seinen Namen – Nicolodi. Francesco Nicolodi. Er schreibt heute Morgen etwas in der *Times*.»

Mit einem Satz war ich aus dem Bett. «Wie bitte?»

«In der *Times*. So was wie ein Nachruf auf den unglücksseligen Mr. Blake-Hoyt. Und ein paar ziemlich unschöne Dinge über Mr. Considine.»

Ich klemmte mir den Telefonhörer unters Kinn, kämpfte mich in meine Hose und hopste gleichzeitig in mein Büro, um den Computer einzuschalten. «Das habe ich noch gar nicht gesehen. Ich schau es mir gleich an.»

«Was uns betrifft, äußert er sich ausgesprochen wohlwollend. ‹Die diplomatische Vertretung Großbritanniens reagierte bewundernswert.› Mit unserer Rolle bei der Sache können wir demnach wohl ziemlich zufrieden sein. Vielen Dank jedenfalls für Ihren Einsatz gestern, Nathan. Sollte noch irgendwas wirklich Dringendes sein, können Sie sich natürlich jederzeit an die Botschaft wenden. Aber mir scheint, Sie haben das alles gut im Griff.»

«Ich glaub schon.» Von wegen. «Danke noch mal.» Wir legten auf. Ich rief die Website der *Times* auf; den Kunst- und Kulturteil. Mist, Paywall. Ob das *edicola* am Campo Sant'Angelo um diese Uhrzeit schon eine Ausgabe der Zeitung hatte, war fraglich, also rannte ich zurück ins Schlafzimmer und holte die Kreditkarte aus meiner Jacke. Der Artikel musste auf der Stelle überprüft werden.

«Der britische diplomatische Dienst erwies sich als Inbegriff der Souveränität, trotz … Bild des Grauens … schreckliche Tragödie … einer der bekanntesten Kunstkritiker des Landes …» Wenigstens hatte er das Wort «Blutbad» vermieden. Und ich musste zugeben, dass das Ganze ziemlich schmeichelhaft war. Guter alter Francesco.

«Die Britische Botschaft wird sich nun ernsten Fragen stellen müssen. Erstens, warum wählte man Mr. Considine

– einen Mann, der bekanntermaßen schwerwiegende persönliche und berufliche Probleme hatte – für eine so prominente Veranstaltung aus? Zweitens, wusste man dort von der Beschaffenheit der Installation, und, wenn ja, wurden angemessene Vorkehrungen getroffen, um das Risiko für die Öffentlichkeit zu minimieren? Und schließlich, hatte die Botschaft Kenntnis davon, dass bezüglich der Originalität des Werkes durchaus Zweifel bestehen? Eine vollständige Aufklärung und die Beantwortung all dieser Fragen sind das Mindeste, was aus Respekt gegenüber den zahlreichen Freunden und Kollegen Gordon Blake-Hoyts erwartet werden darf.»

Du kleiner Scheißkerl.

Die Wohnungstür ging auf, und ich erschrak. Federica. Schon seit Monaten hatte sie einen Schlüssel, aber ich vergaß es immer wieder.

«*Ciao, cara.*»

«*Ciao, tesoro.*» Alles in Ordnung?»

«Als ich aufgewacht bin, ja. Inzwischen bin ich mir nicht mehr sicher.»

«Was ist denn los? Du bist übrigens in sämtlichen Zeitungen.» Sie knallte einen ganzen Stapel davon auf den Tisch. «In der *La Repubblica* ist ein schönes Foto von dir.»

Ich sah die Zeitungen rasch durch. *Il Gazzettino, La Nuova, La Stampa, Il Corriere della Sera, La Repubblica.* Jede einzelne zeigte uns auf der Titelseite. *La Repubblica* hatte das Gruppenfoto vor dem Haupteingang abgedruckt, daneben, vielleicht etwas unpassend, das Konterfei des unglückseligen Blake-Hoyt.

Ich tippte an den Computerbildschirm. «Sieh dir das mal an.»

Federica zog ihre Brille aus der Tasche und überflog den

Artikel. Dann steckte sie die Brille wieder weg. «Mmm. Nicht besonders nett.»

«Nein. Und vermutlich ist das meine Schuld. Ich habe zugestimmt, dass dieser Kerl Kontakt zu Blake-Hoyts Kollegen aufnimmt. Ich hätte nicht gedacht, dass er das ausnutzt, um einen Artikel zu schreiben.»

Sie tätschelte mir die Wange. «Du machst dir zu viele Gedanken, Nathan. Er hat einfach das Beste aus der Gelegenheit gemacht. Dass Mr. Blake-Hoyt noch etwas abliefert, war ja ziemlich unwahrscheinlich, also hat er zugesehen, dass er der Erste war, der für ihn einspringt. Das ist alles.»

«Ist doch trotzdem Mist. Der arme Künstler. Er scheint mir sowieso ein bisschen labil. Ich mache mir Sorgen, wie er das wohl aufnimmt. Und dieser Journalist – Francesco Nicolodi –, hast du von dem schon mal gehört?»

Sie schüttelte den Kopf. «Weder von ihm noch von Blake-Hoyt. Und über Paul Considine weiß ich auch nicht viel. Bloß das, was auf der Biennale-Website steht.»

«Ich dachte, er wäre gar kein übler Kerl. Francesco, meine ich. Er schien mir wirklich in Ordnung.»

Sie nahm mich lächelnd in den Arm. «Du bist einfach zu nett. Das ist dein Problem, *tesoro.*»

«Da bin ich anderer Meinung.» Ich streckte mich zu voller Größe und stemmte die Hände in die Hüften. «Zum Beispiel ist es jetzt», ich sah auf die Uhr, «schon neun Uhr vorbei, und ich habe Gramsci noch nicht gefüttert.»

«Du meine Güte.»

Als Gramsci seinen Namen hörte, fing er an zu maunzen. Ich sah ihn streng an. Er sah streng zurück.

«Na schön, ich denke, die Sache ist klar. Er weiß, wer der Boss ist.»

Wir gingen in die Küche, wo ich die Packung Katzenfutter

vom Schrank nahm. Ich maß ungefähr hundert Gramm der verschiedenfarbigen Pellets ab und begann damit, die gelben herauszulesen.

«Was um Himmels willen machst du da?»

«Ach, ich hab ihm kürzlich eine neue Sorte gekauft, aber offensichtlich mag er die gelben nicht.»

Ich kochte uns Kaffee. Bevor ich die Tassen ausspülte, kippte ich unauffällig die Zigarettenasche in den Mülleimer. Nicht unauffällig genug. Federicas Blick sprach Bände. «Stillos?»

«Muss ich darauf wirklich antworten? Abgesehen davon, wolltest du das Rauchen in der Wohnung nicht aufgeben?»

«Hab ich. Die hier zählt nicht. Das war …»

«Nur noch die eine», schloss sie den Satz.

«… nur noch die eine, und die Packung war nicht mal von mir. Sie gehörte dem Künstler. Sollte wohl ein Geschenk sein.»

«Du hast eine Packung Zigaretten geschnorrt?»

«Nicht die ganze, es waren bloß noch zwei drin.»

«Du hast eine Packung Zigaretten von einem völlig verzweifelten Mann geschnorrt, der gerade mit ansehen musste, wie der größte Tag seiner Karriere in einer Katastrophe endet?»

«Ich glaube, das klingt jetzt schlimmer, als es wirklich ist.»

Sie sah mich mit einem ihrer leicht enttäuschten Blicke an. «Was bist du doch für ein toller Fang, Nathan Sutherland. Ich bin wahrhaftig ein Glückspilz. Sie schnupperte. «Und mach mal ein Fenster auf. Was, wenn du heute Sprechstunde hättest.»

«Schon gut, schon gut. Ich bin ein schrecklicher Mensch. Ich weiß. Trotzdem, und das ist viel wichtiger», ich holte mit einer schwungvollen Bewegung den herausgerissenen

Zeitungsausschnitt hervor, «hier ist etwas, das du dir mal ansehen musst.»

Sie nahm mir den Schnipsel aus der Hand und wendete ihn hin und her. «Woher hast du das?»

«Nun ja, außer einem am Boden zerstörten Mann Zigaretten abzuschwatzen, habe ich gestern auch noch ein Portemonnaie gefunden. Auf dem *vaporetto*. Keine Ahnung, wem es gehört. Ein Ausweis oder so ist nicht drin. Ich frage mich, ob es wohl Considines ist. Kurz bevor alles losging, hat er mir einen Zeitungsausschnitt aus der *Times* gezeigt.»

«*Juditha triumphans*. Wie die Oper von Vivaldi?»

«Genau genommen ist es ein Oratorium.» Sie blitzte mich an. «Sorry. Kommt bloß nicht so oft vor, dass ich etwas weiß, das du nicht weißt. Deshalb denke ich immer, ich sollte das Beste aus diesen seltenen Gelegenheiten machen.»

«Na schön. Gut gekontert. Weiter im Text.»

«*Juditha triumphans devicta Holofernis barbarie.* ‹Die über die Barbarei des *Holofernes* triumphierende Judith›. Vivaldi hat es im Gedenken an den Triumph Venedigs bei der Belagerung Korfus geschrieben.»

«Und natürlich an Caravaggio, Gentileschi et al. Judith von Bethulien enthauptet den assyrischen General Holofernes in seinem Zelt.»

«Jep.» Ich hatte Caravaggios Kunstwerk genau vor Augen: Judith, wie sie mit eiskalter chirurgischer Präzision arbeitet, während die alte Dienerin am Bildrand zu ihrer Rechten ein Tuch bereithält, um den Kopf entgegenzunehmen, und Holofernes, der erwacht, während sie noch bei der Sache ist. Oder die noch brutalere Darstellung von Artemisia Gentileschis Version, auf der Judith und ihre Dienerin den sich windenden Barbaren gemeinsam festhalten und niederdrücken, während Judith sich an die Arbeit macht.

«Komisch, so was in einem Portemonnaie zu finden, meinst du?»

«Ja. Und warum wurde es unter ein Foto von Gordon Blake-Hoyt geschrieben?»

«Du willst doch nicht andeuten, da bestünde ein Zusammenhang mit seinem Tod?»

«Na ja, er wurde geköpft.»

«Ein Unfall. Und selbst wenn ihn jemand gestoßen hätte, wäre es fraglich gewesen, ob er exakt so fällt, dass er dabei enthauptet wird. Hätte ebenso gut sein können, dass das Glas Hackfleisch aus ihm macht.» Ich zuckte zusammen. «Wahrscheinlicher ist doch, dass Mr. Considine gesehen hat, was passiert ist, und den Satz anschließend hingeschrieben hat. Vielleicht empfand er es als ausgleichende Gerechtigkeit.»

«Ich kann mich eigentlich nicht erinnern, dass er zu dem Zeitpunkt dort gewesen wäre ... Ach, vielleicht hast du trotzdem recht. Ergibt irgendwie Sinn.»

«Kein Mensch bringt wegen einer schlechten Kritik jemanden um. Und selbst wenn, gäbe es da einfachere Methoden. Er hätte doch wissen müssen, dass es das Ende seiner Installation bedeutet.»

«Stimmt. Trotzdem irgendwie makaber, so was auf einen Zeitungsausschnitt zu schreiben. Aber was soll's.» Ich zog sie in meine Arme und gab ihr einen dicken Kuss. «Der ganze Nachmittag liegt vor uns. Es gibt Pavillons zu eröffnen, Kunst zu bewundern und Drinks zu genießen.»

Sie lächelte, und wie immer wurde es dadurch heller im Raum. «Also, wo fangen wir an?»

«Als Erstes kommt der walisische Pavillon. In Santa Maria Ausiliatrice. Die Künstlerin heißt Gwenant Pryce. Dann weiter zu den Schotten. Ein Bursche namens Adam Grant.

Direkt an der Strada Nova. Leider die entgegengesetzte Richtung, lässt sich aber nicht ändern.»

«Weißt du irgendwas über die beiden?»

«Nicht das Geringste. Die Waliser waren letztes Mal ziemlich gut. Von den Schotten ist mir nicht viel im Gedächtnis geblieben. Das kann aber am Gin gelegen haben.» Ich konnte mich dunkel daran erinnern, dass ich mich an dem Tag noch bei den Iren reingemogelt hatte, und irgendwo anders, Neuseeland vielleicht, aber beschwören konnte ich es nicht.

«Was ist mit Nordirland?»

Ich schüttelte den Kopf. «Die sind dieses Mal nicht dabei. Falls doch, hat es mir niemand gesagt. Schade. Ich glaube eigentlich nicht, dass ich mich letztes Mal blamiert habe. Wann machst du Feierabend?»

«So gegen zwei müsste ich loskommen können.»

«Okay, wir treffen uns an … Moment.» Das Telefon klingelte. Das Konsulatstelefon, nicht das geschäftliche.

«Britisches Konsulat, Venedig.»

«Mit wem spreche ich?» Keine Begrüßung, keine Höflichkeiten.

«Mein Name ist Nathan Sutherland.»

«Sind Sie der Konsul?»

«Der Honorarkonsul, ja.»

«Mr. Sutherland, hier spricht William Blake-Hoyt.»

– 7 –

Zu Hause in England war es noch nicht mal halb sieben. William Blake-Hoyt war anscheinend früh aufgestanden, um die Zeitspanne, in der er mich anschreien konnte, bestmöglich auszunutzen. Ich hielt den Telefonhörer ein Stückchen vom Ohr weg, damit es nicht so weh tat, während Gramsci mich anklagend ansah, wie in stiller Übereinkunft mit allem, was Blake-Hoyt mir vorwarf.

Und ich musste zugeben, dass der nicht ganz unrecht hatte. Es wäre meine Aufgabe gewesen, ihn zu informieren. Stattdessen hatte ich mich gedrückt und die Sache im Prinzip einem völlig Fremden überlassen. Das war in der Tat ziemlich feige.

Mr. Blake-Hoyts Stimmung besserte sich auch nicht, als ich ihm mitteilte, ich könne ihm nicht sagen, wann die sterblichen Überreste seines Bruders zur Überführung freigegeben würden. Was stimmte. Da sein Bruder unter, gelinde gesagt, ungewöhnlichen Umständen gestorben war, würde es wahrscheinlich zu erheblichen Verzögerungen kommen, bis wir die Erlaubnis erhielten.

Ich ließ ihn noch ein paar Minuten weitertoben, bevor ich ihn besänftigte, indem ich versprach, sofort bei der Polizei nachzufragen und mich innerhalb der nächsten Stunde wieder bei ihm zu melden. Was ihn nicht davon abhielt, mir aufs Butterbrot zu schmieren, dass ich das schon längst hätte tun sollen. Und wieder musste ich zugeben, dass er nicht ganz falsch lag.

Ich legte auf und rieb mir das Ohr. Federica sah mich mitleidig an. «Das klang nicht gut.»

«Ist es auch nicht, überhaupt nicht. Mir steht ein anstrengender Vormittag bevor.»

«Na schön, dann will ich dich nicht länger aufhalten. Du wirst das schon alles regeln, da bin ich mir sicher. Und dann machen wir uns einen schönen Nachmittag, und du denkst an etwas anderes als kopflose Kunstkritiker.» Sie gab mir einen Kuss. «Bis später.»

Ich rieb mir noch einmal übers Ohr, dann wählte ich die Nummer der *Questura*.

«Vanni? Nathan hier.»

«*Ciao*, Nathan, *come stai?*»

«*Abbastanza bene.* Glatt gelogen. Das Gegenteil, ehrlich gesagt. Du kannst dir denken, warum ich anrufe?»

«Mr. Blake-Hoyt und seine sterblichen Überreste?»

«Genau die. Ich hatte gerade seinen Bruder an der Strippe. Und jetzt fühle ich mich wie nach einem Boxkampf.»

«Herrje. Tut mir wirklich leid, Nathan, aber ich kann dir nicht helfen.»

Meine Hoffnung schwand dahin. «Nein?»

«Nein. Die Untersuchungen laufen noch, und die Aussichten, dass die zuständige Richterin ihren Bericht vor morgen abschließt, stehen schlecht. Es gibt immer noch ein paar ‹Unklarheiten›, drücken wir's mal so aus.»

«Ach, Mist.»

«Aber gut, dass du anrufst. Ich würde mich gern über ein paar Dinge mit dir unterhalten. Inoffiziell, versteht sich, aber wo du schon mal bei dem … Vorfall dabei warst, interessiert mich deine Meinung. Können wir uns auf einen Kaffee treffen? Im F30 vielleicht, so gegen elf?»

«Elf ist gut.»

«Großartig. Nennen wir es zweites Frühstück. Bis dann.»

«Okay, Vanni, *a dopo.*»

Ich legte auf und platzierte das Handy auf dem Schreibtisch. Dann erhob ich mich, stemmte die Hände in die Hüften und starrte es an. Während Gramsci mich anstarrte. Handys auf Tischen wirkten wie ein rotes Tuch auf ihn. Er stupste es mit der Pfote an. Dann noch mal, und noch mal. Immer wieder. Und manövrierte es mit jedem Stups näher an die Tischkante. Ich fing es auf. Dann seufzte ich und wappnete mich für Runde zwei mit Mr. Blake-Hoyt.

Ich hatte Vanni ein paar Monate nicht gesehen. Er wirkte entspannt, seine Haut war sonnengebräunt, und sein Oberlippenbart vielleicht noch ein bisschen dichter als sonst. Lächelnd schüttelte er mir die Hand.

«Lass uns draußen sitzen. Ich schaue immer gern über den Kanal zur *Questura* rüber. Es führt mir vor Augen, wie schön es ist, nicht bei der Arbeit zu sein. Was meinst du, ein paar *bruschette*?»

Ich nickte.

«*Spritz al bitter?*»

«Weißt du, Vanni, vielleicht nehme ich lieber nur einen Prosecco.»

Er fasste mich am Arm und sah mir fest in die Augen. «Alles in Ordnung mit dir, Nathan?»

«Na ja, es könnte passieren, dass heute Nachmittag noch weitere Leute den Wunsch verspüren, mich zur Schnecke zu machen. Da sollte ich vielleicht lieber einen klaren Kopf haben. Und mein Arzt sagt immer, Prosecco zählt nicht als Trinken.»

Wir gingen nach draußen und suchten uns einen Tisch. Die Sonne funkelte auf dem Kanal, während wir über die wenig charmante Piazzale Roma mit Venedigs Busbahnhof und dem dahinterliegenden mehrgeschossigen Parkhaus blickten. Rechts davon führte die Ponte della Libertà aus der Stadt hinaus aufs Festland.

Unsere Getränke kamen, und wir stießen an. «Also, was verschafft mir das Vergnügen?» Ich nippte an meinem Prosecco, während Vanni genüsslich seinen Spritz schwenkte und die Olive aufspießte. Schon wünschte ich mir, ich hätte auch einen bestellt.

«Eigentlich nichts Besonderes. Wir sind bloß die Zeugenaussagen noch mal durchgegangen. Im Grunde sind also alle draußen herumspaziert. Dann hat es drinnen laut gekracht, die Leute sind reingerannt – der Botschafter, Mr. Fitzgerald, das ganze junge Volk – und kurz darauf bist du mit *signor* Nicolodi eingetroffen. Stimmt das ungefähr so?»

Ich nickte. «Genau so war's. Als wir ankamen, waren aber nur noch der Botschafter und Fitzgerald im Pavillon.»

«Und du hast sie aufgefordert hinauszugehen?»

«Das schien mir das einzig Vernünftige. Sie haben versucht, in das Labyrinth aus zersplittertem Glas zu kommen. Dabei war es offensichtlich, dass der Mann tot war.»

«Sehr weitsichtig von dir. Danke. Du hast dem Rettungsdienst wahrscheinlich eine Menge zusätzlicher Arbeit gespart. Jetzt denk noch mal nach – kannst du dich erinnern, ob du nicht sonst irgendwen da drin gesehen hast?»

«Puh, beschwören könnte ich es nicht. Ehrlich. Bei allem, was da ablief, und im ganzen Raum Glasscherben, zerbrochene Spiegel und so was. Überall Reflexionen. Es war einfach zu unübersichtlich.»

«Verstehe. Ah, da kommt unser Essen.» Wir aßen eine Weile schweigend.

«Was denkst du, was passiert ist?», fragte ich.

«Hm, weiß der Geier.» Wir lachten und stießen noch einmal an. «Die Schuld liegt mit ziemlicher Sicherheit bei der Firma, die die Installation aufgebaut hat. Ein Teil des Geländers war nicht ordentlich angebracht. Die Sicherungsbolzen waren mit Sechskantschrauben befestigt, von denen fehlten welche. Sobald sich also jemand mit etwas Gewicht dagegengelehnt hat ...» Er warf die Hände in die Luft. «Bamm. Wumm. Plonk.»

Ich schauderte. «Scheiße. Stell dir vor, wie er sich gefühlt haben muss. Als er merkte, dass er stürzt.»

«Keine angenehme Vorstellung, was? Wenigstens konnte er nicht lange drüber nachdenken.»

«Und was passiert jetzt? Der Staatsanwalt eröffnet ein Verfahren gegen die verantwortliche Firma, und wir können Blake-Hoyt nach Hause schicken?»

«Na ja, wahrscheinlich. Eine Kleinigkeit wäre da allerdings noch.» Er griff in seine Jacke und holte sein Handy hervor. «Wirf hier mal einen Blick drauf. Das haben wir in seiner Jacketttasche gefunden.» Er drehte das Handy zu mir um, um mir ein Foto zu zeigen. Eine Postkarte, mit einem Gemälde von Artemisia Gentileschi. *Juditha triumphans devicta Holofernis barbarie.*

«Oh, verdammt», sagte ich.

Ich hatte einiges zu erklären. Als ich fertig war, nahm Vanni ein Päckchen MS heraus und zündete sich eine an.

«Ich könnte nicht vielleicht ...?»

«Du kannst.» Er reichte mir das Päckchen rüber. «Hast du eigentlich je darüber nachgedacht, dir einfach selbst Zigaretten zu kaufen, Nathan? So wie normale Menschen das tun?»

Ich schüttelte den Kopf. «Geschnorrte zählen nicht. Also,

was unternehmen wir jetzt? Genauer gesagt, was unternimmst du jetzt?»

«Ich glaube, wir müssen Mr. Considine einbestellen und uns ein bisschen mit ihm unterhalten.»

«Nur ein bisschen unterhalten?»

Er nickte. «Ja. Wir haben noch keine Aussage von ihm, deshalb werden wir ihm nahelegen vorbeizukommen.» Er schwieg einen Moment. «Sag mal, was hältst du denn von dem Mann, Nathan?»

Ich zog die Augenbrauen hoch. «Willst du von mir hören, ob ich ihn für fähig halte, einen Mord zu begehen?»

Vanni winkte etwas gequält ab. «Nein, nein. Aber mal ehrlich, wie ist er? Dir fällt es leichter, Engländer einzuschätzen. Uns steht da immer die Sprache im Weg.»

Ich nickte. «Ich glaube, er ist ein netter Kerl, aber wir haben nur ein paar Minuten miteinander gesprochen. Er schien mir auf jeden Fall ziemlich sensibel zu sein. Während seiner Einführungsrede war er den Tränen nah. Andererseits hatte er kurz zuvor auch eine grottenschlechte Kritik gelesen, die ihm den größten Tag seiner Karriere verdorben hat. Kein Wunder, dass er da ein bisschen neben sich stand. Er gehört jedenfalls eher nicht zu den Künstlern, die einen Verriss so einfach wegstecken, indem sie sich fröhlich besaufen.»

«Das heißt?»

«Jemand – ein Journalist – hat mir erzählt, dass er in der Vergangenheit so seine Probleme hatte. Alkohol, glaube ich. Aber ob er zu einer Gewalttat fähig ist? Wenn du mich fragst, nein. Es ergibt sowieso keinen Sinn. Auf diese Weise jemanden umbringen zu wollen, wäre ziemlich dumm.»

Vanni nickte. «Allerdings.» Er sah auf seine Armbanduhr. «Na schön, Nathan, ich muss los. Die Drinks gehen diesmal auf mich.» Er seufzte. «Weißt du, die Kantine in der Questura ist ja angeblich die beste im ganzen Veneto. Alle beneiden uns darum. Trotzdem es ist immer schön, mal rauszukommen.» Ich lachte. «Ach, bloß eine Sache noch. Ich brauche dieses Portemonnaie.»

«Klar.» Ich schob es ihm über den Tisch. «Ein Beweisstück?»

«Vielleicht. Es könnte allerdings jedem gehören. Außerdem sind inzwischen natürlich überall deine Fingerabdrücke drauf.»

«Oje. Hab ich jetzt etwa Beweismaterial kontaminiert? Ich wollte es wirklich gerade zum Fundbüro bringen.»

Er grinste und erhob sich. «Keine Bange, Nathan. Ich sorge dafür, dass deine Strafe milde ausfällt.»

– 8 –

Vor Santa Maria Ausiliatrice hatte sich schon eine kleine Traube Journalisten gebildet, als ich mit Federica dort ankam. Ein paar von ihnen erkannte ich vom Vortag wieder. Ein Grüppchen schwarz gekleideter Mitarbeiter war ebenfalls vor Ort. Sie taten mir leid. Kunstwelt-Schwarz war im Mai ganz hübsch und würde im November sicher richtig gut zur Geltung kommen, aber in der Augusthitze war es darin bestimmt kaum auszuhalten. Ich hielt eine kurze Rede, dann stellten wir uns für ein paar Schnappschüsse auf.

Anschließend kam ein junger Mann zu mir herüber. «Mr. Sutherland. Ich bin Owen Pritchard vom Arts Council of Wales. Darf ich Ihnen die Künstlerin vorstellen?» Er führte uns zu einer attraktiven Frau, vielleicht Anfang sechzig. Ihre roten Haare waren von einer einzelnen weißen Strähne durchzogen, was einen auffallenden Kontrast zu ihrer schwarzen Bluse und Jeans bildete. Sie lächelte. «Mr. Sutherland? Ich bin Gwenant Pryce. Danke für die Rede. Ich hoffe, das Ganze ist nicht allzu langweilig für Sie? Nicht zu viel Arbeit?»

«Nein, im Gegenteil. Das ist eine der angenehmsten Seiten meines Jobs, um ehrlich zu sein. Und was die Rede angeht ...» Ich blickte unauffällig von links nach rechts und sagte dann im Flüsterton: «Ich benutze jedes Jahr dieselbe.»

«Das ist mir aufgefallen», bemerkte Owen.

Ich musste erschrocken ausgesehen haben, denn er fing sofort an, lauthals zu lachen. «Kleiner Scherz», sagte er.

«Wissen Sie was, begleiten Sie mich heute Nachmittag zu den Schotten, dann kommen Sie noch mal in den Genuss.»

Gwenant lächelte wieder. «Höre ich da die Spur eines Akzents?»

Ich lachte. «Das hätte ich nicht gedacht. Aber ich habe fünf Jahre an der Uni von Aberystwyth verbracht. Kann sein, dass da was abgefärbt hat.»

«*Siarad yr iaith?*»

«*Nac ydw.*»

«Keine Sorge. Ich auch nicht. Warum Aberystwyth?»

«Ach, ich hatte das Gefühl, mal woandershin zu müssen. Und dann war da natürlich das Wetter.»

«Das Wetter?»

«Ich war falsch informiert.»

Wir lachten alle. «Sehen Sie sich ein bisschen um», sagte Gwenant dann. «Wenn Sie Fragen haben, sprechen Sie mich einfach hinterher an. Es wäre nett, ein bisschen zu plaudern. Infoblätter und Pressemitteilungen sind ja schön und gut, aber kein Ersatz für eine richtige Unterhaltung.»

«Danke.»

Federica kniff mich in den Arm. «Worum ging es denn gerade?»

«Sie hat mich gefragt, ob ich Walisisch spreche. Und ich musste zugeben, dass ich das nicht tue.»

«Walisisch? Das ist eine eigene Sprache?»

«Älter als deine. Älter als meine. Ich hätte mir wirklich mehr Mühe damit geben sollen.»

«Und wenn du das getan hättest, wo wärst du dann jetzt?»

«Irgendwo, wo es ziemlich nass ist, wahrscheinlich.»

In Santa Maria Ausiliatrice hing eine traurige Stimmung in der Luft. Die Kirche hatte eine unglückliche Vergangenheit. Ursprünglich waren Franziskanerinnen hier ansässig gewesen, die alle – bis auf eine – während der großen Pest 1630 gestorben waren. Später diente das Gebäude als Hospital und Herberge für die Armen, bis Napoleon das 1830 – zwangsläufig – untersagte. Abgesehen von dem Altar aus dem achtzehnten Jahrhundert mit einem Kupferstich des Letzten Abendmahls war von der Innenausstattung nicht viel übrig geblieben. Was die melancholische Atmosphäre noch verstärkte.

Der Ausstellungsraum war seit meinem letzten Besuch gestrichen worden, als man das Mauerwerk nur rasch weiß übertüncht hatte. Nun hingegen hatte man eine dicke Schicht leuchtend blaue Farbe aufgetragen. *International Klein Blue?*, fragte ich mich.

Soweit ich sehen konnte, gab es im Inneren keine Lichtquelle. Stattdessen strömte das Sonnenlicht durch schmale Fensterschlitze direkt unter der Decke und wurde von einem riesigen Spiegel am Ende des Raums direkt auf Pryce' Gemälde reflektiert, das gegenüber dem Altar hing.

Wir sahen es uns näher an. Ein Strand. Eine sitzende Gestalt in einem prächtigen roten Samtgewand, die Hände auf den Armlehnen eines goldenen Throns ruhend. Das Porträt war in Öl gemalt, und besonders fiel das kunstvoll verzierte Gewand auf.

Francesca pfiff anerkennend durch die Zähne.

«Gut?», fragte ich.

«Fantastisch. Sieh dir nur diesen Pinselstrich an. Das Gesicht allerdings ...?»

Ich nickte. Im Prinzip war da kein Gesicht. Nur ein blassrosa Fleck. «Ich kapier das nicht», sagte ich. «Wozu die ganze Mühe», ich zeichnete die Kontur der sitzenden Gestalt mit der Hand nach, «um es am Ende so zu lassen? Wie unvollendet.»

Federica zuckte mit den Schultern. «Fragen wir die Künstlerin doch nachher.»

Wir gingen weiter. Der zweite Raum war in einem tiefen Purpur gestrichen. Wieder bestand die einzige Lichtquelle aus Sonnenlicht, das von einem Spiegel direkt auf das ausgestellte Gemälde reflektiert wurde. Das Bild schien mit dem ersten identisch zu sein.

«Das verstehe ich nicht», sagte Federica. «Warum das Sonnenlicht direkt auf das Gemälde zurückwerfen? Das kann ihm nicht guttun.»

«Vermutlich ist es täglich nur für einen kurzen Zeitraum», sagte ich. «Wenn die Sonne weiterzieht, wandert die Reflexion mit ihr.»

Sie schüttelte den Kopf. «Nein.» Ich wollte etwas antworten, doch sie legte mir den Finger auf die Lippen. «Hör doch mal.» Zuerst nahm ich nur das Geplauder und die Schritte von der Straße draußen wahr, doch dann bemerkte ich noch etwas. Ein leises elektrisches Surren. Federica ging lächelnd zurück zu dem Spiegel und steckte den Kopf dahinter. «Dachte ich's mir.»

«Dachtest dir was?»

«Der Spiegel. Er wird automatisch bewegt, um dem Sonnenlicht zu folgen. Damit es zu jeder Zeit direkt auf das Bild fällt.»

«Hast du nicht gesagt, das wäre nicht gut?»

«Stimmt. Nicht uninteressant allerdings, oder? Komm weiter.»

Wir gingen durch den nächsten Raum, der in einem grellen Giftgrün gestrichen war. Auch hier nur ein einziges Gemälde, auf das ich lediglich einen kurzen Blick warf. «Ich glaub, ich hab's», sagte ich grinsend zu Federica.

«Ah, gut. Was denn?»

«Ich habe verstanden, was das alles soll. Komm. Nächster Raum.»

Dieser war leuchtend orange. Der darauffolgende blütenweiß. Der danach dunkelviolett.

«Ich wette, der letzte ist pechschwarz», sagte ich.

«Sicher doch. Aber woher weißt du das?»

Ich zückte das Infoblatt. «Lies doch mal den Titel. *Behind the Masque.* Hier sieht man Zweierlei. Erstens all diese verdeckten Gesichter – als wären sie maskiert, stimmt's?»

«Stimmt. Und zweitens?»

Ich nahm sie beim Ellbogen und ging mit ihr weiter bis zum letzten Raum. Schwarz, pechschwarz; bis auf ein einzelnes Gemälde, das von einem reflektierten Sonnenstrahl beleuchtet wurde. Ich ließ Federica los und stellte mich in die Mitte des Raumes. Dort breitete ich die Arme aus und drehte mich im Kreis. «*Und unbeschränkt herrschte über alles mit Finsternis und Verwesung der rote Tod*», zitierte ich mit der düstersten Grabesstimme, die ich hinbekam.

Sie stemmte die Hände in die Hüften und legte den Kopf zur Seite. «Ach, *tesoro*, ich mache mir wirklich Sorgen, dass ich eines Abends mit dir schlafen gehe und mit Vincent Price wieder aufwache.»

Ich befürchtete, wir könnten zu laut sein. «Ich hab aber recht, oder?», flüsterte ich.

«*Die Maske des Roten Todes.* Edgar Allan Poe. Gut erkannt. Die Sache mit dem Licht versteh ich trotzdem nicht.»

«Dennoch ziemlich genial, oder?»

«Ja, es ist gut. Sie kann malen, kein Zweifel. Wahrscheinlich wird sie hiermit keine Preise gewinnen, aber es ist gut. Warum flüstern wir?»

«Keine Ahnung. Scheint mir einfach angemessen.» Ich hörte Schritte hinter uns und zuckte unwillkürlich ein bisschen zusammen. Federica fing an zu kichern, und die Stimmung war dahin.

Wir traten wieder hinaus ins Sonnenlicht, wo Gwenant Pryce uns schon erwartete.

«Die Bilder sind wunderschön», sagte Federica.

Ich nickte. «Ganz großartig.»

«Danke.»

«Darf ich fragen – die sitzende Gestalt? Wer ist das?»

Gwenant lächelte. «Was meinen Sie?»

«Ihr Mann?»

Einen Moment lang wirkte sie ehrlich schockiert, dann fing sie an zu lachen. «Du lieber Himmel, nein. Nein, wir haben uns schon vor Jahren getrennt. Für ihn würde ich kein bisschen Farbe mehr verschwenden.»

«Oha. Tut mir leid. Da hab ich mich wohl für zu clever gehalten. Darf ich erfahren, wer es dann ist?»

Sie lächelte wieder, aber dieses Mal wirkte ihr Blick traurig und müde. «Das, *cariad*, müssen Sie schon selber herausfinden.»

– 9 –

Bis zum schottischen Pavillon nahe der Strada Nova waren es vielleicht fünfundvierzig Minuten zu Fuß. Die Straße lag in einem Teil der Stadt, den ich gewöhnlich mied. In den Sommermonaten war sie normalerweise von Touristen verstopft, die vom Bahnhof unterwegs runter nach Rialto waren. Egal welche Tageszeit, es war immer die falsche. Jedes Mal stand die Sonne unweigerlich am höchsten Punkt, nirgendwo gab es Schatten, und es folgte immer noch eine Brücke mehr als erwartet.

Irgendwie schade, denn zwischen allem Kitsch und Plunder gab es ein paar schöne Geschäfte, einige nette *cichetterie*, einige anständige Bars und eine Reihe nicht ganz so anständige. Eine Wildwest-Bar zum Beispiel, die ich noch nie betreten hatte und mit ziemlicher Sicherheit auch nie betreten würde. Und überall hatte man verlassene Gebäude wieder instand gesetzt, um sie vorübergehend als Galerien für die Biennale zu nutzen.

Im Gegensatz zur Hochsaison schien mir die Straße in dieser ersten Maiwoche noch halbwegs erträglich. Trotzdem war es eine Erleichterung, abzubiegen und unseren Weg durch eine enge *calle* Richtung Palazzo Fontana fortzusetzen. Durch die Mischung aus Renaissance- und Barockstil besaß dessen Fassade eine ungewöhnliche Asymmetrie und wirkte, wenn man sie vom Canal Grande aus betrachtete, regelrecht sonderbar; als wäre den Leuten beim Bau das Geld ausgegangen, bevor sie die linke Hälfte fertigstellen konnten.

Im Hof entdeckte ich einen bekannten Kunstunternehmer aus Edinburgh, den ich noch aus meiner eigenen Zeit dort kannte. Er war ins Gespräch mit einer Gruppe Kritiker vertieft. Als ich ihm zulächelte, nickte er kurz, als wollte er sagen, dass er zwar nicht genau wisse, wer ich überhaupt war, es aber für angebracht hielt, höflich zu sein.

Ich nahm Federica am Arm und steuerte sie nach drinnen. Vor dem Wassertor hatte man eine Bar aufgebaut, und das vom Kanal reflektierte Licht warf ständig wechselnde Schatten an die Decke.

«Also, Zeit für einen Gin?»

Sie sah auf die Uhr. «Wir haben noch nicht mal vier. Ist das dein Ernst?»

«Absolut.»

«Und warum überhaupt Gin? Müsste es nicht eigentlich Whisky geben?»

«Eigentlich schon. Aber am helllichten Tag Whisky zu trinken, wäre wohl zu heftig. Gin ist was anderes. Das ist beinah so wie gar nicht trinken.»

Sie schüttelte den Kopf. «Eure Kultur werde ich wohl nie verstehen.»

Ich ging zur Bar und fand mich dort einer äußerst attraktiven, schwarz gekleideten jungen Frau gegenüber. Mein freundliches «Zwei Gin, bitte» erstarb mir jedoch auf den Lippen. Es war nur Prosecco zu sehen.

«Kein Gin?»

Sie kicherte. «Dieses Jahr nicht. Nicht nach den Vorkommnissen beim letzten Mal. Es war zwar eine nette Idee, und die Sponsoren damals waren begeistert, aber ...» Sie schüttelte den Kopf. «Dieses Jahr nur Prosecco.»

«Oje. Nun, wenn das so ist, zwei *prosecchi* wären nett.»

Federica und ich stießen an. Sie bemerkte meine Enttäuschung. «Wahrscheinlich ist es zu deinem Besten, weißt du.»

«Ja, ich weiß.»

«Und wir haben es ja nicht wirklich nötig, nachmittags schon harte Sachen zu trinken, oder? Noch nicht jedenfalls.»

«Du hast recht. Es ist bloß, weil ich mich noch so gern daran erinnere, wie viel Spaß ich vor zwei Jahren hatte.»

«Junggesellentage, *tesoro*, Junggesellentage.»

«Na ja, was soll's. Was war das, das du vorhin gesagt hast? Irgendwas darüber, morgens mit Vincent Price aufzuwachen?»

«Sprich weiter», sagte sie und klang dabei, als wäre sie sich nicht sicher, wohin genau das führen würde, aber sehr sicher, dass es nicht Gutes sein konnte.

«Ich meine, wäre das denn so schlecht? Manchmal denke ich, ein schmaler Oberlippenbart würde mir stehen.»

«Du darfst dir einen zulegen, wenn ich tot bin, *caro*.»

Ich grinste und kniff sie in den Arm. Plötzlich sah ich Francesco Nicolodi zwischen den Besuchern. «Entschuldige mich einen Moment, da ist jemand, mit dem ich kurz sprechen muss.» Er hatte offensichtlich noch nichts zu trinken. Ich schnappte mir ein weiteres Glas von der Bar, schenkte der schwarz gekleideten jungen Dame ein charmantes Lächeln und steuerte auf ihn zu.

«Francesco!»

«Nathan. Schön, Sie zu sehen.»

Ich schob ihm das Glas in die Hand. «Wollen wir einen Moment nach draußen gehen, ja? Ich könnte eine Zigarette gebrauchen.»

«Natürlich.» Er lachte. «Sie haben mir schottischen Gin versprochen, Nathan. Ich bin enttäuscht.»

«Wir müssen leider mit Prosecco vorliebnehmen», antwortete ich und schob ihn entschlossen Richtung Innenhof. Ich griff nach einer nicht vorhandenen Packung Zigaretten in meine Jacketttasche. «Verflixt, sie sind mir ausgegangen.»

«Kein Problem.» Er holte ein Päckchen Marlboro hervor und bot mir eine an.

«Danke. Ach, und danke auch noch mal, dass Sie sich der Sache mit Mr. Blake-Hoyt angenommen haben. Haben Sie der Familie meine Kontaktdaten gegeben?»

«Ja. Na ja, so was in der Art. Seine Kollegen bei der *Times* haben gesagt, sie würden die Information weiterleiten. Er lebte allein. Ich glaube, es gibt noch einen Bruder oder so.»

«Einen Bruder oder so. Gut, gut.» Ich lächelte. «Nun ja, der wird sich dann sicher in den nächsten Tagen bei mir melden.»

«Davon gehe ich aus.» Wir standen einen Moment schweigend beisammen und hörten zu, wie der Kunstunternehmer aus Edinburgh Hof hielt. Nicolodi sah auf seine Uhr. «Vier.» Er ließ seine Zigarette auf den Boden fallen und trat sie aus. «Sorry, Nathan, könnten Sie das gerade mal kurz halten? Ich muss rasch einen Anruf machen.» Er drückte mir sein Glas in die Hand, zog sein Handy hervor und entfernte sich ein paar Schritte von mir. Ich schnappte nur noch ein Wort auf, bevor er außer Hörweite war: «*Salut.*» Rumänisch. Er blieb höchstens eine halbe Minute weg, dann kam er lächelnd zurück und nahm wieder sein Glas.

«Das ging ja schnell.»

Er zuckte mit den Schultern. «Mein Versicherungsmakler. Ich musste ihn nur an etwas erinnern.» Er leerte seinen Drink und wollte offenbar gehen. «Also, vielen Dank, Nathan. War schön, Sie zu wiederzusehen.»

«Der Artikel», sagte ich.

«Entschuldigung, was?»

«Sie haben wirklich allen Grund, sich zu entschuldigen.»

«Ich verstehe nicht.»

«Doch, Sie verstehen.» Er blickte nach links und rechts, als hoffte er, jemand anderen zu entdecken, zu dem er gehen und mit dem er sich unterhalten konnte, aber der Unternehmer hatte seine Entourage nach drinnen geführt. Wir beide waren allein. «Der Artikel», wiederholte ich. «In der *Times*. Ich habe ihn gelesen.»

«Ach das.» Er tat verwirrt. «Ich ... wissen Sie, den hab ich selbst noch nicht mal abgedruckt gesehen. Ich musste ihn, wie Sie sich denken können, extrem kurzfristig abliefern. Die von der *Times* haben mich gefragt, ob ich ein paar Worte beitragen könnte. Irgendwas zum Gedenken.»

«Es ging Ihnen gar nicht darum, die Verwandten zu kontaktieren, stimmt's? Das war bloß ein Vorwand, um den Fuß in die Tür zu bekommen. ‹Ach übrigens, ich bin selbst Journalist und Zeuge des Geschehens geworden. Sie sind nicht vielleicht an einem Artikel interessiert?›»

Er lief rot an. «Jetzt warten Sie doch mal, Nathan, Sie sind nicht fair.»

«Nicht fair? Gestern waren Sie noch scheißfreundlich zu Considine, und dann ziehen Sie in Ihrem Artikel über ihn her. Sie haben ihn als psychisch krank dargestellt und ihn praktisch des Plagiarismus beschuldigt.»

«Das war keineswegs meine Absicht. Hören Sie, wie gesagt, ich habe den Artikel noch nicht mal gesehen. Sie wissen doch, wie diese Redakteure sind. Wahrscheinlich ist er bloß schlecht überarbeitet worden.»

«Das glaube ich nicht. Sie haben mich unter dem Deckmantel eines Freundschaftsdienstes ausgenutzt. Dann haben Sie den Tod eines Menschen ausgeschlachtet und außerdem einen Mann verunglimpft, der gerade mit ansehen musste, wie der größte Tag seiner Karriere in einer Katastrophe endete. Sind Sie darauf etwa stolz?»

Er hob die Hand, und einen kurzen Moment dachte ich, er wollte mich schlagen. Doch er holte nur tief Luft und klopfte mir auf die Brust. «Schon gut, Nathan. Schon gut. Und was genau wollen Sie deswegen unternehmen?»

«Ich werde jeden einzelnen Artikel, den Sie in den nächsten Wochen schreiben, sorgfältig lesen. Und wenn ich irgendetwas sehe, was mir nicht gefällt, erzähle ich jedem einzelnen Journalisten, den ich kenne, haarklein, was Sie getan haben.»

«Daran war nichts Ungesetzliches. Abgesehen davon würde das auch kein gutes Licht auf Sie werfen, oder?» Plötzlich schien er dreister, überzeugt, mich in der Hand zu haben. «Könnte womöglich so aussehen, als würden Sie Ihren Job nicht ordentlich machen? Sich vor Ihrer Verantwortung drücken?»

Ich zuckte mit den Schultern. «Könnte sein. Aber was wäre schon das Schlimmste, das passieren könnte? Dass ich meinen unbezahlten Posten verliere?», entgegnete ich lächelnd. «Also, Sie machen jetzt Folgendes. Drüben in Santa Maria Ausiliatrice stellt eine bezaubernde walisische Lady aus. Sie werden ihr eine fantastische Kritik schreiben. Und was die Ausstellung hier betrifft, die habe ich zwar noch nicht gesehen, aber ich bin überzeugt, dass sie großartig ist. Auch darüber werden Sie eine gute Kritik schreiben.»

Er blitzte mich einen kurzen Moment an und lachte. Dann machte er auf dem Absatz kehrt und marschierte davon. Als er den Ausgang erreichte, drehte er sich noch einmal kopfschüttelnd um. Und warf mir den wohl düstersten Ramboblick zu, den ein Kunstjournalist mittleren Alters hinbekam.

«Ach, Francesco», sagte ich, «ich bin nicht böse. Ich bin nur enttäuscht.» Ich winkte ihn mit einer kurzen Handbewegung nach draußen, und dann war er fort.

Zufrieden vor mich hinlächelnd ging ich zurück zur Bar.

– 10 –

«Du wirkst ziemlich zufrieden mit dir», stellte Federica fest.

«Oh ja, sehr zufrieden. So zufrieden, dass ich, glaube ich, noch einen Drink verdient habe.»

«Sollten wir nicht zuerst einen Blick auf die Ausstellung werfen?»

«Hmmm. Deswegen sind wir ja eigentlich hier. Also gut.»

Wir gingen die Treppe hinauf ins *piano nobile.* Ich erinnerte mich noch, dass der Saal bei meinem letzten Besuch lichterfüllt gewesen war; durch die Sonnenstrahlen, die vom Wasser des Canal Grande an die Decke gespiegelt wurden. Adam Grant jedoch hatte sich für etwas gänzlich anderes entschieden. Die Fenster waren mit durchscheinendem weißen Stoff verhüllt, der nur gedämpftes Licht hereinließ. Ich ging näher heran. Weiße Seide, staubig und zerschlissen allerdings. Ein Grabtuch? Mein Blick wanderte zur Decke. Ich hatte Fresken eines unbedeutenderen Künstlers aus dem achtzehnten Jahrhundert in Erinnerung und etwas restaurierungsbedürftigen *stucco.* Jetzt wurde sie durch denselben verstaubten Seidenstoff verdeckt. Ich sah genauer hin. Nein, keine Grabtücher. Kleider. Hochzeitskleider und Schleier. Als sich meine Augen an das gedämpfte Licht gewöhnten, entdeckte ich noch mehr. Sie hingen von der Decke, warfen blasse Schatten auf den Fußboden und waren allesamt verstaubt und mit Spinnweben überzogen. Der Stoff schien die Hitze im Raum zu verstärken, und die Luft war schwül und stickig. Es herrschte eine düstere, morbide Atmosphäre.

Ich wandte mich zu Federica um, doch bevor ich etwas sagen konnte, bemerkte sie schon meinen Gesichtsausdruck und fing an zu lächeln. «Ganz dein Geschmack, nehme ich an?»

Ich grinste. «Voll und ganz!»

Sie tätschelte mir die Wange. «Das dachte ich mir. Du stehst einfach auf diesen Gruselkram, stimmt's?»

«Ja, aber das hier ist wirklich großartig. Einfach großartig. Sieh es dir doch an. Wie Miss Havishams Version des Himmels. Oder der Hölle vielleicht.»

«Noch besser.» Sie reichte mir ein Faltblatt. «Lies mal den Titel. *Lohengrin.*»

Ich lachte. «Fantastisch. Adam Grant ist also Wagner-Fan.»

«Elsa von Brabant stellt dem perfekten Ritter Lohengrin eine Frage zu viel … also muss er sie an ihrem Hochzeitstag verlassen.»

«Genau. Wo wird wohl Mr. Grant sein? Ich habe das dringende Bedürfnis, ihm einen auszugeben.» Gerade wollte ich meine Ausführungen noch ein wenig fortführen, da wurde ich durch ein Schulterklopfen unterbrochen.

«Mr. Sutherland! Wie geht es Ihnen?» Es war Lewis Fitzgerald.

«Es geht mir gut, vielen Dank. Oder zumindest besser als gestern. Das ist *dottoressa* Federica Ravagnan.»

Federica wollte ihm die Hand schütteln und zuckte leicht zusammen, als Fitzgerald ihr prompt einen Handkuss gab. «*Piacere, dottoressa.*» Männer, die so etwas machten, waren mir schon immer suspekt. Ich meine, wozu? Seht her, man stellt mir gerade jemand völlig Fremden vor, bin ich nicht ein toller Hecht, wenn ich da so tue, als befänden wir uns in einem Roman aus dem neunzehnten Jahrhundert?

«Wie geht es Mr. Considine?», fragte ich.

Fitzgerald sog Luft durch die Zähne. «Nicht so besonders, wenn ich ehrlich bin. Ich hatte gehofft, er wäre hier. Er kennt nämlich den Künstler. Aber er versucht wohl, die Sache wegzuschlafen.» Ich musste daran denken, was Nicolodi über Considines «persönliche und emotionale Probleme» geschrieben hatte.

«Es muss schrecklich für ihn sein.»

«Ja, das ist es. Ich habe mich gefragt, ob Sie wohl irgendetwas darüber gehört haben, ob der Pavillon wieder geöffnet wird.»

«Nicht das Geringste, aber ich würde es auch nicht eher erfahren als jeder andere.»

«Es ist bloß, weil Sie sagten, Sie kennen jemanden bei der Polizei. Ohne das übliche Klischee bemühen zu wollen, aber», er kicherte, «angesichts der Tatsache, dass wir uns in Italien befinden, könnten Sie da nicht vielleicht ein paar sorgsam gewählte Wörtchen mit denen reden?»

«Mr. Fitzgerald.» Federica legte eine leichte, kaum hörbare Betonung auf das Wort ‹Mr.›. «Nathan macht seinen Job sehr gut, aber selbst ihm wird es nicht gelingen, dafür zu sorgen, dass der Pavillon wieder geöffnet wird. Egal wie sorgsam er seine Wörtchen wählt. Und in Anbetracht der Tatsache, dass wir uns – wie Sie uns gerade in Erinnerung riefen – in Italien befinden, wird die Untersuchung dieser Sache vermutlich Jahre dauern.» Dann schenkte sie ihm ihr strahlendstes Lächeln. Die Sorte, die sie meiner Erfahrung nach nur für Leute reservierte, die sie wirklich überhaupt nicht ausstehen konnte.

Fitzgerald wollte etwas antworten, besann sich jedoch eines Besseren. Es entstand ein verlegenes Schweigen, das kurz darauf durch das Eintreffen des Künstlers in prächtigem Hochzeitskleid und schottengemusterter Hose gebrochen wurde. «Sie sind doch der Konsul? Mr. Sutherland, richtig? Wir wollen unten rasch ein Gruppenfoto machen, wenn Sie vielleicht ...» Als er Fitzgerald bemerkte, verstummte er. Die beiden Männer starrten sich einen Augenblick lang an. «Lewis. Ich wusste gar nicht, dass Sie auf der Gästeliste stehen.»

«Entschuldigung, ich war so dreist, die Einladung eines Kollegen zu nutzen, die von Mr. Considine.»

«Paul? Wie geht es ihm?»

«Nicht so gut.»

«Ich habe natürlich gehört, was passiert ist. Tut mir sehr leid für ihn.»

«Danke. Eigentlich hatte ich ja damit gerechnet, selbst auch eingeladen zu werden.»

«Oh, das waren Sie wahrscheinlich, Lewis», antwortete Adam Grant. «Die Einladung muss in der Post hängengeblieben sei. Genau wie Ihre Schecks gelegentlich.» Damit drehte er sich um und verschwand die Treppe hinunter.

Lewis lächelte. «Oje, ich scheine mir ja heute nicht viele Freunde zu machen, was? Na schön, Sie sollten sich jetzt lieber beeilen, zu Ihrem Fototermin zu kommen, Nathan. Es war nett, Sie kennenzulernen, *signora* Ravagnan.» Kein *dottoressa* diesmal. «Und bitte rufen Sie mich an, wenn ich irgendwie helfen kann.»

«Spritz?»

«Spritz. Unbedingt!»

Wir liefen über die Strada Nova zurück zu La Tappa Obbligatoria. Auf das Endlosgedudel des Musiksenders im Fernsehen hätte ich gut verzichten können, aber es ließ sich nicht leugnen, dass sie in dieser Bar den besten Spritz in diesem Teil der Stadt machten. Ich nahm mir ein paar Stücke Röstbrot mit Salz und Oregano von der Theke.

«Bilde ich mir das nur ein, oder ist der Prozentsatz an Arschlöchern in der Kunstwelt wirklich so hoch?»

Fede kaute auf ihrer Olive und legte den Kopf zur Seite, als würde sie ernsthaft über diese Frage nachdenken. Dann nahm sie behutsam den Kern aus dem Mund und ließ ihn in ihr Glas plumpsen.

«Ich glaube nicht. Vielleicht auf dieser Ebene. Aber da geht es auch nicht mehr wirklich um Kunst, sondern ums Geschäft.»

«Ich meine, in den vergangenen vierundzwanzig Stunden habe ich zwei ziemlich unangenehme Zeitgenossen kennengelernt. Es hätten sogar vier sein können, wenn *signor* Scarpa mich seiner Aufmerksamkeit für wert befunden hätte und Mr. Blake-Hoyt nicht ...»

«... in der Blüte seiner Jahre einen Kopf kürzer gemacht worden wäre.»

«Genau. Die Künstler scheinen allerdings ganz nett zu sein. Das muss ich ihnen lassen.» Ich sah auf mein Handy. «Es ist schon nach sechs. Heute passiert wohl nichts mehr mit der Leiche. Morgen Abend könnte ich aber ziemlich beschäftigt sein. Also, was machen wir jetzt?»

Sie bekam leuchtende Augen. «Also, ich habe ein paar Einladungen. Freunde von Freunden von Freunden, du weißt schon. Hast du Lust, mein Plus-eins zu sein?»

«Fabelhaft, *dottoressa*. Es wäre mir eine Ehre. Was steht zur Auswahl?»

Sie kramte in ihrer Handtasche. «Lass mich mal sehen. Ukraine am Campo Santo Stefano. Angola im Palazzo Cini. Das wird dir gefallen, da gibt es auch Kunst von Toten zu bewundern. Und dann sind da noch ein paar kleinere Eröffnungen, bei denen leider Musik von jungen Leuten für junge Leute gespielt wird. Kannst du das ertragen?»

«Ich werde versuchen, nicht allzu viel zu nörgeln. Wann planen wir das Essen ein?»

Sie sah auf ihre Uhr. «Lass uns jetzt schnell ein paar *polpette* bei alla Vedova futtern. Dann nehmen wir das Boot nach Sant'Angelo. Erledigen die Ukrainer und essen einen Happen bei Da Fiore. Anschließend die Angolaner und rüber zu den Zattere. Da gibt's bestimmt noch ein paar Drinks.»

Ich kaute geräuschvoll mein geröstetes Brot. «Weißt du, manche Leute könnten den Eindruck haben, wir interessierten uns nur für die Vernissage.» Sie lachte und hinderte mich daran, noch ein weiteres Stück zu nehmen.

«Sonst hast du später keinen Hunger mehr.»

«Du hast recht. Die Dinger sind zwar ganz lecker, aber so gut auch wieder nicht. Trotzdem kann ich nie damit aufhören. Was meinst du, woran das wohl liegt?»

Sie schwenkte den Drink in ihrem Glas. «Hat bestimmt was mit dem Spritz zu tun. Man könnte meinen, sie tun etwas rein, das süchtig nach Röstbrot macht.» Sie trank aus. «Gut, lass uns gehen.»

Ich legte einen Fünfer auf die Theke und nickte der *barista* zu. Dann machten wir uns auf den Weg zu alla Vedova und bestellten dort einen Teller mit den besten Fleischbällchen der Stadt.

«Eins sollten wir heute Abend eigentlich noch anschauen», sagte Fede, «aber ich weiß nicht, ob die Zeit dazu reicht.»

«Und das wäre?»

«Die BeGo.»

«Die was?»

«Die Behindertengondel an der Calatrava-Brücke. Die *ovovia*. Ich finde immer, BeGo klingt netter.»

«Ist das überhaupt ein Wort?»

Sie zuckte mit den Schultern. «Jetzt schon. Na ja, wusstest du überhaupt, dass sie schon seit Jahren nicht genutzt wird?»

Ich nickte. Die Ponte della Costituzione oder Calatrava-Brücke, wie man sie nach dem gleichnamigen Stararchitekten nannte, war seit ihrer kurzen Existenz nie ohne Kontroversen geblieben. Mir persönlich gefiel sie eigentlich, aber diese Ansicht behielt ich lieber für mich, solange ich mir nicht ganz sicher war, in welcher Gesellschaft ich mich gerade befand. Das Problem bestand darin, dass sie, so elegant sie auch wirkte, ihren Zweck als Brücke nicht erfüllte; nämlich den Menschen so unkompliziert wie möglich den Überweg von einer Seite des Canale auf die andere zu erleichtern. Die unterschiedlichen Stufenlängen verwandelten die Überquerung in eine Art Kontaktsport, wenn man den Blick nicht die ganze Zeit fest auf die eigenen Füße heftete. Die Glasstufen sahen zwar gut aus, konnten einen aber in eine Heidenpanik versetzen, sobald sie nass waren. Außerdem hatte dummerweise niemand an Barrierefreiheit gedacht. Dieses Problem wollte man lösen, indem man seitlich eine kleine rote eiförmige Kabine anbrachte, die, so die Theorie, die Menschen über eine außen an der Brücke verlaufende Schiene hinübertransportieren würde. Das Ganze hatte vielleicht zwei Monate funktioniert und hing nun da, unbenutzt, ungeliebt und – das war der Knackpunkt – unbeweglich.

Jetzt allerdings, erklärte Federica, hätte man einen Zweck dafür gefunden. Einem hiesigen Künstler sei es gelungen, die Genehmigung zu bekommen, die Kabine als Ausstellungsraum zu nutzen. Der kleinste Ausstellungsraum, den es auf der Biennale von Venedig je gegeben hatte.

«Was für ein Kunstwerk ist es denn?»

«Eine Videoinstallation. Der Künstler hat einen Film von der BeGo aus gedreht, als sie noch in Betrieb war. Dahinter steckt die Idee, dass du sie zwar nicht wirklich benutzen kannst, aber dennoch die virtuelle Erfahrung machst.»

«Ich wusste gar nicht, dass das Ding noch funktioniert.»

«Tut es auch nicht. Nur der Aufzugmechanismus. Keiner weiß, ob sich der Rest jemals wieder bewegt.»

«Wundert mich, dass die *Comune* so eine Nutzung erlaubt.»

Sie zuckte mit den Schultern. «Bringt wahrscheinlich ein bisschen Geld ein. Wer weiß, wenn sie es bei jeder Biennale so machen, haben sie vielleicht in hundert Jahren die Kosten für das Ding wieder raus.»

«Und da behaupten die Leute, der Stadtverwaltung fehle der Weitblick. Ist doch tatsächlich eine gute Idee. So als Kunstwerk, meine ich.»

«Ist es, nicht wahr?» Sie tätschelte mir die Wange. «Sieh einer an, du interessierst dich für zeitgenössische Kunst. Ich hätte nie gedacht, dass ich diesen Tag erlebe.»

«Pfft.» Ich versuchte – vergeblich –, ein beleidigtes Gesicht zu machen. Dann leerten wir unsere Gläser und schritten Arm in Arm Richtung *vaporetto* davon.

– 11 –

Eigentlich hätte ich nicht unbedingt dabei sein müssen, als Vanni Considine am nächsten Morgen zu einer kleinen Unterhaltung einbestellte. Aber irgendwie tat mir der Mann leid, und ich dachte, ich könnte vielleicht helfen. Er erschien noch genauso angezogen, wie ich ihn in Erinnerung hatte, dazu unrasiert und mit dunklen Ringen unter den Augen, und begrüßte mich mit einem matten Lächeln.

«Guten Morgen, Mr. Sutherland.»

«Nennen Sie mich doch Nathan, ja? Wie geht's Ihnen, Paul?»

Er schüttelte den Kopf. «Nicht besonders. Bin schrecklich müde. Ich schlafe nicht mehr richtig, seit … na ja, Sie wissen schon. Heute bin ich erst gegen Morgen endlich eingeschlafen.» Er gähnte. «Keine Zeit mehr zum Duschen und Rasieren. Wahrscheinlich sehe ich schlimm aus.»

«Das stört hier niemanden. Keine Sorge. Es geht nur um eine Aussage, das ist alles.»

Ich hatte ihm einen Anwalt besorgt. Fitzgerald und ich warteten draußen auf die beiden und mieden den Blick des jeweils anderen. Fitzgerald sprach zuerst.

«Wie geht es jetzt wohl weiter?»

Ich zuckte mit den Schultern. «Schwer zu sagen. Aber Sie dürfen nicht vergessen, dass er nicht verhaftet wurde. Er hat ja im Grunde nichts verbrochen. Sie reden nur mit ihm.»

Fitzgerald stieß ein hohles Lachen aus. «Das ist es ja, was

mir Sorgen macht.» Ich sah ihn an, sagte aber nichts. «Reden ist nicht seine Stärke. Das wissen Sie doch, oder?»

«Hören Sie, er hat einen Anwalt bei sich. Außerdem ist eine Dolmetscherin anwesend. Er wird also genau verstehen, worum es geht.»

«Kennen Sie die beiden?»

Ich nickte. «Fabrizio – der Anwalt – ist der richtige Mann für so was. Er ist in Ordnung. Kompetent. Die Dolmetscherin, Anna, kenne ich ziemlich gut. In Anbetracht der Tatsache, dass wir denselben Job haben.»

«Darf ich fragen, warum Sie dann nicht selbst dolmetschen?»

Nun war es an mir zu lachen. «Das wäre nicht rechtens. Ich meine, es gibt zwar kein Gesetz, das es verbietet. Aber es sähe ein bisschen merkwürdig aus. Als wäre jeder in Schwierigkeiten geratene Brite eine Gelegenheit für mich, Geld zu verdienen.»

«Ist es denn nicht so?»

Ich erstarrte. «Nein. Nein, keineswegs.»

Einen Moment lang saßen wir schweigend da, dann fing er wieder an. «Was, glauben Sie, wird passieren, Mr. Sutherland? Ehrlich.»

Ich seufzte. «Wenn ich einen Tipp abgeben müsste, würde ich sagen, nichts. Ich glaube, es war ein tragischer Unfall. Wahrscheinlich kriegen die Leute, die das Ganze aufgebaut haben, ganz schön was auf den Deckel. Und damit meine ich Gefängnis. Aber ich denke eigentlich nicht, dass man Mr. Considine irgendwas zur Last legen kann.»

Fitzgerald nickte, aber sein Blick blieb teilnahmslos.

Ich zögerte einen Moment und fuhr dann fort. «Da ist bloß eine Sache ...»

Er sah mich fragend an, sagte aber nichts.

«*Juditha triumphans.*»

«Was?»

«*Juditha triumphans.* Das ist ein Oratorium von Vivaldi.»

«Ich weiß. Ich weiß, was das ist.» Er winkte herablassend ab. «Was hat das mit Paul zu tun?»

«Nun ja, man hat ein Stückchen Papier in einem Portemonnaie gefunden, das ich für seins halte. Darauf hatte jemand diese Worte geschrieben.»

«Und …?»

«Der Papierschnipsel wurde aus der *Times* gerissen. Es war ein Stück von Gordon Blake-Hoyts Kritik.»

«Ich verstehe nicht. Wie ist denn die Polizei an dieses Portemonnaie gekommen?» Auf einmal löcherte er mich mit Fragen.

«Ich habe es auf einem *vaporetto* gefunden und bei ihnen abgegeben.»

«Na bitte. Könnte ja jeder dort verloren haben.»

Ich hob beschwichtigend die Hände. «Ich weiß, ich weiß. Vielleicht finden sie es bloß ein bisschen … ein bisschen …»

«Ein bisschen was?»

«Ein bisschen merkwürdig. Mehr nicht.» Es klang wenig überzeugend, selbst in meinen Ohren.

Er schüttelte den Kopf. «Passen Sie lieber auf, was Sie sagen. Sie könnten Ärger bekommen wegen solcher Behauptungen.»

«Sie wollten wissen, was ich denke, und …»

«Er ist britischer Staatsbürger und steckt in Schwierigkeiten. Ihre Aufgabe ist es, ihm zu helfen. Nicht hinter seinem Rücken irgendwelche Verleumdungen zu äußern.»

Ich wollte gerade laut werden, da ging die Tür auf, und Paul Considine kam in Begleitung zweier Polizisten, seines

Anwalts und seiner Dolmetscherin heraus. Fabrizio lächelte, klopfte mir auf die Schulter und ging gleich weiter.

Ich warf Anna einen freundlichen Blick zu. «Kaffee?»

Sie nickte. «Die Bar an der Ecke?»

«Prima. Gib mir fünf Minuten.»

Fitzgerald nahm Considine kurz in den Arm und versuchte, ihn dann Richtung Tür zu steuern, doch Considine ergriff meinen Ellbogen. Seine Augen waren ganz rot. «Helfen Sie mir, Mr. Sutherland?»

«Wie bitte?»

«Werden Sie mir helfen, Nathan? Bitte?»

«Hören Sie, Paul, man hat Sie nicht verhaftet. Die Polizei wollte nur mit Ihnen reden. Damit ist die Sache wahrscheinlich erledigt.»

Er schüttelte den Kopf. «Ich bin bloß so müde, verstehen Sie? Es fällt mir schwer, klar zu denken, schwer, all diese Fragen zu beantworten.»

Ich atmete tief durch. «Natürlich werde ich tun, was ich kann, Paul. Ich könnte Ihnen auch einen anderen Anwalt besorgen, obwohl ich vorschlagen würde, Fabrizio zu behalten. Falls Sie mit einem Geistlichen oder mit sonst jemandem reden wollen, kann ich das arrangieren. Ich kann für Sie in England anrufen, ich kann ...»

«Eigentlich nicht viel tun», unterbrach mich Fitzgerald.

«Wie bitte?»

«Hören Sie auf, sich zu entschuldigen. Bitte.» Er wandte sich an Paul. «Er kann nichts machen. Er ist nur der Bleistiftstemmer. Der Verwaltungshengst.» Er lächelte mich an. «Nichts für ungut.» Dann packte er Paul am Arm und schob ihn zur Tür hinaus. «Danke, dass Sie heute vorbeigekommen sind, Mr. Sutherland. Wir wissen das wirklich zu schätzen.»

Einen Moment lang stand ich völlig perplex da. Kleiner

arroganter Mistkerl. Was fiel ihm ein? Dann schüttelte ich den Kopf. Nicht mehr mein Problem. Sollte doch Lewis Großmaul Fitzgerald alles wieder einrenken. Manchmal fragte ich mich, warum ich diesen verdammten Job überhaupt machte.

Ich ging hinaus auf die *fondamenta.* Als ich in die Tasche griff, um meine Sonnenbrille herauszunehmen, stellte ich fest, dass ich sie zu Hause vergessen hatte. Der Sommer stand vor der Tür. Es war zwar noch nicht die Zeit der erbarmungslosen Hochsommerhitze, in der es an ungeschützten, schattenlosen Plätzen beinah unerträglich wurde, aber bis ich nach Hause kam, würde mein Jackett wahrscheinlich unangenehm an mir kleben.

Die Bar an der Ecke der Piazzale Roma wäre normalerweise nicht meine erste Wahl, um einen entspannten Drink zu mir zu nehmen – man konnte noch nicht einmal irgendwo sitzen –, aber das Personal war freundlich, und man wurde nicht abgezockt. Anna stand halb draußen, damit sie zu ihrem Kaffee eine Zigarette rauchen konnte.

Ich gab ihr ein Küsschen auf die Wange. «Dasselbe noch mal?»

«Ja, gern.» Ich gab dem Barmann ein Zeichen. *«Un caffè, un caffè corretto.»*

Anna zog eine Braue hoch. *«Corretto?»*

Ich nickte. *«Con grappa?»*, fragte der Barmann.

«Sì.» Ich wandte mich wieder Anna zu. «Ich bin stinksauer.»

«Oje. Was ist denn passiert?»

«Considines Agent. Oder Manager oder was auch immer er ist. Arrogantes kleines Arschloch.» Ich atmete tief durch. «Aber egal, das ist nicht das eigentliche Problem. Wie war er? Considine, meine ich?»

Der Barmann schob zwei Espressi über die Theke. Anna nahm ein Tütchen braunen Zucker und rührte den Inhalt hinein. «Findest du auch, dass die immer kleiner werden?»

«Glaub schon. Sicher so ein Gesundheitsding.»

«Funktioniert aber nicht, oder? Jetzt reicht nämlich ein Tütchen nicht mehr. Also brauche ich zwei, und das heißt, ich nehme noch mehr Zucker zu mir als vorher.» Sie lachte mit ihrer rauen Zigarettenstimme.

Ich trank einen Schluck von meinem *caffè corretto* und spürte sofort die wohltuende Wirkung des Koffein-Zucker-Gemischs, während der Grappa angenehm im Rachen brannte. Der beste Espresso des Tages. «Also, was hältst du von ihm?»

Sie wirkte betrübt. «Armer Kerl. Er sieht aus, als hätte er tagelang nicht geschlafen. Hat sich dauernd entschuldigt. Und betont, wie leid es ihm tut, was mit Mr. Blake-Hoyt passiert ist.»

«Was hat er sonst noch gesagt?»

«Nicht viel. Das Portemonnaie gehöre ihm. Er hätte es noch gehabt, als er am Tag der Eröffnung das Hotel verließ. Bei seiner Rückkehr sei ihm aufgefallen, dass es weg war. Er müsse es auf dem *vaporetto* verloren haben, denn er erinnere sich noch daran, wie er das Ticket entwertet habe. Nein, das sei nicht seine Handschrift auf dem Zeitungsschnipsel. Ja, er habe den Artikel in der *Times* vor dem Unfall gesehen, weil sein Agent ihn ihm gezeigt hätte. Nein, er habe Mr. Blake-Hoyt nicht gemocht, aber er habe ihn auch nicht aus der Welt gewünscht.»

«Sein Agent hat ihm den Artikel gezeigt?»

«Ja.»

«Direkt vor seinem großen Auftritt. Idiot. Warum macht er so was?»

Anna zuckte mit den Schultern. Sie schwieg einen Moment, bevor sie weitersprach. «Alles in allem hat er also gar nicht so viel gesagt. Das Problem ist nur, dass er so müde und verängstigt wirkt.»

«Kein Wunder, oder?»

«Ich weiß.» Sie fischte ihre Zigaretten aus der Tasche, zündete sich eine an und steckte die Packung wieder zurück, bevor ich die Chance hatte, sie um eine zu bitten. «Aber manchmal … na ja, du weißt, wie das läuft … manchmal wird so was falsch ausgelegt.»

«Haben sie die Medikamente angesprochen?»

«Medikamente?»

«Priadel. Gegen bipolare Störungen.»

«Ach ja. Haben sie. Er nimmt – Priadel, hast du gesagt? – wegen dieser Krankheit. Sie wurde vor fünf Jahren diagnostiziert, sagt er.»

«Na schön.» Ich trank noch einen Schluck Espresso. «Er hat mich um Hilfe gebeten. Um wirkliche Hilfe, meine ich.»

«Und?» Sie hob eine Braue.

«Und ich glaube, ich kann ihm nicht helfen. Es gibt eigentlich nichts, was ich tun könnte.»

«Dann mach dir keine Gedanken deswegen. Du tust sowieso schon eine Menge.»

«Ich weiß. Es ist bloß …»

Sie lachte. «Ach, Nathan, manchmal bist du einfach zu nett. Du würdest einen schlechten Italiener abgeben, weißt du das?»

Ich grinste. «Ja, das würde ich wohl, was?»

«Sie werden sich wahrscheinlich nicht mehr weiter mit ihm abgeben, wenn du mich fragst. Irgendwer wird Riesenärger kriegen, aber nicht er.» Sie sah auf die Uhr. «Ich muss los. Grüß Jean von mir.»

«Jean?», fragte ich, worauf sie mich verwirrt ansah. «Wir haben uns getrennt.»

Sie schlug sich die Hände vors Gesicht. «Oh mein Gott. Das hattest du ja erzählt. Tut mir leid, hatte ich völlig vergessen.»

Ich lächelte. «Macht nichts. Es geht uns beiden gut. Ich bin jetzt mit jemand anderem zusammen. Federica Ravagnan. Ich weiß nicht, ob du sie kennst. Sie ist Kunstrestauratorin.»

Anna schüttelte den Kopf. «Na, dann müsst ihr zwei mich unbedingt mal zum Abendessen besuchen. Versprochen?»

«Gern. Oder du kommst mal zu uns.» Solche Unterhaltungen führten wir schon seit fünf Jahren. Und wir wussten beide, dass es nie dazu kommen würde. Sie gab mir einen Kuss auf die Wange und ging.

Eigentlich hätte ich mich auch auf den Heimweg machen sollen. Doch es bestand immer noch keine Aussicht, dass die Polizei die Leiche freigab, was zu einer langen und lauten Unterhaltung mit Mr. Blake-Hoyts Bruder führen würde. Deshalb brauchte ich eine gute Ausrede, es nicht zu tun. Ich sah auf meine Uhr. Bis zur Frarikirche war es ein zwanzigminütiger Fußmarsch. Ich würde mal schauen, ob Fede Lust auf ein ausgedehntes Mittagessen hatte.

Keine Ahnung warum, aber immer, wenn ich zur Frarikirche wollte, verlief ich mich. Es war zum Verrücktwerden. Ich wusste genau, wo sie sich befand – im Grunde konnte man sie gar nicht verfehlen –, und doch schien sich die Stadt jedes Mal zu verändern, wenn ich auf dem Weg dorthin war. Als wollte sie mich ärgern. Ich brauchte länger als gedacht, und als ich endlich ankam, war ich völlig durchgeschwitzt.

Es tat gut, aus der frühsommerlichen Hitze herauszukommen. Wie bei den meisten Gotteshäusern sorgte die bloße Dimension des Gebäudes dafür, dass es einem wie Monate vorkam, bis es sich ordentlich aufheizte, und bis es darin wieder abkühlte. Wie gewöhnlich tummelten sich nur wenige touristische Besucher im Inneren. Solche Massen, wie sie sich in die Basilika von San Marco drängten, zog die Frarikirche nicht an, und durch die ungeheuren Ausmaße des Innenraums wirkte sie nie überlaufen.

Wie immer wurde mein Blick das Hauptschiff hinunter durch den Lettner auf Tizians prächtiges, in warmen Rot- und Goldtönen leuchtendes Altarbild gezogen: *Mariä Himmelfahrt.* Das riesige Format des Gemäldes wurde zwar durch den gewaltigen Raum relativiert, trotzdem war es fast unmöglich, nicht automatisch dorthin zu schauen. Diese alles überstrahlende Farbgebung. Diese ehrfürchtig staunenden Gesten der Apostel, während eine (zu Recht überraschte) Maria auf einer von Engeln gestützten Wolke in den Himmel getragen wird. Doch trotz all der Bewegung in dem Bild war es der prächtige goldene Lichtschein vom Himmel, der mich jedes Mal völlig überwältigte. Es fiel mir schwer zu glauben, dass das Bild nicht künstlich beleuchtet wurde, und ich fragte mich manchmal, ob man nachts wohl von außen die Fenster schimmern sehen konnte, weil der herrlich goldene Glanz von Tizians Gemälde noch immer den Innenraum erhellte.

Langsam kühlte ich etwas ab und ging zur zweiten berühmten Station in der Kirche. Allegorische Figuren und ein geflügelter Löwe auf Marmorstufen, die zu einer pyramidenförmigen Konstruktion mit halb geöffneter Tür in der Mitte hinaufführten. Davor eine verhüllte Gestalt, die eine Urne in den Händen hielt. Eigentlich hätte es in dieser Umgebung fehl am Platz wirken müssen, aber dazu war es viel zu perfekt.

Das Grab Antonio Canovas. Oder zumindest eines Teils von ihm. Seine anderen Überreste lagen inzwischen in seinem Geburtsort Possagno. Doch sein Herz gehörte, wie das von so vielen Besuchern vor und nach ihm, für immer Venedig.

Ich blickte zu der einladend offen stehenden Tür. Nie hatte ich herausfinden können, wohin sie führte. Eine Tür in einer Pyramide, mit einer verhüllten Gestalt davor, die Canovas Herz in einer Urne trug. Schon ewig hätte ich gern einen Blick dahinter geworfen. Ob Fede das wohl einmal für mich arrangieren konnte?

Ach ja, Federica. Gerade als ich an sie dachte und mir der Grund wieder einfiel, warum ich eigentlich hier war, tippte sie mir auf die Schulter. Ich zuckte zusammen.

«Du siehst aus, als wärst du kilometerweit weg, *tesoro*.»

«Das war ich auch. Oder zumindest irgendwo hinter der Pyramide.»

Sie lächelte. «Ich habe dir doch gesagt, dass es da nichts zu sehen gibt. Es ist eine optische Täuschung. Die Tür führt nirgendwohin. Völlig unspektakulär.»

«Ach, verdirb es mir nicht.»

Sie umarmte mich. «Du guckst zu viele Dario-Argento-Filme, *caro*», sagte sie und gab mir einen Kuss.

«Sei lieber vorsichtig. Sonst werfen sie uns noch hier raus. Mangelnde Ehrfurcht, oder so.»

«Hm, da könntest du recht haben.» Sie machte einen großen Schritt rückwärts. «Bitte schön, ein Meter Abstand. Das ist wahrscheinlich Ehrfurcht genug. Du siehst aus, als wäre dir heiß.»

«Geht schon wieder. Aber es wird eindeutig langsam Sommer.»

«Du könntest dein Jackett ausziehen?»

«Lieber nicht. Ohne Jackett habe ich das Gefühl, nicht ordentlich angezogen zu sein. Genau wie in Shorts und Sandalen.»

Sie seufzte. «Lass mich raten, der Job des Honorarkonsuls in Bergen war schon vergeben? Also, was verschafft mir die Ehre dieses Besuchs?»

«Ach, ich hatte bloß einen etwas anstrengenden Vormittag. Und zu Hause warten ein Haufen Arbeit und ein Kater, der unterhalten werden möchte, auf mich. Also hab ich mich gefragt, ob du vielleicht Lust hast, Mittagessen zu gehen?»

Sie schüttelte den Kopf. «Tut mir leid, keine Zeit, *tesoro.* Der Lettner reinigt sich nicht von selbst. Aber komm doch heute zum Abendessen vorbei. Meine Mutter ist auch da.»

«Ah, okay. Gut», antwortete ich mit so viel Begeisterung, wie ich aufbringen konnte.

Sie verengte die Augen. «Sei bitte nicht so.»

«Wie?»

«Du weißt schon. Und sie mag dich. Wirklich.»

«Wirklich?»

«Na ja, ziemlich. Das ist ein Fortschritt. Und ich koche.»

«Du kochst?»

«Es gefällt ihr, wenn ich koche. Dann hat sie das Gefühl, ihre Fähigkeiten weitergegeben zu haben.»

«Ah, gut.»

«Du bist schon wieder so, Nathan.»

«Entschuldige. Um wie viel Uhr?»

«Halb acht. Bis später dann.»

Ich wollte ihr einen Kuss geben, doch sie schob mich sanft von sich und schüttelte mir stattdessen die Hand. «Denk an die Ehrfurcht, *caro.*»

Ich grinste.

– 12 –

Die Frage, ob wir zusammenziehen sollten, hatten wir bis jetzt noch nicht geklärt.

Ich fuhr gerne rüber zum Lido. Es hatte etwas Entspannendes und wunderbar Romantisches, am Ende des Tages ins *vaporetto* zu steigen; in der Kabine zu sitzen, wenn Regen und Wind gegen die Scheiben schlugen, oder draußen am hinteren Ende Platz zu nehmen, während die Sonne am Himmel über der Lagune versank und die grüne Kuppel des Votivtempels für die Gefallenen des Ersten Weltkriegs wie ein Leuchtfeuer erstrahlte, dann bei Santa Maria Elisabetta anzukommen und aufs Panorama der Stadt zurückzublicken. Ich mochte sogar den Benzingeruch und den Umstand, wieder von Autos umgeben zu sein. Obendrein war Federicas Wohnung auch noch schöner als meine.

Das Problem war, dass sich der Lido – im Gegensatz zur Calle dei Assassini – nicht wirklich als Standort für das Konsulatsbüro eignete. Sollte jemand bestohlen worden sein oder wichtige Dokumente (inklusive seiner *vaporetto*-Tickets höchstwahrscheinlich) verloren haben, wäre es ungünstig, wenn er eine lange Bootsfahrt raus zum Lido machen müsste. Wohingegen meine Wohnung absolut zentral gelegen war.

Das zweite Problem war Gramsci. Es wäre unfair zu behaupten, Federica würde ihn nicht mögen, und Gramsci tolerierte sie sogar. Dummerweise war sie Zeugin geworden, wie er mit meinen Möbeln umging und hatte es daher nicht besonders eilig, ihn mit einer spannenden neuen Umgebung voller Zerstörungsmöglichkeiten zu beglücken. Und so kam es, dass wir uns behalfen, so gut es ging.

An einem kühlen, regnerischen Tag hätte ich von der Anlegestelle aus vielleicht den Bus genommen, aber dieser Frühsommerabend eignete sich für einen angenehmen Spaziergang. Unterwegs hatte ich rasch ein paar Blumen für *signora* Colombo besorgt und zupfte nun im Gehen noch den Preisaufkleber ab. Fedes Mutter wohnte nicht mehr in Venedig, und wir sahen sie nicht allzu oft. Ich hatte das Gefühl, dass sie langsam warm mit mir wurde. Trotzdem fragte ich mich, ob wir uns jemals beim Vornamen nennen könnten (ganz zu schweigen vom gegenseitigen Duzen) oder ob sie womöglich für immer *signora* Colombo für mich bleiben würde.

Ich stieg die Treppe hinauf, ließ mich selbst ein und erkannte sofort meinen Fehler. Sie stand im Flur, während sie sich mit Federica in der Küche unterhielt, und ihr Blick fiel augenblicklich auf den Schlüssel in meiner Hand. Sie sagte nichts, sah mich aber vielsagend an. *Aha, Sie haben also schon einen eigenen Schlüssel?*

Es schien mir fraglich, ob wir jemals dazu übergehen würden, uns mit Wangenküsschen zu begrüßen oder wenigstens die Hand zu schütteln, also setzte ich mein gewinnendstes Lächeln auf und überreichte meine Blumen. «Wie schön, Sie wiederzusehen, *signora*. Die sind für Sie.»

Sie lächelte. «Sehr freundlich von Ihnen, Mr. Sutherland. Tut mir leid, aber ich bin nur ein paar Tage hier, da …»

«Ach, wie schade», fiel ich ihr ins Wort und verfluchte mich sofort im Stillen. Zu viel des Guten, Nathan, viel zu viel des Guten.

Das Lächeln verschwand keine Sekunde aus ihrem Gesicht. «Ich bin nur ein paar Tage hier, aber wir können sie ins Wasser stellen, dann kann Federica sich nach meiner Abreise noch daran erfreuen. Obwohl ich sicher bin, dass Sie ihr ständig Blumen kaufen.»

«Oh ja, ständig.»

Federica blitzte mich an. «Du kaufst mir nie Blumen», entgegnete sie.

Ich warf ihr einen betretenen Blick zu. *Ich weiß*, sollte er ausdrücken. *Aber ich werde mich bessern. Versprochen.*

Sie nickte, als wollte sie sagen, dass sie das schon mal gehört habe. Was, das musste ich fairerweise zugeben, zutraf. «Warum geht ihr beide nicht schon rüber und setzt euch? Das Essen ist gleich so weit.»

Ihre Mutter ging ins Esszimmer hinüber, aber ich zögerte noch einen Moment. «Kann ich dir irgendwie helfen, *cara*?»

Fede schüttelte den Kopf. «Hierbei kann nicht mal ich etwas falsch machen. Zwiebeln, Knoblauch, Olivenöl. Eine Dose Tomaten. Ein bisschen mehr Chili als eigentlich nötig.»

«Und Basilikum. Vergiss nicht das Basilikum.»

«Basilikumblätter zerzupfen krieg ich auch noch hin, Nathan.»

«Und das *soffrito* natürlich. Das *soffrito* ist die Hauptsache.»

Sie nahm mein Gesicht zwischen ihre Hände und lächelte. «Ich weiß, *caro*.» Kann sein, dass es nicht ganz deinen Ansprüchen entspricht, aber es wird gut.» Sie senkte die Stimme zu einem Flüstern. «Und jetzt geh und leiste *Mamma* Gesellschaft.»

Ich sah auf meine Füße. «Ich hab Angst», flüsterte ich.

«Stell dich nicht so an. Sie mag dich. Na ja, sie mag dich einigermaßen. Jetzt geh und versprüh deinen Charme.» Sie tätschelte mir die Wange, drehte mich um und schob mich sanft aber entschieden zur Tür hinaus.

Signora Colombo und ich saßen uns am Tisch gegenüber und schwiegen uns höflich an. Ich nickte ihr lächelnd zu. Sie tat dasselbe.

Schweigen.

Irgendwann verkrampfte sich mein Gesicht vom Lächeln.

«Und, haben Sie etwas Schönes geplant für die nächsten Tage?», riskierte ich eine Frage.

Sie schüttelte den Kopf. «Nichts Spezielles.»

«Interessieren Sie sich denn nicht für die Biennale? Ich könnte Ihnen ein Ticket für die Giardini besorgen.»

«Danke, aber dazu werde ich wahrscheinlich nicht kommen. Und um ehrlich zu sein, für die Kunstbiennale fehlt mir die Geduld. Aber ich mag das Filmfestival. Und die Architekturbiennale.»

«Ah, also die lässt mich, ehrlich gesagt, ein bisschen kalt. Manchmal denke ich, man muss Architekt sein, um das schätzen zu können.»

«Vielleicht. Ich war Architektin, wissen Sie.»

«Ja, ich weiß», log ich. Himmel, was sagst du jetzt bloß, Nathan? «Haben Sie denn schon mal etwas Schönes gebaut?» Oder sollte ich lieber einfach anfangen, hemmungslos zu schluchzen?

Sie erlöste mich. «Sie kochen ja heute Abend gar nicht?»

Ich schüttelte den Kopf. «Diesmal nicht.»

«Aber Federica sagt, Sie sind ein guter Koch.»

«Ich weiß nicht. Manchmal vielleicht. Aber heute hat Federica darauf bestanden, das zu übernehmen.»

Sie nickte. «Mein Mann war ein guter Koch. Ein sehr guter sogar. Mir fehlte immer die Geduld dazu. Um ehrlich zu sein, ich habe mich nie besonders für Essen interessiert. Inzwischen verstehe ich, dass das ziemlich frustrierend für ihn gewesen sein muss.»

Eine Frage hing in der Luft. Ich sah ihr an, wie sie darauf wartete, dass ich sie stellte, aber ich fand nicht die richtigen Worte.

Sie kam mir zu Hilfe. «Er hat sich eine andere gesucht, für die er kochen konnte.»

«So ein Mistkerl, was?» Die Worte rutschten mir einfach so raus und schienen im Raum widerzuhallen, als hätte ich sie lauthals im Markusdom gerufen.

Es folgte ein Moment beklemmendes Schweigen, dann hielt sie sich die Hand vor den Mund und stieß ein leises kristallklares Lachen aus. «Du lieber Himmel. Ja, wirklich. So ein Mistkerl!» Sie fing wieder an zu lachen, und ich lachte mit, wobei ich versuchte, den hysterischen Unterton der Erleichterung zu verbergen.

«Federica, *cara*!», rief sie. «Kannst du Nathan und mir etwas Prosecco bringen?»

Nathan! Ich hatte es geschafft! Nach fast einem Jahr hatte ich's geschafft. Aber lieber noch auf Nummer sicher gehen. «Das ist eine großartige Idee, *signora* Colombo.»

«Nennen Sie mich doch Marta, bitte.»

Federica brachte Prosecco herüber, wir stießen alle an, und sie legte mir die Hand auf die Schulter und drückte sie kaum merklich.

Marta aß ihre *spaghetti al pomodoro* auf und lächelte mich an. «Sie waren also in der Zeitung, Nathan.»

Ich nickte. «Ja. Ich hätte, ehrlich gesagt, darauf verzichten können. Aber es war wohl unumgänglich, dass es auf den Titelseiten landete.»

«Schrecklich. Der arme Mann.»

108

«Es ist nicht einfach. Ich versuche mein Möglichstes, damit seine Leiche nach Hause überführt wird, aber die Polizei will sie erst freigeben, wenn sie ihre Untersuchungen abgeschlossen hat.»

«Aber es war natürlich ein Unfall?»

«Sicher.» Na ja, fast sicher. «Aber die Polizei spricht noch mit ein paar Leuten.»

«Heute haben sie den Künstler vernommen, *Mamma*», sagte Federica.

«Und wie geht es ihm? Für ihn muss das Ganze ja auch furchtbar sein.»

«Das ist es», sagte ich. «Den Eindruck habe ich wirklich. Er hat mich um Hilfe gebeten. Leider kann ich vermutlich nicht viel tun.»

«Aber er tut Ihnen leid?»

«Ja, wirklich. Ich glaube, er hat Probleme. Zumindest weiß ich von einem Journalisten, dass er in der Vergangenheit welche hatte. Alkohol vielleicht, oder Drogen. Er macht auf jeden Fall einen sehr sensiblen Eindruck.»

Marta nickte. «Ich verstehe. Aber manchmal können auch sensible Menschen schlimme Dinge tun. Journalisten allerdings ...» Sie stieß ein langes verächtliches «Pfffft» aus.

«Das stimmt wohl.» Ich stand auf und griff nach den Tellern. «Ich räume schnell ab. Möchte jemand einen Espresso?» Beide nickten. «Eine Flasche Grappa ist auch da, falls irgendwer mag?»

«Nein danke, Nathan. Du kennst meine Einstellung zu Grappa», antwortete Federica.

«Da muss ich meiner Tochter leider zustimmen, Nathan. Mein Mann war ein Freund von Grappa nach dem Essen, aber ich habe das nie verstanden.»

«Ich auch nicht, *Mamma*. Und das Zeug, das Nathan kauft, schmeckt, als würde man eine Zigarette trinken.»

«Das ist ja das Geniale daran», sagte ich, als ich mit einer Flasche und einem Glas aus der Küche zurückkam. Ich sah auf die Uhr. «Gerade noch Zeit für einen Espresso, dann muss ich los, um mein *vaporetto* noch zu erwischen.»

Leicht verlegenes Schweigen. «Mein Kater wird mich schon vermissen.»

«Wird er nicht», zischte Federica leise.

«Also, er muss gefüttert werden. Sonst muss der schöne Sofabezug dran glauben. Und morgen erwartet mich ein anstrengender Tag.»

«Ach, irgendetwas Aufregendes?», fragte Marta.

«Na ja, wie man's nimmt. Im Arsenale gibt es ein paar Künstler, denen ich mit einigen Übersetzungen ausgeholfen habe. Ich hab ihnen versprochen vorbeizukommen. Nachdem ich es am Eröffnungstag wegen der ganzen... Unannehmlichkeiten in den Giardini nicht geschafft habe, wollte ich morgen hingehen. Und mir dabei das Ganze gleich mal richtig anschauen.» In der Küche fing der Espressokocher an, auf der Herdplatte zu brodeln, und ich ging hinüber, um drei Tassen einzuschenken. «Vorausgesetzt, ich kann mich aus dem Büro loseisen», sagte ich, als ich zurückkam. «Am Vormittag habe ich Sprechstunde, und wahrscheinlich wird Mr. Blake-Hoyts Bruder mich jetzt täglich anrufen, bis ich es schaffe, die Leiche nach England zu überführen.» Ich rührte Zucker in meinen Espresso und kippte ihn in einem Schluck runter. Dummerweise ohne ihn vorher ausreichend abkühlen zu lassen, weshalb er mir den Rachen verbrannte. Egal. Ich stand auf und griff nach meinem Jackett. «So, jetzt muss ich aber wirklich los. Hat mich gefreut, Sie wiederzusehen, Marta.»

Sie lächelte. «Das ging mir ebenso, Nathan. Ich hoffe, wir sehen uns noch mal, bevor ich wieder abreise.»

«Das hoffe ich auch.»

Federica begleitete mich zu Tür. «Ich ruf dich morgen an, *caro*, ja?» Sie umarmte mich und gab mir einen Kuss auf die Wange. «Gut gemacht», flüsterte sie mir ins Ohr.

Ich nahm ein leeres *vaporetto* zurück ins fast stille Venedig und eine fast leere Wohnung. Dort warf ich dem desinteressierten Gramsci ein paar Bälle zu. Aber wenn mir mal danach war, hatte er natürlich keine Lust zu spielen. Da wartete er lieber bis in alle Herrgottsfrühe.

Von der merkwürdigen Sache mit Considine und von Gordon Blake-Hoyts Kopf einmal abgesehen, war es ein guter Tag gewesen. Ich dachte an Pauls Befragung in der *Questura* zurück. An den Eindruck, den er hinterlassen hatte. Unsicher, ja. Verängstigt, ja. Er hatte tagelang nicht richtig geschlafen. Andererseits hatte der größte Auftritt seines Lebens mit einem gewaltsamen Tod geendet. Wie sollte er da schon reagieren? Der Einzige, der mir von schweren psychologischen Problemen berichtet hatte, war Francesco Nicolodi, und ich sah inzwischen keinen Grund mehr, ihm zu trauen.

Kopfschüttelnd überflog ich mein CD-Regal. Ein bisschen Hawkwind zur Nacht vielleicht? Nein. Ich hatte eine bessere Idee.

V wie Vivaldi. Zwischen Verdi und von Bingen. *Juditha triumphans.* Ich goss mir ein Glas Wein ein und lehnte mich auf dem Sofa zurück, während die Hörner die martialische Ouvertüre schmetterten und zum großen Eröffnungschor überleiteten.

Arma, caedes, vindictae, furores,
Angustiae, timores.

Precedite nos.

«Der rote Priester» in seiner militärischsten und aufregendsten Form. *Waffen, Gemetzel, Rache und Wut, Angst und Schrecken gehen uns voraus.* Kurz bevor Judith Bethulien verließ, musste ich wohl eingeschlafen sein.

– 13 –

Die Frau auf der anderen Seite des Schreibtischs weinte. Schon seit sie hereingekommen war, hatte sie versucht, die Tränen zurückzuhalten, aber jetzt flossen sie stumm. Erst vor zwei Tagen sei sie mit ihrem Mann in Venedig eingetroffen. Sie kämen regelmäßig, sagte sie, jedes Jahr. Immer übernachteten sie im selben Hotel, dem hübschesten auf den Zattere. Gestern Abend dann, auf ihrer abendlichen *passegiata* kurz vor dem Essen, sei er plötzlich gestolpert und gestürzt. Zumindest dachte sie das. In Wirklichkeit hatte er einen Herzinfarkt. Zweimal sei sein Herz auf dem Weg ins Krankenhaus im Rettungsboot stehen geblieben, aber jetzt war er – wenn sie es richtig verstanden hatte – zumindest stabil.

Ich war noch nicht mal ein halbes Jahr lang Konsul gewesen, als ich mich um eine in Tränen aufgelöste junge Frau hatte kümmern müssen, deren frisch Angetrauter auf der *fondamenta* ausgerutscht war und sich das Bein gebrochen hatte. Damals hatte ich absolut keine Ahnung gehabt, wie man mit so etwas umging. Dass man sich in solchen Situationen jedoch ein bisschen mehr einfallen lassen musste als den Spruch «Es hätte schlimmer kommen können», lernte ich ziemlich schnell.

Inzwischen reagierte ich angemessener. Ich ließ die Frau ein paar Minuten weinen und schob behutsam die Box mit den Papiertaschentüchern von meiner Seite des Schreibtischs auf ihre. Sie fuhr sich mit der Hand durch die Haare und atmete ein paarmal tief durch; dann tupfte sie sich die Augen trocken. Gramsci beobachtete sie vom Rand des Schreibtischs aus. Ich bedachte ihn mit einem warnenden Blick. Denk nicht mal drüber nach. Er sah mich an und hob eine Pfote. Mit einer geschmeidigen Bewegung erhob ich mich von meinem Platz, packte ihn und zog ihn blitzschnell auf meinen Schoß. Wahrscheinlich hatte sie es nicht einmal bemerkt. Gramsci zuckte und zappelte, während ich ihn an mich drückte und so tat, als würde ich ihn streicheln. Ein bisschen kam ich mir dabei wie Ernst Stavro Blofeld vor.

Die Frau schnäuzte sich und lächelte. Ihr Blick fiel auf Gramsci, der versuchte, meinem eisernen Griff zu entkommen. «Er ist lustig», sagte sie.

Ich erwiderte ihr Lächeln. «Besser jetzt?»

Sie nickte und wurde rot. «Tut mir leid.»

«Nicht doch. Ist schon gut. Es war bestimmt ein ganz schöner Schreck.» Sie nickte wieder. «Na schön, es gibt bestimmt ein paar Dinge, bei denen ich Ihnen behilflich sein kann. Aber eins nach dem anderen. Wäre jetzt vielleicht erst mal ein Espresso gut?»

«Ja, bitte.»

«Wäre ein *caffè corretto* vielleicht noch besser?»

Sie lachte ein wenig. «Um diese Tageszeit? Glauben Sie, ich sollte?»

«Das war ein furchtbarer Schock für Sie. Also ja, ich glaube, Sie sollten.» Ich kippte Gramsci vom Schoß und ging zur Espressomaschine. Kapselmaschinen waren eigentlich nicht mein Ding, aber ich war zu der Erkenntnis gelangt, dass es – falls es einmal nötig wurde – einfach professioneller wirkte, den Espresso im Büro zu machen, als rüber in die Küche zu gehen und den Kocher auf den Herd zu stellen. Für den Fall der Fälle hatte ich mir darüber hinaus die Mühe gemacht, ein Tablett mit zwei Tassen vorzubereiten. Eine davon war sogar sauber. Für mich würde es auch die andere tun. Ich fragte mich, ob es wohl ein bisschen zu lässig wirken würde, wenn ich die Kaffeemaschine über mein Handy bediente. Alles, was ich dazu bräuchte, wäre ein Gerät mit Fernbedienungstechnologie. Und natürlich ein Smartphone.

Ich ließ zwei Tassen durchlaufen und reichte ihr eine, zusammen mit einem Holzkästchen voller Zuckertütchen, von denen einige die Aufschrift «Fabelhaftes Brasilianisches Café, San Marco» trugen. Dann setzte ich mich wieder, zog die untere linke Schublade meines Schreibtischs auf und nahm eine Flasche Grappa heraus. Es gefiel mir, dass ich mich dabei ein bisschen wie ein Detektiv aus einem Vierzigerjahre-Krimi fühlte. Ich goss uns einen Schuss in den Kaffee. «Nehmen Sie ruhig ein bisschen Zucker, das tut auch gut.»

«Sie sind sehr freundlich.»

«Bin ich nicht, wissen Sie. Mir ist nach ein paar Monaten in dem Job bloß aufgefallen, dass zu viele Leute mein Büro in Tränen aufgelöst verlassen haben. Das ist nie ein gutes Zeichen. Zumal unten im Haus meine Stammbar ist. Ich habe angefangen, mir Sorgen zu machen, dass sie mich dort für einen Kredithai oder so was halten.» Sie lächelte wieder. Ich warf noch einen Blick auf die Notizen, die ich mir gemacht hatte. «Na schön, wollen wir mal sehen, was sich tun lässt. Ihr Mann liegt also im *Ospedale Civile*, aber er ist inzwischen stabil?» Sie nickte. «Das ist doch schon mal nicht schlecht, oder? Können Sie mir irgendeinen Ansprechpartner nennen – einen behandelnden Arzt vielleicht?»

Sie kramte in ihrer Tasche, zog einen Terminkalender hervor und blätterte ihn durch. «Dr. Vianello.»

Ich lachte. «Haben Sie noch einen Vornamen? Vianello ist hier ungefähr so, wie wenn man in Wales Jones heißt, wissen Sie.»

«Entschuldigung. Ja, sein Vorname ist ...» Sie runzelte die Stirn. «Thomas. Tommaso wäre das dann?»

«Das ist richtig. Ich kenne ihn. Freundlicher Mann. Spricht nicht viel Englisch.»

Ihr kamen wieder die Tränen. «Stimmt. Das macht es etwas schwierig.» Ich nickte. «Ich kann kaum Italienisch. Also, ein bisschen spreche ich schon. Aber man rechnet ja nicht damit, jemals mit irgendwem über ein solches Thema reden zu müssen, nicht wahr?»

Sie hatte recht. Egal, wie gut man eine Fremdsprache auch beherrschte, man war immer dankbar für einen Arzt oder Friseur, der die eigene Muttersprache konnte.

«Na schön, wann besuchen Sie Ihren Mann das nächste Mal?»

«Heute Nachmittag. Um drei.»

«Wäre es eine Hilfe, wenn ich Sie begleite? Ich kann für Sie übersetzen, falls nötig.»

«Würden Sie das tun? Das wäre furchtbar nett.»

«Aber gerne. Und wenn er entlassen wird, kümmern wir uns darum, dass wir Sie beide wieder nach Hause bekommen. Aber das hat noch ein bisschen Zeit. Sonst noch etwas, soll ich irgendwen benachrichtigen?»

«Nein, danke. Ich glaube, ich habe schon alle angerufen.»

«Sehr gut. Dann sind wir, denke ich, fast durch. Gibt es denn noch jemanden, mit dem Sie gern sprechen würden? Einen Geistlichen zum Beispiel?»

Sie errötete.

«Würde Ihnen das helfen?»

Sie nickte.

«Anglikanisch, katholisch? Tut mir leid, ich muss das fragen», sagte ich und lächelte.

«Church of England? Gibt es hier eine?» Sie klang überrascht.

«Gibt es. Das wissen zwar die Wenigsten, aber ja. St. George's am Campo San Vio. Darf ich Ihre Kontaktdaten weitergeben?»

«Ja, bitte. Vielen Dank noch mal.»

«Gern geschehen. Wirklich gern geschehen.» Ich brachte sie zur Tür. «Bis heute Nachmittag dann.»

«Danke.» Sie zögerte. «Darf ich Sie umarmen? Oder wäre das unprofessionell?»

Ich lachte. «Vielleicht. Aber in Zeiten wie diesen sind Umarmungen wichtig, also bitte, wenn Sie möchten.»

Nachdem ich sie zur Straße hinunterbegleitet und die Tür hinter ihr geschlossen hatte, nahm ich die Post aus dem Kasten und sprang gut gelaunt wieder die Treppe hinauf. Das war immer das Beste an dem Job. Ist jemand Opfer eines Verbrechens geworden – sorry, da kann ich nicht viel machen. Außer ihm eine Schulter zum Ausheulen zu bieten und ihm zu raten, zur Polizei zu gehen. Reisepass verloren? Ich kann erklären, wie man an einen neuen kommt, viel mehr aber auch nicht. Ist jemand aber allein in der Stadt, irgendwas läuft schief und er (oder in diesem Falle sie) hat Angst, weil er nicht richtig versteht, was passiert – prima. Da kann ich helfen. Das ist die Situation, in der ich dafür sorge, dass alles ein bisschen weniger schlimm wird, als es scheint. Ich legte die Post auf den Schreibtisch. Hauptsächlich Wurfsendungen von Supermärkten, aber ein paar Briefumschläge waren auch dabei. Rechnungen natürlich. Immerhin waren Biennale-Jahre gute Jahre, und so beunruhigten sie mich weniger, als sie das vielleicht noch vor zwölf Monaten getan hätten.

Das Klimpern von Schlüsseln am Türschloss kündigte

Federica an. «Alles erledigt, *caro*?», fragte sie, nachdem sie hereingekommen war.

Ich sah auf die Uhr. Es war eine Minute nach der vollen Stunde.

«Alles erledigt, *cara*.»

«Ich habe eine ältere Dame weggehen sehen. Sie hat gelächelt. Du hast wohl wieder deinen Charme spielen lassen?»

«Ihr Mann liegt im Krankenhaus. Ich schau heute Nachmittag mal bei ihm vorbei.»

«Ach, du bist lieb. Manchmal jedenfalls.» Sie setzte sich auf den Stuhl mir gegenüber. «Mittagspause?»

«Mittagspause. Nur noch kurz die E-Mails checken.» Ich scrollte sie rasch durch. «Nichts Wichtiges. Also, lass uns was kochen.»

«Zuerst einen Spritz?»

«Lieber nicht. Ich muss heute Nachmittag fit sein.»

Sie packte mein Gesicht. «Wer bist du, und was hast du mit Nathan gemacht?»

«Ich bin erwachsen geworden, *cara*. Steht mir das etwa nicht?»

«Ich bin mir nicht ganz sicher. Versuch es lieber mal in Etappen.»

«Okay, Prosecco dann?»

«Schon besser.»

Ich ging in die Küche und schenkte uns zwei Gläser ein. Fede sah auf die Uhr. «Leider hab ich nicht viel Zeit.»

«Macht nichts.» Ich füllte Wasser in einen Topf und setzte es zum Kochen auf. «Spaghetti mit Zitrone, Basilikum und Parmesan. In fünfunddreißig Minuten bist du hier wieder raus. Fünfundzwanzig, wenn du nicht aufhörst, mir zu versichern, wie genial ich bin. Soll ich heute Abend auch kochen?»

«Der Abend gehört *Mamma*.»

«Ach, und ich dachte, wir beide sind jetzt beste Freunde?»

«Das seid ihr.» Sie umarmte mich. «Ich bin sehr stolz auf dich. Aber ich glaube, wir sollten heute einen Mädelsabend zu Hause verbringen. Warum gehst du nicht mit Dario aus?»

«Er hat heute schon was vor. Das heißt also ...»

«Trauriger Junggesellenabend daheim?»

«So was Ähnliches.»

«Mitnehm-Pizza, zu viel Bier und einen flimmernden alten Horrorstreifen gucken?»

«Das hatte ich in Erwägung gezogen. Aber ich glaube, ich erledige tatsächlich ein bisschen richtige Arbeit. Versuche jemandem zu helfen, auch wenn dieser Jemand nicht mal ein Freund ist. Wahrscheinlich läuft es darauf hinaus.»

Fede lächelte.

– 14 –

Auf einen schönen Nachmittag folgte ein unbefriedigender Abend. Zuerst hatte ich einige Zeit mit dem älteren Ehepaar im Krankenhaus verbracht und übersetzt, was Dr. Vianello zu sagen hatte. Was zusammengefasst nicht viel mehr war als: *Sie haben ganz schön Glück gehabt.* Anschließend war ich nach Hause gegangen, um den beiden ein paar günstige Flüge zu buchen. Und dann hatte ich angefangen, mich ein bisschen einsam zu fühlen.

«Werden Sie mir helfen, Nathan? Bitte?»

Ich hatte mir wirklich vorgenommen, den Versuch zu unternehmen, Paul Considine zu helfen. Doch je mehr ich drüber nachdachte, umso weniger schien es zu geben, was ich tun konnte.

Ich war noch einmal die Fakten durchgegangen. Das Problem war nur, es gab nicht sonderlich viele. Vermutlich war es gar nicht so außergewöhnlich, dass Gordon Blake-Hoyt eine Kopie von Gentileschis *Judith und Holofernes* in der Tasche hatte. Eine kurze Recherche hatte ergeben, dass das Original in den Uffizien hing. Vielleicht war er gerade aus Florenz zurückgekehrt. Himmel, vielleicht war es einfach sein Lieblingsgemälde.

Und das Portemonnaie? Considine gab zu, dass es ihm gehörte. Hatte er sich bloß einen makabren Scherz erlaubt, die Worte *Juditha triumphans* auf die Kritik aus der *Times* gekritzelt und sie dann in sein Portemonnaie gesteckt? Und dieses anschließend auf dem *vaporetto* verloren? Oder hatte ihn jemand bestohlen? Ich schüttelte den Kopf. Das ergab keinen Sinn. Wenn jemand es gestohlen hätte, dann hätte er die Banknoten herausgenommen und es anschließend weggeworfen. Und hätte er es einfach fallen lassen, hätte es sicher nicht lange gedauert, bis jemand auf dem vollen Boot es bemerkt hätte. War er also gleichzeitig mit Nicolodi und mir auf dem Boot gewesen? Das erschien unwahrscheinlich, aber auf einem überfüllten *vaporetto* nicht ausgeschlossen.

Blieb immer noch *Juditha triumphans*. Na schön, vielleicht hatte er die Worte geschrieben und schämte sich zu sehr, um es vor der Polizei einzugestehen. Das würde Sinn ergeben. Vielleicht konnte man mir vorwerfen, ich wäre bloß auf der Suche nach etwas Ablenkung von der täglichen Tretmühle der Übersetzungsarbeit? War es nicht möglich, dass das alles bloß Zufall war?

Nein. War es nicht!

Ich hätte gern noch mal mit Paul gesprochen, aber mir fiel ein, dass ich keine Möglichkeit hatte, ihn zu kontaktieren. Genauso wenig wie seinen Manager. Ich hätte mir ihre Nummern geben lassen sollen. Vanni wäre sicher bereit, die Verbindung herstellen, wenn ich ihm sagte, dass es sich um eine dringende Konsulatsangelegenheit handelte, aber dazu müsste ich ihn anlügen. Dann war da noch Nicolodi. Immerhin wusste ich, wo er wohnte, aber angesichts der Tatsache, dass wir zusammen waren, als das Unglück passierte, war ich mir nicht sicher, ob er eine Hilfe sein könnte. Außerdem waren wir nicht gerade im Guten auseinandergegangen.

An dem Punkt hatte ich aufgegeben. Den Rest des Abends verbrachte ich dann in der Hoffnung auf eine Eingebung damit, *Juditha triumphans* zu hören, während Gramsci und ich um die Wette schmollten.

Heute konnte es nur besser werden. Ich streckte den Kopf aus dem Fenster und reckte mich gen Himmel. Der war zwar wolkenverhangen, aber ich spürte ein sanftes, warmes Lüftchen im Gesicht. Der Duft nach Kaffee und Croissants zog von den Brasilianern herauf. Das würde ein guter Tag werden. Keine kopflosen Kunstkritiker. Keine neurotischen Künstler, keine zwielichtigen Journalisten. Ich würde einfach nur die Biennale genießen.

Nachdem ich unten rasch etwas gefrühstückt hatte, machte ich mich auf den Weg zum Arsenale.

Ich hätte das *vaporetto* nehmen können, aber es war – ließ man die paar Wolken mal beiseite – ein fast perfekter Sommervormittag, und in den Gassen würde es noch nicht zu voll sein. Diese Gelegenheit wollte genutzt werden. Also ging ich zu Fuß zur Piazza San Marco. Ich erinnerte mich, wie ich den Platz vor Jahren einmal im Halbdunkel eines frühen Wintermorgens überquert hatte und ihn dabei nur mit ein paar Straßenfegern teilte. So leer hatte ich ihn seitdem nie wieder erlebt. Selbst jetzt, um nicht einmal neun Uhr, füllte er sich bereits langsam mit Besuchern und mit Souvenirverkäufern, die um die beste Verkaufsposition stritten. Tische und Stühle vor dem Quadri und dem Florian standen schon parat, um jene zu empfangen, die bereit waren, so gut wie jeden Preis für – zugegeben exzellenten – Kaffee und Croissants zu zahlen, um genussvoll dabei zuzuschauen, wie das Leben im «schönsten Salon Europas» vorbeizog. Wenn man den Markusplatz nicht gerade mitten in der Nacht überquerte, war er nie so perfekt, wie man ihn sich wünschte. Trotzdem hätte man schon ein Herz aus Stein haben müssen, damit er einen unberührt ließ.

Ich steuerte am Dogenpalast vorbei, auf die Riva degli Schiavoni und dann über die Ponte della Paglia. Einen kurzen Augenblick blieb ich oben stehen, um hinüber zur Ponte dei Sospiri, der Seufzerbrücke, zu schauen. Ruskin, dachte ich, hatte recht. Sie trug zwar einen schönen Namen, aber es war absolut nichts Besonderes an ihr. Und doch veranlasste sie einen immer, wenn man vorbeikam, zum Stehenbleiben, wenn auch nur für einen Moment. Was leider zur Folge hatte, dass die Ponte della Paglia in der Hochsaison von Touristen verstopft und praktisch unpassierbar war.

Ich ging weiter, am Standbild von Vittorio Emanuele und an der Chiesa della Pietà vorbei. Vivaldis Kirche. Sozusagen. Der Legende nach hatte er mit dem Architekten zusammengearbeitet oder ihn zumindest in Sachen Akustik beraten; so oder so, der rote Priester lag längst erkaltet im Grab, bis die Kirche fertig gebaut wurde. Die Fassade blieb bis ins zwanzigste Jahrhundert unvollendet. Zurzeit wurde sie gerade restauriert, und das Kirchengebäude selbst verbarg sich fast komplett hinter dem gigantischen Werbebanner. Nur einmal war ich im Inneren gewesen, als ich ein Konzert mäßiger Qualität zu einem unmäßigen Eintrittspreis besucht hatte, um Tiepolos Deckenfresken zu bewundern.

Vivaldi erinnerte mich an *Juditha triumphans*. Ich begann wieder, über den Fall zu grübeln. Bloß, so rief ich mir in Erinnerung, dass es gar keinen Fall gab. Nur einen schrecklichen Unfall, dessen Umstände schon in ein paar Tagen aufgeklärt sein würden.

Inzwischen konzentrierte ich mich nicht mehr auf den Weg und erreichte, ehe ich es mich versah, schon das Marinemuseum. Verärgert über mich selbst schüttelte ich den Kopf. Ein Spaziergang durch Venedig war eine Verschwendung, wenn man dabei mit den Gedanken woanders war. Mir blieb noch Zeit für einen Kaffee, und ich ging weiter zu einer Bar direkt vor dem Arsenale, wo vier der am wenigsten überzeugenden Löwen in der Geschichte der Bildhauerkunst über den Haupteingang wachten.

Noch nicht mal halb elf. Ein bisschen früh für einen Spritz, selbst für mich. Ich bestellte einen *caffè macchiato* und ein Glas Wasser und setzte mich nach draußen. Dann merkte ich, dass ich nichts zu lesen dabeihatte. Weder eine Zeitung noch ein Buch und nur ein Handy ohne Internet. Rasch warf ich einen Blick auf die anderen Gäste. Eine Familie mit Buggy und ein kleiner Junge mit Roller. Venezianer also. Ein grauhaariger Geschäftsmann, der *Il sole 24 Ore* las. Noch ein Einheimischer. Eine Gruppe junger Leute, die alle Biennale-Tickets an Umhängebändern um den Hals trugen. Am Nachbartisch ein hellhäutiger Mann mit Rastafrisur und Hund an der Leine. Ziemlich sicher ein Tourist, sagte ich mir, wäre da nicht der Hund. Ein junger Bursche mit Man Bun. Wozu bloß diese Frisur? Man sah diese Männerdutts mittlerweile überall. Zugegeben, bei Toshiro Mifune in *Die sieben Samurai* hatte es gut ausgesehen, aber seither …? Ach, Nathan, dachte ich, du wirst alt. Mein Kaffee kam, und ich zelebrierte mein übliches Ritual. Ein Tütchen braunen Zucker nehmen, dreimal auf die Handfläche tippen. Zucker in die Tasse schütten. Zwanzigmal in Uhrzeigerrichtung umrühren. So und nicht anders. Wenn ich je von diesem Procedere abwich, schmeckte es einfach nicht so gut.

«Mr. Sutherland?» Die Worte rissen mich aus meinem grummeligen kleinen inneren Monolog. «Mr. Sutherland?» Die Stimme kam von rechts. Von Paul Considine. Keine Ahnung, wie lange er da schon gesessen hatte.

«Paul. Wie geht's Ihnen? Er zuckte mit den Schultern. «Darf ich Sie zu einem Kaffee einladen?» Er schüttelte den Kopf. «Doch, doch, ich lade Sie zu einem Kaffee ein.» Ich signalisierte ihm, seinen Stuhl herüberzuziehen. Dann winkte ich dem Kellner und bestellte noch einen Espresso.

«Wenn ich ausgetrunken habe, will ich rüber ins Arsenale», sagte ich. «Kommen Sie mit?»

Er nickte. «Ja.» Dann lächelte er mich ein kleines bisschen verschlagen an. «Also, ich sollte.»

«Was ist mit Lewis? Mr. Fitzgerald, sollte ich wohl sagen.»

«Vincenzo Scarpa hat eingewilligt, ihm fünf Minuten seiner Zeit zu gewähren. Lewis meinte, es wäre gut, wenn ich dabei wäre.»

«Aber Sie wollen nicht hingehen?»

«Was soll das bringen? Er kann mich nicht leiden, ich kann ihn nicht leiden. Es wird genauso laufen wie letzte Woche, er wird es bloß als Anlass nehmen, scheußlich zu mir zu sein.» Einen kurzen Moment wirkte er wütend, dann schüttelte er den Kopf, als wollte er die bösen Gedanken vertreiben.

Ich versuchte, das Thema zu wechseln. «Es war mein Ernst, wissen Sie. Als ich Ihnen sagte, wie sehr mir Ihre Installation gefallen hat.»

Sein Gesicht erhellte sich merklich. «Danke.»

«Aber warum Glas? Arbeiten Sie schon immer mit diesem Material?»

Er schüttelte den Kopf. «Nein. Vor ein paar Jahren ist mir etwas passiert, das gab den Anstoß.» Als ich fragen wollte, was es war, sprach er schon weiter. «Ich fing an, intensiver über Glas nachzudenken. Glas als Material. Glas als Konzept. Diese innere Spannung, die es besitzt. Wie man ein Objekt daraus anfertigen kann, das zerbrechlich, schön und tödlich zugleich ist. Man könnte zum Beispiel die freundlichsten bunten Glasfenster herstellen und trotzdem mit den Scherben jemanden umbringen. Und dann noch all die anderen sonderbaren Eigenschaften. Wissen Sie, was sie uns in der

Schule über die Fensterscheiben in alten Häusern erzählt haben? Dass sie unten dicker sind, weil Glas fließt wie eine Flüssigkeit?»

«Nur dass ...»

«Nur dass das nicht stimmt. Können Sie sich vorstellen, wie enttäuscht ich war, als ich das erfuhr? Aber dann habe ich gelesen, dass die Lichtgeschwindigkeit durch Glas langsamer ist als durch Luft. Das heißt, dass man bei jedem Blick durchs Fenster ein kleines bisschen in die Vergangenheit schaut.» Er packte grinsend meinen Arm. «Glas ist eine Zeitmaschine, Mann!» Und wir fingen beide an zu lachen.

Der Kellner kam mit Pauls Espresso. Paul wendete kurz ein Tütchen Zucker zwischen den Fingern, legte es aber dann wieder zurück aufs Tablett. Seinen Espresso rührte er trotzdem um. Er trank einen Schluck und verzog das Gesicht. Dann lächelte er. «Tut mir leid, Mr. Sutherland. Espresso habe ich noch nie gemocht.»

«Das sieht man. Trinken Sie ihn trotzdem. Er wird Ihnen guttun.»

«Sehe ich so schlecht aus?»

«Nein, sehen Sie nicht.» Heute machte er einen deutlich besseren Eindruck. Ein bisschen müde noch vielleicht, aber er hatte geduscht und sich rasiert und trug einen leichten Leinenanzug und ein weißes T-Shirt statt des vorschriftsmäßigen Schwarz.

«Zum Glück habe ich besser geschlafen. Und gestern habe ich lange mit einer alten Freundin telefoniert. Danach ging es mir besser.»

«Freut mich.» Ich zögerte. «Paul, die Frage fällt mir nicht leicht. Aber Sie haben mich um Hilfe gebeten, deshalb ...»

Er zuckte mit den Schultern. «Fragen Sie nur.»

«Sie nehmen ein Medikament namens Priadel?»

«Ja, richtig. Vor ungefähr fünf Jahren wurde festgestellt, dass ich bipolar bin. Was eine Menge erklärte. Warum?»

«Ich denke da nur an Ihre kleine Unterhaltung mit der Polizei kürzlich.»

«Oh Gott, war es so schlimm?»

Ich hob beschwichtigend die Hände. «Wahrscheinlich dachten sie, Sie wären nur müde. Aber vergessen Sie vielleicht manchmal, Ihr Medikament zu nehmen?»

«Nein, nie. Glauben Sie mir, das passiert mir nicht.»

«Ich vermute, die Polizei hat Ihnen die Tabletten nicht zurückgegeben?» Er schüttelte den Kopf. «Aber Sie haben genug dabei, um während Ihres Aufenthalts hier damit auszukommen?»

«Sicher. Man muss ziemlich vorsichtig sein mit den Dingern, wissen Sie? Ich nehme 400 mg, aber in den meisten europäischen Ländern wird nichts über 300 mg verkauft. Deshalb muss ich für den Notfall immer ein paar in Reserve haben. Falls die Flieger sich mal verspäten, oder so.»

«Nichts über 300 mg?» Er schüttelte den Kopf. Ich hatte die Blisterpackung gesehen. 150 mg. Ich wollte etwas sagen, hielt dann jedoch inne.

«Stimmt was nicht?»

«Nein, nein, alles in Ordnung.» Ich hatte nicht das Gefühl, dass es ihm etwas bringen würde, wenn er es wüsste, und wechselte das Thema. «Also, dieses Treffen mit *signor* Scarpa. Gehe ich recht in der Annahme, dass Lewis hofft, ihn dazu zu bringen, dass der Pavillon wieder geöffnet wird?»

Er nickte. «Das ist der Plan. Aber seien Sie ehrlich, Mr. Sutherland ...»

«Nathan.»

«Seien Sie ehrlich, Nathan, glauben Sie, es besteht überhaupt eine Chance?»

Ich schüttelte den Kopf. «Nie und nimmer. Und um ehrlich zu sein, wüsste ich auch nicht, wie *signor* Scarpa da helfen sollte. In der Kunstwelt mag er ja eine große Nummer sein, aber hier handelt es sich um einen Tatort und womöglich um eine Todesfalle. Tut mir leid.»

Er ließ einen Moment die Schultern sinken. «Dann wäre es also sowieso Zeitverschwendung, wenn ich mit ihm rede?»

Ohne ihn verletzen zu wollen, hielt ich es für das Beste, ihm die Wahrheit zu sagen. «Absolute Zeitverschwendung.»

Ich rechnete damit, dass er sich aufregen würde, doch ein breites Lächeln legte sich auf sein Gesicht. «Das dachte ich mir.» Er leerte seinen Espresso. «Bäh. Okay, Nathan, ich hatte Sie doch um Ihre Hilfe gebeten.»

Ich nickte. «Ich erinnere mich.»

«Können Sie mir einen Gefallen tun?»

«Natürlich.»

«Einen großen Gefallen?»

Ich lachte. «Kommt drauf an, wie groß.»

«Ich brauche hundert Euro. Vielleicht ein bisschen mehr, aber hundert müssten eigentlich reichen. Glaub ich zumindest.»

«Wie bitte?»

Er warf die Hände in die Luft. «Tut mir leid. Ich hätte nicht fragen sollen. Entschuldigen Sie.»

«Nein, nein, schon gut. Aber wofür brauchen Sie hundert Euro?»

Er antwortete nicht. «Paul, direkt an der *fondamenta* ist eine Poststelle mit Geldautomat. Soll ich Sie hinbringen?»

Er schüttelte den Kopf. «Ich habe keine Karte.»

Keine italienische, nahm ich an. «Ich weiß, das macht nichts. Mastercard, Visa, British Bank, die funktionieren alle.»

«Nein. Ich habe überhaupt keine Bankkarte, Nathan.»

Ich sah ihn entgeistert an. Der britische Repräsentant auf der Biennale von Venedig. Ein Mann, der für den Turner-Preis nominiert war. Ein Mann, der keine Bankkarte hatte? Ich wollte etwas sagen, überlegte, wie ich es am diplomatischsten formulieren sollte, doch er ersparte mir die Unannehmlichkeit.

«Ich war bankrott, wissen Sie. Vor ungefähr fünf Jahren.»

«Oh, das wusste ich nicht. Tut mir leid.»

«Schon gut. Irgendwie ist es allgemein bekannt. Sie kennen doch das alte Sprichwort: ‹‹Der eine hat's …››»

«‹… der andre hat's gehabt.› Ich weiß. Das kenne ich auch. Sprechen Sie weiter.»

Er zuckte mit den Schultern. «Damals hatte ich andere Probleme. Lewis hat mir geholfen. Ich meine, wirklich geholfen. Ohne ihn wäre ich wahrscheinlich nicht hier. Er hat mich dabei unterstützt, mein Leben wieder in Ordnung zu bringen.»

«Hat er das?» Ich zog eine Augenbraue hoch. Lewis Fitzgerald, dachte ich, was musst du doch für ein herzensguter Mensch sein. «Eine Bankkarte steht Ihnen trotzdem zu, wissen Sie?»

Er nickte. Dann schüttelte er den Kopf. «Ich will gar keine. Lewis kümmert sich um die Finanzen, bezahlt alles und legt den Rest auf die Bank. So kann ich mich voll und ganz auf meine Kunst konzentrieren. Finden Sie das seltsam?»

«Ähm …»

Er lachte. «Ja, zugegeben, wahrscheinlich ist es ein bisschen seltsam. Aber es hält mich auf dem Pfad der Tugend. Und mit jedem Tag, der vergeht, wird es ein bisschen leichter.»

Wir gingen zur *fondamenta* zurück und weiter bis zum

Postamt. Der Geldautomat zeigte die übliche Warnung an, dass meine Bank ein paar Euro Gebühr verlangte, aber das war mir egal. Ich zählte hundert Euro in Zwanzigern ab. «Nur eins noch. Sie werden nichts Dummes damit anstellen, versprochen?», sagte ich, bevor ich sie Considine reichte.

«Dumm?»

«Alkohol. Drogen. Glücksspiel. Furchtbare Taten der Selbstschädigung.»

Er lachte. «Wie schon gesagt, so was mache ich wirklich nicht mehr. Eigentlich ist es ziemlich banal, was ich damit vorhabe. Ich will nur eine alte Freundin zum Mittagessen einladen. Eine, die ich eine ganze Weile nicht gesehen habe.»

Nun lächelte ich. Der Anzug, das saubere weiße T-Shirt, die Rasur. Jetzt ergab es Sinn. «Ah, verstehe. Ist es – sagen wir – aus besonderem Anlass?»

«Ich verstehe nicht.» Als ich ihm vielsagend zunickte, fing er an zu lachen. «Ach so. Nein, nein, es ist kein besonderer Anlass. Nur ein Treffen mit einer alten Freundin.»

«Eine alte Freundin. Wie nett.» Ich gab ihm das Geld. Dann kam mir ein Gedanke. «Denken Sie an ein bestimmtes Restaurant?»

«Ich kenne mich in der Stadt nicht so gut aus. Könnten Sie vielleicht etwas empfehlen?»

«Sicher.» Ich griff nach meiner Brieftasche und nahm eine Visitenkarte heraus. «Ai Mercanti. Direkt am Campo San Luca. Mein Lieblingsrestaurant für besondere und nicht so besondere Anlässe. Sagen Sie ihnen, Nathan hat Sie geschickt, dann werden Sie bestens versorgt.»

Er wirkte hocherfreut. «Danke, Mann. Das weiß ich zu schätzen.»

«Gern geschehen.»

«Nur eins noch. Sollten Sie Lewis in die Arme laufen, erzählen Sie ihm bitte nichts, ja? Es ist bloß – na ja, die Freundin, um die es geht –, die beiden verstehen sich nicht besonders.»

«Ah. Alles klar.» *Oha, Mr. Fitzgerald, interessante Beziehung, die Sie da zu Ihrem Künstler haben.* Ich nahm meine Karte noch einmal heraus und wandte mich wieder dem Geldautomaten zu.

«Alles in Ordnung?», fragte Paul.

«Alles in Ordnung. Könnte nur sein, dass Sie ein bisschen mehr als hundert Euro brauchen. Auch wenn es kein besonderer Anlass ist.» Der Automat surrte vor sich hin, ich entnahm das Geld und drückte es Paul in die Hand. «Am schnellsten geht es mit dem Boot nach Rialto. Aber Sie haben ja Zeit. Vielleicht wäre es nett, einen Spaziergang zu machen. Falls Sie zu früh dran sind, Marchini Time ist gut, um noch einen Kaffee zu trinken. Oder Tee, wenn Sie wirklich keinen Espresso mehr sehen können. Aber lassen Sie bloß die Finger vom Gebäck.»

«Nicht gut?»

«Zu gut.»

«Danke, Nathan.» Ich lächelte. Er drehte sich um und lief zurück Richtung San Marco. «Danke noch mal!», rief er über die Schulter.

Um hundertfünfzig Euro ärmer steuerte ich Richtung Arsenale. Ich steckte die Belege ein. Genau wie Gramsci wurde ich mit den Jahren wohl sentimental.

– 15 –

Das Arsenale. Diese bedeutende Handels- und Kriegsmaschinerie, die einst die Überlegenheit und Macht der erhabensten aller Republiken begründete. Noch immer gehörte ein großer Teil davon der Marine und war normalerweise nicht für die Öffentlichkeit zugänglich. Außerdem beherbergte es die Kontrollzentrale des M.O.S.E.-Projekts, eines Sperrwerks aus beweglichen Fluttoren im Meer, die bei Sturmflut aufgerichtet werden konnten, um die Lagune vor *aqua alta* zu schützen. Zumindest in der Theorie. Eines Tages, so prophezeiten die optimistischeren Venezianer, könnte es sogar funktionieren. Bis dahin diente es als gigantisches schwarzes Loch, das bereits einen schier endlos erscheinenden Geldstrom verschluckt hatte und die berufliche Laufbahn mindestens eines Bürgermeisters. Ich hatte einmal die Gelegenheit gehabt, das Kontrollzentrum zu besichtigen, und war furchtbar enttäuscht gewesen, dass es sich im Grunde um einen ganz gewöhnlichen Computerraum handelte. Bei der Menge Geld, die mit im Spiel war, hatte ich auf ein bisschen mehr James-Bond-Atmosphäre gehofft.

Ich ging zum Eingang und warf einen Blick auf die Übersichtskarte. Die Südamerikaner, für die ich die Übersetzung gemacht hatte, fanden sich ungünstigerweise am hintersten Ende der zweiten großen Ausstellungshalle. Ungefähr einen Kilometer entfernt. Es waren ein paar Elektromobile im Einsatz, um die Leute von einem Ende des Geländes zum anderen zu transportieren, aber die waren eigentlich den Älteren und

Gebrechlicheren vorbehalten. Ein bisschen Müdigkeit würde da als Grund wohl nicht ausreichen. Ich überlegte kurz, ob ich ein Humpeln vortäuschen sollte, entschied mich dann aber dagegen. So abgebrüht war ich nun doch nicht. Noch nicht jedenfalls. Daher setzte ich mich zu Fuß in Bewegung.

Das Ausstellungsareal bestand aus zwei großen Säulenhallen und diversen Nebengebäuden und Magazinen, die man umfunktioniert hatte. Viele der Länder, denen es nie gelungen war, einen dauerhaften Platz in den Giardini zu bekommen, hatten ihren Pavillon jetzt hier. Dazu gab es Ausstellungen einzelner Künstler und diverse Begleitveranstaltungen. Das Arsenale nahm ein Sechstel der Fläche Venedigs ein und schien ein unerschöpfliches Angebot an Kunst zu beherbergen. In einem Jahr hatte ich tatsächlich einmal versucht, alles anzuschauen, jedoch ernüchtert aufgegeben, als mir klar wurde, dass das Vorhaben, eine Installation nach der anderen abzuhaken, einer wahren Sisyphosaufgabe gleichkam. Kaum glaubte man, alles gesehen zu haben, tauchte wie durch Zauberhand ein weiterer Ausstellungsbereich auf. Irgendwann wurde es einfach zu viel, totale Reizüberflutung. Am Schluss wusste ich gar nicht mehr, was ich da eigentlich betrachtete. Als ich im Inneren einer Holzhütte stand und mich ehrlich nicht entscheiden konnte, ob es sich um ein Kunstwerk oder einen gewöhnlichen Schuppen handelte, beschloss ich, dass es Zeit war, nach Hause zu gehen.

Als die erlauchteste Republik auf der Höhe ihrer Macht gewesen war, hatte es das Arsenale angeblich geschafft, ein Schiff pro Tag zu bauen. Ich hatte keine Ahnung, ob das stimmte, doch während ich durch den riesigen Innenraum der ersten Galerie schlenderte, fragte ich mich, ob es nicht tatsächlich so gewesen sein könnte. In dieser gewaltigen Halle hatten die Venezianer durch den bloßen Einsatz menschlicher Arbeitskraft die Fließbandarbeit der industriellen Revolution um über fünfhundert Jahre vorweggenommen.

Kunst glitt an mir vorbei. Riesige kinetische Skulpturen. Kleine kritzelige Zeichnungen. Lichtinstallationen. Klanginstallationen. Videoarbeiten. Es war unmöglich, sie alle richtig auf sich wirken zu lassen. Wie, fragte ich mich, konnte man von einem normalen Besucher mit Tageskarte mehr erwarten, als nur an der Oberfläche des Ganzen zu kratzen? Ich würde später wiederkommen und alles noch mal richtig anschauen. Also, wahrscheinlich. Möglicherweise.

Als ich nach der Hälfte stehen blieb und überlegte, ob ich eine Pause machen und etwas trinken sollte, bemerkte ich ein Stück weiter vorn zwei vertraute Gestalten. Lewis Fitzgerald und Vincenzo Scarpa, in eine intensive Unterhaltung vertieft. Gut. Ich hatte gehofft, sie würden mir über den Weg laufen. Ich ging zu ihnen und begrüßte sie mit einem fröhlichen «Guten Morgen!».

Keiner von beiden schien erfreut, mich zu sehen. Scarpa musterte mich von oben bis unten und wandte sich anschließend mit fragendem Blick Fitzgerald zu.

«Das ist Mr. Sutherland, *dottore*. Er war bei der Eröffnung des britischen Pavillons.» Scarpa kam näher und sah zu mir herauf. Er war in der Tat ein auffällig kleiner Mann. Kein Wunder, dass er Wert darauf legte, auf Fotos immer in der ersten Reihe zu stehen. Durch die dicken Gläser seiner Schostakowitsch-Brille starrend kam er noch näher, bis seine Nasenspitze fast schon meine berührte. Dann trat er einen Schritt zurück und schüttelte den Kopf. «Ich erinnere mich nicht an Sie. Sind Sie ein Künstler?»

«Ich bin der britische Honorarkonsul.»

«Ah, ja. Jetzt fällt's mir wieder ein. Sie arbeiten für den Botschafter, richtig?»

«Nein. Nicht direkt. Ich meine, er ist nicht mein Vorgesetzter oder so.» Es folgte ein Moment des Schweigens. «Und, was führt Sie beide heute Morgen her?», fragte ich dann und versuchte, so viel Unbekümmertheit wie möglich in meine Stimme zu legen.

Die beiden sahen sich an. Scarpa zuckte mit den Schultern. Gute Laune war offenbar nicht sein Ding. Lewis antwortete mir. «Ich wollte den *dottore* gerade fragen, ob er irgendeine Möglichkeit sieht, den Pavillon wieder zu öffnen.»

Damit hatte ich gerechnet. «Tut mir leid, Lewis, aber daraus wird, glaube ich, nichts», sagte ich. «Immerhin ist dort jemand gewaltsam zu Tode gekommen. Die polizeilichen Ermittlungen laufen noch.»

Scarpa lächelte kaum merklich und legte den Kopf zur Seite. «Sind Sie Polizist?»

«Nein.»

«Ach, Pardon. Einen Moment lang dachte ich, Sie wüssten, worüber wir reden.» Ich wollte protestieren, doch er kam mir zuvor. «Sobald die Untersuchungen abgeschlossen sind und Anklage erhoben wurde, werden wir den Pavillon voraussichtlich wieder öffnen können.»

Ich schüttelte den Kopf. «Da wird die *Comune* niemals zustimmen. Sie ...»

Dieses Mal war es Lewis, der mich unterbrach. «Der *dottore* lebt schon ein bisschen länger in Italien als Sie, Nathan. Wahrscheinlich weiß er, wovon er spricht.» Er lächelte mich übertrieben herzlich an, und ich lächelte genauso herzlich zurück. Vermutlich stellten wir uns beide gerade vor, wie es wäre, dem jeweils anderen eine reinzuhauen. «Abgesehen davon», sagte ich wieder an Scarpa gewandt, «dachte ich, die Installation gefällt Ihnen nicht.»

«Stimmt. Sie ist ein Haufen Schrott.»

«Ein Haufen Schrott, ja? Tatsächlich. Hören Sie das, Lewis? Schrott.»

«Der *dottore* hat provokante Ansichten, Nathan. Das ist in der Welt der Kunst nicht ungewöhnlich. Trotzdem würden wir den Pavillon beide gerne wiedereröffnet sehen.»

«Aber sicher. Wer weiß, vielleicht lockt die Sache sogar noch mehr Besucher an? Der britische Todespavillon. Die Leute werden Schlange stehen, Lewis. Sie werden Schlange stehen.» Lewis warf mir noch einen verächtlichen Blick zu, dann wandten die beiden sich zum Gehen. Ich folgte ihnen.

«Können wir noch etwas anderes für Sie tun, Sutherland?» Lewis, so hatte ich festgestellt, nannte mich beim Vornamen, wenn er herablassend, und beim Nachnamen, wenn er bedrohlich klingen wollte. Andere Tonlagen gehörten offenbar nicht zu seinem Repertoire, es sei denn, er benutzte einen Titel wie *dottore*, um Unterwürfigkeit auszudrücken.

«Nun, ich muss sowieso hier entlang. Ich bin mit ein paar argentinischen Künstlern verabredet, für die ich einen kleinen Auftrag erledigt habe. Passarella und Kempes, kennen Sie sie, *signor* Scarpa?» Er nickte. «Und was halten Sie von ihnen?»

«Ein Haufen Schrott.»

«Schrott. Komisch, ich dachte mir, dass Sie das sagen würden. Großartig, wenn man allem gegenüber so aufgeschlossen ist. Finden Sie nicht auch, Lewis?»

«Hören Sie, Sutherland, verfolgen Sie irgendwas Bestimmtes mit Ihrem Auftritt?»

«Etwas Bestimmtes? Nein, nein. Ist bloß nett, Gesellschaft zu haben. Ich dachte allerdings, es würde Sie vielleicht interessieren, dass Paul sich wahrscheinlich nicht zu uns gesellt.»

«Was?»

«Er kommt nicht.»

Fitzgerald wirkte konsterniert. «Das ist ärgerlich. Ich habe ihm gesagt, dass ich ihn heute Vormittag hier brauche. Und dass er den Rest des Tages ruhiger angehen lassen kann.»

«Ach, na ja, vielleicht nicht ganz so ruhig. Er ist nämlich unterwegs nach ...» Ich verstummte.

«Unterwegs?», fragte Lewis.

«Unterwegs nach Mailand.» Warum bloß Mailand, um Himmels willen? Wie kam ich ausgerechnet darauf? «Ja, er fährt gerade nach Mailand.»

«Was?»

«Er fährt nach Mailand. Er wollte sich die Brera-Pinakothek anschauen.»

«Wie kommt er denn da hin?»

«Ach, ich war schon ein-, zweimal dort. Hin und wieder muss ich zur Botschaft. Ich habe ihm den Weg beschrieben und ihm gesagt, welchen Zug er nehmen soll.» Ich hielt kurz inne. «Außerdem habe ich ihm ein bisschen was geborgt. Fürs Zugticket, wissen Sie.»

Lewis blieb stehen. «Sie haben ihm Geld gegeben?»

«Hundertfünfzig Euro. Genug für den Zug und ein ordentliches Mittagessen.»

«Hundertfünfzig Euro.» Er rieb sich mit beiden Händen das Gesicht und strich sich anschließend die Haare nach hinten. «Sie Idiot. Sie verdammter Idiot.»

«Stimmt was daran nicht?»

«Sie verdammter Dummkopf, Sutherland. Er fährt nicht nach Mailand. Er kauft sich Alkohol von dem Geld. Oder etwas Schlimmeres.»

«Das glaube ich nicht. Er konnte es kaum erwarten, zu seinem Ausflug aufzubrechen.»

Lewis streckte die Hand nach mir aus, als wollte er mich

packen. Dann überlegte er es sich anders und fuhr sich noch einmal durch die Haare. «Paul hatte Probleme, wissen Sie das? Große Probleme. Es hat mich meine ganze Kraft gekostet, ihn wieder zurück auf den Pfad der Tugend zu bringen. Und jetzt erzählen Sie mir, Sie haben ihm hundertfünfzig Euro gegeben, damit er sich zudröhnen kann? Sie Schwachkopf!»

«Kein Grund, unhöflich zu werden, Lewis. Und es ging ihm gut. Er wirkte sehr entspannt. Zufrieden.»

Er kniff die Augen zu. «Es ging ihm gut, weil er seine Tabletten nimmt. Wenn er aufhört, sie zu nehmen ...» Er zählte wohl im Stillen bis zehn. Dann schlug er die Augen auf, atmete tief durch und wandte sich an Scarpa. «Ich muss zurück ins Hotel. Irgendwann wird er da auftauchen. Wer weiß, in welchem Zustand. Wie komme ich am schnellsten hier raus?» Er bückte sich, um einen kleinen Rucksack vom Boden zu nehmen, und schlang ihn sich über die Schulter.

Scarpa nahm seine Brille ab und polierte sie rasch an seinem Jackett. Ich meinte, ein kaum merkliches Lächeln in seinem Gesicht zu erkennen. «Hinter dem nächsten Ausstellungsraum ist ein Ausgang. Sie können eins der Elektromobile nehmen, um von hier aus zum Haupteingang zurückzukommen.» Lewis nickte ihm kurz zu und stürzte davon. «An Ihrer Stelle würde ich nicht rennen!», rief Scarpa ihm nach, während Lewis hinter einem schweren schwarzen Vorhang am Ende des Gangs verschwand. Kurz darauf ertönte ein lauter Schrei, gefolgt von ein paar beeindruckend kreativen Kraftausdrücken. Scarpa zuckte mit den Schultern. «Ich hatte ihn gewarnt. Hinter dem Vorhang ist eine Lichtinstallation oder besser das Gegenteil davon. Da drin ist es fast völlig dunkel. Man muss seinen Augen einen Moment Zeit lassen, um sich daran zu gewöhnen.»

Tatsächlich befand sich ein Warnhinweis neben dem verhängten Eingang. Ich erkannte den Namen des Künstlers, ein Amerikaner, den ich schon immer ziemlich mochte. Ich deutete auf die Infotafel. «Ein Haufen Schrott?», fragte ich.

Scarpa schüttelte den Kopf. «Nein. Das hier gefällt mir.»

Wir traten durch den Vorhang.

Der Raum war wie erwartet ziemlich finster. Wir konnten gerade noch erkennen, dass die gegenüberliegende Wand blassgrau schimmerte. Während sich unsere Augen an die Dunkelheit gewöhnten, schien sie noch ein bisschen heller zu leuchten und sich dann wieder zu verdunkeln. Die Wirkung war so ähnlich, als würde plötzlich ein Bild von Mark Rothko vor einem erscheinen und sofort wieder verschwinden. Hypnotisch, schön, beruhigend; abgesehen von der andauernden Salve Flüche, die Lewis von sich gab.

Seine Umrisse waren kaum zu erkennen, aber er schien irgendwie zusammengekrümmt. «Bin gegen so eine verfluchte Bank gerannt.»

Ich streckte ihm die Hand hin. «Wollen Sie sich einen Moment setzen?»

Er schlug meine Hand weg und richtete sich auf. «Ich will einfach nur den verdammten Ausgang finden.» Er stolperte herum. «Dieser verdammte Vorhang muss doch verdammt noch mal hier irgendwo sein.»

Da zuckte mir plötzlich von hinten ein stechender Schmerz durch die Schulter. Der Schreck war größer als die Pein, aber trotzdem entfuhr mir ein «Autsch». Vorsichtig tastete ich meinen oberen Rücken ab. Mein Jackett war zerrissen, und meine Finger waren feucht. Hatte ich etwa unbewusst einen Schritt rückwärts gemacht und mich an einem hervorstehenden Nagel verletzt?

«Guter Gott!», schrie Lewis in dem Moment. «Machen Sie das verdammte Licht an!»

Er schrie immer weiter. Ich konnte im Dunkeln seine Gestalt erkennen, nach vorn gebeugt, die Hände zusammengepresst. «Sind Sie verletzt, Lewis? Sagen Sie was!»

Aus dem hinteren Teil des Ausstellungsraums war ein «Ratsch» zu hören, dann strömte Licht herein. Scarpa hatte einfach die Vorhänge von der Stange gerissen. Aus allen Richtungen kamen Ordnungskräfte angerannt.

«Mein Gott. Ich glaube, es geht durch. Es geht durch meine Hand!» Mit der Linken ein blutiges Taschentuch umklammernd, sank er auf die Knie. «Es hat meine Hand durchbohrt. Oh Gott, meine Hand.»

«Wir brauchen einen Erste-Hilfe-Kasten. Es muss irgendwo einer in der Nähe sein. Und rufen Sie ein Rettungsboot, er wird ins Krankenhaus müssen.»

Ich schwankte ein bisschen, bis mich jemand sanft zu einer Bank schob. «Setzen Sie sich, ja? Sie sind selbst verletzt. Wir rufen für Sie beide ein Rettungsboot.» Leicht benommen senkte ich den Kopf und versuchte, gleichmäßig zu atmen. Da entdeckte ich ihn. Auf dem Fußboden lag ein gläserner Spieß mit blutiger Spitze. Nein, kein Spieß, ein Pfeil. Ein perfekt gegossener Glaspfeil. Und da, nur ein paar Zentimeter entfernt, lag noch einer, in zwei Teile zerbrochen. Gläserne Pfeile. Zwei gläserne Pfeile.

– 16 –

Das Rettungsboot brauste durch die Lagune und transportierte uns beide ins Ospedale Civile an der Fondamenta Nove. Ich hatte es erst einmal von innen gesehen, als ein Freund unter starkem Alkoholeinfluss auf einer Hochzeitsfeier die Treppe vor dem Paradiso heruntergestürzt war. Wenn nicht gerade ein Leben auf dem Spiel stand, machte es eigentlich ziemlich viel Spaß, sich auf diese Weise fortzubewegen. Von allen Geschwindigkeitsbeschränkungen in der Lagune entbunden, durften die Fahrer bei einem Notfall rasen wie die Henker.

Lewis sah die ganze Zeit ganz grau aus, als wäre ihm schlecht. Der Sanitäter versuchte, ihn zu trösten. «Es ist eine schmerzhafte Wunde, aber Sie schaffen das. Verstehen Sie mich? Halten Sie nur den Arm schön nach oben und drücken Sie fest auf den Verband, ja?» Er nickte, musste aber die Tränen wegblinzeln. «Das Ding hat meine Hand durchbohrt», sagte er immer wieder.

Als wir am Krankenhaus ankamen, holten sie uns mit zwei Rollstühlen am Ponton ab. Mir war leicht schwindlig, aber eher von dem Schock als von den Schmerzen. Ich glaubte eigentlich, laufen zu können, aber das Angebot, geschoben zu werden, abzulehnen, erschien mir unhöflich, also setzte ich mich in einen der Rollis. Lewis sackte benommen in den zweiten. Er hielt den Kopf gesenkt und die Hand auf Schulterhöhe erhoben. Sie hasteten im Laufschritt mit uns durch den Eingangsbereich des architektonisch wohl verrücktesten Gebäudes Venedigs. Durch blitzend weiße Flure, die nach Desinfektionsmittel rochen, durch einen Innenhof, in dem ein halbes Dutzend Katzen in der Mittagssonne faulenzte, durch die mit Fresken verzierten und von Statuen gesäumten Gänge des ursprünglichen Gebäudes – der Scuola Grande di San Marco – bis zur *pronto soccorso*, wo wir in verschiedene Richtungen geschoben wurden.

Es sei nichts Ernstes, versicherte mir der Arzt. Ein paar Stiche würden reichen. Der Pfeil war durch Jacke und Hemd gedrungen und hatte säuberlich meine Haut aufgeschlitzt. Natürlich hatte er dabei ein einwandfreies Hemd und mein bestes Jackett ruiniert. Nein, schlimmer noch, er hatte mein einziges Jackett ruiniert.

Der Doktor half mir wieder in die Kleider und klopfte mir aufmunternd auf die Schulter. «Das war's schon. Kommen Sie einfach in ein paar Wochen zum Fädenziehen wieder.»

«Ist mein Bekannter auch fertig?»

Er runzelte die Stirn. «Ich seh mal nach ihm, einen Moment bitte.» Er verließ das Zimmer. «Er wird schon wieder, aber es dauert noch ein bisschen», sagte er, als er kurz darauf zurückkam.

«Ist er denn schwer verletzt?»

«Das nicht, aber er steht unter Schock.»

«Wird er hierbleiben müssen?»

Er schüttelte den Kopf. «Nein, aber er braucht jemanden, der ihn nach Hause bringt.»

«Okay. Ich glaube nicht, dass er irgendwen in der Stadt kennt. Ich warte in der Bar auf ihn, könnte sowieso einen Drink gebrauchen.»

Der Arzt grinste. «Viel Glück dabei.»

Die Bar im Ospedale hatte einmal zu den besten kleinen Bars Venedigs gehört. Mit ihrer dunklen Holzvertäfelung und den roten ledergepolsterten Stühlen wirkte sie wie eine Kombi aus Gentlemen's Club und klassischem 50er-Jahre-Café. Ich erinnerte mich noch an meinen ersten Besuch. Läge sie doch nur ein bisschen näher an meiner Wohnung, hatte ich damals gedacht, dann könnte ich direkt Stammgast hier werden. Doch dann verboten sie irgendwann das Rauchen. Und etwas später das Trinken. Und inzwischen bekam man zwar noch einen ordentlichen Espresso und eine Brioche, aber es war eigentlich keine Bar mehr.

Der *barista* schüttelte lachend den Kopf, als ich eher hoffnungs- als erwartungsvoll nach einem *caffè coretto* fragte. Seufzend bestellte ich stattdessen einen *macchiatone.* Ich hatte keine Vorstellung, wie lange ich würde warten müssen, und wünschte, ich hätte etwas zum Lesen dabeigehabt. In der Hoffnung, dass vielleicht jemand seine Zeitung liegen gelassen hatte, blickte ich mich um, aber ich hatte kein Glück.

Ich setzte mich und trank ein bisschen von meinem Kaffee. Und dann noch ein bisschen. Und noch ein bisschen. Und dann hatte ich ihn ausgetrunken. Wie viel Zeit war wohl vergangen? Ich sah auf die Uhr. Fünf Minuten. Toll. Ich bestellte noch einen Kaffee und schob ihn auf die andere Seite des Tisches, um zu verhindern, dass ich ihn einfach in einem Zug leerte.

Dieses Mal dauerte es vielleicht zehn Minuten, bis die Tasse leer war. Seufzend kramte ich noch etwas Kleingeld aus meiner Hosentasche und ging zurück zur Theke. Achtzig Cent. Zu wenig. Mit etwas Mühe zog ich meine Geldbörse aus der Jacketttasche, die, wie immer um diese Jahreszeit, mit Quittungen und Flyern vollgestopft war.

Ich bestellte einen weiteren *macchiatone*. Drei Tassen Kaffee direkt hintereinander zu trinken war vielleicht nicht die klügste Idee, aber immerhin waren sie mit einem gesunden Anteil aufgeschäumter Milch verdünnt. Ich sah in mein Portemonnaie. Weder ein Fünf- noch ein Zehn- noch ein Zwanzigeuroschein zu sehen. Der *barista* schob meinen Kaffee über die Theke. Ich zückte einen Fünfzigeuroschein. Er sah mich bedauernd an und schüttelte den Kopf.

«Haben Sie's nicht kleiner?»

«Ich hätte achtzig Cent.»

Er streckte die Hand aus. «Das reicht.»

«Sind Sie sicher?»

«Klar bin ich sicher. Wenn ich Ihnen auf 'nen Fünfziger rausgebe, ist meine Kasse leer.»

«Danke.»

«Sie sollten nicht so viel Kaffee trinken.»

«Ich weiß. Ist aber nicht meine Schuld, dass Sie hier nichts Anständiges zu trinken mehr verkaufen.»

Er nickte traurig. «Sie haben recht. Früher war's hier besser. Hatte mehr Partyatmosphäre damals, wissen Sie.»

«Ähm, stimmt. Das ist aber eigentlich ein Krankenhaus?»

Er zuckte mit den Schultern. «Fällt Ihnen ein besserer Ort zum Partymachen ein?»

Ich nahm meinen Kaffee mit zurück zum Tisch und schob ihn so weit wie möglich von mir weg. Dann legte ich den Unterteller auf die Tasse. Das, so hoffte ich, würde mir helfen, die Sache noch ein bisschen mehr in die Länge zu ziehen.

Nachdem ich mein Portemonnaie auf den Tisch gelegt hatte, griff ich in die Tasche, um den ganzen Kram herauszuholen, mit dem sie vollgestopft war. Hauptsächlich Quittungen. Meines Wissens war es immer noch gesetzlich vorgeschrieben, Quittungen so lange aufzubewahren, bis man mindestens hundert Meter von dem Betrieb entfernt war, der sie ausgestellt hatte. Daran hielt ich mich. Direkt über einer Bar zu wohnen hatte deshalb dazu geführt, dass ich über die Jahre eine ziemliche Menge davon angesammelt hatte. Federica und Dario sagten mir ständig, das sei alles Unsinn, und das Gesetz sei vor Jahren schon geändert worden. Ich wollte jedoch lieber kein Risiko eingehen.

Quittungen also. Und Handzettel. Während der Biennale häuften sich davon immer etliche an. Sie erinnerten mich an meine kurze Zeit in Edinburgh, als Jean und ich einmal wetteiferten, wer wohl an einem Tag die meisten Handzettel zu Dario Fos *Zufälliger Tod eines Anarchisten* sammeln konnte.

Ich sortierte die Quittungen auf einen Stapel, die Handzettel auf einen anderen. Dann steckte ich mein Portemonnaie wieder ins Jackett. Anschließend nahm ich den Unterteller von der Tasse, trank einen Schluck Kaffee und legte ihn wieder zurück. Ich war ziemlich zufrieden mit mir. Als ich mich danach auf dem Stuhl zurücklehnte, zwickte mich meine Schulter, wie um mich daran zu erinnern, was vor nicht einmal zwei Stunden passiert war.

Wie lange würde Lewis wohl noch brauchen? Ich blickte mich erneut in der Bar um. An einem angrenzenden Tisch saß eine Frau und las den *Corriere*, während sie mit einer Hand sanft einen Buggy vor- und zurückschob. Ein junger Mann in Jeans und T-Shirt kam herein. Ihr Gesicht verdunkelte sich kurz. Dann lächelte er sie an, und sie umarmten sich. Sie begann, ihre Sachen zusammenzusammeln.

Lass die Zeitung liegen, dachte ich. Ihr habt bestimmt viel zu besprechen. Du brauchst keine Zeitung. Komm schon, bitte lass sie liegen.

Sie ließ sie liegen. Doch gerade, als ich mich von meinem Platz erheben wollte, machte der Mann plötzlich kehrt, nahm sie, rollte sie zusammen und steckte sie sich in die Gesäßtasche.

Ach ja.

Ich wandte mich wieder dem Stapel Handzettel zu und blätterte ihn durch. Vielleicht war etwas dabei, das einen Besuch wert war. Manchmal ergab sich – selbst wenn die Kunstwerke an sich nicht interessant klangen – die Gelegenheit, sich in einer sonst geschlossenen Kirche oder einem normalerweise nicht zugänglichen Palazzo umzuschauen. Nichts sonderlich Spannendes dabei, bis auf ...

Eine Postkarte. Wann hatte ich denn eine Postkarte mitgenommen? Ich sah sie mir näher an.

Eine bleiche männliche Gestalt vor dunklem Hintergrund. Nackt, bis auf ein lose um die Hüfte geschlungenes Lendentuch, dessen Ende ihr bis zu den Füßen hing. Die Hände auf dem Rücken gefesselt. Das Gesicht schön, aber schmerzverzerrt, von wallendem schulterlangem Haar umrahmt und von einem Heiligenschein umgeben.

Ich erkannte das Bild sofort. Andrea Mantegnas Meisterwerk aus dem Ca' d'Oro. *Das Martyrium des heiligen Sebastian.*

Der heilige Sebastian. Sein Körper von zahlreichen Pfeilen durchbohrt.

– 17 –

Mir blieb keine Zeit, darüber nachzudenken, was ich da gerade gesehen hatte, denn in dem Moment entdeckte ich Lewis, der mit unsicheren Schritten den Flur draußen entlanglief. Obwohl er blass war und die Hand verbunden hatte, schien er halbwegs okay; wenn auch etwas orientierungslos. Ich steckte rasch die Postkarte in die Tasche und rannte aus der Bar, um ihn einzuholen.

«Lewis! Warten Sie!»

Er drehte sich langsam um. «Sutherland, was wollen Sie denn?»

«Ich dachte, ich vertreib mir hier noch ein bisschen die Zeit und schaue, ob Sie vielleicht Hilfe brauchen können.»

Sein Gesicht verzog sich zu einer Art fiesem kleinen Lächeln. «Stalken Sie mich jetzt etwa?»

«Muss man eine Person nicht aktiv verfolgen, um sie zu stalken? Keine Ahnung. Da kenne ich mich nicht aus. Wie gesagt, ich dachte bloß, Sie hätten gern etwas Hilfe.»

«Alles, was ich gern hätte, ist ein verdammtes Boot, das mich in mein verdammtes Hotel zurückfährt, damit ich mich in mein verdammtes Bett legen kann. Und auf Ihre Hilfe kann ich verzichten.»

«Na schön. Aber wenn Sie zur *vaporetto*-Haltestelle wollen, würde ich nicht in diese ...»

Er fiel mir ins Wort. «Ich sagte, auf Ihre Hilfe kann ich verzichten!»

Ich ging zurück in die Bar und setzte mich. Wenn er in

147

dieser Richtung weiterlief, würde er durch den von streu-
nenden Katzen bevölkerten Klostergarten und die düstere,
von Statuen gesäumte Eingangshalle auf den Campo Santi
Giovanni e Paolo kommen. Um dort wahrscheinlich re-
signiert aufzugeben. Ich gab ihm fünf Minuten, dann ging
ich wieder in den Flur. Kaum zwei Minuten später kam er
verärgert zurück. Mit leichter Verzweiflung im Blick sah er
mich an.

«Soll ich Sie mal ein bisschen bei der Hand nehmen?»

«Sehr witzig.» Er streckte mir seine dick verbundene
Rechte entgegen.

«Oje, tut mir leid.» Tat es nicht. «Hören Sie, soll ich Ihnen
vielleicht den Weg zur Anlegestelle zeigen?»

Einen kurzen Moment schien er wütend, doch dann
ließ er die Schultern sinken und nickte. «Ja. Wenn Sie so
freundlich wären. Danke.» Die Ruhe hielt nicht lange an.
«Was soll das hier eigentlich sein, verdammt noch mal? Ich
meine, man läuft durch einen Gang, und das Ganze sieht aus
wie ein Krankenhaus mit Schwestern und Ärzten und allem.
Und als Nächstes», er warf die Arme in die Höhe, «steht
man in einem Kreuzgang voller verdammter Katzen.»

Ich lächelte. «Ja, das ist anfangs ein bisschen verwirrend.
Kommen Sie.» Ich führte ihn wieder durch das Gebäude
zurück und hinaus auf die *fondamenta*, wo sich die *vaporetto*-Haltestelle befand. Wir saßen eine Weile schweigend auf
dem Ponton.

«Also, was ist mit Ihrer Hand?», unterbrach ich die
peinliche Stille als Erster.

Er schüttelte den Kopf. «Sie wissen es nicht genau. Zumindest ist es eine glatte Wunde. Kann sein, dass ein paar
Nerven verletzt wurden, das können sie erst nach einer Weile sagen.»

«Tut mir leid.» Wieder Schweigen. «Ich bin übrigens okay.»

«Was?»

«Mir geht es gut. Ich wurde auch verletzt, wissen Sie noch?» Ich wandte ihm die Schulter zu. «Mehrere Stiche. Mein bestes Jackett ruiniert.»

«Du meine Güte. Das tut mir aber leid. Ich hätte fast ein Körperteil verloren, und es kam mir nicht mal in den Sinn, mich nach Ihrem Jackett zu erkundigen.» Er senkte den Kopf und starrte auf seine Schuhe.

Ich blickte hinaus aufs Wasser. «Sollte nur der Versuch sein, ein bisschen Konversation zu treiben.» Ich wartete einen Moment. «Da wäre aber etwas, worüber ich wirklich mit Ihnen sprechen muss. Etwas Ernstes.»

Er hob den Kopf und sah mich an, antwortete jedoch nichts. Ich fasste in meine Jacketttasche. «Das hier habe ich gefunden. Gerade eben, während ich auf Sie gewartet habe.» Ich hielt ihm die Postkarte vor die Nase.

«Der heilige Sebastian», sagte er.

Ich nickte. «Gemartert von einem Pfeilhagel.» Er sagte nichts. «Meine ist es nicht», fuhr ich fort. «Bis vor zehn Minuten hatte ich sie noch nie gesehen.» Ich hielt kurz inne. «Haben Sie mal in Ihre Taschen geschaut?»

«Was?»

«Nur so ein Gedanke – vielleicht haben Sie ja auch so eine?»

«Machen Sie sich nicht lächerlich.»

«Das liegt mir fern. Ist aber schon ein seltsamer Zufall, oder? Wir werden beide von Pfeilen getroffen. Und ich finde ein Bild des heiligen Sebastian in meiner Jackentasche.»

Er schüttelte den Kopf. «Ich sag Ihnen, was passiert ist. Wir werden angegriffen, keine Ahnung von wem. Sie kramen in Ihrer Tasche. Finden diese Postkarte – die Sie wahrscheinlich schon vor Monaten gekauft und dann vergessen haben –, und dann fangen Ihre Hirnrädchen an zu rotieren, und Sie sehen alle möglichen Verbindungen, wo gar keine sind. Das ist verständlich.»

Ich seufzte. «Wahrscheinlich haben Sie recht», log ich. «Bleibt allerdings die Frage – wer war's?»

Wir sahen das nächste *vaporetto* kommen und erhoben uns. Linie 5.1, die Boote waren kleiner als die *vaporetti*, die auf dem Canal Grande fuhren, und lagen tiefer im Wasser. Ich ließ Lewis vor mir einsteigen. «Sie denken, es war Paul, stimmt's?»

Er erstarrte, antwortete aber nicht. «Das denken Sie doch, oder?», wiederholte ich meine Frage.

Er ging schweigend in die Kabine hinunter und blieb stehen, bis ich zu ihm aufgeschlossen hatte. Ich setzte mich. Er wählte einen Platz mir gegenüber. Der Motor heulte auf – die Motorengeräusche der kleineren Boote hatten immer etwas unangenehm Durchdringendes beim Starten –, und wir legten vom Ponton ab. Vorerst hatten wir die Kabine noch für uns, bei Fondamente Nove würden aber sicher weitere Fahrgäste zusteigen. Wenn es zu einer Auseinandersetzung kommen sollte, dann lieber jetzt.

Ich sah Lewis über den Gang hinweg fest an. «Ich mag Paul, wissen Sie. Er wirkt ein bisschen sensibel, etwas abwesend bisweilen, das ist alles. Aber kaum hatte ich Ihnen erzählt, dass er mit ein bisschen Geld weg ist, sind Sie durchgedreht. Was ist es also, das Sie mir verschweigen?»

Er sah mich an und schwieg. «Kommen Sie schon. Ich versuche nur, ihm zu helfen. Sie müssen zugeben, dass Sie beide die Probleme momentan irgendwie anziehen.»

Er nickte und seufzte, und einen Augenblick hatte ich den

Eindruck, ich wäre zu ihm durchgedrungen. «Jetzt hören Sie mir mal zu, Sutherland. Soweit ich das sehe, sind Sie das einzige Problem, das wir angezogen haben. Paul Considine ist ein guter Mensch, ein anständiger Mensch. Ich weiß genau, was Sie da andeuten wollen. Und wenn Sie so etwas noch einmal wiederholen, haben Sie eine Verleumdungsklage am Hals.» Als ich protestieren wollte, stieß er mich rot vor Wut mit dem Zeigefinger seiner unverletzten Hand in die Brust. «Halten Sie den Mund. Mit Ihnen rede ich nicht mehr. Ich will kein Wort mehr von Ihnen hören. Nie wieder. Ist das klar?»

Beschwichtigend hob ich die Hände und nickte. Wir saßen einen Moment schweigend da, bevor ich von der anderen Seite der Lagune das Heulen einer Sirene hörte. Ein Polizeiboot oder ein Rettungsboot wahrscheinlich. Ich stand auf, um besser aus dem Fenster schauen zu können. Es war ein Rettungsboot im Einsatz, das aus dem Krankenhaus kam und mit hohem Tempo in unsere Richtung steuerte.

Ich setzte mich wieder und sah zu Lewis hinüber. «Wenn ich Sie wäre, würde ich mich hierhersetzen», sagte ich.

Er starrte mitten durch mich hindurch.

«Lewis, ich mein's ernst. Ich würde an Ihrer Stelle nicht da sitzen bleiben.»

Er starrte mich nur weiter an.

«Machen Sie wenigstens das Fenster zu.»

Das Heulen der Sirene wurde immer lauter, bis das Rettungsboot mit Höchstgeschwindigkeit vorbeiraste. Die Bugwelle traf uns Sekunden später und brachte das Boot heftig zum Schwanken. Ein riesiger Schwall Wasser schoss durch das offene Fenster und durchnässte Lewis bis auf die Haut.

Das Sirenengeräusch entfernte sich wieder, und die kurzzeitig eintretende Stille wurde vom *marinaio* unterbrochen, der «Nächster Halt Fondamenta Nove!» rief. Lewis saß schweigend in seiner persönlichen kleinen Wasserpfütze und schäumte vor Wut.

«Tut mir leid», sagte ich. «Ich habe Sie gewarnt.»

Er rührte sich nicht, sondern hockte einfach nur da und blitzte mich hasserfüllt an.

– 18 –

Federica wollte gar nicht aufhören, mich zu umarmen. Genau wie Eduardo. Ich freute mich, der umarmenswerteste Mensch ganz Venedigs zu sein, war aber heilfroh, dass Dario nicht da war. Hätte er mich gedrückt, wäre wahrscheinlich meine Wunde wieder aufgerissen.

Wir stießen an. «Aber im Ernst, *tesoro*», sagte Federica, «das ist nicht witzig. Du hättest ernsthaft verletzt werden können.»

«Getötet womöglich», sagte Eduardo.

«Ich weiß. Kommt mir trotzdem irgendwie unwirklich vor. Ich bin mir nicht mal mehr sicher, ob ich es richtig gespürt habe. Es ging alles so schnell. Das mit dem Jackett ärgert mich allerdings.»

«Tut mir leid, *caro*, aber ich mochte es sowieso nie besonders.»

«Nicht?»

«Ehrlich gesagt, Nathan, ich fand auch nie, dass es dir wirklich steht», fügte Eduardo hinzu.

«Machst du Witze? Wie lange komme ich jetzt schon her?»

«Fünf Jahre vielleicht?»

«Du hättest es mir sagen können!»

«Das habe ich lieber gelassen. Sah aus, als wäre es angewachsen.»

«Großartig. Wirklich großartig. Also dann, zum Teufel mit dem Jackett. Es könnte schlimmer sein. Für Lewis ist es sogar viel schlimmer. Er trägt vielleicht einen bleibenden Schaden davon.»

«Aber er ist doch ein Idiot», sagte Federica.

«Und was für einer. Trotzdem wünsche ich ihm nicht, dass er am Ende, nun ja, verkrüppelt ist. Er kann nichts dafür.»

«Kann nichts dafür, dass sein Schützling ein Psycho ist?», fragte Eduardo.

«Considine? Ich glaube nicht, dass er es war. Ehrlich. Dafür ist er nicht der Typ. Er wirkt viel zu, keine Ahnung, sanft.»

Federica spuckte ihren Olivenkern in ihren Spritz. «Kann sein. Nach dem, was du erzählt hast, warst du nett zu ihm. Warum sollte er dich also verletzen wollen. Aber du wirst zugeben, dass die Sache mit der Postkarte merkwürdig ist. Erst Holofernes, jetzt Sebastian. Irgendwas geht da vor.»

«Du hast recht. Irgendwas geht da vor. Ich hoffe nur, es ist nicht das, was ich denke.»

Sie lächelte. Eins ihrer strahlenden Lächeln, die den ganzen Raum erhellten. «Ooooh, heißt das etwa, wir haben einen neuen Kriminalfall?»

Ich zuckte mit den Schultern. «Hm. Keine Ahnung. Das Ganze kommt mir bloß irgendwie seltsam vor ...» Und plötzlich hatte ich einen Geistesblitz. Ich leerte mein Glas und stellte es auf die Theke. «Komm mit. Ich hab eine großartige Idee.»

«Ach ja?»

«Ja.» Ich hob den Zeigefinger. «Ich werde beweisen, dass Paul Considine a) Gordon Blake-Hoyt nicht umbringen konnte und b) Lewis und mich heute Morgen nicht angegriffen hat.»

Sie schien verwirrt, legte aber trotzdem ihr Geld auf den

Tresen und verließ Arm in Arm mit mir das Brasilianische Café.

«*Caro*, bist du dir wirklich sicher, dass du weißt, was du tust?»

«Vertrau mir», antwortete ich, während ich sie Richtung Campo Manin leitete, auf dem Besucher für Fotos posierten, wie so oft vor der Statue des Mannes, der die erlauchteste Republik kurzzeitig hatte wiederaufleben lassen, bis die Österreicher ihm einen Strich durch die Rechnung machten. Wir bogen rasch nach rechts ab und umgingen die Touristenschlange, die sich – selbst um diese Uhrzeit noch – vor der Wendeltreppe des Palazzo Contarini bildete.

«Gleich sind wir da, *cara*.» Wir bogen in die Calle dei Fuseri, und schon lag der Eingang zu Ai Mercanti vor uns.

Das Restaurant hatte geschlossen.

«Ach, Mist.»

Fede sah mich an. «Was ist?»

«Es ist zu. Sie haben dummerweise geschlossen.»

«Heute ist Montag, Nathan. Da haben sie immer geschlossen.»

Ich legte die Stirn an die Tür und presste die Augen zu. Als ich sie wieder öffnete, war das Lokal immer noch geschlossen. «Natürlich. Warum hab ich das nicht gewusst?»

Sie tätschelte mir die Wange und lächelte. «Weil, *caro*, immer ich die Reservierungen mache.»

Ich legte den Kopf in die Hände. «Ich glaub es nicht. Wäre mir doch nur ein anderes Restaurant eingefallen – eins, das montags aufhat –, dann hätte ich alles beweisen können.»

«Ist nicht schlimm, *tesoro*, mach dir keine Sorgen.»

Ich schüttelte den Kopf. «Du hast recht. Okay, ich hab noch eine andere Idee ...»

«Zwei an einem Tag?»

«Jawoll.»

«Genauso genial wie die erste?»

«Mindestens. Wir holen uns eine Pizza bei Rosa Rossa. Auf dem Kühlschrank steht noch ein bisschen billiger Rotwein. Und dann gucken wir uns einen Film an.»

«Einen Film?»

«Genau. Jetzt kann uns nur noch Vincent Price helfen.»

Auf Federicas Teller lag noch die halbe Pizza, während der Abspann lief.

«Und so was schaust du dir zum Spaß an?»

«*Theater des Grauens.* Das ist ein Klassiker!»

«Das ist einfach nur scheußlich.»

«Deinen Landsleuten hat die Welt Lucio Fulci und *Die Schreckensinsel der Zombies* zu verdanken. Dir steht es nicht zu, zu beurteilen, was scheußlich ist und was nicht.»

«Nathan, da war der Kopf eines Menschen auf einer Milchflasche zu sehen.»

«Arthur Lowes Kopf. Der aufgeblasene Bankdirektor aus einer alten britischen Sitcom. Du wirst ihn nicht kennen. Aber das macht die Sache so witzig.»

«Es war nicht witzig. Es war ekelhaft.»

«Na ja, vielleicht ein bisschen. Aber du verstehst, worum es mir geht. Vincent Price spielt einen verschmähten Shakespeare-Darsteller, der herumläuft und seine Feinde mit den gleichen Mordmethoden tötet, wie sie in den Theaterstücken vorkommen.»

«Ja, das verstehe ich. Und du glaubst, Considine macht dasselbe?»

«Nein. Nicht Considine. Das ergibt keinen Sinn. Sicher, auf Blake-Hoyt könnte er sauer gewesen sein, aber Lewis ist sein Manager. Und ich war auf jeden Fall nett zu ihm.»

«Eine Verwechslung also?»

«Vielleicht. Wer immer es war, er hat Pfeile in einen dunklen Raum geschossen. Er kann auf keinen Fall viel gesehen haben.»

«Was ist mit den Postkarten?»

«Ein Leichtes, die bei der Aufregung jemandem in die Tasche zu schieben. Vielleicht hat er einfach den Falschen erwischt.»

«Das heißt?»

«Scarpa.»

Sie nickte. «Der Gedanke kam mir auch.»

«Ein richtig mieser Kerl. Jede Menge Feinde. Die Leute stehen wahrscheinlich Schlange, um ihn zu erledigen.»

Sie nickte wieder. «Wahrscheinlich hast du recht, *caro.*»

«Wahrscheinlich?»

«Es ist nur ...» Sie zögerte.

Sprich weiter.

«Es scheint mir bloß eine ziemlich komplizierte Art, die Sache anzugehen.»

– 19 –

Federica machte sich am nächsten Morgen gegen sieben auf den Weg zur Frarikirche. Ich hatte keine Sprechstunde und dachte, ich könnte ausschlafen, wenigstens so lange, bis Gramsci beschloss, dass er unterhalten werden müsste.

Doch es kam anders. Das Dauersummen der Türsprechanlage weckte mich. Ich quälte mich aus dem Bett und hastete, so schnell ich konnte, zum Hörer.

«*Chi è?*» Wahrscheinlich irgendein verlorener Tourist, dem etwas Wichtiges gestohlen worden war und der kurzfristig Hilfe brauchte. In welchem Fall ich ihn bitten könnte, am nächsten Morgen wiederzukommen oder, die wahrscheinlichere Variante, sofort tun würde, was ich konnte, um mich später über mich selbst zu ärgern.

«Nathan. Ich bin's. Lewis.»

«Lewis?» Eine andere Antwort fiel mir nicht ein.

«Wir müssen reden. Bitte.» Dieses Mal klang er nicht wütend. Eher verzweifelt.

«Äh, okay. Sicher. Hören Sie, nebenan ist ein Café. Gehen Sie schon mal rüber, und bestellen Sie sich einen Happen zu essen und einen Kaffee. Ich bin in zwanzig Minuten da, ja?»

«Nathan, ich glaube, es ist dringend.»

«Lewis, ich habe noch keine Hose an, und meine Katze verlangt Futter. Glauben Sie mir, zwanzig Minuten sind nötig. Sagen wir fünfzehn, wenn es so wichtig ist.» Ich hängte ein.

Genau fünfzehn Minuten später klingelte es wieder, und ich ließ ihn ein, ohne noch einmal nachzufragen, wer da war. Er sah müde und mitgenommen aus, und wir überlegten beide, wie wir das Eis brechen sollten, während wir in meinem Wohnzimmer standen. Nach einem Moment betretenen Schweigens streckte er in einer Geste des Friedens die Hände aus.

Nach kurzem Zögern nickte ich. «Na schön. Kommen Sie.» Ich führte ihn in mein Büro. Ich ahnte schon, worum es ging, hatte aber nicht vor, ihn so leicht vom Haken zu lassen. «Also, was gibt's? Gestohlener Pass? Verlorenes *vaporetto*-Ticket?» Ich richtete den Blick auf seine linke Hand. «Reisekrankenversicherung?»

Falls ich ihn verärgert hatte, zeigte er es nicht. «Es geht um Paul», antwortete er.

«Ach ja?»

«Er ist letzte Nacht nicht nach Hause gekommen. Also zurück ins Hotel. Das heißt, keiner hat ihn mehr gesehen, seit ... seit ...»

«Seit ich ihm hundertfünfzig Euro gegeben habe, damit er sich totsaufen kann?»

Er stieß ein kurzes, hohles Lachen aus. «Na ja, Sie sagen es. Sie haben nicht vielleicht etwas von ihm gehört?»

Ich schüttelte den Kopf.

«Da ist noch etwas. Die Karte, die Sie mir gestern gezeigt haben.»

«Der heilige Sebastian?»

«Ja. Als ich zurück ins Hotel kam und mein Jackett ausgezogen habe, fand ich ... das.» Die Postkarte, die er über den Tisch schob, war identisch mit meiner. Ich nahm sie und drehte sie um. Keine Nachricht, keinerlei Text, nichts, was zur Bestimmung ihrer Herkunft hätte dienen können.

«Nun, was denken Sie, Lewis?»

«Keine Ahnung, was ich denke. Ich bin bloß beunruhigt, das ist alles.»

Ich beugte mich vor und verschränkte die Finger. «Glauben Sie, Paul hatte irgendwas damit zu tun, was uns gestern zugestoßen ist? Und damit, was Mr. Blake-Hoyt zugestoßen ist?»

Er seufzte und schien seine Worte sorgfältig abzuwägen.

«Nein. Nein, das glaube ich nicht. Aber ich befürchte, die Leute werden es glauben. Was passiert jetzt wegen gestern?»

«Nun ja, falls Sie oder ich keine *denuncia* erstatten, nichts.»

«Nichts?»

«Nein. Aber es steht Ihnen natürlich frei, zur Polizei zu gehen. Bei mir ist es ja bloß ein Kratzer. Schade um das Jackett, aber damit kann ich leben. Sie dagegen wurden schwerer verletzt.»

Er starrte auf seine Hand, als hätte er das einen Moment ganz vergessen. «Das ist halb so wild. Die Schmerzmittel wirken. Wenn ich also keine … *denuncia* … erstatte, dann ermittelt die Polizei auch nicht weiter?»

Ich zuckte mit den Schultern. «Kommt drauf an. Es waren noch andere Leute dort, im Prinzip könnte einer von ihnen Strafanzeige stellen. Haben Sie gesehen, wie viele Besucher anwesend waren?»

Er schüttelte den Kopf. «Ich weiß nicht genau. Als das Licht ausging, hab ich vielleicht ein halbes Dutzend gesehen. Und Scarpa natürlich.»

«Gut. Inzwischen sind fast vierundzwanzig Stunden vergangen. Wenn sich irgendwer an die Polizei gewandt hätte, dann hätten sie uns bestimmt schon kontaktiert. Und Scarpa hat selbst Interesse daran, das Ganze unter dem Deckel zu halten. Einen einzelnen Pavillon dichtzumachen, ist eine

Sache. Einen ganzen Bereich des Arsenale zu schließen, würde ihm alle möglichen Scherereien einbringen. Und nicht nur das, es könnte sogar so aussehen, als hätte er die Lage nicht im Griff. Wenn wir also nichts unternehmen ... könnte alles unter den Teppich gekehrt werden. Ein bedauerlicher Unfall.»

Er nickte. «Das ist gut. Danke. Wirklich. Und was Ihr Jackett anbetrifft ...» Er griff nach seinem Portemonnaie.

Ich schüttelte den Kopf. «So abgebrannt bin ich nicht, Lewis. Also, was unternehmen wir jetzt wegen Paul?» Er hatte nicht viel Geld bei sich, keine – legale – Möglichkeit, an mehr zu kommen, und müsste demnach noch in Venedig sein. Oder zumindest in der Nähe.

«In England gibt's ein paar Leute, die ihm etwas Geld schicken würden, wenn er sie bäte. Bei denen kann ich mal nachfragen.»

«Gut, machen Sie das. Kennt er irgendwen in Venedig?»

«Nicht dass ich wüsste. Na ja, da wären die Leute, die im Pavillon arbeiten, aber die kennt er nicht wirklich. Die walisische Künstlerin – diese Ms. Pryce –, die kennt er.»

«Gut. Soll ich mit ihr sprechen?»

«Das übernehme ich. Ich bin heute sowieso da in der Gegend.»

«In Ordnung, wie Sie wollen. Was ist mit Adam Grant? Ich hatte den Eindruck, dass die zwei sich auch kennen.»

«Ach ja, stimmt. Bei ihm erkundige ich mich ebenfalls.»

Ich stutzte. «Ich dachte, Sie beide können sich nicht leiden?»

«Richtig. Aber er mag Paul. Er wird sicher helfen wollen.»

«Schön. Können wir sonst noch etwas tun?»

«Ich denke dauernd – *signor* Scarpa. Diese Sache gestern. Ich glaube, dass eigentlich er das Ziel war.»

Dasselbe dachte ich auch, sah aber keinen Grund, es Lewis auf die Nase zu binden. «Wieso glauben Sie das?»

«Er hat in der Vergangenheit einiges über Paul geschrieben. Schlechte Kritiken, richtig schlechte Kritiken, meine ich.»

«Kam das Wort ‹Schrott› darin vor?»

«Oh ja. Und nicht nur das. Er ist Experte darin, Leute fertigzumachen.»

Ich nickte. Ich erinnerte mich an die Eröffnung. Wie Scarpa und Blake-Hoyt gemeinsam gelacht und gescherzt hatten, während sie Considine völlig ignorierten. Gelacht und gescherzt, obwohl sie genau wussten, dass GBH sich gerade alle Mühe gegeben hatte, den größten Tag in Pauls Karriere zu zerstören.

«Wir sollten also mit ihm sprechen, denke ich», fuhr Lewis fort.

«Und was genau sollen wir sagen?»

«Ich weiß nicht. Ihn fragen, ob ihm auch jemand so eine Postkarte zugesteckt hat, vielleicht.»

«Na schön. Und dann?»

«Keine Ahnung. Ich weiß nicht. Einfach hoffen, dass wir Paul finden, und dann weitersehen. Haben Sie eine bessere Idee?»

Ich schüttelte den Kopf. «Okay. Aber das wird keine angenehme Aufgabe.» Schweigen. «Sie wollen, dass ich das übernehme, stimmt's?»

Er nickte. «Wären Sie so nett?»

«Warum ich? Gestern schienen Sie beide doch prima miteinander auszukommen.»

«Das war gestern, und es war beruflich. Heute bin ich bloß jemand, der ihm weitere Probleme eingebrockt hat. Ich glaube nicht, dass er sich über meinen Besuch freuen würde.»

Ich seufzte und machte mir ein paar Notizen. «Nicht mit der bezaubernden Lady aus Wales sprechen. Stattdessen mit dem unverschämtesten Kerl ganz Italiens. Alles klar, ich glaub, ich hab's. Ich weiß bloß nicht so recht, wie ich ihn finden soll. Vielleicht rede ich mal mit den Leuten im Pressebüro der Biennale.»

«Danke. Ehrlich. Dann rufe ich Sie heute Abend an, ja? Um zu hören, wie wir vorankommen.» Er ließ sich erleichtert auf seinem Stuhl zurücksinken. «Sind wir uns wieder einig?»

«Sicher sind wir das, Lewis.»

Wir schüttelten uns die Hand.

– 20 –

Ich saß hinten auf dem *vaporetto* und blickte auf den Canal Grande hinaus, dessen Wasser in der Mittagssonne schimmerte. Obwohl ich zu einem Treffen mit dem wahrscheinlich unverschämtesten Mann Italiens unterwegs war, war ich aus irgendeinem Grund unglaublich glücklich. Vielleicht lag es einfach am Wetter. Dünne Jacken statt warme Mäntel, aber noch nicht die unerträgliche Hitze und der erdrückende kobaltblaue Himmel des Hochsommers. Bei Ferrovia stieg ich aus und lief in Richtung der Behindertengondel am Fuß der Calavatra-Brücke.

Genau genommen war ich nicht wirklich mit *signor* Scarpa verabredet. Es war eher so, dass ein alter Freund von Federica, der im Pressebüro arbeitete, mir seinen heutigen Terminplan gegeben hatte. Um dreizehn Uhr würde er die kleinste Installation der Biennale besichtigen. Warum, war mir nicht ganz klar, aber ich hatte den Eindruck gewonnen, dass er jeden Tag, der verging, ohne dass sein Foto in der Zeitung auftauchte, als verschwendet betrachtete. Für Vincenzo Scarpa war jede Publicity gute Publicity, egal ob er jemandem live im Fernsehen einen Fausthieb verpasste oder einem blutigen tödlichen Unfall am Eröffnungstag der weltgrößten Kunstausstellung beiwohnte.

Er stand am Fuß der Brücke, umgeben von seinen Sicherheitsleuten, einigen Journalisten und einer kleinen Gruppe neugieriger Touristen. Personenschützer – die waren mir gestern gar nicht aufgefallen. Hatte er die immer dabei oder

war er jetzt besonders vorsichtig? Er posierte für die Fotografen, die eine Hand zum Winken erhoben, die andere auf
der offenen Tür der Behindertengondel ruhend. Ein über-
hebliches Lächeln umspielte seine Lippen. Ob er überhaupt
irgendwie anders lächeln konnte? Ich drückte mich hinter
der Menschengruppe herum, bis er einstieg, und stürzte
dann, kurz bevor die Tür zuging, nach vorn und auf den
Platz ihm gegenüber. Er hatte keine Zeit zu reagieren, denn
ich drückte schnell den Knopf, der die Gondel in Bewegung
setzte. Seine Sicherheitsleute verharrten einen Moment
verdutzt und fingen dann an, gegen die Tür zu hämmern.
Zu spät allerdings, denn die Kabine bewegte sich langsam
aufwärts und war kurz darauf außerhalb ihrer Reichweite.

Scarpa starrte mich wütend an und wollte etwas sagen,
doch ich ließ ihn nicht zu Wort kommen. «Schön, Sie wiederzusehen, *signor* Scarpa.» Ich deutete auf die Videobildschirme, die über unseren Köpfen angebracht waren. «Ehrlich gesagt, darauf freue ich mich.»

«Was zum Teufel soll das, Mr. ... Mr. ...?»

«Sutherland. Nathan Sutherland.»

«Das wird Sie Ihren Job kosten.»

«Nein, sicher nicht.» Na ja, wahrscheinlich nicht. «Beruhigen Sie sich.» Ich sah auf die Uhr. «Die Fahrt dauert ungefähr vierzig Minuten. Reichlich Zeit für eine kleine Unterhaltung.»

Er wollte den Halteknopf drücken, aber ich war schneller
und hielt meine Hand darüber. «Nein, nein. Lassen Sie uns
erst das Video anschauen, ja? Deshalb sind Sie doch schließlich hier.»

Einen kurzen Moment überlegte ich, ob er mir wohl eine
verpassen würde. Dann überlegte ich, ob ich zurückschlagen
würde. Wir saßen da und taxierten uns mit finsterem Blick.

So muss es gewesen sein, dachte ich, als Ali zum ersten Mal auf Foreman traf. Das hieß, wenn Ali und Foreman zwei völlig untrainierte Weiße gewesen wären, die zu viel rauchten und tranken, jedenfalls.

Ich hob demonstrativ die Hände. «Kommen Sie schon, Vincenzo, lassen Sie uns den verdammten Film anschauen, ja?»

Eine Ader an seiner Schläfe pulsierte bedenklich, trotzdem nickte er plötzlich und lehnte sich auf seinem Sitz zurück. Woraufhin wir in den kommenden zwanzig Minuten, den Blick auf den Bildschirm über dem Kopf des jeweils anderen gerichtet, dasaßen, während dort das Erlebnis, über die Calavatra-Brücke transportiert zu werden, bestmöglich imitiert wurde. Wir genossen einen Ausblick, den nur wenige jemals wirklich hatten genießen dürfen. Ich fragte mich, wie der Künstler es überhaupt geschafft hatte, diesen Film zu drehen. Die Nutzung der Gondel war eigentlich Menschen mit Mobilitätsproblemen vorbehalten, und der Zutritt wurde ferngesteuert und unter Videoüberwachung gewährt. Die paar Leute, denen es jemals gelungen war, die Gondel zu benutzen, sollen angeblich mit gewaltigen Einkaufstaschen beladen gewesen sein. Na ja, vielleicht war er einfach mit einem riesigen Trolley aufgetaucht.

Wir wechselten kein Wort, bis wir virtuell die andere Seite der Brücke erreicht hatten und die Rückfahrt begann. Scarpa brach als Erster das Schweigen. «Nun, Mr. Sutherland ...»

«Nun, *signor* Scarpa.»

«Weshalb sind wir hier?»

«Oh, wir sind hier, um die Installation zu bestaunen. Und um mit der Behindertengondel zu fahren. Waren Sie schon einmal hier drin?» Er sah mich finster an. «Nein. Dumme Frage natürlich. Ich auch nicht. Und, was halten Sie davon?»

«Ein Haufen Schrott.»

«Schrott. Dachte ich mir, dass Sie das sagen könnten. Ulkig, aber ich …» Ich wurde unterbrochen, weil er mir eine Ohrfeige verpasste. Sie war nicht fest, und sie brannte auch eher, als dass sie schmerzte, und doch lag eine solche Präzision darin, ein so pedantischer Ausdruck der Wut, dass sie mich einen Moment lang erstarren ließ.

Er lächelte. «Sie hören mir jetzt mal zu, Sie kleines Stück Scheiße.» Er sah auf seine Uhr. «Es dauert vielleicht noch zwanzig Minuten, bis diese alberne Fahrt zu Ende ist. Sie haben also genau zwanzig Minuten, um mich davon zu überzeugen, nicht meine drei Gorillas da unten zu beauftragen, Ihren Arsch hier rauszubefördern und Ihnen ziemlich weh zu tun. Verstanden?

«Verstanden.» Ich rieb mir die Wange.

Er lehnte sich auf seinem Platz zurück, schlug die Beine übereinander und breitete einladend die Arme aus. «Legen Sie los. Überzeugen Sie mich.»

«Na ja, ich dachte, ich appelliere an das Gute in Ihnen.»

«Das ist nicht vorhanden, das sollten Sie doch wissen. Nächster Versuch.»

«Außerdem sind Sie eine prominente Person des öffentlichen Lebens. Es würde bestimmt kein gutes Bild abgeben, wenn Sie einen kleinen ‹Subalternen› wie mich zusammenschlagen lassen.»

«Mr. Sutherland, ich habe mal jemandem live im Fernsehen die Nase gebrochen. Die Auszeichnung für den spektakulärsten TV-Moment 2010 ziert jetzt noch mein Kaminsims. Sie müssen sich schon was Besseres einfallen lassen.»

«Na schön, was, wenn ich behaupte, ich rette Sie vor dem gewaltsamen Tod durch einen kunstbesessenen Serienkiller?»

Er antwortete nicht.

«Soll ich weitersprechen?»

Er nickte.

Ich schilderte ihm meine Theorie. Er rieb sich das Kinn. «Sie denken also, jemand hat Mr. Blake-Hoyt wegen einer schlechten Kritik ermordet. Und anschließend versucht er, Sie und Mr. Fitzgerald umzubringen? Das verstehe ich nicht.»

Ich fuhr mir mit der Hand durch die Haare. Langsam wurde mir unangenehm warm. «Ich glaube, wer immer es war, hatte es auf Sie abgesehen, *signor* Scarpa. Meiner Ansicht nach hat irgendwer vor, ein paar der größten Kritiker der Kunstwelt umzubringen.»

Er zuckte mit den Schultern. «Ist das alles?»

«Wie meinen Sie das?»

Er kicherte und legte mir seine Hand aufs Knie. «Tut mir wirklich schrecklich leid, mein Lieber.»

«Was tut Ihnen leid?»

«Ihr Leben ist offenbar so öde, dass Sie eine solche *stupidaggine* erfinden müssen.»

Ich kniff die Augen zu. «*Signor* Scarpa, Sie wollen mich wohl provozieren?»

«Natürlich will ich das. Und es funktioniert auch, habe ich recht?»

Ich atmete tief durch, griff in meine Jacketttasche und zog die beiden Postkarten heraus. «Darf ich Sie vielleicht fragen – und das meine ich ernst – ob Sie die hier schon mal gesehen haben?»

«Gentileschi und Mantegna.» Er schüttelte den Kopf. «Nein. Nein, wieso sollte ich? Ich bin ja bloß seit dreißig Jahren Kunstkritiker und Autor. Von Gentileschi und Mantegna hab ich natürlich noch nie etwas gehört.» Er lachte lauthals los und schüttelte noch einmal den Kopf.

Mir riss der Geduldsfaden. Ich beugte mich vor und stieß den Finger in seine Richtung, wobei ich darauf achtete, meine Fingerspitze immer mindestens zwei Zentimeter von seiner Brust entfernt zu stoppen. «Jetzt hören Sie mir mal zu. Keine Ahnung, warum, aber ich versuche gerade, Ihr erbärmliches kleines Leben zu retten.»

Jetzt waren wir beide aufgesprungen und ohrfeigten und schubsten uns gegenseitig in dem wahrscheinlich albernsten Ringkampf der Welt. Aus dem Augenwinkel sah ich, dass auf der Brücke Menschen stehen geblieben waren, um uns zuzusehen. Vielleicht dachten sie, wir gehörten zur Installation.

Ich hob die Hände und versuchte, seine Schläge abzuwehren. «Aufhören. Könnten wir bitte damit aufhören?» Meine Worte erzielten keine Wirkung. Vielleicht würde ein Appell an seine Eitelkeit helfen? «Hören Sie, wir haben Zuschauer. Die Leute zeigen mit Fingern auf uns und lachen uns aus.»

Er ließ sich auf seinen Platz zurücksacken und nahm ein Taschentuch heraus, um sich den Schweiß von der Stirn zu wischen. Dann zerrte er an seinem Kragen. Die Hitze wurde inzwischen wirklich unangenehm. Niemand hatte offenbar daran gedacht, dass die Behindertengondel eine Klimaanlage bräuchte. Ich suchte nach einem Fenstergriff und musste feststellen, dass auch niemand daran gedacht hatte, Fenster einzubauen, die sich öffnen ließen.

Mühsam quälte ich mich aus meinem Jackett, das schon ganz durchgeschwitzt war. «Darf ich ausreden? Oder sind Sie noch nicht fertig damit, mich zu ohrfeigen?» Er antwortete nicht, also sprach ich weiter. «Gordon Blake-Hoyt wurde enthauptet. In seiner Tasche steckte ein Bild von Judith, die Holofernes enthauptet.»

«Na und? Wie sollte jemand planen können, dass der unglücksselige Mr. Blake-Hoyt seinen Kopf verliert? Das ist unmöglich. Er hätte aufgespießt werden, irgendein Körperteil verlieren oder das Glas verfehlen können. Wie hätte dieser mysteriöse Mörder die genaue Art und Weise seines Ablebens voraussagen sollen? Das ist ausgemachter Unsinn, lieber Herr Konsul.» Er kicherte wieder.

«Hören Sie.» Ich hob die Hände, zum einen als Geste des Friedens, zum anderen, um sie mit etwas anderem zu beschäftigen, als ihn wieder zu schlagen. «Natürlich konnte er das nicht wissen. Vermutlich war es einfach eine Art Visitenkarte, die er hinterlassen wollte, eine Absichtserklärung. Nennen Sie es, wie Sie wollen. Was auch immer hätte passieren können, es wäre der Sache ziemlich nah gekommen. Dann schießt jemand Pfeile auf Lewis und mich ab. Und wir stellen beide fest, dass uns jemand eine Darstellung des heiligen Sebastian zugesteckt hat. Sie waren zur selben Zeit wie wir in dem Raum. Ich glaube, die Pfeile waren für Sie bestimmt.»

Einen Moment lang sagte er nichts, und ich nahm an, er suchte nach einer möglichst beleidigenden Wortwahl. Dann seufzte er und zerrte wieder an seinem Kragen. Die Sonne knallte jetzt direkt in die Kabine. Ich wünschte, ich hätte eine Sonnenbrille mitgenommen. «Wenn das stimmt», antwortet er dann, «warum habe ich dann keine von diesen Postkarten bekommen?»

«Um ehrlich zu sein, das weiß ich nicht genau. Wir drei standen auf jeden Fall nah genug beisammen – zeitweise zumindest. Aber wer immer es war, er hat Pfeile in einen dunklen Raum geschossen. Er konnte sich nicht sicher sein, wen er treffen würde. Vielleicht reichte es ihm, dass irgendwer von uns eine Karte bei sich finden würde.»

Scarpa nickte. «Na schön. Noch einmal, falls das stimmt,

warum sollte jemand Mr. Blake-Hoyt oder mich umbringen wollen?»

«Blake-Hoyt hatte jede Menge Feinde. Es machte ihm offenbar Freude, so ekelhaft wie möglich zu den Leuten zu sein.»

«Immer noch kein Grund, jemanden umzubringen.»

«Er hat Karrieren geschadet. Sie sogar ruiniert.» Und vielleicht, dachte ich bei mir, war das schon Grund genug für jemanden, der labil war.»

«Und warum ich?»

Ich hüstelte. «Mit Verlaub, *signor* Scarpa, Sie genießen den Ruf, der unverschämteste Mann Italiens zu sein.»

Er lächelte zum ersten Mal, so schien es mir, wirklich erfreut. «Ja, nicht wahr?»

«Manche würden vielleicht auch ‹der meistgehasste Mann Italiens› sagen.»

Er verzog das Gesicht. «Was das betrifft, werde ich normalerweise von Berlusconi übertroffen.»

«Das tut mir leid.»

Er schüttelte den Kopf. «Schon gut. So ist das eben in diesem Land. Trotzdem, selbst wenn es so ist, wie Sie sagen, was soll ich jetzt tun?»

Darüber hatte ich tatsächlich noch nicht nachgedacht. «Ähm, na ja, Sie haben ja Ihre drei Gorillas, wie Sie sie nennen. Und wenn Sie irgendetwas Merkwürdiges zugesteckt bekommen – Sie wissen schon, eine Postkarte mit der historischen Darstellung eines grausamen Todes –, rufen Sie mich an.»

«Aha, sehr gut. Natürlich. Wenn ich das Gefühl habe, mein Leben wird bedroht, wende ich mich an den britischen Konsulatsdienst, damit er mich verteidigt.»

Ich seufzte. Mein Vorschlag hatte selbst in meinen Ohren

wenig überzeugend geklungen. Und noch etwas anderes hatte ich nicht richtig bedacht. «Nur eine Sache noch, *signor* Scarpa. Warum haben Sie sich eigentlich gestern mit Lewis Fitzgerald getroffen?»

Er lachte. «Muss ich diese Frage beantworten, *Inspector Columbo*?»

Ich schüttelte den Kopf. «Ich dachte nur, wieso überhaupt die Wiedereröffnung des Pavillons in Erwägung ziehen, wenn Sie Considines Arbeit so schrecklich finden?»

Er schien ehrlich überrascht. «Wie schon gesagt, das hat nichts mit kitschiger Kunst zu tun. Es geht ums rein Geschäftliche.»

«Ums rein Geschäftliche?» Er nickte. «Geht es überhaupt noch irgendwann um die Kunst?

«Ich bezweifle, dass es jemals so gewesen ist. Und nun, mein Lieber, ist die Kabine gleich unten. Was glauben Sie, wie schnell Sie wohl rennen können?»

Die Gondel begann, sich abwärts zu bewegen. Ich blickte nach unten, wo Scarpas Gorillas Stellung bezogen. Dann sah ich zu Scarpa, der grinste. «Sie könnten nicht vielleicht noch mal mit ihnen reden?» Er schüttelte den Kopf.

Noch zehn Sekunden, dann wären wir da. Ich hechtete quer durch die Kabine und schlug auf den Notfallknopf. Die Gondel blieb stehen und die Videobildschirme erloschen flimmernd. Scarpa schüttelte leicht genervt den Kopf und langte an mir vorbei, um den Startknopf zu betätigen.

Nichts passierte.

Er drückte noch einmal darauf. Und noch einmal. Und dann noch einmal. Die Gondel rührte sich nicht. Die Videobildschirme blieben dunkel. Die «Mobilitätskabine», die seit ihrer Inbetriebnahme gerade mal ein paar Wochen funktioniert hatte, hatte wieder ihren Geist aufgegeben.

«Sie Idiot! Sie Schwachkopf!»

«Sorry. Aber mir blieb keine andere Wahl. Entweder die Notbremse oder die Hucke voll.»

«Ich werde verdammt noch mal dafür sorgen, dass Sie, wie sagten Sie so schön, die Hucke voll kriegen!» Er war wild gestikulierend aufgesprungen und tobte vor Wut. Auf der Brücke blieben wieder Leute stehen, um uns anzugaffen.

«Wenn ich Sie wäre, würde ich mich beruhigen. Am besten, wir setzen uns einfach hin und warten ab, ja?»

«Einen Teufel werde ich tun, Sie hirnloser Trottel!»

Ich zuckte mit den Schultern. «Wie Sie wollen. Ich erinnere mich allerdings noch daran, dass es das letzte Mal, als das passierte, ungefähr zwei Stunden gedauert hat, die Insassen zu befreien.» Ich knöpfte mir Kragen und Hemdsärmel auf. «Und es wird sicher nicht kühler.»

«Fede?»

«Ciao, tesoro.»

«Hast du Zeit für einen Drink?»

«Ist es dafür nicht noch ein bisschen früh? Ich habe eigentlich heute noch einiges fertig zu machen.»

«Tut mir leid. Es ist bloß … Ich hatte irgendwie einen anstrengenden Tag.»

«Wo bist du? Könntest du in der Frari vorbeikommen?»

«Da würden sie mich wahrscheinlich momentan nicht reinlassen. Ich stehe vor der Bar bei der Scuola Grande.»

«Na gut. Ich bin in fünf Minuten da.»

Ich hatte vergessen zu fragen, was sie trinken wollte, also bestellte ich einen Prosecco – ihr übliches Wenn-ich-arbeite-trinke-ich-eigentlich-nicht-Getränk – und einen Spritz. Ich sah sie über den Platz auf mich zukommen und hob die Hände, als sie sich herunterbeugte, um mich zu küssen. *«Noli me tangere.»*

Sie zuckte zurück. «Zu spät. Meine Güte, müffelst du!»

«Ja, ich mache wohl gerade keine besonders gute Figur.» Meine Kleider waren schweißnass, die Haare klebten mir an der Stirn, und mein Kopf war immer noch hochrot. «Zum Glück ist schönes Wetter. Es war ihnen nicht besonders daran gelegen, mir einen Tisch drinnen anzubieten.»

«Was um Himmels willen ist passiert?»

«Ach, ich war bloß die letzten zwei Stunden mit dem wütendsten Mann Italiens in einer unbelüfteten Behindertengondel eingesperrt.»

«Oh. Und was ist mit ihm?»

«Er ist immer noch wütend. Ich hab mich ehrlich bemüht, ihm zu erklären, dass ich versuche, ihm das Leben zu retten. Aber er wollte mir einfach nicht glauben.» Ich informierte sie über den restlichen Verlauf des Tages. «Nach ungefähr zwei Stunden haben sie uns befreit. Auf dem *vaporetto* wären sie von meiner Anwesenheit sicher nicht begeistert gewesen, also habe ich mich entschlossen, zu Fuß nach Hause zu gehen. *Signor* Scarpa hat die ganze Zeit betont, dass er später noch einen sehr wichtigen Termin habe, also ist er wahrscheinlich in sein Hotel, um sich frisch zu machen. Ach, und drei ziemlich bullige Freunde von ihm sind, glaube ich, ziemlich scharf darauf, mich wiederzusehen.»

«Du bist verrückt. Völlig übergeschnappt. Ich liebe dich, aber du bist nicht ganz bei Trost.»

«Na ja, ich dachte jedenfalls, ich verdiene einen Drink.»

«Nur einen Spritz? Du willst mir doch nicht etwa erzählen, für etwas anderes wäre es noch zu früh?»

«Negroni trinke ich eben nur bei Ed. Sonst käme ich mir vor, als würde ich ihn betrügen.»

Sie lachte. «Also, erzähl mir mehr über Fitzgerald. Warum will er wohl, dass du ihm hilfst?»

«Wegen Paul.»

«Weil er wirklich an ihn glaubt und ihm helfen will?» Sie klang skeptisch.

Ich schüttelte den Kopf. «Weil er sein Goldesel ist. Lewis hat offenbar so was wie eine Vollmacht über seine Finanzen. Paul bekommt nur ein Taschengeld.»

«Das ergibt keinen Sinn. Wieso sollte er das zulassen?»

Ich zuckte mit den Schultern. «Vielleicht kann er wirklich schlecht mit Geld umgehen. Vielleicht will er sich ausschließlich auf seine Kunst konzentrieren.»

Sie schüttelte den Kopf. «Das klingt ziemlich unwahrscheinlich. Wer wäre denn so weltabgewandt?»

«Unwahrscheinlich, aber nicht unmöglich. Hast du schon mal von Peter Maxwell Davies gehört? Britischer Komponist. Interessanter Typ, nach allem, was man so hört. Er hatte sein gesamtes Vermögen seinem Manager anvertraut. Eines Tages geht er zur Bank, versucht, etwas Geld abzuheben und – nichts. Alles weg.»

«Krass.»

«Er wurde um ungefähr eine halbe Million Pfund betrogen. Sein Manager ist, glaube ich, wegen falscher Buchführung ins Gefängnis gewandert.»

«Und du denkst, Lewis macht genau dasselbe?»

«Keine Ahnung. Aber, wie gesagt, Paul ist sein Goldesel. Deshalb hat er mich überredet, auf eine *denuncia* zu verzichten. Wenn wir keine Anzeige erstatten, ist GBHs Tod das einzige Problem, das Paul hat. Und der wird ziemlich wahrscheinlich dem Aufbautrupp in die Schuhe geschoben.»

Federica trank einen Schluck von ihrem Prosecco.

175

«Glaubst du wirklich, Considine läuft durch die Gegend und versucht, seine Kritiker umzubringen?»

«Nee, glaub ich nicht. Aber irgendjemand anderes vielleicht. Was denkst du?»

«Wenn du etwas in der Art vorhättest, warum dann so? Das ist dumm und viel zu kompliziert. Und lenkt nur zu viel Aufmerksamkeit auf dich. Wie in diesem schrecklichen Film, den ich mit dir anschauen musste.»

Ich stellte mein Glas mit etwas mehr Wucht ab als nötig. «Wie ich dir schon sagte, *Theater des Grauens* ist ein Klassiker. Aber ich gebe zu, dass du recht hast. So was funktioniert im wirklichen Leben nicht.»

«Genau. Und als du verletzt wurdest, hat jemand Pfeile in einen dunklen Raum geschossen. Ziemlich dämlicher Versuch, jemanden zu ermorden.»

«Ja, und das hat mich auf etwas gebracht.»

«Auf was denn?»

«Da hing ein schwerer Vorhang vor dem Eingang. Wir befanden uns in völliger Dunkelheit. Wenn irgendwer den Vorhang weggezogen hätte, um auf uns zu schießen, dann hätte einen kurzen Moment Licht hereinfallen müssen. Und ich bin mir sicher, dass das nicht passiert ist.» Ich nippte noch einmal an meinem Spritz, genoss seine frische, bittere Kühle. «Ich glaube, wer immer es getan hat, war die ganze Zeit mit uns in dem Raum.»

«Jede Galerie hat Überwachungskameras. Vielleicht ist auf einer etwas zu sehen.»

«Schon möglich. Andererseits war es natürlich stockdunkel. Eigentlich bezweifle ich, dass da irgendwas Nützliches zu erkennen sein könnte. Und vor allem hab ich keine Ahnung, wie ich an diese Aufzeichnungen kommen soll.»

Federica runzelte die Stirn. «Na gut. Überlass das mir. Ich

kenne zwar niemanden direkt, aber vielleicht gibt's ein paar Freunde von Freunden, die behilflich sein können. Ich gehe diskret vor.»

«Hervorragend.» Ich leerte mein Glas. «Okay, ich gehe nach Hause und versuche, aus mir etwas weniger Abstoßendes zu machen. Sehen wir uns später?»

Sie schüttelte den Kopf. «Das wäre schön, *caro*, aber ich sollte etwas Zeit mit *Mamma* verbringen.»

«Bring sie doch mit. Ich koche gern für drei.»

Sie streichelte mir die Wange. «Das ist lieb. Aber sie mag keine Katzen. Ich meine, sie kann sie wirklich nicht ausstehen. Du weißt, was Gramsci machen würde.»

«Ja. Er würde ihr nicht von der Pelle rücken. Schon gut. Grüß sie von mir.»

«Mach ich. Es sind nur noch ein paar Tage. Außerdem scheinst du ja beschäftigt zu sein. Weitere Detektivarbeit morgen?» Ich lächelte. «Du genießt das, stimmt's?», fragte sie. «Du wirst von einem Verrückten mit einem Glaspfeil verletzt und vom unverschämtesten Mann Italiens bedroht, und trotzdem genießt du es.»

Ich lächelte wieder. «Es ist ein Abenteuer, oder nicht?»

Diesmal war sie es, die lächelte. «Das stimmt. Aber sei vorsichtig, ja?»

«Bin ich.» Ich erhob mich. «Lass uns morgen telefonieren.» Als sie sich mir näherte, hielt ich abwehrend die Hände in die Höhe. «Ich müffele, vergessen?»

«Red keinen Unsinn.» Sie nahm mich in den Arm und gab mir einen Kuss auf die Wange. Falls sie sich ekelte, gelang es ihr ziemlich gut, es zu verbergen.

«Bis morgen. Hab dich lieb!»

«Ich dich auch.» Und mit diesen Worten steuerte ich schweißnass und müffelnd über den *campo* nach Hause.

– 21 –

Lewis rief mich an diesem Abend nicht mehr an. Genauso wenig am nächsten Morgen. Was mir nicht sonderlich viel ausmachte. Es war mir nicht eilig, mit ihm zu sprechen, außerdem hatte ich eine Sprechstunde abzuhalten. Drei Stunden später jedoch, nachdem ich mich lediglich um ein verlorengegangenes *vaporetto*-Ticket hatte kümmern müssen, beschloss ich, ihn anzurufen.

Es ging niemand ran. Ich hinterließ eine Nachricht und machte mir ein Sandwich, während ich grübelte.

Die wahrscheinlichste Erklärung war, dass Lewis Paul inzwischen gefunden und sie den nächsten Flug zurück nach England gebucht hatten. Paul war weder verhaftet noch angeklagt worden, es gab also keinen Grund, warum er nicht das Land verlassen sollte. In gewisser Hinsicht wäre das der Polizei vielleicht sogar lieber. Gordon Blake-Hoyts Tod würde man der Firma zur Last legen, die das Kunstwerk aufgebaut hatte, und den Fall – nach ein paar Jahren – ohne zufriedenstellenden Urteilsspruch zu den Akten legen. Ja, die beiden waren bestimmt wieder nach Hause geflogen. Der Eröffnungsabend lag schon eine Woche zurück, und die Künstler und ihr Gefolge blieben normalerweise nicht unnötig lange, nachdem das Feuerwerk von Partys, Eröffnungen und Geschäftsabschlüssen vorbei war. Lewis malte sich vermutlich in diesem Moment mein hitziges Zusammentreffen mit Scarpa aus und amüsierte sich köstlich. Je mehr ich darüber nachdachte, umso wahrscheinlicher erschien es mir, dass er mir absichtlich eine Falle gestellt hatte, damit ich mal ordentlich Prügel bezog. Seine Vorstellung eines kleinen Scherzes.

Ich biss in mein Sandwich und lehnte mich auf meinem Stuhl zurück. Das plötzliche Zwicken in meiner Schulter erinnerte mich daran, dass diese Lösung, so bequem sie auch wäre, zu viele lose Enden hatte, um zu überzeugen. Irgendwer hatte uns vorgestern angegriffen und zumindest Lewis ernsthaft verletzt. Dem musste nachgegangen werden.

Genau genommen musste es das wahrscheinlich nicht. Aber ich würde es trotzdem tun.

Lewis hatte mir erzählt, dass Paul sowohl Gwenant Pryce als auch Adam Grant kannte. Und zwar gut genug, sie um Geld anpumpen zu können, wenn nötig. Es bestand die Chance, auch wenn sie nur klein war, dass sie wussten, was hier vor sich ging.

Ich warf einen Blick auf die Websites des schottischen und des walisischen Pavillons und seufzte. Es waren keine Telefonnummern angegeben. Logisch. Die Ausstellungen wechselten, genau wie die Mitarbeiter. Wozu eine feste Telefonnummer einrichten?

Schottland und Wales also. Und Lewis hatte von sich aus angeboten, mit Adam Grant zu sprechen, einem Mann, der offensichtlich eine deutliche Abneigung ihm gegenüber hegte. Irgendwie machte das Schottland zum interessanteren Unterfangen. Hoffentlich war Adam noch da. Ich nahm mein Jackett vom Garderobenhaken. Die Rückseite hatte ich, so gut ich konnte, zusammengeflickt. Federica würde sicher darauf bestehen, dass ich es wegwarf, aber ich fand es durchaus akzeptabel. Außerdem würde ich Leute aus der Kunstszene treffen. Und die würden es wahrscheinlich für eine bewusste Extravaganz halten.

«Bis später, Gramsci!», rief ich. «Das Spiel hat begonnen!»

***

Ein Fußmarsch über die Strada Nova wäre zu heiß und anstrengend gewesen, also nahm ich das Boot rauf bis San Marcuola. Anschließend lief ich am Casino vorbei, in dem der grantige alte Richard Wagner sein Leben ausgehaucht hatte, und bog auf die Hauptgeschäftsstraße ein.

Im Erdgeschoss des schottischen Pavillons saß eine junge Frau hinter einem Tisch mit Katalogen, Postkarten und Souvenirtragetaschen.

«Ist Adam Grant heute da?», erkundigte ich mich. Sie kauerte über ihrem Handy und antwortete nicht. «Adam Grant, der Künstler, ist er heute hier?», wiederholte ich die Frage ein bisschen lauter.

Sie sah erschrocken auf und zog sich die Ohrhörer heraus. «Entschuldigung. Ich war gerade ganz woanders.»

Ich lächelte. «Schon gut. Kann wahrscheinlich ziemlich langweilig werden, der Job?»

Sie nickte, offenbar peinlich berührt. «Also, manchmal. Wenn niemand reinkommt. Aber wenn die Leute über Kunst reden wollen, ist es schön. Außerdem ist es eine gute Erfahrung, hier zu sein.»

«Sie sind Studentin?»

«Im vierten Semester. Glasgow School of Art.» Sie hielt kurz inne. «Leben Sie hier?» Ich nickte. «Muss wunderbar sein. Das wünschte ich mir auch.»

«Vielleicht tun Sie das ja, eines Tages. Hoffentlich. Wir können weiß Gott noch ein paar Einwohner brauchen.»

«Dann haben Sie bestimmt schon viel gesehen. Auf der Biennale. Was hat Ihnen am besten gefallen?»

«Abgesehen vom schottischen Pavillon, meinen Sie?» Sie nickte lachend. «Schwer zu sagen. Ich hatte nicht viel freie Zeit letzte Woche.» Sie schien enttäuscht. «Man hat mir die tanzenden Franzosen empfohlen. Klang irgendwie nett.»

Sie strahlte mich erstaunt an. «Ach, die sind super! Rhona, meine Mitbewohnerin, macht da mit. Sie ist eine der Tänzerinnen.»

«Rhona? Das ist aber kein französischer Name.»

«Sie ist Schottin.»

«Ah ja, hab schon gehört. Akuter Franzosenmangel. Ist aber sicher ganz schön anstrengend, oder?»

«Sie wechseln sich ab. Zwei Stunden Dienst, zwei Stunden frei. Die Frühschicht ist am besten, sagt sie. Da kommt zwar kaum jemand, aber es ist wenigstens noch kühl. Nachmittags ist es deutlich wärmer und voller. Da muss man so viel vorsichtiger sein, wenn man um die Besucher herumtanzt.»

«Das glaube ich. Aber ich bin sicher, keine Herausforderung, die nicht durch eine gute Choreografie zu bewältigen wäre.»

Sie lächelte schon wieder. Ich hatte fast vergessen, weswegen ich gekommen war, da fügte sie hinzu: «Entschuldigen Sie. Soll ich Ihnen vielleicht irgendwelche Informationen geben? Was die Ausstellung betrifft oder den Künstler? Hätten Sie gerne einen Katalog? Oder eine Tasche?» Souvenirtragetaschen der letzten fünf Biennalen lagen zerknüllt in einem Koffer auf meinem Schrank. Trotzdem sollte man das Angebot, eine Tasche geschenkt zu bekommen, nicht leichtfertig ablehnen, weshalb ich eine nahm und zusammengerollt in meine Hosentasche steckte.

«Ich habe mich gefragt, ob der Künstler heute wohl da ist», sagte ich.

«Ah, ja. Er ist oben. Sie haben Glück, es ist sein letzter Tag.»

«Vielen Dank. Sie waren mir eine große Hilfe. Haben Sie noch eine schöne Zeit hier.» Ich klopfte auf meine Hosentasche. «Und danke für die Tasche.»

Sie wirkte wieder verlegen. «Tut mir leid, aber die kosten fünfzehn Euro.»

«Oh. Ach ja, sorry. Selbstverständlich.» Ich fischte mein Portemonnaie heraus und zahlte. Ein Andenken mehr eben.

«Möchten Sie auch noch einen Katalog?»

Ich schüttelte den Kopf. «Lieber nicht. Aber vielen Dank.» Dann ging ich die Treppe hinauf.

***

Adam Grant wanderte abwesend durch Elsa von Brabants Albtraum. Als er mich bemerkte, blieb er stehen. Sein Gesichtsausdruck sagte mir nichts, aber vielleicht lag das an dem Schleier.

«Herr Honorarkonsul.»

«Nathan, bitte. Darf ich Sie Adam nennen?»

Er zuckte mit den Schultern. «Wenn Sie möchten.»

«Das ist ein fantastisches Kleid, wenn ich mir die Bemerkung erlauben darf. Machen Sie das jeden Tag? Hier drin umherwandeln, meine ich?»

«Jep. Das gehört zur Performance. Solange ich noch da bin. Morgen reise ich allerdings ab.» Er warf den Schleier nach hinten, damit wir uns besser unterhalten konnten.

«Ah ja. Springt dann jemand anderes für Sie ein? So was wie ein Braut-Double?»

Er kratzte sich nachdenklich am Bart und schüttelte den Kopf. «Nein. Ich würde niemandem zutrauen, dass er es richtig macht. Gefällt es Ihnen?»

«Gefallen? Es ist großartig!» Er lächelte. «Ich meine, vielleicht sind Sie einfach völlig verrückt. Aber es ist großartig.»

«Danke für das Kompliment. Ich nehme an, es war eins. Also, was kann ich für Sie tun, Nathan?»

Ich holte tief Luft. «Es ein bisschen kompliziert. Sie kennen Paul Considine?»

«Ja, schon, aber wir haben seit Jahren keinen Kontakt mehr. Warum?»

«Er ist verschwunden. Vor ein paar Tagen.»

«Sind Sie sicher? Nicht einfach zurück nach England geflogen?»

«Könnte sein. Aber seinen Agenten erreiche ich auch nicht.»

«Fitzgerald? Also, das ist mir ziemlich schnuppe. Sollte Sie auch nicht kümmern, Nathan.»

«Lewis Fitzgerald ist mir egal. Aber ich mache mir Sorgen um Considine. Ich glaube, da stimmt irgendwas nicht.»

«Okay. Erzählen Sie mir davon.» Er streckte sich und verzog etwas das Gesicht. «Mein Rücken bringt mich noch um. Diese Absätze. Macht es Ihnen was aus, wenn ich mich setze?» Ich schüttelte den Kopf, woraufhin er zum Kamin ging und auf einem antiken, leicht wackeligen Sessel Platz nahm. Er bot mir den gegenüber stehenden an. «Erzählen Sie», wiederholte er.

«Einverstanden. Aber es ist eine lange Geschichte. Könnten Sie mir vorher vielleicht sagen, über was Lewis mit Ihnen sprechen wollte, als er sie kürzlich aufgesucht hat?»

«Kürzlich? Abgesehen von ein paar wohlgewählten Worten am Eröffnungsabend habe ich seit fünf Jahren nicht mehr mit ihm geredet. Und wenn er hier aufgetaucht wäre, um mit mir zu sprechen, hätte ich ihm eine reingehauen.»

«Wie bitte?»

«Ich sagte, ich hätte ihm eine reingehauen. Sie klingen überrascht.»

«Nicht darüber. Aber haben Sie ihn wirklich seit der Eröffnung nicht mehr gesehen? Er ist nicht noch einmal hergekommen, um sich mit Ihnen zu unterhalten?»

«Nein, warum hätte er das tun sollen?»

«Er dachte, Sie könnten vielleicht helfen. Bei der Suche nach Paul. Sie und Gwenant Pryce.»

Adam lachte. «Ach, Lewis, Lewis. Er ändert sich nie. Tut mir leid, Nathan, aber ich glaube, da hat er Sie ziemlich an der Nase rumgeführt.» Dann wurde er kurz ernst. «Er hat Sie doch nicht etwa um Geld gebeten?»

«Nein.»

«Gut. Immerhin etwas. Das gehört nämlich auch zu seinen kleinen Spielchen.»

Ich sackte in meinem antiken Sessel zurück. «Oh verdammt.»

«Ach, ärgern Sie sich nicht. So ist er eben. Wenigstens hat er nur Ihre Zeit verschwendet und nichts anderes.»

Ich erhob mich. «Scheint so. Danke jedenfalls, Adam, nett, dass Sie mir etwas von Ihrer Zeit geschenkt haben.»

«Gern geschehen.» Er schob den linken Ärmel seines Kleides hoch, um auf seine Uhr zu sehen. «Heute ist sowieso mein letzter Tag. Wenn Sie wollen, kann ich früher Schluss machen. Lassen Sie uns doch Gwen Pryce gemeinsam einen Besuch abstatten.»

«Warum das?»

«Oh, wir können Ihnen alles über Lewis Fitzgerald erzählen. Sie können die Geschichte genauso gut auch von uns beiden hören. Und wer weiß, wann ich Gwen mal wieder treffe. Kommen Sie.» Er stand auf.

Ich sah ihn verwundert an: Adam Grant in voller Pracht, in Hochzeitskleid und schottengemusterter Hose. «Ähm, in dem Aufzug?»

Er schien verdutzt. «Aber natürlich. Das gehört doch zur Performance.»

«Sollen wir das Boot nehmen oder laufen?»

«Mit den Absätzen? Auf jeden Fall das Boot.»

Wir machten uns auf den Weg zur *vaporetto*-Station.

– 22 –

Niemand schenkte Adam die geringste Beachtung. In Venedig konnte man gewöhnlich zu jeder Zeit des Jahres in jedem beliebigen Aufzug herumlaufen, und kein Mensch zuckte mit der Wimper. Alle nahmen an, man wäre zu spät zum Karneval oder zu früh zur Biennale, man würde einen Film drehen oder man käme aus einem Land, in dem diese Art, sich zu kleiden, normal war. Es gelang uns überraschend leicht, auf dem *vaporetto* einen Sitzplatz zu bekommen.

Gwenant zeigte sich über meinen Besuch hocherfreut. «Mr. Sutherland. Wie schön, Sie wiederzusehen.»

«Nennen Sie mich Nathan, bitte.»

«Und Adam. Wie geht's dir, *cariad*?

Adam schob seinen Schleier zurück, um ihr zwei Küsschen auf die Wangen drücken zu können. «Bestens, Darling. Ich fliege morgen nach Hause.» Er zog an dem Schleier. «Wisst ihr, ich glaube, den kann ich jetzt abnehmen. Könnten Sie mir kurz helfen, Nathan? Er ist hinten festgesteckt.» Ich fummelte so lange an dem durchscheinenden Ungetüm herum, bis ich es schaffte, es zu lösen. «Puh. Viel besser.»

Gwenant hatte gerade an einem Gemälde gearbeitet, das von einer großen UV-Licht-Lampe angestrahlt wurde.

«Ein Bild für Ihre nächste Ausstellung?», fragte ich.

«Eins für die laufende, Nathan. Die Bilder haben weniger Fortschritte gemacht, als ich es mir gewünscht hätte. Ich versuche gerade, die Sache ein bisschen zu beschleunigen. Das hier ist das letzte.»

Ich schüttelte den Kopf. «Tut mir leid. Ich muss schrecklich ignorant erscheinen, aber das verstehe ich nicht.»

«Das werden Sie noch, *cariad*. Ich zeige es Ihnen gleich. Freut mich, Sie zu sehen, jedenfalls. Was führt Sie beide her?»

Adam setzte ein breites Grinsen auf. «Lewis Fitzgerald», knurrte er und zog dabei, das r rollend, die Worte in die Länge.

Gwenant antwortete mit einem klimpernden kleinen Lachen. «Du meine Güte. Dieser schreckliche Mensch. Ich hoffe, er versucht nicht, Sie irgendwie auszunutzen, Nathan.»

«Er scheint unseren Freund ziemlich hinters Licht geführt zu haben», erklärte Adam.

«Oje. Ich hoffe, es ist kein Geld mit im Spiel.» Adam schüttelte den Kopf. «Na, da bin ich aber froh.»

«Sieht so aus, als wäre sein derzeitiger menschlicher Geldautomat verschwunden. Und er dachte, der Honorarkonsul könnte ihm vielleicht helfen.»

Langsam ging mir dieses Hin und Her zwischen den beiden ein bisschen auf die Nerven. «Er dachte auch, dass Sie vielleicht helfen könnten», sagte ich.

Beide lachten. «Also, ich kann mir nicht vorstellen, was ihn zu dieser Vermutung veranlasst haben sollte», antwortete Gwenant so zuckersüß, als würde sie ihrem liebsten Enkelkind gerade schöne Träume wünschen.

«Ist mir auch ein Rätsel, wie er darauf kommt», sagte Adam. «Wir rangieren eher nicht besonders weit oben auf seiner Favoritenliste, was, Gwen?»

«Wahrscheinlich nicht, Adam.»

Sie verstummten und sahen mich an. Ich fand es langsam unangenehm warm in dem Raum, die Folge des venezianischen Frühsommers kombiniert mit der Strahlung der

UV-Licht-Lampe vielleicht. Wozu eigentlich die Lampe? Bei dieser Hitze? Gwenant musste meinen Blick bemerkt haben. «Wie gesagt, die Arbeiten haben nicht die gewünschten Fortschritte gemacht, Nathan. Die Lampe dient dazu, den Prozess zu beschleunigen.» Ich schüttelte wieder verständnislos den Kopf. «Die Gesichter, meine ich. Sie sind mit einer dünnen Schicht Wasserfarbe übermalt. Im natürlichen Licht verblasst Wasserfarbe.»

«Aber in dem Ausstellungsraum ist doch jede Menge natürliches Licht. Vor allem durch die Spiegel, die überall aufgestellt sind.»

Sie schüttelte den Kopf. «Während der letzten Woche nicht. Zu bewölkt. Mit den UV-Lampen geht es schneller. Ich muss sicher sein, dass alles wie vorgesehen abläuft, bevor ich nach Hause fliege.»

Mein Blick wanderte an ihr vorbei in den Durchgang, der zum ersten Ausstellungsraum führte. Sie nickte. «Gehen Sie nur, Nathan. Gehen Sie nur und schauen Sie es sich noch mal an.»

Adam fing an zu kichern, als wäre er in irgendeinen Insiderwitz eingeweiht.

«Ja, immer hinein in die gute Stube, Nathan, schauen Sie es sich genau an.»

Ich erhob mich langsam und ging zum Eingang. Dort drehte ich mich um und blickte zu den beiden zurück, aber sie rührten sich nicht vom Fleck. «Nur zu», flüsterte Gwenant und winkte mich weiter.

Ich trat ein und näherte mich, unsicher, was ich erwarten sollte, dem ersten Gemälde. Nichts schien sich seit meinem letzten Besuch verändert zu haben. Mein Blick fiel auf dieselbe Gestalt in dem prächtigen Samtgewand; dasselbe nicht identifizierbare Gesicht, das kaum mehr war als ein großer rosa Fleck. Ich sah näher hin. War es möglich, dass da Gesichtszüge zu erkennen waren? Ein Mund, eine Nase, Augenbrauen? Ich schüttelte den Kopf. Gwen und Adam wollten aus irgendwelchen Gründen, dass ich mich grusele, und ich sah Dinge, die nicht da waren.

Ich ging in den folgenden Raum und betrachtete das nächste Porträt. Erschrocken kniff ich die Augen zu und versuchte auszulöschen, was ich gerade gesehen hatte. Dann öffnete ich sie wieder. Es gab keinen Zweifel. Dieses Mal war das Bild deutlicher, dieses Mal war da eindeutig ein Gesicht zu erkennen.

Ich lief von Raum zu Raum. Von Blau zu Purpur zu Grün. Deutlicher und immer deutlicher. Von Orange zu Weiß, noch deutlicher. Jetzt rannte ich, und mein Herz pochte nicht vor Anstrengung, sondern vor Angst. Der violette Raum.

Vor dem Gemälde blieb ich stehen, und wieder presste ich fest die Augen zu, legte die Hände auf die Knie und atmete tief durch. Ich musste mir sicher sein. Nach einigen Sekunden schlug ich die Augen wieder auf und sah noch einmal hin. Die Gesichtszüge waren verzerrt und verdreht, aber unter der dünnen Schicht Wasserfarbe deutlich zu erkennen.

Ich wusste, wer das war.

Ohne Zögern rannte ich weiter in den schwarzen Raum. Das Gemälde war, wie erwartet, entfernt worden. Ich zwang mich, erst einmal Luft zu holen und mich zu sammeln. Dann ging ich zurück in den Eingangsbereich und blieb stehen. Gwenant und Adam hatten sich scheinbar nicht von der Stelle gerührt. Beide lächelten. Ich starrte sie einen Moment lang an, dann packte ich die Staffelei und drehte sie zu mir um.

Darauf stand das Gemälde aus dem schwarzen Raum. Das Gesicht war unverwechselbar. Blutverschmiert, mit Narben übersät und völlig zerfetzt, der Blick fast wahnsinnig vor Schmerz. Ein Bild wie aus Francis Bacons Albträumen. Und trotzdem klar zu erkennen.

Das Gesicht Lewis Fitzgeralds.

– 23 –

Adam sagte als Erster etwas. «Ich glaube, wir haben ihn erschreckt, Ms. Pryce.»

Gwenant gab wieder ihr glöckchengleiches Lachen von sich. «Das scheint mir auch so, Mr. Grant.»

Ich starrte noch einmal das grausige Bild auf der Leinwand an, dann wieder Adam und Gwenant. «Sie haben ihn umgebracht. Mein Gott, Sie haben ihn umgebracht.» Es gelang mir kaum, die Worte hervorzustammeln.

Schweigen hing in der erstickend heißen Luft. Ich versuchte, meine Gedanken zu ordnen. Gwenant war zierlich gebaut und vielleicht zwanzig Jahre älter als ich. Adam war ein kräftiger Kerl, trotzdem, in diesen Stöckelschuhen, da konnte ich ihm wenigstens davonlaufen. Ich schob mich an der Wand entlang Richtung Tür. Beim geringsten Anzeichen, dass er seine Designertreter ausziehen würde, wäre ich hier raus.

Plötzlich prusteten beide zeitgleich los. «Ihn umgebracht? Ach, Nathan, Sie sind ja verrückt!»

Adam tupfte sich die Lachtränen aus den Augen. «Klar doch. Wir geben wirklich das perfekte Mörderpaar ab, was, Gwen?»

Meine Anspannung ließ nach. Ein kleines bisschen jedenfalls. Ich schüttelte den Kopf. «Ich verstehe nicht», sagte ich und versuchte, meine Stimme so ruhig wie möglich zu halten.

«Nein. In der Tat, nicht wahr? Setzen Sie sich, Nathan,

Sie zittern ja richtig. Ich mache uns eine schöne Tasse Tee.»

Ich wollte etwas antworten, ließ es dann aber. «Denk an das Arsen, Gwen», sagte Adam. «Scherz!», fügte er schnell hinzu, als er sah, wie ich zusammenzuckte. Und ich gab mir die größte Mühe, mit einzustimmen, als beide wieder loslachten.

Mit leicht bebender Hand nahm ich einen Keks aus der Packung, die Gwen mir anbot. Ich legte ihn auf den Unterteller und rührte meinen Tee um. «Na schön, Sie haben offensichtlich ein paar interessante Geschichten über Lewis Fitzgerald zu erzählen.»

«Nur eine Geschichte, mein Lieber», antwortete Gwen.

«Es ist nämlich immer dieselbe», ergänzte Adam.

«Und zwar?»

«Er ist ein mieser kleiner Gauner und Betrüger», sagte Gwenant, während Adam nickte.

«Hmm. Okay, das überrascht mich jetzt nicht sonderlich. Erzählen Sie mir mehr.»

«Es war in den späten Achtzigern. Ich war noch ziemlich jung damals, stand gerade erst am Anfang.»

«Oh, da müssen Sie aber wirklich noch sehr jung gewesen sein.»

«Kein Grund für falsche Komplimente, Mr. Sutherland. Bitte lassen Sie mich fortfahren.»

«Sorry.»

«Ihm gehörte eine Galerie in London. Er war kaum älter als ich und hatte sich schon einen ziemlichen Namen gemacht. Und er hat mir angeboten, mich zu vertreten. Ich dachte, das wäre eine Chance für mich, denn in Cardiff existierte damals noch keine richtige Kunstszene.»

«Und dann?»

«Er hat mir reichlich Aufträge beschafft, das musste ich ihm lassen. Aber irgendwann begannen die Schecks zu spät einzutreffen. Oder gar nicht. Und ich stellte fest, dass zu seinen zahlreichen Talenten auch die Kunst der kreativen Buchführung gehörte.»

Adam nickte. «Dasselbe bei mir, Herr Konsul. Ich machte Mitte der Neunziger meinen Abschluss an der Glasgow School of Art. Gwen und ich kannten uns damals noch nicht. Also unterschrieb ich bei Mr. Fitzgerald. Fünf Jahre später hatte ich Ausstellungen in London, Stockholm, Berlin und Paris – wo immer ich wollte –, trotzdem besaß ich komischerweise weniger Geld als zu Studentenzeiten. Weil dieser verlogene kleine Mistkerl mich abgezockt hat. Jahrelang. Wir könnten Ihnen noch ein Dutzend weiterer junger Künstler nennen, denen es genauso erging.»

«Das kapier ich nicht. Warum haben Sie ihn nicht verklagt?»

«Dazu braucht man Geld. Von dem nur Fitzgerald jede Menge hatte. Unseres, um genau zu sein. Er konnte es sich leisten, sich von ziemlich großen Nummern vertreten zu lassen. Unterlassungsverfügungen zu erwirken und so was. Es ist kaum etwas davon in die Presse gelangt. Und wir haben beide ein paar ganz schön bedrohliche Briefe erhalten. Nicht nur von Anwälten, wenn Sie verstehen, was ich meine. Da war es uns lieber, noch mal von vorn anzufangen. Die Sache zu vergessen.»

Ich wandte mich an Gwen. «Nur dass Sie die Sache nicht vergessen haben, stimmt's?»

«Das hatte ich. Jahrelang. Bis ich erfuhr, dass Paul bei ihm unterschrieben hat. Ich kannte Paul, von damals, als er noch studierte. Wir waren – sind – gut befreundet. Paul ist nicht wie wir. Er ist ein Träumer. Er ist nicht in der Lage, tatsächlich nicht in der Lage, seine Angelegenheiten zu regeln.»

«Aber Fitzgerald schon?»

Adam nickte. «Jep. Und Paul Considine verdient einen Haufen Geld, sehr viel mehr, als Gwen oder ich jemals verdient haben.»

«Oha.»

«Sie verstehen also, Mr. Sutherland», fuhr Gwen fort, «dass ich beschlossen habe, mein Werk müsse eine Reaktion auf die Umstände sein, als ich erfuhr, dass Paul zur selben Zeit wie ich zusammen mit dem berühmten Lewis Fitzgerald in Venedig sein würde.»

«Aber Sie wussten doch, dass er es gar nicht sehen würde. Zumindest nicht so.» Ich deutete auf das schauderhafte Porträt auf der Leinwand.

«Das macht nichts. In der Zeit bis November werden Leute es sehen. Und sie werden ihn erkennen. Und das wird sie hoffentlich zum Lachen bringen.»

«Zum Lachen? Du lieber Himmel!»

«Also, mich haben die Bilder zum Lachen gebracht, *cariad*. Die ganze Zeit, während ich daran gearbeitet habe.» Sie sah mich an, ohne mit der Wimper zu zucken. «Bei jedem einzelnen Pinselstrich habe ich gelacht.»

Ich konnte ein Schaudern nicht unterdrücken. «Und ich dachte, Sie wären bloß eine bezaubernde walisische Lady.»

«Ich bin eine bezaubernde walisische Lady. Das ist nur meine dezente Art, mich an ihm zu rächen.»

«Eins müssen Sie zugeben, Nathan», sagte Adam, «sie ist deutlich eleganter, als ihn einfach umzubringen.»

Ich nickte. «Na schön. Aber ich verstehe nicht, welche Rolle die Hochzeitskleider spielen. Es sei denn – es sei denn, sie symbolisieren Betrug?»

Adam strich sich über den Bart. «Nein, das hatte ich dabei nicht im Sinn. Ich mag Hochzeitskleider einfach.»

«Ach so.»

«Also, erzählen Sie mal, Herr Konsul. Warum genau sind Sie an Fitzgerald interessiert?»

«Bin ich nicht. Das heißt, ich wünschte, ich wär's nicht. Aber es passieren seltsame Dinge. Und langsam glaube ich, dass Gordon Blake-Hoyts Tod vielleicht kein Unfall war.» Ich berichtete ihnen von dem Vorfall mit den Glaspfeilen und den beiden Postkarten.

«Sie glauben also, jemand läuft herum und versucht, auf dieselbe Art und Weise Leute umzubringen, wie er es auf historischen Gemälden gesehen hat?»

«Klingt verrückt, aber ja. Es sieht danach aus.»

«Dass ich darauf nicht selbst gekommen bin. Eine groß- artige Idee, das muss man demjenigen lassen. Findest du nicht auch, Gwen?»

«Oh ja, Adam.»

«Meine Frage lautet also», sagte ich und tunkte den Keks in meinen Tee, «glauben Sie, Fitzgerald ist fähig, einen Mord zu begehen?»

Es folgte ein Moment Schweigen, lediglich unterbrochen von einem leisen «Plopp», als ein Teil meines Kekses in die Tasse fiel. Adam zuckte mit den Schultern. «Er ist ein Arschloch. Ob er ein mordlüsternes Arschloch ist? Keine Ahnung.»

«Außerdem», wandte Gwen ein, «sagten Sie doch, dass er selbst durch einen dieser Glaspfeile verletzt wurde.»

«Stimmt. Seine Hand wurde durchbohrt. Muss höllisch wehgetan haben. Fast hätte ich Mitleid mit ihm gehabt. Aber nur fast. Und nun zur schwierigeren Frage: Glauben Sie, Paul Considine wäre zu einem Mord fähig?» Wieder herrschte

Stille. Keiner von beiden machte Anstalten, zu antworten. «Ist das ein Vielleicht?»

«Das ist ein Nein, Mr. Sutherland», sagte Gwen.

«Ein psychisch labiler Mann rächt sich an seinem ärgsten Kritiker und an jemandem, von dem er glaubt, dass er ihn jahrelang betrogen hat. Das ist ein Motiv.»

«Psychisch labil. Wie kommen Sie darauf?»

«Weil», ich suchte nach den richtigen Worten, «ich weiß, dass er in der Vergangenheit so seine Probleme hatte. Offenbar ist er auf Lewis angewiesen. Deswegen scheint er mir ein bisschen anfällig.»

Gwen nickte. «Sie haben recht. Das ist er, beziehungsweise das war er. Es gab Phasen, da schien er in seiner eigenen kleinen Welt zu leben. Ich hätte ihn am liebsten einfach nur bemuttert. Und in anderen Momenten, wenn er über seine Arbeit sprach, war er plötzlich wie ausgetauscht. Wenn all das, was in seinem Inneren eingeschlossen war, plötzlich aus ihm herausprudelte und er einen mit diesen großen blauen Augen ansah, dann ...»

«Dann?»

«Dann hatte ich nicht mehr das Bedürfnis, ihn zu bemuttern.» Sie schwieg einen Moment. «Vielleicht hatte er ein Motiv, Mr. Sutherland. Aber ich glaube nicht, dass er es war.» Sie klang müde und traurig. «Ich bin mir nicht sicher. Es liegt bei Ihnen, das herauszufinden.»

«Bei mir allein?»

«Wir beide fliegen in den nächsten Tagen nach Hause, Herr Konsul. Sieht also so aus, als müssten Sie derjenige sein, der die schwierigen Fragen stellt. Sie müssen wie Elsa von Brabant sein.»

«Ach. Kann ich nicht wie Lohengrin sein?»

Gwenant kicherte einen Moment zu lang für meinen Geschmack, bevor Adam sie zum Verstummen brachte. «Nein, nein. Der ist bloß ein Ritter in glänzender Rüstung. Elsa ist die Unbequeme, die die Fragen stellt, die kein anderer zu stellen wagt.»

«Aber damit zerstört sie ihr Leben!»

«Das stimmt allerdings. Doch Ihnen wird es hoffentlich nicht so ergehen.»

Ich schloss die Augen und rieb mir übers Gesicht. «Noch etwas Tee?», fragte Gwen.

Ich schüttelte den Kopf und erhob mich. «Nein danke. Ich muss los. Abendessen kochen. Und mir schwierige Fragen ausdenken. Und wenn das erledigt ist, überlege ich mir, wem ich sie am besten stelle.»

– 24 –

Francesco Nicolodi.

Er war am Tag der Vernissage mit mir in den Giardini gewesen und hatte ziemlich genau dasselbe gesehen wie ich. Ob er mit Considine gesprochen hatte, wusste ich nicht, konnte aber gut sein. Und möglicherweise hatte er doch noch mehr mitbekommen. Falls ja, dann würde er es bestimmt für einen weiteren Exklusivartikel aufsparen. Wo hatte er gesagt, war er abgestiegen? Hotel Zichy. Oder genauer gesagt im Hotel Ferdinand Zichy.

Das hätte mir gleich etwas seltsam vorkommen müssen. Das Zichy war ein Billighotel, nicht weit von Spirito Santo. Gelegentlich hatte ich mich dort schon um unzufriedene Gäste kümmern müssen. Es war wirklich günstig, aber in Venedig bekam man eben, wofür man bezahlte. Von einer schäbigen Absteige war es zwar noch ein paar Grade entfernt, doch es genoss einen zweifelhaften Ruf wegen seiner fragwürdigen Hygiene und weil ab und zu etwas abhandenkam. Mehr als einmal war es passiert, dass ein Gästepaar nach einer Sightseeingtour zurückkehrte und den Zimmersafe leer vorfand. Nachdem das zum dritten Mal vorgekommen war, hatte ich mich bei Vanni beschwert. Er hatte mit den Schultern gezuckt. Ja, wahrscheinlich ging nicht alles mit rechten Dingen zu. Nein, beweisen konnte man das nicht. Aus diesem Grund schien mir das Zichy für den Aufenthalt eines internationalen Kunstkritikers eine eher seltsame Wahl.

Eigentlich gab es überhaupt keinen Grund, Nicolodi einen Besuch abzustatten. Und angesichts der Umstände unseres letzten Zusammentreffens, stellte ich mir auch nicht vor, dass er begeistert sein würde, mich zu sehen. Trotzdem, es bestand immerhin die Möglichkeit, dass er mir helfen konnte.

Vorher führte mein Konsulatsjob mich noch einmal ins Ospedale, wo ich für das ältere Ehepaar dolmetschte und den Papierkram erledigte. Dann trug ich ihnen die Koffer zur Alilaguna-Haltestelle und winkte sie ins nächste Boot zum Flughafen Marco Polo. Anschließend nahm ich das *vaporetto* Richtung Giudeccakanal. Inzwischen war die Hauptverkehrszeit vorbei, und es gab drinnen freie Plätze. Ich entschied mich jedoch, im Freien zu sitzen, den Wind im Gesicht zu spüren und hinüber zur Insel zu schauen. Dabei dachte ich an die traurige Geschichte über Ezra Pound, der, dem Tode geweiht, anfing zu weinen, als er begriff, dass er die Giudecca niemals wiedersehen würde.

Das Boot hielt an den Zattere, und die Familie neben mir stieg aus. Keine Einkaufstrolleys, stattdessen große Kameras, und Dad trug Shorts, obwohl es noch relativ früh im Sommer war. In der linken Hand hielt er die russische Ausgabe eines Restaurant- und Caféführers. Wenn sie jetzt nach links abbogen, würden sie jede Wette Nico ansteuern. Was sie tatsächlich auch taten und sich dort auf die *terrazza* setzten, die sich schon langsam füllte. Messerscharf gefolgert, Nathan, dachte ich. Fede wäre stolz auf dich.

Diesen Teil der Stadt liebte ich schon immer. Mittlerweile kam ich viel zu selten her, aber es hatte einmal eine Zeit gegeben, da schien kein Problem zu schwierig, um nicht bei einem Spritz auf Nicos Terrasse gelöst zu werden. Ich drehte mich um und blickte über den Kanal hinüber zu Palanca. Bestimmt saßen Sergio und Lorenzo jetzt bei einem Glas

Rotwein in der kommunistischen Bar und spielten Karten. Wir hatten uns versprochen, in Kontakt zu bleiben, aber inzwischen war es schon über ein halbes Jahr her, seit wir uns das letzte Mal gesehen hatten. Das Boot legte wieder ab und hielt zwei Minuten später bei Spirito Santo schon wieder. Es war eine der ungewöhnlicheren Haltestellen in Venedig. Wer selten herkam, fragte sich vielleicht, warum es sie überhaupt gab. Der Grund war deprimierend einfach. Es existierten kaum noch Lebensmittelgeschäfte in der Gegend, weil sie alle zu Souvenirläden geworden waren. Deshalb war es erforderlich, der zunehmend alternden Bevölkerung den Weg zum nächstgelegenen Supermarkt bei San Basilio zu erleichtern. Unter dem Druck der wenigen Anwohner, die hier noch übrig waren, hatte die *Comune* daher eine zusätzliche Haltestelle eingerichtet. Jedes Jahr drohten sie damit, sie wieder zu entfernen. Und jedes Jahr schaffte die Öffentlichkeit es durch Proteste gerade noch so, sie zu retten.

Der Ponton lag vor der lange schon verlassenen Kirche Spirito Santo, deren Türen sich seit über hundert Jahren nicht mehr geöffnet hatten und wahrscheinlich auch nie wieder öffnen würden. Gerüchte hielten sich, dass sich im Inneren noch immer einige Kunstwerke befänden, was gelegentlich zu Einbrüchen führte, doch nach offiziellen Angaben war alles von Wert schon lange in die Accademia überführt worden. Nicht einmal Federica hatte die Kirche jemals von innen gesehen. Wahrscheinlich gäbe es dort nichts Interessantes, meinte sie, und die Bausubstanz war in so schlechtem Zustand, dass das Gebäude auch als temporärer Ausstellungsraum für die Biennale nicht zu gebrauchen war. Inzwischen waren zum Schutz vor der Witterung die Fenster zugenagelt worden, während der Putz einen aussichtslosen

Kampf gegen die Auswirkungen des *aqua alta* führte. Vorbeigehende Touristen warfen kaum einen Blick darauf. Es war nur noch eine leerstehende Kirche mehr.

Ich bog hinter dem Gebäude links ab und ging weiter bis zum Hotel Zichy. Die Lobby war auf eine Weise gepflegt, wie Lobbys enttäuschender Hotels immer gepflegt erscheinen. Die Rezeption war unbesetzt, während ein gelangweilt wirkender junger Mann mit Dutt an einer Bar rechts von mir Gläser polierte.

Ich stellte mich vor den Empfangstresen und wartete. Und wartete. Ich lächelte dem jungen Mann zu. Er erwiderte mein Lächeln und nickte. Ich wartete noch ein bisschen. Dann ging ich zu ihm hinüber.

«Ich bin hier mit einem Freund verabredet», sagte ich.

«Klar.» Sein Akzent war schwer einzuordnen. Rumänien, Moldawien? Irgendwo aus der Ecke. «Fragen Sie einfach an der Rezeption nach.»

«Natürlich.»

Ich ging zur Rezeption zurück. Und wartete wieder ein bisschen. Ich sah zu dem jungen Mann hinüber, der mit nervenaufreibender Gründlichkeit weiter seine Gläser polierte. Ich hüstelte. «Ähm, es scheint im Augenblick niemand hier zu sein.»

Er nickte. «Um diese Tageszeit bin ich allein.»

«Ah, okay. Vielleicht können Sie mir dann weiterhelfen?»

«Klar. Spritz? Bier? Wein?»

Ich schüttelte den Kopf. «Nein, nein, nein. Hier wohnt ein Freund von mir», log ich. «Ob wohl jemand für mich in seinem Zimmer anrufen könnte?»

«Klar. Fragen Sie einfach an der Rezeption.»

«Da ist aber niemand.»

«Nicht um diese Zeit. Kommen Sie um sechs wieder.»

Irgendwie führte das nicht weiter. Es war an der Zeit für ein Reset unserer Beziehungsparameter. Ich ging zur Bar hinüber. «Na schön, kann ich bitte ein Bier bekommen?»

«Moretti?»

«Nastro Azzurro, wenn Sie welches dahaben.»

Er nickte, nahm eine Flasche aus dem Kühlschrank, machte sie auf und reichte sie mir.

«Könnte ich bitte ein Glas bekommen?»

Er schob mir eins rüber.

«Ein paar Chips vielleicht?»

Er griff hinter sich und nahm eine Glasschale aus dem Regal, dann beförderte er eine Großpackung Chips zutage, aus der er ein paar Handvoll hineintat.

«Großartig. Danke. Möchten Sie vielleicht auch eins?» Er wirkte überrascht. Ich blickte mich übertrieben auffällig um. «Ach, kommen Sie schon, es ist niemand da. Sie haben sich bestimmt eins verdient», flüsterte ich ihm dann zu. Er zeigte die Annäherung an ein Lächeln, dann drehte er sich um und nahm ein zweites Nastro Azzurro aus dem Kühlschrank. Er wollte es aus der Flasche trinken, doch ich hob den Zeigefinger. «Kippen Sie's lieber in ein Glas. Flaschen sind doch nur was für *ultras*.» Er grinste.

Wir stießen an. «*Noroc!*», sagte ich.

Er erschrak ein bisschen. «*Vorbiti romana?*»

«*Numai putin. Lucrez ca traducator.*» Ich schaltete wieder auf Italienisch. «Ein Freund von mir ist Rumäne. Er hat mir ein bisschen was beigebracht. Vielleicht kennen Sie ihn? Er arbeitet an den Brücken. Im Hundetransport-Business, wissen Sie?»

Er fing an zu lachen. «Mr. Gheorghe! Ja. Den kennt doch jeder.» Wir stießen noch einmal an. Ich leerte mein Glas. «Noch mal dasselbe. Und für Sie auch noch eins.» Er holte zwei weitere Flaschen, und über den Tresen streckte ich ihm die Hand hin. «Nathan.»

«Adrian.» Wir schüttelten uns die Hände.

«Sagen Sie mal, Adrian, darf man hier rauchen?»

«Natürlich nicht. Aber jeder macht es.» Er griff in seine Hosentasche und holte ein zerknautschtes Päckchen hervor; irgendwas, das ich noch nie gesehen hatte. Er zog zwei Zigaretten heraus. «Hier. Das geht diesmal auf mich.» Ich ließ mir die Zigarette von ihm anzünden und nahm einen vorsichtigen Zug.

Freundlicherweise bot mein neuer Freund mir ein Papiertaschentuch an, damit ich mir anschließend die Tränen abwischen konnte. Irgendwann hörte ich auch auf zu husten und trank schnell einen kräftigen Schluck von meinem Bier. «Nicht schlecht.»

Er grinste. «*Carpati.* Die billigsten Glimmstängel in ganz Rumänien. Und die Lieblingsmarke meines Vaters. Er war auf dem Platz der Revolution 1989 mit dabei. Sagte immer, er hätte mehr Angst vor den Zigaretten gehabt als vor der *Securitate.*»

Ich nahm noch einen vorsichtigen kleinen Zug. «Kluger Mann, Ihr Vater», sagte ich und tupfte mir die Augen trocken. Wir rauchten und husteten einen Moment schweigend vor uns hin. «Erzählen Sie mal, Adrian», sagte ich dann. «Wie ist es denn so, hier zu arbeiten?»

Er zuckte mit den Schultern. «Kennen Sie die Hotelbewertungen?»

«Ja.»

«Die stimmen im Prinzip. Es ist nicht besonders. Und manchmal verschwinden Sachen, wissen Sie. Dann kriegt einer von uns die Schuld.»

«Aber nicht Sie?»

«Nicht ich. So dumm bin ich nicht.»

«Das ist erfreulich. Hören Sie, Adrian, ich glaube, zurzeit ist ein Mann namens Francesco Nicolodi hier abgestiegen.»

Einen Moment sah er mich ausdruckslos an, dann erhellte sich plötzlich sein Gesicht. «Süditaliener? Trinkt vielleicht ein bisschen zu viel? Wegen der Biennale hier?»

«Zwei von drei auf jeden Fall. Nummer zwei kann ich nicht beschwören. Ist er da?»

Er schüttelte den Kopf. «Jetzt nicht mehr. Hat heute Morgen ausgecheckt.»

«Ach, Mist. Wissen Sie vielleicht, wohin er wollte? Zurück in den Süden oder zum Flieger nach England?»

«Keine Ahnung.»

«Es könnte wichtig sein. Wirklich gar keine Idee?»

«Sorry.» Er sah über seine Schulter. Ich folgte seinem Blick zu der Uhr an der Wand. Es war eins.

«Ich vermute», sagte ich, «die Zimmer wurden noch nicht gemacht?» Er nickte. «Es wäre also – rein theoretisch – möglich, dass sich jemand kurz in *signor* Nicolodis Zimmer umsieht?»

Er schüttelte den Kopf. «Das würde mich meinen Job kosten.»

«Vielleicht. Aber es ist doch ein beschissener Job.»

«Stimmt allerdings.» Er winkte mich zur Rezeption hinüber und nahm einen Schlüssel vom Haken. «Legen Sie dafür ein gutes Wort bei Mr. Gheorghe für mich ein, ja? Da ist es bestimmt lustiger als hier.»

Ich grinste. «Versprochen.»

Ich wusste nicht genau, was ich erwartete. Ich wusste nicht mal ganz genau, was ich verdammt noch mal hier machte. Wahrscheinlich war es einfach zweierlei. Considine schien mir ein netter Kerl zu sein, ein bisschen zart besaitet, aber im Grunde ein netter Kerl. Francesco konnte ich nicht ab. Genauer gesagt, er hatte mich zum Narren gehalten. Insgeheim wünschte ich mir, einen Beweis dafür zu finden, dass es seine Schuld war. Zumindest dafür, dass nicht Considine die Verantwortung trug.

Letztlich fand ich jedoch absolut nichts. Das Zimmer war relativ sauber, wenn auch eher klein. Ein etwas ausgeblichener Teppich lag auf einem Parkettboden, der es dringend nötig hatte, abgeschliffen und neu lackiert zu werden. Der Geruch nach abgestandenem Zigarettenrauch hing in der Luft. Vermutlich zogen es die Hotelgäste hier vor, die Vorschriften zu missachten. Im Kleiderschrank war am üblichen Platz ein kleiner Safe eingebaut. Keine Zahlenkombination, nur ein einfacher Schlüssel. Einer, den man ziemlich leicht nachmachen lassen konnte. Was erklärte, warum mich immer wieder britische Gäste mit Geschichten über abhandengekommene Gegenstände aufsuchten.

Ich zog Schubladen auf, überprüfte den Papierkorb und sah sogar im Badezimmerschrank nach. Nichts. Aber was hatte ich auch erwartet? Ein beschriftetes Streichholzbriefchen? Eine Karte mit markierten Stellen? Dumme Idee. Ich ging wieder in die Lobby hinunter. Adrian war noch an der Rezeption. Ich gab ihm den Schlüssel zurück.

«Gefunden, wonach Sie gesucht haben?»

«Nein, nichts. Tut mir leid, ich habe Ihre Zeit verschwendet.»

Er schüttelte den Kopf. «Nein, haben Sie nicht. Wir haben zusammen ein Bier getrunken. Der Nachmittag war besser als die meisten hier.»

«Danke. Aber jetzt muss ich los. Mit Gheorghe rede ich, wie versprochen.» Als ich mich zum Gehen wandte, sah ich plötzlich etwas aus dem Augenwinkel, das meine Aufmerksamkeit erregte. Eine altmodische Telefonkabine. «Donnerwetter. Wird das Ding noch zum Telefonieren benutzt?»

Adrian lachte. «Nicht mehr, seit ich hier arbeite. Sogar in diesem Hotel haben inzwischen alle Zimmer Telefon. Das ist jetzt ein WLAN-Point. Bloß ein öffentlicher PC.» Das passte. Wozu Geld für ein hotelweites WLAN ausgeben, wenn sowieso fast jeder ein Smartphone besaß? Wollte man auf möglichst sparsame Weise ein Hotel führen, war das eine prima Lösung. Plötzlich kam mir ein Gedanke.

«Dürfte ich mal kurz einen Blick da reinwerfen?» Er nickte verdutzt. Ich ging in die Kabine und schloss die Tür hinter mir. Original Fünfzigerjahre-Geruch. Kein Telefon mehr, dafür ein Billig-Laptop, der mit einem Kabel an der Wand gesichert war. Ich tippte ein paarmal auf die Tastatur, bis der Bildschirm aufleuchtete, und öffnete den Browser. Dann klickte ich auf den Verlaufsbutton.

Beinah hätte ich laut losgelacht. Das Gerät war nicht darauf konfiguriert, den Verlauf zu löschen, wenn man den Browser schloss. Es war alles da, was in den letzten paar Tagen gesucht worden war. Ich scrollte mich durch. Hauptsächlich Nachrichtenseiten in verschiedenen Sprachen. Dann Francescos Name. Er hatte sich selbst gegoogelt. Er hatte sich tatsächlich selbst gegoogelt. Da war sein *Times*-Artikel, außerdem wurde sein Name – zusammen mit meinem – in einigen Nachrichtenmeldungen erwähnt. Das war alles. Bis auf – nein –, als ich noch mal nachsah, erkannte ich eine zehnminütige Lücke zwischen Francescos Suchanfrage und der des nächsten Benutzers, der sich die Seite einer bangladeschischen Zeitung angeschaut hatte. Und direkt nach Francescos Selbstrecherche kam die Adresse des Palazzo Papadopoli, eines der exklusivsten Hotels am Canal Grande, so weit entfernt vom Standard des Zichy, wie man es sich nur vorstellen konnte. Er hatte den Button Zimmer & Suiten angeklickt. Preise waren keine angegeben. Wenn man danach erst fragen musste, war der Aufenthalt sicher unbezahlbar.

Francesco war also aus einer der billigsten Unterkünfte der Stadt, die sich immerhin noch durch das Wort Hotel im Namen auszeichnete, in eine der exklusivsten umgezogen. Vielleicht, dachte ich, gibt er das Geld aus, das er für seinen Artikel bekommen hat. Nein. Ich hatte zwar keine Vorstellung, wie viel *The Times* für einen unaufgefordert eingesandten Beitrag zahlte, aber ich war mir ziemlich sicher, dass man sich davon keine Nacht im Palazzo Papadopoli leisten konnte. Ja, wahrscheinlich reichte es noch nicht einmal für einen Spritz im Palazzo Papadopoli. Trotzdem interessant. Bedenkenswert.

Ich verließ die Kabine und lächelte meinen neuen Freund an. Dann legte ich ihm zwanzig Euro auf den Tresen und nickte ihm zu. «Trinken Sie noch ein Bier, geht auf mich», sagte ich.

– 25 –

Gramsci war gereizt. So etwas wie seine «verrückten fünf Minuten» war viel zu berechenbar und lag daher weit unter seiner Würde. Er zog gelegentliche kleine Akte der Zerstörung vor. In diesem Fall kratzte er am Sofa; direkt neben seinem Kratzbaum, der noch so unberührt und makellos dastand wie an dem Tag, als ich ihn ausgepackt hatte.

Ich ignorierte ihn. Er kratzte noch ein bisschen. Kürzlich hatte er ein neues Spiel erfunden, bei dem er sich zu voller Länge streckte, die Krallen ins Polster grub und sich dann hochzog. Federica lag auf unserem zweiten Sofa. Ihre Mutter war noch immer bei einer alten Freundin in Chioggia zu Besuch, und so hatte sie einen weiteren Abend frei. «Er braucht offensichtlich Unterhaltung.»

«Die Sache wird ihm bestimmt gleich langweilig werden.»

Sie sah mich über den Rand ihrer Brillengläser hinweg an. «Wird es nicht. Oder?»

«Nein», musste ich eingestehen. Das Kratzen ging weiter. Ich seufzte. Erst vor ein paar Monaten hatte Fede mich überredet, die Sofas neu beziehen zu lassen. Also griff ich nach dem Ball. Gramsci reagierte begeistert, sprang aufs Sofa und kauerte sich in Abwehrstellung hinter die Armlehne. Ich entfernte mich so weit wie möglich von ihm und warf den Ball ein paarmal vor mir in die Luft. «Okay, Grams, das Übliche, ja?» Er scharrte freudig mit den Krallen. «Ich bin der Bowler, okay? Oder willst du es vielleicht mal probieren?»

«Warum sprichst du englisch mit ihm?», fragte Federica.

Ich nahm so viel Anlauf, wie es der begrenzte Raum des Wohnzimmers zuließ, vollführte einen perfekten Oberarmwurf und beobachtete, wie Gramsci den Ball mit der Pfote zurückschlug. «Kluger Kater. Gut gemacht.» Ich wandte mich an Fede. «Keine Ahnung. Das mache ich schon immer.»

«Aber er ist ein italienischer Kater.»

«Ja, aber Englisch ist seine Muttersprache.»

«Er ist zweisprachig? Du hast einen zweisprachigen Kater?»

«Kann schon sein.» Ich nahm wieder Anlauf. «Er ist ziemlich clever, weißt du.» Dieses Mal schlug Gramsci mit mehr Schwung zu, und der Ball prallte am Sofatisch ab, während Fede – die sich langsam an unsere Cricket-Partien gewöhnt hatte – gerade noch rechtzeitig ihr Weinglas rettete. Sie warf den Ball zurück zu mir.

Ich setzte mich auf den Boden und lehnte den Kopf an Federicas Schulter. Sie gab mir einen Kuss auf die Stirn. «Er ist bestimmt sehr clever», sagte sie. «Du hast ihn hervorragend trainiert.»

«Ja, nicht wahr? Hat zwar eine Weile gedauert, aber jetzt ist er so weit. Einmal hab ich ihn sogar dazu gebracht, den Ball zu fangen. 2013 war das, glaube ich.»

«Ich habe mit dem Kater gesprochen, Nathan.» Sie trank einen Schluck von ihrem Wein und reichte mir das Glas, damit ich es auf den Tisch stellte. Was ich tat, nachdem ich selbst schnell einen Schluck daraus getrunken hatte. «Also, musst du heute Abend noch etwas arbeiten?»

«Ich oder der Kater?» Sie lugte wieder über den Rand ihrer Brille und runzelte die Stirn. Manchmal fragte ich mich, ob sie die Brille wirklich brauchte oder ob sie nur eine Requisite war, mit der sie ihr Missfallen besser ausdrücken konnte. «Nichts Wichtiges. Nichts, was sofort erledigt werden müsste. Mr. Blake-Hoyt ist und bleibt unabänderlich tot, was seinen Bruder ärgern wird, aber da kann ich nicht viel machen. Ach, und dann sind da noch die Nachforschungen über Francesco Nicolodi.»

«Glaubst du, er hat etwas mit der Sache zu tun?»

«Keine Ahnung, ehrlich. Aber etwas anderes fällt mir nicht ein. Lewis und Paul haben vielleicht tatsächlich die Stadt verlassen. Und diese Angelegenheit mit Scarpa kürzlich ... Wahrscheinlich hat er bloß gehofft, ich würde mal ordentlich verprügelt. Nicolodi ist mein letzter Versuch. Wenn das nichts bringt, werde ich wohl aufgeben müssen. Konntest du irgendwas in Sachen Videoüberwachung erreichen?»

«Tut mir leid, *caro*. Ich hab's versucht, aber die Aufzeichnungen werden routinemäßig alle vierundzwanzig Stunden gelöscht. Und weil es keine *denuncia* gab, sah sich niemand veranlasst, sie aufzubewahren.»

«Mist. Das ist schade. Na ja, dann bleibt uns tatsächlich nur noch Nicolodi.»

Federica klappte ihren Laptop zu und sah auf die Uhr. «Es ist erst halb elf.»

«Gibt's was Nettes im Fernsehen?» Wir sahen uns einen Moment wortlos an und fingen dann an zu lachen.

«Na schön», sagte sie. «Ich gehe früh ins Bett. Kommst du auch?»

Gerade als ich zustimmen wollte, war vom Sofa gegenüber wieder ein Kratzen zu hören. Gramsci hatte offenbar andere Pläne.

«Ich komme gleich nach», antwortete ich seufzend.

Nachdem ich ein paar Bälle geworfen hatte, rollte Gramsci sich auf dem Sofa zusammen und schlief ein. Ich war mir nicht ganz sicher, ob das nicht ein übler Trick war, auf jeden

Fall konnte ich es noch nicht riskieren, schlafen zu gehen. Also setzte ich mich an meinen Schreibtisch und loggte mich in meinen Computer ein. Francesco hatte erzählt, er würde für die *World of Art*, oder so ähnlich, arbeiten. Nein, so nicht. *Planet Art*, das war der Name.

Ich rief die Website auf, bei der es sich jedoch nur um ein dürftig zusammengeschustertes Gerüst handelte. Es fanden sich diverse Fotos berühmter zeitgenössischer Werke, aber professionell sah das Ganze nicht aus. Ich klickte auf die Buttons «Artikel» und «Abonnements», aber beide führten zu einer «Seite noch im Aufbau»-Meldung. Unter dem «Über uns»-Button erschien mit «Entdeckungsreise in die Welt der zeitgenössischen Kunst» ein allgemeiner Werbetext. Außerdem wurde ein gewisser Francesco Nicolodi als Gründer und Herausgeber der Zeitschrift genannt. Sprachlich war der Text dürftig, als wäre er von Google Translate übersetzt worden.

Das war alles. Vielleicht sind sie mit der elektronischen Ausgabe ihrer Artikel einfach noch nicht so weit, vermutete ich und startete eine Suche nach britischen Kunstzeitschriften. Aber nirgends ein Hinweis auf ein Blatt namens *Planet Art*.

Die Sache wurde immer seltsamer. Ich ging die Fakten noch mal durch. Francesco Nicolodi trifft auf der Biennale ein und behauptet, als Journalist für eine Zeitschrift zu arbeiten, die offenbar gar nicht existiert. Er checkt in einer billigen Absteige ein, um nach ein paar Tagen in eins der exklusivsten Hotels Venedigs umzuziehen.

Ich hatte absolut keine Ahnung, ob er etwas mit Gordon Blake-Hoyts Tod zu tun hatte. Höchstwahrscheinlich nicht; soweit ich mich erinnern konnte, war er die ganze Zeit mit mir zusammen gewesen. Trotzdem, ich hatte mir vorgenommen, Considine zu helfen, und Nicolodi war so ziemlich der einzige Anhaltspunkt, den ich noch hatte.

Gleich morgen würde ich mich darum kümmern. Inzwischen schien Gramsci fest zu schlafen. Also konnte auch ich mich aufs Ohr hauen. So leise wie möglich stand ich auf. Nicht leise genug. Der Stuhl schrammte über den Boden, und ich erstarrte. Gramsci rührte sich nicht. Ich schlich mich bis zur Schlafzimmertür. Geschafft.

Plötzlich ein Jaulen hinter mir, gefolgt von kratzenden Klauen an Stoff. Ich seufzte ein weiteres Mal und bückte mich, um den Ball aufzuheben.

– 26 –

Am nächsten Morgen hatte ich Sprechstunde. Niemand kam, aber ich erhielt einen Strauß Blumen als Dankeschön von dem älteren Ehepaar. Er war hübsch, und wenn ich einfach die beiliegende Karte austauschte, könnte ich ihn später Federica schenken. Es war also früher Nachmittag, als ich mich auf den Weg zum Palazzo Papadopoli machte. Die *vaporetto*-Station San Silvestro lag am nächsten, aber ich hatte keine Lust, auf einem überfüllten Boot zu stehen. Da es ein schöner Tag war, beschloss ich, das *traghetto* von Sant' Angelo nach San Tomà zu nehmen und von da aus zu laufen.

Diese Gondelfähren benutzte ich inzwischen eher selten. Wenn man eine Dauerkarte hatte, war es billiger, den Canal Grande im *vaporetto* zu überqueren. Manchmal gelangte man jedoch mit den *traghetti* schneller von einer Seite auf die andere, obwohl es mit jedem Jahr weniger Verbindungen gab. Früher einmal, als die Rialtobrücke noch die einzige Möglichkeit gewesen war, von einer Seite des Canal Grande auf die andere zu kommen, hatten über dreißig davon existiert. Jetzt waren es nur noch sieben. Dario hatte mir einmal davon vorgeschwärmt, dass die *traghetti* in seiner Jugend noch die ganze Nacht über verkehrten. Inzwischen machten sie die letzte Fahrt schon am frühen Abend. Ich fragte mich, ob ich wohl noch in Venedig sein würde, wenn man die letzte Linie endgültig einstellte.

Ich schüttelte den Kopf. Bei dem Gedanken war eine kleine, dunkle Wolke Schwermut über mich gezogen. Wenn da irgendetwas Abhilfe schaffen konnte, dann bestimmt eine kurze Gondelfahrt über den Kanal.

Nur wenige Menschen warteten bei Sant' Angelo, während das Boot von San Tomà auf der gegenüberliegenden Seite auf uns zusteuerte. *Traghetti* wurden üblicherweise von ehemaligen Gondolieri gerudert, die ihre Tätigkeit noch nicht ganz aufgeben wollten, oder von jüngeren, die auf einen festen Platz an einer lukrativeren Gondelstation warteten.

Den älteren Mann mit dem von jahrelanger Arbeit im Freien wettergegerbten Gesicht kannte ich nicht. Der jungen Frau hingegen war ich schon ein paarmal auf dieser Route begegnet. Sie war die einzige weibliche Gondoliere Venedigs. Als sie mich erkannte, lächelte sie.

Ich erwiderte ihr Lächeln. «*Come stai?*»

«Sehr gut, danke. Können wir Englisch sprechen?»

«Natürlich. Ist mein Italienisch denn so schlecht?»

«Im Gegenteil. Aber ich muss Englisch üben.» Das war verständlich. Gondoliere sollten mindestens eine Fremdsprache möglichst fließend beherrschen.

«Wie sieht's aus? Mit dem Platz an einer Gondelstation, meine ich», erkundigte ich mich, während wir ablegten.

«Nicht schlecht. Noch ein Jahr warten, vielleicht zwei. Aber das wird schon.»

«Gut. Ich drücke die Daumen.» Mein Blick fiel unwillkürlich auf ihre perfekt lackierten Fingernägel. «Es ist mir ein Rätsel, wie Sie es schaffen, dass Ihre Nägel so aussehen.»

«Reine Übungssache», antwortete sie grinsend. Dann nickte sie in Richtung des älteren Gondoliere vorne am Bug. «Sie sollten mal Marcos sehen. Die sind ein Traum.»

«Ich werde drauf achten, wenn ich aussteige.»

Während Venezianer im *traghetto* traditionell standen, setzten Touristen sich hin. Dies war eine der wenigen Gelegenheiten, bei denen es mir nichts ausmachte, wie ein Besucher auszusehen. Als ich gerade erst ein paar Wochen in der Stadt lebte, war ich einmal von der Bugwelle eines vorbeirasenden Rettungsbootes fast über Bord geworfen worden. Auch den Gondolieri war es lieber, wenn Fahrgäste, die den Eindruck machten, als müssten sie womöglich gerettet werden, Platz nahmen.

Die Überfahrt dauerte kaum zwei Minuten. Zwei Minuten allerdings, in denen man den Canal Grande unter einem strahlend blauen Himmel hinauf- und hinabblicken konnte. Mittlerweile wohnte ich seit fünf Jahren in Venedig, aber diese Strecke war die einzige, die ich je in einer richtigen Gondel gefahren war.

Wir kamen bei San Tomà an, und ich verabschiedete mich. Marco hatte in der Tat schöne Fingernägel. Nachdem die Fahrt, wie erwartet, meine Laune deutlich gehoben hatte, machte ich mich auf den Weg zum Palazzo Papadopoli.

Der Palazzo besaß einen direkten Zugang vom Canal Grande aus. Wer es sich leisten konnte, dort zu wohnen, kam tatsächlich nur selten auf anderem Weg an. Als George Clooney im Jahr zuvor durch den Haupteingang zu seiner Hochzeitsfeier eintraf, war er weltweit auf fast sämtlichen Titelblättern der Regenbogenpresse gewesen. Ich dagegen benutzte den eher bescheidenen, dem Canal Grande abgewandten Hintereingang. Der im Grunde genommen der eigentliche Haupteingang war. Ich drückte auf die Klingel und trat einen Schritt zurück, um mit möglichst einnehmendem Lächeln in die Überwachungskamera zu schauen. Offenbar war es überzeugend genug, denn das Tor sprang klackend auf. Meine Schritte knirschten wohltuend über einen teuren Kiesweg, während ich zur Rezeption ging.

Meine Einladung zu George Clooneys Hochzeit war damals wohl leider in der Post verlorengegangen. Also war es das erste Mal, dass ich das Gebäude betrat. Ich musste zugeben, dass mein Freund George einen extrem guten Geschmack hatte. Wenn man auf Barock stand, zumindest. Oder auf Rokoko. Ja, dann erst recht. Ich betrachtete die Decke. Cherubim und Seraphim an einem wirbelnden blaurosa Himmel. Ganz bestimmt ...

«Giambattista Tiepolo.» Ich zuckte zusammen. Die Stimme kam von einer attraktiven Blondine in mittleren Jahren, elegant gekleidet in einem schwarzen Hosenanzug.

«Das dachte ich mir», antwortete ich.

Sie lächelte. «Das denken viele. Stimmt leider nicht. Es ist nur eine Kopie aus dem späten neunzehnten Jahrhundert. Im *piano nobile* haben wir allerdings eine Suite mit einem Original.»

«Hat in dieser Suite George Clooney übernachtet?»

«Selbstverständlich.»

Sie veränderte kaum merklich ihren Gesichtsausdruck und sah mich fragend an. «Kann ich Ihnen irgendwie helfen?» Wobei die eigentliche Botschaft natürlich lautete: «Ich kenne Sie nicht. Sie gehören nicht zu unseren Gästen.»

«Vielleicht. Mein Name ist Nathan Sutherland. Ich bin der britische Honorarkonsul in Venedig.»

«Freut mich, Sie kennenzulernen, Mr. Sutherland. Kann ich Ihnen irgendwie helfen?», fragte Sie noch einmal.

«Nun ja, möglicherweise. Ich habe kürzlich einen Ihrer Gäste kennengelernt. Einen Herrn namens Francesco Nicolodi. Er ist Journalist. Wir waren beide bei der Eröffnung des britischen Pavillons.»

«Oh mein Gott. Wirklich? Ich habe natürlich alles darüber gelesen. Wie furchtbar.»

Ich nickte. «Könnten Sie *signor* Nicolodi vielleicht anrufen und ihm sagen, dass ich hier bin? Ich würde gerne ein paar Dinge mit ihm besprechen.»

Sie runzelte die Stirn. «Es handelt sich doch nicht etwa um eine Polizeiangelegenheit?»

«Nein, nein. Nichts dergleichen. Es ist nur ...» Ich zögerte. Um was für eine Angelegenheit handelte es sich eigentlich genau? Ging es wirklich nur darum, jemanden, den ich kaum kannte, davor zu bewahren, in ernsthafte Schwierigkeiten zu geraten? «Nun ja, wir sind beide Zeugen des Geschehens geworden. Aber es hat nichts mit der Polizei zu tun, keine Sorge.»

Sie ging zur Empfangstheke, tippte etwas auf einer Tastatur, nahm dann einen Telefonhörer ab und wählte. «Hier ist ein Mr. Sutherland für Sie, *signor* Nicolodi.» Kurze Pause, dann: «Gut, ich sag es ihm.» Sie wandte sich an mich. «Er trifft Sie in ein paar Minuten oben in der Lounge.» Ihr Handy piepte, und sie überprüfte es rasch. Dann wanderte ihr Blick durch die Empfangshalle zum Wassertor, das zum Canal Grande hinausführte. «Tut mir leid, jeden Moment treffen neue Gäste ein. Bitte entschuldigen Sie mich.» Sie ging zu dem Tor, wo sich ihr fünf weitere Hotelmitarbeiter anschlossen. Zwei Gepäckträger, eine junge Frau, die ein Tablett mit vier Gläsern Prosecco in den Händen hielt, ein Mann mit einer leeren Silberplatte und ein weiterer, der einen Servierteller mit Silberglocke vor sich her trug.

Kurz darauf traf ein Wassertaxi ein. Die beiden Gepäckträger eilten hinaus und kamen mit den Koffern der Gäste zurück. Eine vierköpfige Familie stieg mit Hilfe des Bootsführers aus. Ein Paar, vielleicht in den Siebzigern, mit seinen Kindern, wie ich vermutete. Die Empfangschefin begrüßte sie, als wären sie uralte Freunde. Die Silberglocke wurde gelüftet, um ihnen heiße Frotteetücher anzubieten, während man von der anderen Seite Prosecco reichte.

Die Empfangschefin bemerkte meine staunenden Blicke und lächelte höflich. Ich nickte ihr kurz zu und ging die Treppe hinauf. Mein Kumpel George hatte wirklich einen erlesenen Geschmack. Und Francesco Nicolodi befand sich zweifellos auf dem aufsteigenden Ast.

* * *

«*Mister* Sutherland.»

«*Signor* Nicolodi.»

Wir standen einen Moment schweigend da, bevor Francesco weitersprach. «Setzen wir uns doch, ja? Das wirkt etwas diskreter. An einem so schönen Ort wie diesem schätzt man Streitigkeiten sicher nicht.»

«Das hatte ich auch eigentlich gehofft zu vermeiden», antwortete ich. Wir setzten uns an einen Tisch vor dem Fenster.

«Fantastische Lage, nicht wahr? Ein traumhafter Ausblick.» Er grinste. Das stimmte zweifellos. Francesco Nicolodi, dachte ich, du verdammter Glückspilz. «Was ist das denn da gegenüber?», fragte er und deutete auf einen eleganten Renaissancepalast, der die angrenzenden Gebäude überragte.

«Der Palazzo Grimani. Venedigs oberstes Gericht.»

«Ach. Ich dachte, es wäre ein Museum.»

«Da meinen Sie den Palazzo Grimani di Santa Maria Formosa. Das da drüben ist aber der Palazzo Grimani San Luca. Es gab eine ganze Reihe von Grimanis.»

«Muss ja ein Albtraum sein, die alle auseinanderzuhalten.»

«Es ist tatsächlich nicht leicht, Francesco.»

«Das glaube ich gern.» Er winkte dem Barmann. «Wir sollten etwas zu trinken bestellen. Sie mixen einen hervorragenden Bellini hier, wissen Sie.»

Ich schüttelte den Kopf. «Den fand ich, ehrlich gesagt, schon immer zu süß. Selbst wenn er frisch gemacht wird.»

«Was möchten Sie dann, Mr. Sutherland? Prosecco?»

«Einen Spritz, denke ich.»

«Mit Aperol?»

Ich schüttelte den Kopf. «Auch zu süß. *Al campari* bitte.»

«Du lieber Himmel, manche mögen's bitter, oder wie?» Ich lächelte. Unsere Drinks kamen, zusammen mit einer Auswahl an Luxushäppchen. Weit entfernt von etwas so Gewöhnlichem wie einfachen Chips. Wir stießen an. «Also, warum sind Sie hier, *Nathan*? Gehe ich recht in der Annahme, dass Sie nicht nur mal rasch nachprüfen wollen, ob ich der Dame aus Wales eine gute Kritik geschrieben habe?»

«Ja. Aber waren Sie dort?»

«Nein. Das kann ich mir sparen. Ich googele ein paar Fotos und recherchiere die entsprechende Hintergrundinfo, den Rest kann ich von hier aus erledigen. Ich achte auch darauf, dass es besonders nett wird. Reicht das?»

«Ich denke schon. Obwohl ich mich frage, wo ich das Ganze werde lesen können.» Er schien verwirrt und wollte antworten, aber ich sprach weiter. «Angesichts der Tatsache, dass die Zeitschrift *Planet Art* gar nicht existiert.»

«Was zum Teufel meinen Sie?»

«Ich meine, sie existiert nicht. Es gibt kein solches Magazin. Alles, was es gibt, ist eine Website mit ziemlich wenig Inhalt. Und der ist sprachlich recht erbärmlich. Ihr Englisch hingegen ist perfekt. Nein, diese Seite sieht aus, als hätten Sie jemanden dafür bezahlt, sie in kürzester Zeit zusammenzuschustern.» Er sagte nichts mehr, nippte nur an seinem Bellini, wie um sich selbst Bedenkzeit zu geben. «Sie sind gar kein Journalist, stimmt's, Francesco?», fuhr ich fort.

«Ich …»

Ich winkte ab. «Nein, nein, nein. Sind Sie nicht. Sie sind kein Journalist. Sie haben in Italien noch keine einzige Zeile veröffentlicht. Was mich zu der Annahme verleitet, dass Sie gar keinen Presseausweis besitzen. Was wiederum zu der Frage führt, wie Sie es überhaupt angestellt haben, für die Biennale akkreditiert zu werden.»

«*Planet Art* hat momentan nur eine Onlinepräsenz, und an der Website wird, na ja, noch gearbeitet.»

«Ach ja? Und irgendwo in Italien haben Sie also ein Büro, in dem sich Dutzende von Journalisten die Finger wund schreiben, während ein Team von Technikern schlaflose Nächte damit verbringt, Ihre Website zu optimieren?»

«So ungefähr.»

Ich zuckte mit den Schultern. «Wie Sie wollen. Nicolodi. Ziemlich ungewöhnlicher Nachname. Ist das auch bestimmt Ihr richtiger?»

Er verdrehte die Augen und gähnte demonstrativ. «Ich kann Ihnen gern meine Papiere zeigen.»

«Aber ja. Natürlich könnten Sie das.» Ich blickte mich in unserer luxuriösen Umgebung um. «Sie müssen Ihre Sache jedenfalls ziemlich gut machen, Francesco. Ganz schöner Aufstieg vom Hotel Zichy hierher.»

Er reagierte mit einem dünnen Lächeln und leerte sein Glas. Dann sah er über die Schulter zur Bar und schien leicht genervt, weil der Barmann verschwunden war. Als er im nächsten Moment wie aus dem Nichts hinter Francescos anderer Schulter auftauchte, war auch klar, wohin. Francesco schrak kurz zusammen und entspannte sich dann wieder. «Dasselbe noch mal, Mr. Sutherland?»

Ich schüttelte den Kopf. «Nicht für mich, danke. Ich muss nachher noch Abendessen kochen. Wundervolles Personal hier, nicht wahr? Sehen Sie sich ihn an, er bewegt sich wie ein Tänzer. Der Barmann im Zichy ist allerdings auch ein ganz netter Kerl. Und ich habe den Eindruck, er ist etwas gesprächiger.»

«Verfolgen Sie mich etwa, Mr. Sutherland?»

«Du lieber Himmel, nein. Sie haben mir Ihre Adresse doch selbst gegeben, schon vergessen? Ich interessiere mich nur ein bisschen für die plötzliche Änderung Ihrer Lebensumstände. Sie werden doch zugeben, dass es ein ziemlicher Sprung vom Zichy in diesen Palazzo ist.»

«Die *Times* hat für den Artikel gut bezahlt. Aber danke der Nachfrage.» Inzwischen schien die Sonne direkt durch die Fenster, und es wurde langsam ein kleines bisschen unangenehm. Francesco geriet ins Schwitzen und zerrte an seinem Kragen, bevor er ihn aufknöpfte.

Ich lachte. «Ach, Francesco. Das glaube ich nicht. Das erste Honorar für einen unbekannten Journalisten? Das würde nicht einmal für diese Drinks hier reichen.»

Sein zweiter Bellini kam, und er nahm ihn schon vom Tablett, bevor der Barmann überhaupt eine Chance hatte, ihn abzustellen. Dann legte er die Hände auf den Tisch und schloss die Augen. Zählte vermutlich bis zehn. Schlug die Augen wieder auf und zwang sich ein Lächeln ins Gesicht. «Sutherland, können Sie mir irgendeinen Grund nennen, warum ich nicht einfach unseren Freund da drüben», er stieß mit dem Finger in Richtung des Barmanns, «rufen soll, damit er Sie rauswirft?»

«Absolut keinen.» Nun war ich an der Reihe, auf Zeit zu spielen. Ich trank einen Schluck aus meinem Glas. «Sie machen einen erstklassigen Spritz hier, wissen Sie, Francesco. Sie sollten wirklich noch einen probieren, bevor Sie abreisen. Jedenfalls – und das mag Ihnen ein wenig seltsam vorkommen – bin ich nicht hier, um zu streiten.»

Er hob eine Braue. «Nein?»

«Nein. Ganz im Gegenteil. Ich will Ihnen helfen.»

«Im Ernst?»

«Im Ernst.»

«In welcher Angelegenheit?»

«Paul Considine. Und Lewis Fitzgerald.» Ich erklärte nur so viel, wie ich für nötig hielt. «Ich hoffe, sie sind nur nach England zurückgekehrt, aber Lewis geht einfach nicht ran, wenn ich ihn anrufe. Haben Sie von einem von beiden gehört?»

Nicolodi schüttelte den Kopf. «Nein. Dafür gibt es auch keinen Grund. Ich kenne keinen von ihnen. Aber nach England sind sie bestimmt nicht zurück.»

«Wieso sind Sie sich da so sicher?»

Er zuckte mit den Schultern. «Considine hat noch eine Ausstellung. Er reist bestimmt nicht ab, bevor die eröffnet ist.»

«Noch eine? Ich verstehe nicht.»

Nicolodi seufzte. «Die Installation im britischen Pavillon war seine Soloausstellung. Verstehen Sie wenigstens das?» Ich wollte etwas entgegnen, aber er sprach schon weiter. «Daneben beteiligt er sich an der Gruppenausstellung auf Lazzaretto Vecchio, die morgen eröffnet wird. Sie wissen, wo das ist?» Ich nickte. Die Pestinsel. Seit Jahren schon verlassen, aber gelegentlich aus besonderem Anlass, zum Beispiel zur Biennale, wieder genutzt. Sie lag direkt vor der Küste des Lido, nicht weit von Fedes Wohnung entfernt. «Kommen Sie vorbei. Sie waren doch so angetan von Considines Arbeit. Es könnte Ihnen gefallen.»

«Vielleicht mache ich das.»

«Also. Kann ich Ihnen sonst noch irgendwie helfen?»

«Ich habe noch mal über den Tag des Unfalls nachgedacht.

Sie waren ja bei mir und haben nicht direkt gesehen, wie es passiert ist. Aber vielleicht ist Ihnen sonst irgendwas aufgefallen?»

«Ich habe meine Aussage bei der Polizei damals schon gemacht, wissen Sie nicht mehr?»

«Doch. Aber überlegen Sie noch mal. Irgendetwas, das Ihnen im Nachhinein einfällt? Außerdem ist da noch etwas, Francesco. GBH hat eine miese Kritik über Considines Arbeit geschrieben, und jetzt ist er tot. Vincenzo Scarpa hat das Gleiche gemacht, und vor vier Tagen gab es im Arsenale einen ... Zwischenfall. Ich war im selben Raum wie er. Lewis war auch dort. Wir sind beide verletzt worden, aber ich glaube, eigentlich sollte es Scarpa treffen. Und dieser Beitrag, den Sie für die *Times* geschrieben haben – in dem Sie Considine quasi des Plagiats bezichtigten –, der war nicht gerade schmeichelhaft, stimmt's?»

«Was wollen Sie damit sagen, Sutherland? Ist das eine Warnung?»

«Wenn Sie so wollen.»

«Keine Sorge. Ich passe schon auf, dass Mr. Considine nicht mit einer gläsernen Sense auf mich losgeht.»

Ich schüttelte den Kopf. «Considine ist es nicht. Da bin ich mir sicher. Dazu scheint er mir einfach nicht der Typ zu sein.»

Francesco prustete vor Lachen.

«Was ist daran so lustig?», fragte ich.

«‹Scheint er nicht der Typ zu sein›? Sie gehören nicht zur Kunstwelt, stimmt's, Sutherland?»

«Nein. Das wissen Sie doch.»

«‹Scheint er nicht der Typ zu sein.› Himmelherrgott. Sie sind vielleicht ein guter Konsul, aber als Privatdetektiv sind Sie eine Niete.»

«Wie meinen Sie das?» Ich merkte, wie ich langsam ärgerlich wurde.

«Es ist ein offenes Geheimnis. In der Kunstwelt jedenfalls. Lassen Sie sich von dem ganzen weltfremden Getue nicht täuschen. Er hat eine bösartige Ader. Wissen Sie, dass er vor zehn Jahren beinah ins Gefängnis gewandert wäre?»

Mein Spritz stoppte auf halbem Weg zu meinem Mund. «Sie scherzen?»

Er hatte mich kalt erwischt, und er genoss es. «Nicht im Geringsten. Ich habe Ihnen doch erzählt, dass er ein Alkoholproblem hatte. Wissen Sie, was passiert ist? Eines Abends hat er sich betrunken und jemanden mit einer kaputten Glasflasche verletzt. Weil der ihn bloß mal schief angeguckt hatte.» Ich sagte nichts. «Sie müssen mir nicht glauben. Recherchieren Sie es nach. Es ist kein Geheimnis, wie gesagt. Unser zartbesaiteter Paul Considine hat offenbar eine Vorliebe für Glasscherben.»

Verdammt. Ich sprang auf. «Tut mir leid.» Es kostete mich Mühe, die Worte auszusprechen. «Es scheint, als hätte ich Ihre Zeit verschwendet.»

Er breitete die Arme weit aus und blickte sich um. «Aber keineswegs. Zumindest kann ich mir keinen schöneren Ort zum Zeitverschwenden vorstellen.»

«Ich übernehme die Drinks.»

«Nein, nein. Die gehen auf mich. Wie Sie schon sagten, sie sind ein bisschen hochpreisiger hier.»

«Danke.» Ich drehte mich um und ging Richtung Treppe.

«Keine Sorge, Sutherland. Ich bin nicht böse. Ich bin nur enttäuscht.»

Auf dem Heimweg in die Calle dei Assassini kehrte die dunkle Wolke der Schwermut wieder zurück. Nicht einmal die

Aussicht auf einen Negroni vor dem Abendessen heiterte mich auf. Ich winkte Eduardo kurz zu, lief aber an den Fabelhaften Brasilianern vorbei und ging direkt hinauf in die Wohnung.

Die Tatsache, dass der Kühlschrank inzwischen stets gut gefüllt war, erstaunte mich noch immer. Fede hatte mich wirklich wieder hingekriegt. Auberginen, Paprika, Tomaten, Zucchini. Zutaten für alle möglichen netten Gerichte. Bloß dass mir keins einfiel. Es hatte mir noch nie Spaß gemacht, für mich allein zu kochen. Pizza? Nein. Irgendwas Gesünderes, etwas, das es mir erlauben würde, Fede zu sagen, ich hätte ein bisschen Gemüse zu mir genommen. Gebackene Auberginen mit Tomaten und Mozzarella. So einfach, dass man es kaum als Kochen bezeichnen konnte. Aber es war zumindest etwas Warmes. Ich machte mir einen Spritz und ging an die Arbeit.

Kaum war der Backofen heiß, klingelte das Telefon. Federica.

«*Ciao cara.* Hast du's dir anders überlegt? Willst du doch vorbeikommen?»

«Leider nein, *caro.* Zu viel zu tun, außerdem ist *Mamma* aus Chioggia zurück.»

Ein weiterer Blick in den Kühlschrank sagte mir, dass es kein Problem wäre, die Mengen einfach zu verdreifachen. «Hör mal, ich habe noch nicht zu Abend gegessen. Kommt doch einfach beide vorbei. Du kannst ein bisschen weiterarbeiten, und ich unterhalte deine Mutter.»

«Das wäre nett, aber ich muss wirklich noch eine Menge fertig machen.»

«Ich zeig mich auch von meiner allerbesten Seite. Versprochen.»

Sie lachte. «Da bin ich mir sicher. Ich bekomme dauernd

zu hören, was für einen perfekten Freund ich doch habe. Aber es geht wirklich nicht.» Dann wurde ihr Tonfall ernster. «Alles in Ordnung mit dir?»

Ich atmete tief durch. «Mmm. Nicht wirklich.»

«Was ist denn los? Hast du Nicolodi noch mal getroffen?»

«Ja.»

«Und?»

«Wahrscheinlich war alles bloß Zeitverschwendung. Dass ich versucht habe, Paul zu helfen, meine ich. Er hat sich in der Vergangenheit offenbar schlimme Sachen zuschulden kommen lassen. Richtig schlimme Sachen.»

«Was wirst du tun? Mit Vanni reden?»

«Ich weiß nicht. Es gibt keinerlei Beweise. Vielleicht warte ich ein paar Tage ab. Versuche einfach mal, an etwas anderes zu denken.» Ich wechselte das Thema. «Na ja, ich freu mich jedenfalls auf morgen. Wenn wir Dario bekochen.»

«Ach, das hatte ich ganz vergessen. Bringt er Valentina und die Kleine mit, wie heißt sie noch mal?»

«Emily. Nein, die beiden besuchen gerade die Großeltern. Schade, sie ist wirklich niedlich.»

«Wenn du meinst. Na dann, *a domani.*»

«*A domani.* Hab dich lieb.»

«Ich dich auch.»

Zufrieden lächelnd legte ich auf. Vielleicht war der Tag doch nicht so schlecht gewesen. Zum Teufel mit Kriminalfällen und kunstbesessenen Serienkillern. Die Auberginen warteten.

– 27 –

Am nächsten Vormittag war keine Sprechstunde, und auch sonst hatte ich nicht viel zu tun, abgesehen davon, Mr. Blake-Hoyts morgendliche Schelte über mich ergehen zu lassen; ein Vorgang, an den ich mich inzwischen ganz gut gewöhnt hatte. Ich hielt den Hörer ein paar Zentimeter vom Ohr weg, sagte häufig «Ja», versicherte ihm, dass ich weiterhin alles Menschenmögliche tun werde und dass er selbstverständlich den Botschafter anrufen könne, wenn er dies wolle. Ab und zu war mir nach ein paar beleidigenden Begleitgesten. Mr. Blake-Hoyt würde hoffentlich nicht auf die Idee kommen, mit mir skypen zu wollen. Schließlich legte ich auf, massierte mir sanft das Ohr und machte mir eine frische Tasse Kaffee.

Für das Essen am Abend musste ich noch etwas Fisch besorgen. Als ich nach Venedig gekommen war, hatte ich ziemlich bald einen Fischstand auf dem Campo Santa Margherita entdeckt, bei dem ich anschließend jahrelang einkaufen ging. Dort war es weniger hektisch als auf dem Rialtomarkt, und es gab ausreichend Bars in der Nähe, vor denen man sitzen und beobachten konnte, wie das Leben vorbeizog. Und dann waren die Betreiber des Standes – Vater und Sohn – plötzlich verschwunden. Der Vater, so erzählte man mir, war langsam ein wenig zu alt geworden, und sein Sohn hatte sich entschlossen zu verkaufen. In den ganzen zwei Jahren, in denen ich bei ihnen Kunde war, hatte ich sie nicht einmal nach ihren Namen gefragt.

Danach ging ich nicht mehr zum Campo Santa Margherita, um einzukaufen. Die beiden verbliebenen Stände wurden zwar von sehr netten Leuten betrieben, aber zwei Verkaufsplätze waren für mich kein richtiger Markt mehr. Das Verschwinden des Fischstandes schien mir wie ein Zeichen, mir etwas Neues zu suchen. Den Rialtomarkt erreichte ich schneller, selbst unter Berücksichtigung der Mühe, die es manchmal kostete, sich über die Brücke zu kämpfen. Und trotz der Menschenmassen und des Missmuts der einen gelegentlich überkam, weil man hinter Tomaten fotografierenden Touristen feststeckte, hatten die Explosion der Farben und Gerüche und das Marktgeschrei auf *Veneziano* doch noch immer etwas Aufregendes.

Mit Marco und Luciano warm zu werden, hatte eine Weile gedauert. Marco war klein und drahtig, hatte schüttere graue Haare und ein paar Zahnlücken. Luciano war jünger und cooler; durchtätowiert wie ein Matrose, was einen ziemlichen Kontrast zu seinen akkurat zurückgegelten Haaren bildete. Ein entscheidender Pluspunkt war, dass beide ein *Veneziano* sprachen, das sogar ich fast verstand. Konnte sein, dass sie mir auch ein, zwei Euro beim Kaufpreis nachließen, aber das wusste ich nicht genau. Eins stand jedenfalls fest: Jedes Mal, wenn ich ein Stück Fisch für zwei Personen verlangte, verkauften sie mir eins, das für drei reichte. Es würde beim Braten schrumpfen, versicherten sie mir immer. Was allerdings nie passierte, aber auf diese Weise war immerhin mein Gefrierfach stets gut gefüllt.

Irgendwann war mir klar geworden, dass ich nie mehr irgendwo anders Fisch kaufen könnte. Peter Parkers Gespür für Spinnen war nichts im Vergleich zu ihrer Fähigkeit, mich zu entdecken, sobald ich über den Markt schlenderte. Wenn ich auf meiner Runde auch nur einen kurzen Blick in Richtung eines anderes Standes warf, machten sie sich sofort bemerkbar und winkten mich zu sich herüber.

Als ich heute ankam, überflog ich mit dem Blick rasch die nächstgelegenen Stände. Seespinnen. Seespinne mit Pasta wäre nett. An dem Verkaufsstand links von mir waren noch ein paar übrig. Ich sah schnell bei Marco und Luciano nach. Keine Seespinnen. Na schön, vielleicht würde ich ja ausnahmsweise einmal damit durchkommen. Vorsichtig, ganz vorsichtig wandte ich mich nach links …

«Ciao Nathan, come stai?»

«Abbastanza bene, Marco.» Also keine Seespinne zum Abendessen. Ich ging zu den beiden hinüber. Luciano flirtete unter Zuhilfenahme einer Jakobsmuschel gerade mit zwei jungen Amerikanerinnen. Er schnitt das Fleisch in drei Stücke, steckte sich eins davon in den Mund und gab ein übertriebenes «Mmmm!» von sich. Dann hielt er den Mädchen die Muschel mit den verbleibenden Stücken hin. «Versucht mal!»

Eine von ihnen schlug sich die Hände vors Gesicht. «Aber die ist doch roh!»

«Umso besser. Sehr gesund. Guckt euch meinen Vater an.» Er nickte Richtung Marco. «Er ist dreiundachtzig. Sollte man nicht meinen, was? Das liegt bloß daran, dass er täglich rohen Fisch isst.» Marco, der weder dreiundachtzig noch Lucianos Vater war, gab sich die größte Mühe, bei der Sache mitzuspielen, indem er die Mädchen mit einem freundlichen Zahnlückenlächeln bedachte. Dann drehte er sich kopfschüttelnd zu mir um.

«Incorreggibile.»

«Ziemlich beeindruckend allerdings. Ich hätte nie gedacht, dass man flirten kann, während man ein rohes Weichtier in der Hand hält. Also, was habt ihr heute Gutes, Marco?»

Mittlerweile hatte ich die Erfahrung gemacht, dass es keinen Sinn hatte, das zu verlangen, was ich haben wollte. Marco und Luciano verkauften mir das, was sie mir verkaufen wollten, und damit basta. «Was habt ihr heute Gutes?» war folglich die Umschreibung für «Sag mir, mit was ich heute nach Hause gehen werde».

«Oh, wir haben Seeteufel. Sehr gut, ganz frisch heute. Könntest du glatt roh essen.»

Ich verkniff mir ein Seufzen, während ich auf einen Berg von Sardinen blickte, die sich wunderbar zum Grillen geeignet hätten. Aber wenn Marco Seeteufel sagte, dann würde es Seeteufel werden. «Großartig», antwortete ich lächelnd.

«Wie viel?»

«Genug für drei Personen», antwortete ich, ohne nachzudenken. Er gab mir die zwei größten Schwanzstücke. Genug für vier. «Ist das nicht ein bisschen viel?», fragte ich.

Er grinste. «Nein, nein. Der schrumpft noch beim Kochen ...»

Seeteufel also. Ich war mir ziemlich sicher, noch ein bisschen Brühe im Kühlschrank und ein paar Karotten im Gemüsefach zu haben. Einem Fach, an dem bis zu Federicas Erscheinen auch ein Schild mit der Aufschrift «unerforschtes Gebiet» hätte kleben können. Es war zwar schon etwas spät im Jahr, aber noch nicht zu spät, um ein bisschen Spargel, einige dicke Bohnen und frische Erbsen mitzunehmen. Außerdem kaufte ich ein paar Blumen für Fede, als Ergänzung zu den weiterverschenkten. Pluspunkte sammeln, dachte ich. Es gab bessere Orte in der Stadt, um Blumen zu kaufen, das wusste ich. Orte, an denen die prachtvollsten und exotischsten Blüten zu den wunderbarsten Sträußen gebunden wurden. Doch angesichts meiner Unwissenheit über Blumen schüchterten diese Geschäfte mich ein. Die Blumen vom Markt waren vielleicht nicht ganz so kunstvoll präsentiert und hielten womöglich nur ein paar Tage, aber sie passten besser zu mir. Während ich mich über die Rialtobrücke zurückkämpfte, fühlte ich mich wie der perfekte Liebhaber.

Als ich zu Hause ankam, pfiff ich noch immer fröhlich vor mich hin. Das wöchentliche Angebotsblättchen des nahe gelegenen Supermarkts war zusammen mit der Stromrechnung unter der Tür durchgeschoben worden. Außerdem ein paar Handzettel. Und noch etwas. Ein Briefumschlag. Keine Adresse, weder handgeschrieben noch gedruckt. Werbung also. Ich steckte alles in die große Einkaufstüte mit dem Gemüse und trug sie nach oben.

Am Nachmittag hatte ich noch ein bisschen Übersetzungsarbeit zu erledigen, und dann stand die Vorbereitung des Abendessens an. Nichts allzu Kompliziertes, nur Seeteufel mit Frühlingsgemüse, aber es würde einen gewissen Arbeitsaufwand erfordern, es hinreichend professionell und ansprechend aussehen zu lassen.

Etwas Zeit blieb mir aber noch, um Francescos Geschichte über Paul Considine zu überprüfen. Ich steckte eine CD von Jethro Tull in die Anlage und loggte mich in den Computer ein.

Ich musste ziemlich lange suchen. Es gab seitenweise Treffer über Pauls Kunst, seine Nominierung für die Longlist des Turner-Preises 2009 und natürlich jede Menge Kommentare zu dem unglücklichen Vorfall vor ein paar Tagen. Aber keine Hinweise auf seine Festnahme. Ich recherchierte weiter. «Paul Considine Glas» lieferte bloß Seiten mit Bildern und Besprechungen. Ich änderte die Anfrage in «Paul Considine Glas Verhaftung». Und wurde fündig. Ein einzelner Artikel im *Standard*, 2005. Damals war er noch nicht berühmt gewesen, nur einer unter vielen aufstrebenden Künstlern, und eine normale Schlägerei in einem Londoner Pub hätte es nicht in die überregionalen Zeitungen geschafft. Nach dem, was ich dem Artikel entnehmen konnte, war er jedoch festgenommen worden, weil er mit einer Flasche auf jemanden losgegangen war. Der andere Beteiligte hatte angeblich ein Messer dabeigehabt und keine Anzeige erstattet. Trotzdem. Nach einem doppelten Whisky zu viel hatte es Paul Considine wohl für eine gute Idee gehalten, jemanden mit einer Glasflasche anzugreifen.

Weitere Berichte über den Vorfall waren nicht zu finden. Merkwürdig. Das musste ihn doch sicher eingeholt haben, als er bekannter wurde? Da fiel mir ein, was Gwen mir über Lewis Fitzgerald und seine Vorliebe für Rechtsstreitigkeiten und Unterlassungsklagen erzählt hatte. Trotz all seiner Fehler gelang es ihm also offensichtlich, seine Schäfchen zu schützen.

Francesco hatte recht gehabt. Mit Kunst kannte ich mich nicht aus. Oder, genauer gesagt, nur mit der Kunst von Toten kannte ich mich aus. Und vielleicht war auch meine Menschenkenntnis im Allgemeinen schlechter, als ich angenommen hatte.

Ich war leicht deprimiert. Considine hatte eine gewaltsame Ader. Lewis war offenbar ein Ganove. Francesco … Francesco, glaubte ich langsam, war vermutlich einfach ein billiger Gauner. Mich beschlich die Sorge, dass die bezaubernde walisische Lady ihren Ehemann womöglich wirklich ermordet hatte. Alles erschien mir irgendwie ein bisschen zwielichtig und schmutzig. Wenn so die zeitgenössische Kunstwelt aussah, dann vielen Dank auch. Ich blätterte meinen Kalender durch. In den nächsten Tagen standen ein paar weitere Vernissagen auf dem Programm, und ich musste noch einige Kurzbeschreibungen übersetzen, aber irgendwie konnte mich das nicht mehr so richtig begeistern.

Kochen. Kochen würde mich wieder aufheitern. Die Zubereitung des Seeteufels würde nicht allzu lange dauern, aber ein kleines bisschen Vorbereitung würde die Sache beschleunigen. Außerdem brauchte ich eine Vorspeise. Ich ersetzte Jethro Tull durch noch mehr Jethro Tull und begab mich in die Küche.

Dort präparierte ich ein Dutzend Polentataler und karamellisierte ein paar rote Zwiebeln mit einem Spritzer Balsamessig. Die Zwiebeln verteilte ich auf den Talern und zerkrümelte ein paar Mozzarellawürfel darüber. Sobald die Gäste einträfen, würde ich sie in den Ofen schieben, bis der Käse schmolz. Die perfekten Appetithäppchen, während ich mich anschließend dem Fisch widmete. Ich fing an, das Gemüse zu bearbeiten.

Gegen sechs traf Fede ein. Sie hielt kurz inne, um Jethro Tull aus der Anlage zu nehmen – das beherrschte sie inzwischen so perfekt, dass sie ihren Schritt kaum mäßigen musste –, und kam in die Küche, wo sie mich beim Gemüseputzen vorfand. Sie schlang die Arme um mich und küsste mich in den Nacken.

«Was machst du da, *tesoro*?»

«Dicke Bohnen schälen.»

«Warum?»

«Dann sehen sie schöner aus. Grüner.»

«Aber schmecken sie dann auch anders? Ich meine, lohnt sich das überhaupt?»

«Keine Ahnung, ob sie besser schmecken. Sie sehen jedenfalls hübscher aus.»

«Das hier ist ein Abendessen für drei, *caro*. Nicht *Master-Chef*.»

Ich grinste. «Ich weiß. Aber ich habe ein paar ziemlich beschissene Tage hinter mir. Das hebt irgendwie meine Laune. Zusammen mit Jethro Tull natürlich.» Ich sah sie mit dem traurigsten Hundeblick an, den ich hinbekam.

«Na schön, wenn es so schlimm war, stell ich sie zum Trost wieder an. Also, erzähl mir alles.»

Ich berichtete ihr ausführlich von meinem Treffen mit Nicolodi und davon, was ich über Paul Considine herausgefunden hatte. Sie runzelte die Stirn. «Aha, vor zehn Jahren war Considine also ein Arschloch. Heute ist er vielleicht keins mehr. Und von ‹prügelt sich in einer Bar› bis ‹ermordet reihenweise Kritiker mit zerbrochenem Glas› ist es ein weiter Weg. Ich glaube jedenfalls immer noch nicht, dass er jemanden auf diese Art und Weise umgebracht haben könnte. Viel zu viele Unwägbarkeiten.»

«Ich weiß. Es ist bloß, ich hab mir extra noch die Mühe gemacht, ihm auszuhelfen. Und jetzt, na ja, jetzt scheint jeder, der mit der Sache zu tun hat, irgendwie Dreck am Stecken zu haben. Ich bin mir nicht sicher, ob ich noch etwas unternehmen will. Und eigentlich gibt es wohl auch nichts mehr, was ich unternehmen könnte.»

«Dann lass es einfach. Ich meine, es ist zwar schade, dass wir dieses Mal keinen richtigen Kriminalfall haben. Aber es klingt, als hättest du alles in deiner Macht Stehende getan. Soll Vanni sich darum kümmern.» Sie gab mir ein Küsschen auf die Wange. «Die Bohnen sehen hübsch aus. Sehr grün. Und ich lege jetzt ein bisschen schöne Jethro-Tull-Musik für dich auf.» Noch nie hatte sie die Worte «schön» und «Jethro Tull» in einem Satz benutzt. Was war ich doch für ein Glückspilz …

Dario traf ungefähr eine halbe Stunde später ein, und wir verspeisten gemeinsam unsere Polentataler, während er uns die neuesten Fotos der kleinen Emily zeigte. Federica lächelte die ganze Zeit höflich.

«Ach, sieh sie dir bloß an, Fede.»

«Ich sehe sie mir an, Nathan.»

«Ist sie nicht goldig?»

Fede nahm mein Gesicht zwischen die Hände. «Na schön, ich weiß nicht, was du mit ihm gemacht hast, aber ich will meinen alten Nathan zurück, und zwar sofort.» Als Dario daraufhin gekränkt wirkte, lenkte sie ein. «Sie ist süß», sagte sie lächelnd.

«Gut», sagte ich, «ich verschwinde wieder in die Küche. Ihr beide könnt euch derweil um die Kontrolle über die Stereoanlage streiten. Wenn's irgendwie hilft, Gramsci hat gerade eine kleine Alan-Parsons-Project-Phase.»

Ich goss etwas Gemüsebrühe in einen Topf und warf den Spargel hinein. Nur ein, zwei Minuten, länger nicht. Danach die Bohnen, dann die Erbsen. Noch ein paar Minuten. Anschließend den Seeteufel. Dann gab ich den Eintopf in drei Schalen und servierte. Ein einziger Fehler, und du hast am Ende ein zähes Stück Fisch auf einer Schicht zerkochtem Gemüse. Kein Fehler, und deine Freunde kriegen sich vor Lob nicht mehr ein.

Dario grinste und trank einen Schluck Wein. «Er hat's wirklich drauf, oder?»

Fede lächelte mich an. «Hat er. Das war vorzüglich, *caro.* Besonders die sehr grünen Stückchen.»

Ich musste ihr zustimmen. «Die grünen Stückchen waren, glaube ich, wirklich das Tüpfelchen auf dem i.» Ich trug die Teller in die Küche und wusch ab. Dann räumte ich die Überreste vom Einkaufen weg. Die morgendliche Post befand sich immer noch in der leeren Gemüsetüte. Nachdem ich die Stromrechnung zur Seite gelegt hatte, warf ich das Supermarktblättchen direkt in den Mülleimer. Die Handzettel zerknüllte ich und wollte sie gleich hinterherwerfen, als mir etwas ins Auge fiel. Ich strich sie wieder glatt. Einer stammte von einem Pfandleihhaus in Mestre, das möglicherweise als Tarnung für Geldwäsche diente. Der andere warb für die Kunstausstellung auf Lazzaretto Vecchio.

Ich legte ihn auf den Tisch und sah ihn mir genauer an. Ein Foto des Lazzaretto vor dem Hintergrund der Lagune, daneben eine Liste der beteiligten Künstler und ihrer Arbeiten. Considines Name stand ganz oben. Sein Objekt im britischen Pavillon, erinnerte ich mich, hieß *Seven by Seven by Seven.* Dieses hier etwas einfacher *Seven by Seven.* Datum und Uhrzeit der Eröffnung waren durchgestrichen worden, und jemand hatte *Freitag, 20. Mai 2015, Mitternacht* daruntergeschrieben.

Meine ganz persönliche Vernissage.

Ich schüttelte den Kopf. Wer immer du bist, vergiss es. Ich drehte das Blatt um. Die Rückseite war leer, bis auf die Worte: *Helfen Sie mir, Nathan!*

Verdammt.

Ich sah auf die Uhr. Fast neun. Wie um Himmels willen sollte ich das schaffen? Dario und Fede würden garantiert versuchen, mir die Sache auszureden. Oder schlimmer, sie würden darauf bestehen mitzukommen. Zu allem Überfluss wollte Fede heute auch noch bei mir übernachten. Ich musste irgendwie dafür sorgen, dass wir wieder zum Lido fuhren.

Ich riss den unbeschrifteten Briefumschlag auf. Er enthielt eine Postkarte. Als ich das Bild darauf sah, hätte ich beinah aufgeschrien. Dann kam mir der Gedanke, dass das vielleicht die Lösung sein könnte. Ich steckte den Handzettel weg und rannte ins Wohnzimmer. «Fede, Dario, ich glaub, ich habe ein Problem.»

«Du hast deine vierteljährliche Steuererklärung vergessen?», fragte Dario.

«Schon wieder», flüsterte Federica, allerdings nicht ganz *sotto voce.*

Ich schüttelte den Kopf. «Nee, es ist was anderes. Etwas ziemlich Gruseliges. Seht euch das an.» Ich schwenkte die Postkarte. «Die kam heute Morgen mit der Post. Oder genauer gesagt, jemand hat sie heute Morgen unter der Tür durchgeschoben.» Ich reichte die Karte herum. Eine hagere Gestalt mit Kapuzenumhang und einer Sense in der Hand, die auf einem Pferd durch die Wolken glitt und eine Truppe dämonischer geflügelter Wesen anführte.

«Gustave Doré», sagte Federica.

«Darauf habe ich auch getippt. Der Engel des Todes?»

«Ziemlich sicher.»

«Aus Dantes *Inferno*?»

Sie schüttelte den Kopf. «Nein, nicht aus dem *Inferno.* Auch nicht aus *Die Ballade vom alten Seemann.* Ich bin mir wirklich nicht sicher. Vielleicht aus seiner Edgar-Allan-Poe-Serie?»

«Es stammt aus seiner illustrierten Bibel. Ungefähr 1870, schätze ich», erklärte Dario. Stille am Tisch.

«Was?», fragte ich.

«Er hat eine französische Bibelausgabe illustriert. *Vision des Todes* heißt das Bild. Aus dem Buch der *Offenbarung*, die Öffnung des vierten Siegels. ‹Da sah ich und siehe, ein fahles Pferd; und der auf ihm saß, heißt ‚der Tod‘; und die Unterwelt zog hinter ihm her.›»

«Ja, ja, ja, aber … woher weißt du das?», fragte ich verdutzt.

«Das ist auf dem Cover von Hawkwinds *Angels of Death*»,
antwortete er verwundert. «Das müsstest du doch wissen,
Nathan.»

«Ich kenne das Stück. Aber gibt's denn auch ein Album
mit dem Namen?

«Klar. Es ist eine Sammlung ihrer drei RCA-Alben.»

«*Sonic Attack. Church of Hawkwind. Choose Your Masques.*
Das ist die Erklärung. Die hatte ich schon alle.»

«Weißt du, in Italien gab es ein Lieferproblem. *Church of
Hawkwind* kam hier erst in den Neunzigern raus. Aber vier
Stücke davon sind in der Kompilation.»

«Ich dachte, du bist kein Hawkwind-Fan?»

«Nicht wirklich, aber normalerweise sind auf jedem Album ein, zwei Stücke, die man sich gut anhören kann.»

«Sind irgendwelche Bonustracks dabei?»

Er schüttelte den Kopf. «Nee. Nichts. Wenn du die Ori-
ginale hast, brauchst du es nicht. Aber das Cover ist ziemlich
abgefahren.»

Wir verstummten, als wir merkten, dass Federica uns anstarrte. Und zwar nicht besonders freundlich.

Sie schloss die Augen und hielt sich die Hände vors Gesicht. «Könnten wir vielleicht zum Thema zurückkommen?
Bitte?»

«Sorry», antworteten Dario und ich wie aus einem Mund.

«Gut. Also, was ist das hier? Eine Warnung? Eine Drohung?»

«Irgendwer schiebt mir das Bild eines düsteren Reiters
mit Sense unter der Tür durch. Vielleicht nicht als Drohung,
es geht aber als eine durch, solange uns nichts Besseres einfällt.»

«Das glaube ich nicht», sagte Dario.

«Der Kerl hat eine Sense, Dario.»

«Schon klar.» Er goss sich noch ein bisschen Wein nach und tätschelte mir den Arm. «Wenn du mich fragst, war es dieser Nicolodi. Mit dem bist du in den letzten Tagen zweimal ganz schön aneinandergeraten, stimmt's? Und er weiß alles über diesen Mann, der seinen Kopf verloren hat, und über das Bild, das in seiner Tasche gefunden wurde. Deine Adresse kennt er auch, weil du ihm deine Visitenkarte gegeben hast. Also kommt er eines Nachmittags vorbei und schiebt das unter deiner Tür durch, weil er hofft, er kann dir einen Schrecken einjagen.»

Ich atmete tief durch und nickte. «Wahrscheinlich hast du recht, Dario. Das ergibt Sinn.»

«Beinah», wandte Federica ein. «Die Theorie hat nur einen Haken. Woher hat er die Karte?»

Dario zuckte mit den Schultern. «Spielt das eine Rolle?»

«Ja, tut es.» Sie griff nach der Postkarte und drehte sie um, sodass die Rückseite zu sehen war. «Woher stammt sie? Keinerlei Hinweis?»

«Könnte von sonst woher stammen», antwortete ich. «Irgendeine Kirche oder ein Museumsshop in der Stadt.»

«Möglicherweise. Glaube ich aber nicht. Ich bin mir nämlich absolut sicher, dass sich dieses Bild in keiner Kirche oder Galerie Venedigs befindet. Das bedeutet, wer immer die Karte gekauft hat, muss es getan haben, bevor er nach Venedig kam. Bevor er dich überhaupt kennengelernt hat. Warum also sollte jemand das tun?»

Dario schüttelte den Kopf. «Die Accademia. Die Cini Foundation. Das Museo Correr. Und sicher noch mehr. Alle könnten sie diese Postkarten verkaufen.»

«Vielleicht. Aber das bezweifle ich.»

«Weißt du was», sagte ich. «Mir gefällt Darios Theorie. Sie ist irgendwie beruhigend.»

«Mag sein», antwortete Federica. «Aber irgendetwas stimmt daran nicht ganz. Ich glaube nicht, dass diese Postkarte in Venedig gekauft wurde. Wer also reist nur so für den Fall der Fälle mit einer Kopie der *Vision des Todes* durch die Gegend?»

«Leute, die zu viel Black Sabbath hören?», schlug Dario vor. Ich grinste. «Oder, keine Ahnung, Spinner … Killer … Serienmörder …», fuhr er dann fort.

«Das ist nicht hilfreich, Dario», fiel ich ihm ins Wort, bevor er seine Aufzählung weiterführen konnte. Wir saßen einen Augenblick schweigend da.

«Was unternehmen wir also?», fragte Federica.

«Morgen früh rufe ich Vanni an. Das bringt uns zwar nicht viel weiter, aber etwas anderes fällt mir nicht ein.»

Federica nickte. «Gut, mach das. Aber warum rufst du ihn nicht gleich an?»

«Jetzt ist er bestimmt nicht im Dienst. Sondern vermutlich irgendein Polizist, den ich nicht kenne. Dem ich dann erklären muss, dass mir jemand ein Bild von einem Kerl mit einer Sense geschickt hat. Was den Eindruck macht, als wäre ich nicht ganz dicht. Ich meine, morgen früh halten wir das Ganze sicher sowieso für Unsinn. Und Dario hat wahrscheinlich recht.»

«Mr. Blake-Hoyt wird geköpft und hat ein Bild in der Tasche, auf dem Judith Holofernes enthauptet. Was durchaus noch Zufall sein könnte. Auf dich wird mit einem Glaspfeil geschossen, und du hast plötzlich ein Bild des heiligen Sebastian in der Tasche. Was die Definition von Zufall ziemlich dehnt. Jetzt schiebt dir jemand eine Postkarte unter der Tür durch, auf der der Engel des Todes abgebildet ist. Das kann beim besten Willen kein Zufall mehr sein.»

Ich nickte. Wollte etwas sagen, ließ es dann aber. Beide

hatten sie mir eine Gelegenheit geboten, sie aufzuklären, aber ich würde sie belügen müssen.

«Alles in Ordnung, Kumpel?», fragte Dario.

Ich schüttelte den Kopf. «Nein. Im Gegenteil.» Ich zögerte kurz. «Ist deine Mutter noch bei dir, Fede?»

«Sie ist gestern wieder nach Hause gefahren, warum?»

«Ich überlege bloß gerade – eigentlich wolltest du ja heute Nacht hierbleiben?»

«Stimmt. Ah, jetzt verstehe ich. Du denkst, wir sollten lieber zurück zum Lido fahren?»

Ich atmete erleichtert auf, aber nicht aus dem Grund, an den sie dachten. «Es ist albern, ich weiß, aber ...»

«Nein, ist es nicht. Ich glaube zwar nicht, dass wir heute Nacht grausam in unseren Betten ermordet werden sollen, aber es ist überhaupt nicht albern. Wenn es dich beruhigt, dann fahren wir zurück zu mir.»

«Danke», antwortete ich leise. «Was ist mit Dario?»

«Nur, wenn ich die Musik aussuchen darf.»

Wir lachten alle. «Ich fahre zurück nach Mestre, *vecio*.»

«Bist du sicher?»

«Sicher bin ich sicher. Ich bin diesen Leuten noch nie begegnet. Wenn hier irgendein Verrückter durch die Straßen läuft, dann sucht er bestimmt nicht nach mir.»

«Danke. Jetzt geht's mir schon besser. Ein kleines bisschen jedenfalls.»

«Danke fürs Abendessen.» Er beugte sich hinüber und gab Federica ein Küsschen. «Pass auf ihn auf, ja?»

«Wir hören uns morgen, Dario», sagte ich.

Er grinste. «Das will ich hoffen.»

Nachdem er fort war, wusch ich das restliche Geschirr ab. Fede holte unsere Jacken. «Du hast doch alles drüben, was du brauchst, oder?» Ich nickte. «Und du musst morgen keine Sprechstunde abhalten oder irgendwelche Eröffnungen besuchen?»

Ich schüttelte den Kopf. «Nur ein bisschen was übersetzen. Das kann ich an deinem PC machen. Ich komme bloß kurz zurück, um den Kater zu füttern.»

«Gut.» Sie umarmte mich. «Das ist sicher alles Unsinn. Aber warum diesem Francesco den Gefallen tun? In ein, zwei Tagen, hat er die Stadt verlassen, und der ganze Spuk ist vorbei.»

Ich drückte sie fest. «Jep.» Als wir Richtung Treppenhaus gingen, ließ uns ein klägliches Maunzen innehalten. Ich drehte mich um. Gramsci sah uns traurig an. «Wir könnten ihn nicht vielleicht mit ...»

«Treib's nicht zu weit.»

Ich seufzte. Dann hielt ich ihm die Postkarte vor die Nase und deutete auf die verhüllte Gestalt mit der Sense. «Okay, Kumpel, wenn so einer hier auftaucht, machst du auch die Fliege, klar? Bring ihn zur Strecke, wenn du meinst, du schaffst es. Aber es ist auch völlig in Ordnung, wenn du dich versteckst.»

Dann schloss ich die Tür ab, und zehn Minuten später saßen wir im Boot Richtung Lido. Meine ganz persönliche Vernissage wartete auf mich.

– 28 –

«Kommst du mit ins Bett?», fragte Federica.

Ich ließ mich aufs Sofa fallen. «Noch nicht. Ich denke, ich bleibe noch einen Moment auf. Wieder einen klaren Kopf bekommen.»

«Gut. Soll ich dir Gesellschaft leisten?»

Damit hatte ich gerechnet. «Das wäre großartig. Ich hab *Theater des Grauens* mitgebracht. Ich dachte, den könnten wir noch mal zusammen anschauen.»

«Bist du wahnsinnig? Wie soll das denn deine Stimmung heben?»

«Glaub mir, das wird es.»

Sie schüttelte den Kopf. «Du bist wirklich verrückt. Es wundert dich sicher nicht, wenn ich darauf verzichte, mir den Film ein zweites Mal anzusehen?» Ich machte ein trauriges Gesicht. «Halt bloß die Türen geschlossen, ja? Ich habe keine Lust, von den ganzen Schreien geweckt zu werden.»

«Danke. Du hast nicht zufällig ein paar Zigaretten im Haus?»

Sie seufzte und griff in ihre Handtasche. «Bitte schön. Aber nicht hier drin.»

«Versprochen. Du bist ein Schatz.»

«Ich weiß.» Sie lächelte und gab mir einen Kuss auf den Kopf. «Geht's dir besser?»

«Das wird schon wieder. Ich brauche nur noch einen Moment.»

Ich gab ihr eine halbe Stunde, dann tapste ich zur Schlafzimmertür. Dahinter war leises Schnarchen zu hören. Ich schlich mich zur Haustür, zog mir die Schuhe an und verließ, so leise ich konnte, die Wohnung. Falls sie etwas hörte, würde sie annehmen, dass ich noch schnell eine rauchen ging, bevor ich ins Bett kam. Hoffentlich. Bis zu Lazzaretto Vecchio waren es von Fedes Wohnung aus nur fünf Minuten zu Fuß an der Riva di Corinto entlang. Mit etwas Glück würde sie überhaupt nicht mitbekommen, dass ich fort gewesen war.

Ich stieg die Treppe hinunter und durchquerte den Garten des *condominio.* Kaum war ich durchs Eingangstor, konnte ich schon die Umrisse der Insel in der Lagune erkennen. Eine klare, mondhelle Nacht. Ich lief weiter an der um diese Uhrzeit leeren Straße entlang. Je mehr sich meine Augen an das diffuse Licht gewöhnten, umso deutlicher wurden die Konturen der Insel. Plötzlich vernahm ich wie aus dem Nichts ein lautes Dröhnen und zwei Stimmen.

Ich zuckte zusammen und drehte mich um. Zwei Jugendliche sausten lachend und schreiend auf einem *motorino* vorbei. Nach vorne gebeugt legte ich die Hände auf die Knie und atmete tief durch. Dann lächelte ich. Törichte Kids, die von einer mitternächtlichen Party zurückkamen. Und viel zu schnell fuhren. Hoffentlich schafften sie es heil nach Hause. Und hoffentlich hatte der Lärm Federica nicht geweckt.

Ich setzte meinen Weg fort und blickte eher in der Hoffnung als in der Erwartung, tatsächlich etwas zu sehen, hinaus auf die Insel. Hinter dem Lazzaretto erkannte man die Silhouette Venedigs im Mondlicht, eine Stadt aus Kuppeln und Turmspitzen. Stille nun, gelegentlich unterbrochen vom leisen Brummen des entfernten Straßenverkehrs. Draußen in der Lagune sah ich kleine Lichtpunkte, Zeichen des nächtlichen Wasserverkehrs.

Ich blieb stehen und blickte auf Lazzaretto Vecchio hinüber. Direkt unterhalb von mir führte eine – für die Dauer der Biennale vorübergehend errichtete – Brücke vom Lido zur Insel. Ich folgte der *riva*, bis ich auf ein paar Stufen stieß, die mich hinunter zum Ufer führten.

Knirschend durchbrachen meine Schritte die Stille der Nacht, während ich über den Kiesstrand lief. Die Brücke war mit einem niedrigen Tor verschlossen. Ich versuchte es zu öffnen. Abgesperrt. Aber es war kein Problem, einfach darüberzuklettern.

Auf halbem Weg zur anderen Seite blieb ich stehen und sah zurück. Federica würde sich sorgen, wenn sie aufwachte und feststellte, dass ich weg war. Und wenn sie je herausfände, dass ich ihr einen Haufen Lügen aufgetischt hatte, käme ich in Teufels Küche. Diese ganze Aktion war also ziemlich idiotisch. Die Postkarte, davon war ich überzeugt, stammte von Francesco, der seine Psychospielchen mit mir trieb. Ich hatte ihn während unserer Unterhaltung am Tag zuvor wahrscheinlich sogar selbst auf den Gedanken gebracht. Das mit der Einladung war allerdings etwas anderes. Ich hatte Paul 150 Euro gegeben, woraufhin er verschwunden war. Was, wenn er wirklich irgendeine Dummheit gemacht hatte? Trug ich dann nicht die Verantwortung dafür? Es blieb mir wohl keine andere Wahl, als weiterzugehen.

Die Brücke führte auf einen schmalen Anleger, an dem die Boote der Tagesbesucher festmachen konnten. Danach lief ich über eine struppige Grasfläche, bis ich zu einem klapprigen Holzsteg kam, der durch eine Öffnung in der dicken Backsteinwand ins Lazzaretto selbst führte. Dort war es bedingt durch die rundum laufende Mauer plötzlich dunkler und stiller.

Ich war noch nie hier gewesen und versuchte, mich daran zu erinnern, was ich über diesen Ort wusste. Es war die älteste Quarantänestation Venedigs, wo früher die Mannschaften eintreffender Schiffe die gesetzlich vorgeschriebenen vierzig Tage bleiben mussten, bevor es ihnen erlaubt war, die Stadt selbst zu betreten. Und zu Zeiten der Pest wurden die Sterbenden hierhergebracht. Mehr als fünfzehnhundert Skelette hatte man während der Restaurierungsarbeiten ausgegraben, und Hunderte, vielleicht Tausende lagen noch unter meinen Füßen.

Ich befand mich in einem Innenhof. In der Mitte stand ein kleiner Marmorbrunnen, rechts von mir führte eine Treppe zu einem überdachten Vorbau hinauf, direkt vor mir lag der monumentale Haupteingang. In Stein gehauen standen der heilige Rochus und der heilige Sebastian zu beiden Seiten des heiligen Markus über einer Tür, die ins Dunkle führte. Wäre man in der Zeit der großen Pest hierhergebracht worden, wäre dies das Letzte gewesen, was man von der Welt draußen sah. *Abbandonate ogni speranza, voi ch'entrate.* Lasst, die ihr eintretet, alle Hoffnung fahren.

Ich hatte keine Ahnung, wohin ich gehen und wonach ich – wenn überhaupt – suchen sollte. Vielleicht würde ich mir von einer erhöhten Position aus ein besseres Bild von der Anlage machen können. Also stieg ich langsam die verwitterte, geländerlose Steintreppe hinauf. Der Eingang zu dem Vorbau war durch ein mit Vorhängeschloss gesichertes Gitter versperrt. Ich rüttelte daran, doch es bewegte sich nicht. Auch gut, wahrscheinlich war es aus Sicherheitsgründen verschlossen.

Ich drehte mich um. Und zuckte zusammen. Im Innenhof unter mir war plötzlich ein Schatten zu sehen. Direkt neben dem Eingang stand jemand. Beobachtete mich.

«Paul!?», gelang es mir zu rufen, obwohl mein Hals ganz trocken war.

Die Gestalt machte einen Schritt auf mich zu. Instinktiv wich ich zurück, rutschte auf den bröckelnden Steinstufen aus und auf den ungesicherten Treppenrand zu. Ich tastete nach Halt, versuchte verzweifelt zu verhindern, dass ich über den Rand stürzte. Es gelang mir, das eiserne Gitter zu greifen und mich hochzuziehen. Nachdem sich meine Atmung beruhigt hatte, zwang ich mich, wieder hinunter in den Innenhof zu schauen. Die Gestalt war, falls sie überhaupt je da gestanden hatte, verschwunden.

So dicht wie möglich an die Wand gepresst, stieg ich vorsichtig die Treppe hinunter. Der Eingang zum Hauptgebäude stand offen. Im Inneren war nichts zu erkennen. Ich verfluchte mich selbst, weil ich nicht daran gedacht hatte, eine Taschenlampe mitzubringen. Besaß ich so was überhaupt? Die an meinem Handy würde reichen müssen. Langsam bewegte ich mich auf den Eingang zu. Plötzlich rutschte mir auf irgendetwas Glattem der Fuß weg, und als ich versuchte, das Gleichgewicht zu halten, verursachten meine Füße ein Knirschen auf dem Kies, das laut durch die Stille schallte. Ich richtete den Blick nach unten, um festzustellen, worauf ich ausgeglitten war. Eine schwarz glänzende Fläche reflektierte das schwache Licht meines Handys. Ich bückte mich, um näher hinzusehen. Obwohl die Tafel teilweise von Schmutz und Kies verdeckt wurde, konnte ich erkennen, dass ein Schriftzug darauf eingraviert war. Ich wischte den Schmutz weg, um ihn zu lesen.

Der Tod war hier.

Ich stolperte rückwärts. *Ruhig, Nathan.* Wahrscheinlich gehörte das Ding zur diesjährigen Biennale oder war ein Überbleibsel der letztjährigen. Vorsichtig setzte ich meinen Weg fort und blieb am Eingang stehen. Die Tür war offen, und seitlich daneben hatte man ein Hinweisschild mit der für Sehenswürdigkeiten üblichen Auflistung aller Verbote angebracht. Essen und Trinken verboten, Rauchen verboten, Hunde verboten. Okay, das war ein gutes Zeichen. Wenn Touristen Zutritt hatten, war die Bausubstanz also sicher, und ich musste nicht befürchten, dass der Boden unter meinen Füßen nachgeben würde.

Ich trat ein. Hohe Fenster in den Wänden ließen das Mondlicht hereinfallen, was mehr nutzte als die trübe Funzel an meinem Handy. Ich schaltete es aus, um den Akku zu schonen, und blieb stehen, damit meine Augen Zeit hatten, sich an das wenige natürliche Licht zu gewöhnen. Plötzlich standen mir sieben reglose Gestalten gegenüber. Erschrocken wich ich einen Schritt zurück. Die Gestalten imitierten meine Bewegung. Ich trat wieder nach vorn. Die sieben Gestalten machten dasselbe. Inzwischen konnte ich schärfer sehen und fing an zu lachen. Sieben Gestalten links von mir, sieben rechts. Die ganze Säulenhalle, in der ich mich befand, war voller Spiegel, wahrscheinlich Teile von Considines Ausstellung. *Seven by Seven*, natürlich.

Vorsichtig durchquerte ich die Halle. Am anderen Ende befand sich eine weitere Türöffnung, die dieses Mal in tiefste Dunkelheit führte. Ich trat hindurch, schaltete mein Handy wieder an und wartete erneut, bis sich meine Augen an die Lichtverhältnisse gewöhnt hatten.

Die Handytaschenlampe half nur mäßig, und ich blieb alle paar Meter stehen, um den Boden nach Hindernissen abzusuchen. Ich drehte mich um. Der Durchgang zu der vom Mondlicht erhellten Haupthalle war noch zu sehen. Gut. Solange ich den noch erkannte, würde ich auch wieder hinausfinden. Ich bewegte mich weiter in die Dunkelheit hinein; zehn oder zwanzig Meter vielleicht.

Kein Laut mehr zu hören. «Paul!», rief ich. Das Echo,

das zu mir zurückschallte, ließ mich zusammenzucken. Ich zählte bis zehn, dann rief ich noch einmal. «Paul! Ich bin's, Nathan.»

Stille. Absolute Stille. Ich schloss fest die Augen, hoffte, wenn ich sie wieder öffnete, läge ich zu Hause in meinem Bett. Dann schlug ich sie wieder auf. Beinah völlige Dunkelheit. Ich richtete mein Handy auf den Boden, ging noch ein paar Meter weiter, schwenkte das Licht nach rechts und anschließend nach links. Da war etwas an der Wand. Etwas Rotes. Ich ging ein bisschen näher heran. Schrift. Arabisch vielleicht, ich war mir nicht ganz sicher. Ich ließ das Licht weiter über die Wand gleiten. Das Bildnis einer Gestalt. In den Stein geritzt. Ein Engel. Vor Hunderten von Jahren von einem der unglückseligen Bewohner dorthin gekratzt.

Wieder bewegte ich mich vorwärts. Fand weitere Schriftfragmente, einige davon lesbar. Bloß Namen, von Menschen und Schiffen und Städten, das Werk gelangweilter Matrosen in Quarantäne, die irgendein Zeichen hinterlassen wollten, dass sie hier gewesen waren. Sie mussten älter als der Engel sein, stammten wahrscheinlich aus der Zeit, als die Insel nur eine Quarantänestation gewesen war und kein Ort für die Sterbenden.

Und dann folgte etwas Abstrakteres. Rot, wie die anderen Überreste, eine lange rote Jackson-Pollock-artige Farblinie. Ich folgte dem Bogen mit der Taschenlampe, bis er in einen größeren Farbfleck überging. Rothko jetzt, nicht mehr Pollock. Und als ich den Lichtstrahl anschließend nach unten führte, erkannte ich einen dunklen Umriss auf dem Boden. Die Behelfstaschenlampe vor mir ausgestreckt, näherte ich mich langsam. Bis das Licht auf das blutüberströmte Gesicht Francesco Nicolodis traf, die Augen weit aufgerissen und das Antlitz zu einem schrecklichen Grinsen verzogen.

Ich schrie auf und ließ das Handy fallen. Ein kurzes Klappern von Kunststoff auf Stein, dann Totenstille. Pechschwarze Finsternis.

– 29 –

«Francesco. Ich bin's, Nathan. Können Sie mich hören?»
Stille.

«Francesco, was ist mit Ihnen? Können Sie sprechen?»
Stille.

Ich spürte die Angst in mir hochsteigen, versuchte aber, meine Stimme ruhig zu halten. «Francesco, keine Ahnung, ob das ein Scherz sein soll. Keine Ahnung, ob Sie mir bloß Angst machen wollen. Falls ja, gratuliere, ich habe Angst. Okay? Aber sagen Sie was. Bitte.» Plötzlich begriff ich. Die Stille war endgültig. Ich befand mich weniger als einen Meter von ihm entfernt, und nicht das leiseste Geräusch seiner Atmung war zu hören.

Ich drehte mich um. Langsam. Ganz langsam. Am Ende der Halle war eine Lichtquelle, das wusste ich. Wenn ich dorthin fand, konnte ich hier rauskommen, nach Hause gelangen und die Polizei anrufen. Und inmitten der Dunkelheit erkannte ich tatsächlich ein blassblau schimmerndes Rechteck. Doch zu meinem Entsetzen wurde es plötzlich immer kleiner und verschwand kurz darauf ganz. Weit entfernt war das leise Zuschlagen einer Tür zu hören.

Dann wieder absolute Stille. Und völlige Dunkelheit.

Ruhig. Bleib ganz ruhig. Was soll schon Schlimmes passieren? Morgen früh wird irgendwer auftauchen. Einfach Ruhe bewahren und abwarten. Doch dann stellte ich fest, dass die Stille gar nicht so absolut war. In den Wänden war ein Scharren und Kratzen zu hören.

Pantagane. Ratten.

Vielleicht hatte das Zuschlagen der Tür sie aufgeschreckt. Ganz vorsichtig sank ich auf die Knie und presste mir die Hände an die Ohren, um das Geräusch auszublenden. Ratten greifen keine Menschen an, versicherte ich mir selbst. Sie sind nur von der Tür aufgescheucht worden. Aber wer hatte die Tür geschlossen?

Ich nahm die Hände von den Ohren, versuchte, die Rattengeräusche zu ignorieren und stattdessen auf Schritte zu horchen. Nach und nach verstummte das Scharren und Kratzen, und wieder war ich allein in der tonlosen Finsternis.

Ich unterdrückte meine Panik. Denk nach, Nathan. Francesco wird dir nichts mehr tun. Die Ratten werden dir nichts tun. Na ja, wahrscheinlich tun die Ratten dir nichts. Du hörst keine Schritte, also nähert sich niemand. Du brauchst nur ein bisschen Licht, und schon kommst du hier wieder raus. Ein Feuerzeug? Hoffnungsvoll durchforstete ich meine Taschen und fluchte. Ich sah es vor mir auf dem Nachttisch liegen. Was mich an Federica erinnerte, und wieder unterdrückte ich meine Panik. Und mein schlechtes Gewissen.

Licht. Ich brauchte Licht, verdammt noch mal.

Ich legte die Hände auf den Boden, fuhr mit der rechten langsam über die Oberfläche. Nicht langsam genug. Meine Fingerspitzen glitten über etwas Scharfes, und ich riss die Hand zurück. Ich legte die Finger auf die Lippen. Blut. Mit zugekniffenen Augen versuchte ich, die Tränen zurückzuhalten. Es wäre jetzt leicht, einfach laut loszuschreien. Doch auch das würde mich nicht nach Hause bringen.

Ich startete einen zweiten Versuch. Langsamer diesmal. Mit den Händen über den Boden zu fahren, hatte nicht funktioniert. Also bewegte ich nun meine Hand tastend vor und zurück und im Kreis herum. Meine Handfläche kam auf etwas Rundem, Glattem zum Liegen. Ich umfasste es mit den Fingern. So etwas wie ein Griff, Holz wahrscheinlich. Ich bewegte die Hand aufwärts, während ich meine Faust vorsichtig abwechselnd leicht öffnete und wieder fest schloss. Ab einem gewissen Punkt fühlte die Oberfläche sich anders an. Nicht mehr wie Holz, sondern glatter. Metall? Vorsichtig schob ich meinen Daumen etwas nach links. Scharf. Eine Klinge.

Ich hob die Hand wieder und begann erneut zu tasten, bis ich zu meiner riesigen Erleichterung auf etwas landete, das sich wie Plastik anfühlte. Ich zog es zu mir und strich mit den Fingern darüber. Die gummierte Oberfläche einer billigen Kunststofftastatur. Ein Handygehäuse. Aber zu leicht. Ich strich über die Rückseite. Leer. Das Handy war auseinandergebrochen, als es mir heruntergefallen war.

Na schön. Immerhin ein Anfang. Erneut ließ ich die Hände auf den Boden sinken und fuhr mit den kreisenden, tastenden Bewegungen fort. Irgendwo hier musste der Akku liegen. Obwohl natürlich auch die Möglichkeit bestand, dass er meterweit weggeflogen war. In diesem Fall würde ich hier die ganze Nacht festsitzen. Das versuchte ich mir möglichst nicht auszumalen.

Meine Hand landete auf etwas Weichem, Feuchtem. Stoff. Ein Jackett? Ein Hemd? Etwas klebte an meinen Fingern. Mein Blut? Francescos Blut? Dann trafen meine Finger auf etwas Festes. Rechteckig, Vertiefungen am einen Ende. Der Akku.

Noch nie war ich so dankbar gewesen, kein Smartphone zu besitzen. Wäre mir das auf den Steinboden geknallt, hätte ich die ganze Nacht im Dunkeln gesessen. Aber mein billiges Dreißig-Euro-Handy war mir schon öfters heruntergefallen. Ich wusste, dass es jedes Mal auseinanderbrach. Doch ich wusste auch, dass man es immer wieder zusammensetzen konnte.

Ich setzte den Akku ein. Nichts passierte. Vorsichtig nahm ich ihn wieder heraus und ließ den Finger über den Rand gleiten, um die Kontakte zu ertasten. Dann versuchte ich es noch einmal und wurde mit dem wunderbarsten Geräusch der Welt belohnt, als das Handy mit einem Pling zum Leben erwachte und das Display kurz aufleuchtete. Lange genug, damit ich die Taschenlampe einschalten konnte. Ich hielt die Luft an und beleuchtete meine Umgebung. Der schwache Lichtstrahl erlaubte mir nicht, bis ans Ende der Halle zu blicken, aber ich konnte wenigstens erahnen, wo die Tür sein musste. Dort wo die Reichweite des Leuchtkegels endete, verflüchtigten sich gedrungene Schatten im Dunkeln. Ich schwenkte wieder auf meine nähere Umgebung und auf meine linke Hand. Die Fingerspitzen bluteten, als wären sie mit einer Rasierklinge aufgeschlitzt worden. Ich richtete den Lichtstrahl auf Francesco.

Sein Gesicht war unverändert. Die Augen weit offen, die Lippen zu diesem schrecklichen, starren Grinsen verzogen. Die Hände waren über seinem Kopf gefesselt und an einem Haken aufgehängt worden, der sich etwa einen Meter über dem Fußboden befand. Aus seinem Hals ragte eine Klinge. Metall? Nein, kein Metall. Die lange, gebogene Schneide war ihm mit solcher Wucht komplett durch den Hals gerammt worden, dass sie in zwei Teile gebrochen war, von denen einer auf dem Boden lag. Daran hatte ich mir vorhin die Finger geschnitten. Ich sah näher hin. Kein Metall, nein. Glas. Ein gläsernes Sensenblatt. Eine Glassense.

Von Übelkeit übermannt wandte ich mich ab, um mich zu übergeben. Dann kroch ich weg, das zitternde Handy in der Hand, den ganzen Weg bis zur Tür. Sie ließ sich, Gott sei

254

Dank, öffnen. Vielleicht hatte der Wind sie zugeweht? Dann rannte ich los, durch die Säulenhalle, aus dem Lazzaretto und in die frische Luft und das schimmernde Mondlicht hinaus. Ich rannte über die Brücke, sprang über das Tor und preschte die *riva* entlang bis in den Garten der Wohnanlage. Die Schlüssel klirrten und klapperten in meiner Hand, während ich die Treppe hinauf zurück in die Wohnung und ins Schlafzimmer stürmte, wo ich schluchzend vor der verständnislosen Federica zusammensackte.

– 30 –

«Wie geht's deinen Fingern?»

Ich senkte den Blick, als wollte ich nachsehen, ob sie noch da waren. Es waren saubere Schnitte gewesen, aber ich hatte sie sicherheitshalber desinfiziert und mit Pflastern versehen. «Ganz gut. Keine Schmerzen. Bloß das Tippen wird wahrscheinlich ein paar Tage schwierig werden.»

Vanni nickte. «Nathan», sagte er, «warum zum Teufel hast du mich nicht angerufen, bevor du da rüber bist?»

«Es schien mir einfach», ich suchte nach Worten, «so sinnlos. Was hätte ich denn sagen sollen? Ich dachte ja, da wäre nur Considine, der mit mir reden will. Mich um Hilfe bitten.»

«Du glaubst also, er hat diese Worte auf den Handzettel geschrieben?»

«Keine Ahnung. Das habe ich angenommen. Ich hatte ihm etwas Geld gegeben, und dann ist er verschwunden. Da habe ich mir Sorgen gemacht, dass er in alte Gewohnheiten zurückgefallen ist ... Drogen, Alkohol, was weiß ich. Und dass es meine Schuld war.»

«Und was ist mit der Postkarte, die du bekommen hast? Der Mann mit der Sense.»

«Deswegen wollte ich dich heute Morgen anrufen. Gestern Abend wusste ich nicht richtig, wie ich es dir erklären sollte.»

«Du hast wohl gedacht, wir würden die Sache nicht ernst nehmen?»

«Nicht wirklich, nein.»

Er nickte. «Na ja, ehrlich gesagt hätten wir das wahrscheinlich auch nicht. Na schön, gehen wir rasch ein paar Dinge durch. Der Mann im Innenhof. Kannst du ihn beschreiben?»

«Nein, kein bisschen. Ich kann nicht mal mit Sicherheit sagen, ob es ein Mann war. Die Person war ungefähr so groß wie ich. Trug vielleicht so etwas wie einen langen Mantel, das war nicht richtig zu erkennen. Eigentlich war es nur ein Schatten. Ich habe mal kurz woanders hingeschaut, und als ich wieder in seine Richtung sah, war er weg. Als wär's eine Art Aufforderung für mich gewesen.»

«Das ist alles?»

«Das ist alles.»

«Hmm. Bringt uns nicht viel weiter. Erzähl mir von Francesco Nicolodi.»

«Viel weiß ich nicht. Irgendwas stimmte jedenfalls mit ihm nicht. Er hat behauptet, Journalist zu sein, aber bis auf den einen Artikel in der *Times* konnte ich nichts finden, was er veröffentlicht hat. Erst wohnte er ein paar Tage in so einer Absteige drüben in Dorsoduro, dann hat er plötzlich in einem der teuersten Hotels der Stadt eingecheckt.»

Vanni nickte. «Du bist ihm also ein paar Tage lang gefolgt? Um ihn auszuspionieren?»

Ich zögerte. «Ja. Ja, ich denke schon.»

«Und warum?»

«Hm, keine Ahnung. Wahrscheinlich wollte ich bloß Considine helfen. Francesco war einer der ersten Zeugen am Tatort ... im britischen Pavillon, weißt du? Ich dachte, ich rede noch mal mit ihm. Bloß um zu sehen, ob er sich vielleicht noch an irgendwas Außergewöhnliches erinnert. Und dann, na ja, bin ich einfach da reingeraten.»

«Du hast ihn also quer durch die Stadt verfolgt?»

«Ich habe ihn nicht verfolgt. Ich bin bloß zu den zwei Hotels gegangen, in denen er gewohnt hat.»

«Und bei euren beiden letzten Zusammentreffen gab es Streit.»

«Keinen Streit. Es gab einen etwas heftigeren Wortwechsel, das war alles.»

«Und dann hast du dich in den frühen Morgenstunden alleine mit ihm auf Lazzaretto Vecchio verabredet?»

«Ich habe mich nicht mit ihm verabredet, ich habe ihn gefunden.» Wir saßen einen Moment schweigend da. «Was willst du mir eigentlich sagen, Vanni?»

«Nat», er nannte mich sonst nie Nat. «Wir wissen, dass du Nicolodi zwei Tage lang quer durch die Stadt gefolgt bist. Wir wissen, dass du bei euren beiden letzten Zusammentreffen mit ihm gestritten hast. Du warst derjenige, der ihn letzte Nacht gefunden hat; an einem Ort, von dem du wusstest, dass er völlig verlassen war.» Er hielt kurz inne. «Und wir haben eine Mordwaffe mit deinen Fingerabdrücken.»

Ich erstarrte. «Moment mal. Moment mal, Vanni. Ich hab dir doch gesagt, dass ich mich beim Herumtasten geschnitten habe. Und dann hab ich den Griff und die Klinge der Sense angefasst. Du glaubst doch nicht wirklich, dass ich irgendwas mit der Sache zu tun habe?»

«Nein, Nat. Natürlich nicht. Aber es gibt ein paar Leute, die das gerne glauben möchten.»

«Wie meinst du das?»

«Hör zu. Wir hatten zwei Tote in den letzten zehn Tagen. Beide in Verbindung mit der Biennale. Es gibt zwei Hypothesen. Die eine besagt, dass der erste Tod ein Unfall war und der zweite auf dein Konto geht. Nach der anderen haben wir's mit einem Serienkiller zu tun. Was, meinst du, ist die einfachste Lösung für alle?»

«Was willst du damit sagen? Bin ich verhaftet? Brauche ich einen Anwalt?»

Er schüttelte den Kopf. «Nein. Ich tu, was ich kann, um dir zu helfen. Versprochen. Aber ab jetzt hältst du dich aus der Sache raus. Komplett. Du gehst nach Hause, du machst deine Übersetzungen, du hilfst Leuten mit verlorenen Pässen. Sonst nichts. Verstanden?»

Ich nickte.

«Verstanden?», wiederholte er.

«Ja, Vanni. Verstanden. Was ist mit ...» Ich verstummte.

«Was mit Paul Considine ist?» Ich nickte. «Lass das meine Sorge sein.»

«Weißt du denn, wo er ist?» Vanni antwortete nicht. «Na schön, verstehe. Ich halt mich aus der Sache raus.» Als ich schon halb aufgestanden war, gab er mir ein Zeichen, mich wieder zu setzen.

«Da ist noch etwas, Nathan. Vincenzo Scarpa hat uns gestern aufgesucht.»

Ich schenkte ihm ein mildes Lächeln. «Lass mich raten. Er will meine Adresse wissen, damit er mir seine Geschäftsfreunde zu einer kleinen Unterhaltung vorbeischicken kann?»

«Ein bisschen ernster ist es schon. Er behauptet, du wärst ihm vor ein paar Tagen gefolgt, hättest ihn in der *ovovia* an der Calatrava-Brücke eingesperrt und ihn dann mit einer Geschichte über einen Serienkiller bedroht, der nach Methoden mordet, die er sich von berühmten Kunstwerken abgeguckt hat.»

«Ganz so würde ich das vielleicht nicht sehen.»

Vanni griff in seine Schreibtischschublade und nahm einen Umschlag heraus. «Gestern hat er dann das hier in seinem Briefkasten gefunden.» Er öffnete den Umschlag und zog eine Postkarte heraus, die er mir über den Tisch schob.

Ein Mann, zur Seite gesunken in einer Badewanne. Die Haare mit einer Art Turban verhüllt, die Lider geschlossen, als würde er schlafen. In der rechten, auf dem Boden hängenden Hand eine Schreibfeder. Das Lächeln in seinem Gesicht wirkt fast verzückt, obwohl auf seiner Brust eine blutige Einstichwunde zu erkennen ist und ein Messer vor der Wanne auf dem Fußboden liegt.

Jacques-Louis David: *Der Tod des Marat.*

«Mein Gott. Oh mein Gott.» Vanni sagte nichts. «Was soll ich tun?»

«Ich will, dass du genau das tust, was du mir versprochen hast, Nathan. Geh nach Hause. Und unternimm nichts weiter.»

«Aber was ist», ich zeigte auf die Postkarte, «damit?»

«Überlass das uns. In der Zwischenzeit geh einfach nach Hause. Und belass es dabei.»

Ich nickte.

Er streckte die Hand über den Tisch und klopfte mir auf die Schulter. «Danke, Nathan. Versuch, dir keine Gedanken deswegen zu machen.»

Federica wartete draußen auf mich. Sie wirkte ein bisschen mitgenommen. «Geht's dir gut?», fragte ich.

Sie nickte. «Müde. Ich glaube nicht, dass ich heute irgendein Gerüst besteige. Wie geht's dir?»

«Ausgezeichnet», antwortete ich.

Kurzes Schweigen. «Ganz bestimmt?»

«Ja, alles prima. Ich habe Vanni einfach erzählt, was passiert ist.»

«Dann ist jetzt alles in Ordnung?»

«Ja. Na ja, ein paar Dinge müssen noch geklärt werden.»

«Also doch nicht ‹ausgezeichnet›?»

«Hm ... im Prinzip schon.»

Sie seufzte und blickte sich im Eingangsbereich der *Questura* um. «Ich bin müde. Kommt mir vor, als wären wir schon Stunden hier. Lass uns irgendwo einen Kaffee trinken.» Wir gingen zu derselben Bar an der Ecke der Piazzale Roma, wo ich eine Woche zuvor mit Anna gewesen war. Die Stadt erwachte gerade langsam zum Leben, während die ersten Pendler aus Mestre in die *vaporetti* drängten.

Fede kippte sich zwei Tütchen Zucker in ihren Kaffee. Sie rührte ihn im Uhrzeigersinn um. Dann noch einmal gegen den Uhrzeigersinn. Dann trank sie einen Schluck. «So, jetzt erzähl mir alles.»

Ich zuckte mit den Schultern. «Da gibt's wirklich nicht viel zu erzählen. Vanni hat mir nur gesagt, ich soll mich ein bisschen zurückhalten. Auf meinen eigentlichen Job konzentrieren.»

Sie wartete einen Moment. «Sonst nichts?»

Ich zögerte. «Sonst nichts. Nichts Wichtiges zumindest.»

Sie knallte drei Eurostücke auf die Theke. «Nichts Wichtiges. Na schön, lass uns gehen.» Und damit verließ sie das Lokal, ohne sich noch einmal umzudrehen.

Sie steuerte über die Piazzale Roma, und ich hastete hinter ihr her. «Wollen wir denn kein Boot nehmen?»

«Ich gehe zur Arbeit, schon vergessen? Du kannst machen, was du willst. Außerdem habe ich keine Lust, auf einem *vaporetto* festzusitzen und vor anderen Leuten zu streiten.»

«Ach. Wir haben also Streit?» Ich hatte Mühe, mit ihr Schritt zu halten. Als ich ihren Arm nehmen wollte, schüttelte sie mich ab. «Komm schon», sagte ich. «Was ist denn los?»

Sie blieb stehen und drehte sich zu mir um. «Na schön, Nathan. Ich sage dir, was los ist. Irgendetwas stimmt nicht. Irgendetwas macht dir Sorgen. Aber du sagst mir nicht, was. Behauptest, alles sei in Ordnung.»

«Es ist alles in Ordnung.»

«Sei still. Sei einfach still.» Ihr versagte die Stimme. «Du bist letzte Nacht zu deinem kleinen Abenteuer aufgebrochen und hast mich nicht mal geweckt. Vanni hat dir offensichtlich etwas ziemlich Ernstes mitgeteilt, und du sagst mir nicht, was es war. Hör auf, mir ständig etwas zu verschweigen. Warum kannst du nicht ehrlich zu mir sein? Und warum hast du mir letzte Nacht nicht gesagt, wo du hinwolltest?»

«Ich wollte dich nicht beunruhigen.»

«Aha. Und was sollte ich denken, als ich aufgewacht bin und du nicht da warst?»

«Keine Ahnung. Ich hab nicht nachgedacht.»

«Du hast nicht nachgedacht. Genau. Zuerst habe ich geglaubt, du bist raus, um eine zu rauchen. Als du dann nicht zurückkamst, wusste ich nicht, was ich machen soll. Steckst du in Schwierigkeiten? Soll ich die Polizei rufen? Oder triffst du dich bloß mit einer anderen?»

«Gütiger Himmel, nein, natürlich nicht.» Inzwischen waren unsere Stimmen lauter geworden, und es war offensichtlich, dass die Leute uns zuhörten. Ein ausgewachsener Streit mitten auf der Straße. Prima hingekriegt, Nathan.

«Nein. Nein, das glaube ich auch nicht. Aber warum lässt du mich so außen vor?»

«Wie gesagt, ich wollte nicht, dass du dich sorgst.»

«Also, das ist gründlich schiefgegangen. Ich sorge mich nämlich. Weißt du, was das Problem ist, Nathan? Das Problem ist, dass du einfach nicht erwachsen wirst.»

«Was?» Jetzt verlor ich den Faden der Unterhaltung ganz.

«Du willst einfach nicht erwachsen werden. Für dich ist das alles nur ein nettes Spiel, stimmt's? Du hast deinen Job, du hast deinen Kater, du trinkst dein Bier und hörst Rockmusik mit Dario. Und jetzt hast du noch ein kleines Abenteuer. Nur eins machst du nicht, du lässt mich an nichts von alldem teilhaben. Stattdessen speist du mich mit lustigen kleinen Bemerkungen ab und klopfst deine «Kein Grund zur Sorge»-Sprüche. Nun, ich sorge mich aber! Ich sorge mich, dass du verletzt werden könntest.»

«Danke, lieb von dir.»

«Still. Halt einfach mal den Mund. Ich sorge mich, dass du verletzt werden könntest oder zumindest in Schwierigkeiten gerätst, aber damit kann ich leben. Womit ich nicht leben kann, ist die Tatsache, dass du nicht ehrlich zu mir bist. Du hast mich gestern Abend angelogen, wieder und immer wieder.»

Ich blieb stehen, schloss die Augen und nickte. «Du hast recht. Ja, du hast recht. Ich versuche bloß ...» Wieder fehlten mir die richtigen Worte. «Hör zu, ich kann nur wiederholen, dass ich dich nicht beunruhigen will. Ich bringe das alles schon in Ordnung.»

«Schön. Dann ruf mich an, sobald du dein Leben in Ordnung gebracht hast.»

«Hör mal», bat ich, «können wir nicht einfach später drüber reden? Wenn du gegen sieben vorbeikommst, koche ich für uns und ...»

«Wohl eher nicht. Ich habe zurzeit ziemlich viel zu tun, ich muss heute Abend noch etwas arbeiten.»

«Kein Problem. Soll ich dann einfach zu dir kommen? Ich kann Abendessen machen, und du kannst arbeiten.»

«Keine gute Idee. Ich hab zu tun, wie schon gesagt. Löse

du einfach deinen kleinen Kriminalfall. Bring die Sache mit Vanni in Ordnung. Und wenn du das alles erledigt hast, rufst du mich an. Dann können wir vielleicht unsere Beziehung kitten. Falls wir glauben, dass das noch geht.»

«Halt. Moment mal. Was soll das heißen, ‹falls wir glauben, dass das noch geht›?»

Sie blieb stehen. «Es heißt, was es heißt, Nathan. Für dich funktioniert es vielleicht, wie es jetzt ist. Für mich aber nicht. Du musst dir überlegen, ob du eine richtige erwachsene Beziehung führen willst. Und das bedeutet, ehrlich zu mir zu sein. Vielleicht bedeutet es sogar, ehrlich zu dir selbst zu sein. Ruf mich also an, wenn du dich entschieden hast.»

«Du … verlässt mich?»

Sie schüttelte den Kopf. «Keine Ahnung. Ich sage nur, komm zurück, wenn du weißt, was du willst.»

«Aber ich liebe dich.»

«Ich liebe dich auch, *tesoro*. Zurzeit mag ich dich nur nicht besonders. Und ich muss zur Arbeit.»

Mit diesen Worten verschwand sie und ließ mich allein inmitten von Horden von Touristen auf dem Campo dei Frari stehen.

– 31 –

«Du hast *was* gemacht?!», rief Dario, sein Bier auf halbem Weg zum Mund.

«Genau das, was ich gesagt habe. Mich in einen Mordfall verwickeln lassen. Ziemlich wahrscheinlich bin ich meinen Job als Konsul los. Ach, und Federica hat mich verlassen.» Ich zündete mir eine Zigarette an. «Was soll's, man darf den Humor nicht verlieren, oder?»

Dario wedelte den Qualm weg. «Ich dachte, du wolltest mit den Dingern aufhören?»

«Hab ich. Macht bloß jetzt keinen Sinn mehr.»

«Ach, Nathan ...»

«Ich meine, ohne meine Selbstmedikation würde ich mich bestimmt noch viel elender fühlen.»

«Und was hast du den ganzen Tag gemacht?»

«Hauptsächlich geschmollt. Mich wieder etwas ins Bett gelegt. Zu viel geraucht. Ein bisschen Leonard Cohen zur Aufheiterung gehört.»

«Und was hast du jetzt vor?»

Ich nahm meinen Taschenkalender heraus und schlug ihn auf. «Lass mal sehen. Nachdem du dich auf den Nachhauseweg machst, stehen noch ein paar Stunden zu viel trinken auf dem Programm. Dann hat RA1 einen Horrorfilm im Spätprogramm, den ich mir anschauen kann. Anschließend scheint mir einschlafen auf dem Sofa und morgens in Klamotten wieder aufwachen eine gute Idee.»

«Nat. Hör auf. Das bringt doch nichts.»

«Mir geht's gut, Dario, ehrlich. Es könnte schlimmer sein. Es könnte regnen.»

Dario holte tief Luft und legte den Kopf in die Hände. Als ich mir noch eine Zigarette anzündete, schlug er sie mir aus der Hand und zertrat sie. Ich griff nach dem Päckchen, aber er war zu schnell für mich und riss es mir weg. Dann zerdrückte er es langsam und entschieden zwischen den Fingern und warf es zurück auf den Tisch.

«Dario?»

Er antwortete nicht, rieb sich nur das Gesicht. Dann sah er mir direkt in die Augen. Ich versuchte, seinem Blick standzuhalten, vergeblich. «Hast du mal daran gedacht, dass sie vielleicht recht haben könnte?», fragte er schließlich.

«Wie meinst du das?»

«Guck dich doch an. Guck dich doch bloß mal an. Sie war das Beste, was dir je passiert ist, und du hast es vermasselt. Und anstatt dir zu überlegen, wie du die Sache wieder in Ordnung bringen kannst, lässt du dich total hängen und badest in Selbstmitleid.»

«Das ist nicht fair. Du hast meine verzweifelten Versuche in Galgenhumor vergessen.»

«Siehst du, was ich meine. Sie hat recht. Du musst erwachsen werden. Komm schon, was ist dein Plan? Die Dinge regeln oder den Rest deines Lebens rauchen, trinken und schmollen?»

«Na ja, wo du es erwähnst …»

«Wenn du jetzt sagst, dass das ein ziemlich guter Vorschlag ist, hau ich dir wirklich eine rein. Sehe ich aus, als würde ich scherzen?» Und wieder blickte er mich entschieden an. Wir saßen einen Moment lang schweigend da.

«Dario. Du bist mein Freund. Du bist mein bester Freund.»

«Richtig. Und was heißt das?»

«Ich verstehe nicht.»

«Das heißt, manchmal geht's nur um Pink Floyd und ein, zwei Bier zu viel und das Wissen, dass du auf dem Nachhauseweg Zigaretten kaufst, weil du weißt, dass ich es hasse, wenn du rauchst. Was mir aber ziemlich schnuppe ist, weil mein Kumpel glücklich ist und sich daheim an die hübsche Federica kuschelt. Manchmal heißt es auch, ehrlich zu sein und dir zu sagen, dass dein Haarschnitt dir nicht steht oder dass du dir dringend ein neues Jackett kaufen musst. Und dann gibt es Gelegenheiten, da bedeutet es, dir zu sagen, dass du dich wie ein egoistisches, dummdreistes Arschloch aufführst und dass du dich zusammenreißen musst, bevor du dein Leben völlig verpfuschst.»

«Wow. Du bist ja ziemlich von dir überzeugt.»

«Ja, das stimmt.» Er stand auf. «Die Drinks gehen auf mich.» Er ging ins Fabelhafte Brasilianische Café, vor dem wir saßen, und kam kurz darauf wieder heraus. «Also schön, du machst jetzt Folgendes. Du gehst direkt hoch ins Bett. Du schläfst einmal über das Ganze. Und morgen früh machst du dir ernsthaft Gedanken, wie du das alles regelst. Das Problem mit Federica und den Fall.»

«Den Fall? Es gibt keinen Fall, Dario. Vanni hat mir gesagt, ich soll die Sache auf sich beruhen lassen.»

«Die Polizei wird die Sache nicht auf sich beruhen lassen, *vecio*. Wenn sie es dir anhängen können, dann hängen sie es dir an, glaub mir. Vanni vielleicht nicht, aber andere.» Er klopfte mir auf die Schulter. «Okay, ich bin dann mal weg. Wir hören uns morgen, ja?»

«Was hast du vor?»

«Ich gehe nach Hause und denke darüber nach, wie wir dein Leben wieder in Ordnung bringen. Dazu sind Freunde schließlich da, oder?» Und damit marschierte er davon, die Straße der Mörder hinunter und hinein in die Nacht.

Ich ging in die Bar und stellte mich an die Theke. «Einen Negroni als Absacker bitte, Ed.»

Ed schüttelte den Kopf. «Sorry, Nathan, heute nicht.»

«Was? Was soll das heißen, heute nicht?»

«Dein Kumpel Dario. Er hat gesagt, ich kann was erleben, wenn ich dir heute Abend noch irgendwas verkaufe.»

«Was ist das, eine Zwangsmaßnahme?»

«Kann sein. Aber er meinte, er tut bloß seine Pflicht als Freund. Da dachte ich mir, ich sollte das auch tun. Geh einfach nach Hause, Nathan. Wir sehen uns morgen zum Frühstück, aufs Haus, ja?

Ich nickte. «Morgen also.» Beim Gehen wandte ich mich noch einmal um. «Danke.» Mir versagte die Stimme, und ich beeilte mich, zur Tür hinaus- und in die Wohnung hinaufzukommen, bevor er mein Gesicht sehen könnte.

Als ich die Haustür aufschloss, fing mein Handy an zu klingeln. Ich fischte es beim Hineingehen aus der Tasche und schob gleichzeitig Gramsci sanft mit dem Fuß wieder die Treppe hinauf. Federica? Bitte lass es Federica sein. Oder Dario. Oder wenigstens Eduardo, der mir sagt, ich hätte etwas in der Bar vergessen, und mir eine Entschuldigung liefert zurückzugehen. Dann sah ich die Nummer und erschrak.

«Sutherland?»

«Herr Botschafter. Wie geht es Ihnen?»

«Gut, gut. Nun ja, eigentlich nicht. Sie sind offenbar wieder in den Schlagzeilen.»

«Ach. Sie haben also davon gelesen?»

«Allerdings. Hören Sie, Sutherland, die Sache ist uns allen etwas unangenehm … mir sogar außerordentlich … aber wir

268

überlegen, ob Sie Ihren Posten nicht besser eine Weile ruhen lassen sollten.»

«Wie bitte?»

«Es ist nicht persönlich gemeint, glauben Sie mir bitte, aber – nun ja, das ist jetzt schon das zweite Mal innerhalb von zehn Tagen, dass Sie in der Zeitung stehen. Womöglich wirft das kein so gutes Licht auf uns alle.»

«Botschafter Maxwell, bitte, Sie waren doch zur selben Zeit in dem Pavillon wie ich. Sie können doch nicht glauben, dass ich irgendetwas mit der Sache zu tun habe.»

«Oh, natürlich nicht, natürlich nicht. Aber bis das Ganze geklärt ist, halten wir es für das Beste, wenn Sie sich einfach etwas im Hintergrund halten. Leiten Sie etwaige Anfragen zum Konsul in Mestre weiter ... es ist doch Mestre, richtig?»

«Ja», antwortete ich wie ferngesteuert.

«Gut. Und dann lassen Sie die Polizei in Ruhe ihre Arbeit machen.»

«Und was tun Sie? Etwa mich feuern? Sie feuern mich von meinem ehrenamtlichen Job?»

«Aber nicht doch, Sutherland. Lassen Sie nur den Burschen in Mestre vorübergehend übernehmen, und dann, wenn sich hoffentlich bald alles aufgeklärt hat, sehen wir weiter, ja?»

«Gewiss. Natürlich.»

«Guter Mann. Guter Mann.» Ich antwortete nichts. «Schön, dann will ich Sie nicht länger aufhalten. Sie haben sicher noch etwas vor heute Abend. Wer weiß, vielleicht wird das ja ein netter kleiner Urlaub für Sie.» Er legte auf.

Ich ließ das Handy in meine Tasche gleiten, schloss die Augen und atmete tief durch. Aus meiner Knöchelgegend war ein leises *Miau* zu hören. Ich bückte mich und kraulte Gramsci hinter den Ohren. «Das wird schon wieder, was,

Kumpel? Schließlich haben wir immer noch uns.» Er maunzte und schlich aus dem Zimmer.

Ich ging ins Büro und betrachtete die Papiere, mit denen der Schreibtisch übersät war. Die Titelseiten der Zeitungen aus den letzten Wochen. Diverse Notizen über Nicolodi, Fitzgerald und Considine. Die Postkarte von der *Vision des Todes.* Die Einladung zum Lazzaretto Vecchio.

Irgendwo dazwischen lag die Antwort. Aber jetzt war ich müde, hundemüde. Ich würde mich morgen früh darum kümmern. Und dann würde alles gut werden. Ganz bestimmt.

– 32 –

Ungefähr um halb sieben klingelte mein Handy. Ich rieb mir den Schlaf aus den Augen und versuchte, die Nummer auf dem Display zu erkennen.

«Dario?»

«*Ciao, vecio.* Wie geht's? Hast du meinen Rat befolgt?»

«Ja, hab ich. Ist trotzdem noch ein bisschen früh.»

«Na ja, es gibt viel zu tun.»

«Das stimmt. Aber bis auf Kaffee kochen und die Katze füttern, weiß ich nicht, womit ich anfangen soll.»

«Dir fällt schon was ein, Nat. Da bin ich mir sicher.»

«Und was ist mit dir?»

«Homeoffice.»

«Am Sonntag?»

«Ja, das Projekt, an dem wir arbeiten, muss nächste Woche online gehen. Ich muss die Prüfpläne und allen möglichen Kram begutachten und genehmigen. Dein Liebesleben retten und dich vor dem Knast bewahren, werde ich in der Mittagspause erledigen. Bis später, ja?» Er legte auf.

Es war verlockend, sich direkt umzudrehen und weiterzuschlafen, aber Dario hatte natürlich extra angerufen, um dafür zu sorgen, dass ich aufstand. Außerdem musste ich zugeben, dass ich mich ziemlich gut fühlte, nachdem ich gestern Abend auf ihn gehört hatte.

Ich rasierte mich und nahm eine Dusche, wobei ich ein bisschen zusammenzuckte, als das Wasser auf meine Wunden an den Fingern und der Schulter traf. Der kleine Schreck brachte mich jedoch auf einen Gedanken. Glaspfeile. Eine gläserne Sense. Genau wie die in Considines Ausstellung. Waren es tatsächlich genau diese gewesen? Ich hatte keine Ahnung, ob die Idee zu etwas führen würde, aber vielleicht lohnte es sich nachzuforschen.

Das einzige Problem bestand darin, Zugang zum Ausstellungsort zu bekommen. Die Polizei hatte ihre Arbeit dort sicher erledigt, aber der britische Pavillon war nun ein Tatort und würde monatelang verschlossen und versiegelt bleiben. Wie sollte ich da reinkommen?

Eine Möglichkeit gab es. Mir gefiel die Vorstellung zwar nicht, aber etwas Besseres fiel mir nicht ein. Ich zog meine Jacke an und kraulte Gramsci auf dem Weg zur Tür kurz unterm Kinn. Er schnappte nach meiner Hand. Das einzig Gewisse in einer Welt voll Unwägbarkeiten. Mir ging es gleich viel besser.

Ich stieg aufs nächste Boot Richtung Giardini. Draußen waren noch Plätze frei, doch ich zog es vor, alleine drinnen zu sitzen und nachzudenken. Ich hatte einen Plan, allerdings keinen besonders tollen. Und ich setzte eine Freundschaft damit aufs Spiel.

Es würde noch ein Weilchen dauern, bis die Pavillons offiziell öffneten, also trank ich rasch noch einen Kaffee im Paradiso und ging den Ablauf ein letztes Mal durch. Dann machte ich mich auf den Weg zum französischen Pavillon. Mir fiel ein, dass ich nicht einmal genau wusste, ob Gheorghe an diesem Morgen überhaupt arbeitete. Trotzdem, er war clever und er war von hier, die Chancen, dass er sich die kühlere Vormittagsschicht gesichert hatte, standen nicht schlecht.

Ein paar frühmorgendliche Besucher flanierten zwischen dem deutschen, dem britischen und dem französischen

Pavillon durch den Park. Das Polizeiabsperrband vor dem britischen Pavillon war entfernt worden. Schnell lief ich die Treppe hinauf, um zu prüfen, ob entgegen meiner Erwartungen der Eingang vielleicht doch nicht verschlossen war. Fehlanzeige. Die Tür war abgesperrt und mit einem Vorhängeschloss gesichert. Ich ging die Treppe wieder hinunter und setzte meinen Weg fort. Am französischen Pavillon schloss ich mich einer Gruppe an, die gerade hineinströmte.

Vier Männer im Frack standen in den vier Ecken des Raumes und kehrten uns den Rücken zu. Ebenso wie die vier Frauen in Abendkleidern, die sich jeweils in der Mitte der Wände postiert hatten. Wir waren offenbar die ersten Besucher an diesem Tag. Plötzlich begann irgendwo eine Band, Chet Bakers «Let's Get Lost» zu spielen, und die vier Männer und vier Frauen wandten sich lächelnd zu uns um. Eine bildschöne Blondine kam mit ausgestreckten Armen auf mich zu, doch bevor sie mich erreichte, hatte Gheorghe schon meine Hände genommen und wirbelte mich in die Mitte des Saals. Er strahlte übers ganze Gesicht.

«Nathan! Danke, dass du gekommen bist.»

«Aber gerne. Du hättest mich trotzdem mit der blonden Dame tanzen lassen können.»

«Ach die. Sie ist nett, aber keine besonders gute Tänzerin. Mit mir hast du's besser getroffen, glaub mir. Ist dir langsamer Foxtrott recht?»

«Auf jeden Fall. Den krieg ich gerade noch hin. Hör zu, Gheorghe, ich muss mit dir reden.»

«Dann bist du gar nicht wegen der Performance hier?»

«Nicht direkt. Kannst du ein paar Minuten Pause machen? Jetzt gleich, meine ich?»

Wir erreichten eine Ecke, drehten uns im Wiegeschritt um und bewegten uns quer über die Tanzfläche zurück. «Nicht einfach so, aber wir haben immer ein paar Ersatztänzer da, für alle Fälle. Ich geh mal nachfragen. Inzwischen gebe ich dich kurz an Analiese weiter.» Im fliegenden Wechsel übergab er mich an die schöne Blondine.

«Analiese.»

«Nathan.»

«Freut mich.» Sie wirbelte mich herum. «Sind Sie öfter hier?»

«Nur alle zwei Jahre, ehrlich gesagt.»

«Wie schade. Sie tanzen ziemlich gut. Sie sollten öfter kommen.»

«Ja, vielleicht sollte ich das.» Und schon hatte Gheorghe sich nahtlos zwischen uns geschoben und tanzte mit mir Richtung Ausgang davon. «Schade. Das hat mir gefallen.»

«Zu sehr, Nathan. Deine Freundin wird eifersüchtig sein.» Ich bekam ein schlechtes Gewissen. Was man mir offensichtlich auch ansah. «Hab ich was Falsches gesagt?»

«Nein. Überhaupt nicht. Komm, ich lade dich auf einen Kaffee ein.» Wir gingen zurück bis zum Paradiso. Ich besorgte uns einen Tisch im Freien, mit Blick auf das *bacino*, und vergewisserte mich, dass wir weit genug von den anderen Gästen entfernt saßen. «Was nimmst du?»

«*Marocchino*, bitte.»

«*Marocchino?*»

«Klar, wenn du zahlst.»

«Weißt du was, ich nehme auch einen.» Das Personal in den Bars, die Erfahrung hatte ich bereits gemacht, war nicht immer begeistert davon, *marocchini* zubereiten zu müssen. Das sorgfältige Aufschichten von Kaffee, Kakao und Schaum dauerte, und jedes Mal, wenn ich mir einen bestellte, kam ich mir vor wie der Mann an der Theke, der ganz am Schluss seiner Bestellung auch noch ein Guinness ordert. Immerhin war es im Moment noch nicht allzu voll, und der *barista* würde hoffentlich Nachsicht mit mir haben.

«Du siehst zufrieden aus, Gheorghe. Richtig zufrieden.»

Er grinste. «Ja. Es läuft gut, Nat. Mit dem Job hier verdiene ich ordentlich was. Und dann besorge ich mir noch andere Arbeit. Es gibt immer Leute, die Hilfe beim Übersetzen brauchen. Wenn das so weitergeht, hab ich es bald nicht mehr nötig, Hunde über Brücken zu tragen.»

«Das ist großartig.»

«Hat lange gedauert. Ich bin jetzt schon fast drei Jahre hier. Aber langsam läuft der Laden.»

«Ich freu mich für dich. Ehrlich», sagte ich und kam mir absolut mies dabei vor. Unsere aufwendig zubereiteten Kaffeegetränke kamen. Wir bewunderten einen Moment lang Präzision und Schönheit der Schichtkunst, um dann zeitgleich unseren Zucker unterzurühren und das Ganze in ein unscheinbares Braun zu verwandeln.

«Also, worum geht's?», fragte Gheorghe.

«Ich möchte dich um einen Gefallen bitten. Tut mir leid, ich weiß nicht, wen ich sonst fragen soll.»

Er trank einen Schluck von seinem Kaffee. «Sprich weiter, Nathan.»

«Okay. Die Sache ist die. Und ich weiß, dass es idiotisch klingt. Aber im britischen Pavillon gibt es drei Wände mit verschiedenen Waffen aus Glas. Sieben Dolche, sieben Pfeile, sieben Sensen. So viele sollten es jedenfalls sein. Ich brauche jemanden, der da reingeht und das für mich überprüft.»

Er stellte seinen Kaffee ab. «Im Ernst?»

«Im Ernst. Es ist wichtig.»

«Okay.» Er wurde still. Irgendetwas beunruhigte ihn. Ich wusste auch, was. «Nathan, warum fragst du mich?»

«Du arbeitest direkt neben dem britischen Pavillon, Gheorghe. Logisch, dass ich dich frage.»

Er nickte. «Und das ist alles?»

«Natürlich.»

«In Ordnung. Aber warum machst du es nicht selbst?»

«Wenn ich bei so was erwischt werde, Gheorghe, dann kriege ich Ärger. Riesenärger.»

«Und ich etwa nicht?»

«Doch, aber ...» Ich verstummte.

«Soll doch einfach dieser Typ aus Osteuropa das Gesetz brechen, der ist es ja gewohnt. Ist es das, was du denkst?»

«Nein.» Ich hörte den verzweifelten Unterton in meiner Stimme. Denn er hatte recht. «Ich stecke in Schwierigkeiten, verstehst du. Großen Schwierigkeiten. In den letzten zehn Tagen gab es zwei Morde in der Stadt, und vielleicht noch einen versuchten Mord. Jedes Mal mit einer Tatwaffe aus Glas. Ist eine komplizierte Geschichte, ich werd es dir erklären, wenn alles vorbei ist, versprochen. Aber glaub mir, jetzt muss ich wissen, was in dem Pavillon ist. Und du bist der Einzige, den ich bitten kann, für mich nachzusehen.»

Er schwenkte den Bodensatz in seinem Glas. «Na gut. Ich mach's.»

«Wirklich?»

«Klar. Schließlich bist du mein Freund.» Gheorghe Miricioiu lebte seit drei Jahren in Italien. Er hatte schon unzählige beschissene Jobs gemacht, um über die Runden zu kommen und ein bisschen Geld nach Hause schicken zu können. Und jetzt, da sich die Dinge für ihn langsam zum Besseren wendeten, bat ich ihn, das Gesetz zu brechen.

«Danke. Danke!» Ich streckte den Arm über den Tisch und nahm seine Hand. «Ich sorge dafür, dass es sich für dich lohnt, versprochen.»

Blitzschnell zog er die Hand weg, als hätte er sich gerade verbrannt. «Das tust du nicht.»

«Wie bitte?»

Er sprang auf und schüttelte den Kopf. «Ich mach das für dich, Nathan. Nicht für Geld. Ich mache das, weil du mein Freund bist. Verstehst du?» Dann ging er weg, ohne sich noch einmal umzudrehen.

Ich winkte dem *barista* und kramte in meiner Tasche nach etwas Kleingeld. «Verstehe», sagte ich leise.

– 33 –

Mir blieb nicht allzu viel zu tun, bis Gheorghe sich wieder meldete, und ich hatte keine Ahnung, wann das sein würde. Also lief ich eine Runde durch den Park, entfernte mich so weit wie möglich vom britischen Pavillon. Vielleicht wäre ein bisschen verrückte Kunst gut, um wieder einen klaren Kopf zu bekommen. Minimalistische Bilder aus Griechenland, rumänisches Körpertheater, irgendetwas Furchterregendes mit Rasierklingen von den Serben und ein bisschen was Unverständliches aus Österreich. Die Polen hatten immerhin einen Sechzigminutenfilm und bequeme Stühle. Inzwischen wurde es wärmer, und ich zog mein Jackett aus. Die Versuchung, ein kleines Nickerchen zu machen, war groß, aber das hieße, den Tag zu verpennen, und dann müsste ich Dario eine Erklärung liefern.

Ich ging ins Café und gönnte mir ein kleines Bier und ein ziemlich armseliges Sandwich. Fitzgerald – Nicolodi – Considine. Irgendwo da musste die Antwort liegen.

Nicolodi war angeblich Journalist, allerdings einer, der scheinbar noch nie etwas veröffentlicht hatte und der wahrscheinlich noch nicht mal einen italienischen Presseausweis besaß. Ich hatte keine Ahnung, wie einfach es war, eine Akkreditierung für die Biennale zu bekommen, aber ich war mir ziemlich sicher, dass man mehr dazu brauchte als eine leere Website.

Das war ein Punkt, an dem ich ansetzen konnte. Ich wusste, dass sich im zentralen Hauptpavillon ein Pressezentrum befand. Also marschierte ich durch den Park zurück. Mittlerweile stand die Sonne hoch am Himmel, und ich hatte die Wahl zwischen staubigen Kieswegen im prallen Sonnenlicht oder dem Schatten, in dem die Mücken lauerten. Da erschien mir die kurzzeitige Unannehmlichkeit, in der Hitze zu laufen, die bessere Option. Seit Tagen schon kein Wölkchen am Himmel; Gwenant Pryce' grausiges Bildnis von Lewis Fitzgerald würde sicher bald schon seine ganze blutige Pracht entfalten.

Im Padiglione Centrale sank die Temperatur ein bisschen, und im Inneren des klimatisierten Pressezentrums war es wirklich angenehm. Hinter einem Schreibtisch saß eine junge Frau. Mit ihrem Grufti-Look inklusive deutlich zu viel Eyeliner und schwarz lackierter Nägel erinnerte sie mich an Lucia Popps «Der Hölle Rache». Sie neigte den Kopf zur Seite. «Kann ich Ihnen behilflich sein?»

«Ja. Das hoffe ich. Also, vielleicht.»

Sie betrachtete mich näher. «Entschuldigung. Sind wir uns schon mal begegnet? Ich kann mich nicht an Ihren Namen erinnern.»

«Könnte sein. Am Eröffnungsabend. Ich bin Nathan Sutherland, der britische Honorarkonsul.» Noch zumindest.

Sie nickte. «Ja, vielleicht sind wir das. Wie kann ich Ihnen helfen?»

«Ich würde gern wissen, wie man eine Presseakkreditierung für die Biennale bekommt?»

«Verstehe. Für Sie selbst?»

«Sie ist, ähm, für einen Freund. In England.»

«Für das Filmfestival, die Architekturbiennale nächstes Jahr oder für die Kunstbiennale in zwei Jahren?» Sie blätterte einen Stoß Formulare durch und sah mich erwartungsvoll an.

«Nein, für die diesjährige.»

Sie legte die Formulare wieder ab und sah mich an, als wäre ich ein wenig naiv. «Für die aktuelle ist es zu spät. Den hätte Ihr Freund schon vor einem Vierteljahr beantragen müssen.»

«Ach. Oje.»

«Wieso will Ihr Freund denn jetzt überhaupt noch kommen? Die Vernissagen sind doch fast alle vorbei. Er hätte schon vorige Woche hier sein müssen.»

«Na ja, er ist noch neu in dem Job. Wahrscheinlich dachte er, es wäre eine interessante Erfahrung. Oder so.» Ich presste ein Lachen heraus. «Ich versuche nur, ihm zu helfen. Als Freund. Gibt es gar keine Möglichkeit?»

Seufzend reichte sie mir ein Antragsformular. «Sie brauchen Name und Adresse der Zeitung, für die er arbeitet. Ein Begleitschreiben des Herausgebers. Sie müssen – Ihr Freund muss – drei bereits veröffentlichte Artikel zur Prüfung beilegen. Und eine Kopie des Presseausweises muss er auch beifügen.»

«Oha. Das ist ja ganz schön kompliziert.»

«Das ist nötig. Sonst würde es hier vor Amateuren nur so wimmeln. Monatelang. Und das für lau.»

«Dann ist es für Online-Redakteure sicher einfacher.»

«Nein. Genau dasselbe Prozedere.» Sie zählte noch einmal alles an der Hand ab. «Begleitschreiben vom Herausgeber. Drei Artikel. Presseausweis.»

«Ach.» Ich hielt kurz inne. «Das ist ja merkwürdig.» Kopfschüttelnd steckte ich den Antrag in mein Jackett und erhob mich. «Danke, dass Sie sich Zeit genommen haben, Ms. …?»

«Moment mal. Was meinen Sie mit ‹Das ist ja merkwürdig›?»

«Es ist bloß … also ich habe am Eröffnungsabend im britischen Pavillon einen Mann kennengelernt. Er machte so eine Bemerkung darüber, nun ja ...» Ich verstummte und gab mir Mühe, verlegen zu wirken.

«Nein, bitte sprechen Sie weiter. Was genau hat er gesagt?»

«Bestimmt ist es Unsinn. Ich glaube, er hatte schon ein, zwei Gläser Prosecco zu viel. Aber er hat mir erzählt, wie einfach es sei, sich einen Presseausweis für die komplette Biennale zu organisieren. Tu einfach so, als würdest du für eine Onlinezeitschrift arbeiten, sagte er, das prüft kein Mensch nach. Und bingo, schon hast du Zutritt zu sämtlichen Partys und Veranstaltungen, ohne einen Euro zu ...»

Sie winkte ab. «Schon gut, das reicht. Setzen Sie sich bitte. Nur einen Augenblick. Wissen Sie noch, wie der Mann hieß?»

«Äh, es fällt mir bestimmt gleich wieder ein. Ist es denn wichtig?»

Sie tippte wütend etwas auf ihrer Tastatur. «Ja, ist es. Wenn irgendwer ohne ordentliche Überprüfung einen Presseausweis rausgegeben hat, sorge ich dafür, dass er gefeuert wird. Allein schon wegen Missachtung der Sicherheitsvorschriften.» Sie sah mich an. «Also?»

«Lassen Sie mich nachdenken.» Jetzt übertrieb ich es ein bisschen, aber zum ersten Mal seit Tagen amüsierte ich mich wieder richtig. «Nicolini ... Nicolucci ... Nicoletto ... Nicolodi. Ja, jetzt hab ich's. Nicolodi.»

Sie hämmerte in die Tasten. «Vorname?»

«Hm. Filippo ... Fiorenzo ... Fortunato.»

Wieder gab sie mir mit einer ungeduldigen Handbewegung zu verstehen, dass ich nicht weitersprechen sollte. «Schon gut. Ich hab ihn. Francesco Nicolodi, richtig?»

«Ah ja, so hieß er.»

«Der Name kommt mir bekannt vor.» Ich hoffte inständig, dass die Anforderungen ihrer täglichen Arbeit ihr keine Zeit für die Lektüre der Zeitung ließen. Sie klickte noch ein paarmal mit ihrer Maus und lehnte sich dann sichtlich erleichtert auf ihrem Stuhl zurück. «Offenbar hat Mr. Nicolodi Ihnen da, wie sagt man so schön, einen Bären aufgebunden, Mr. Sutherland.»

«Tatsächlich?»

«Tatsächlich. Er hatte gar keinen Presseausweis. Nur eine Einladung zur Eröffnung des britischen Pavillons, als Gast des Künstlers.»

«Ach so. Dann wollte er sich wohl nur ein bisschen wichtigtun?»

Sie zuckte mit den Schultern. «Kommt vor. Hier sind eine Menge berühmte Leute. Manch einer möchte sich gern etwas in ihrem Glanz sonnen.»

«Also, das ist mir jetzt wirklich ein bisschen peinlich.»

«Schon gut.»

Ich erhob mich lächelnd. «Vielen Dank jedenfalls für Ihre Hilfe. Auch im Namen meines Freundes. Sehr freundlich, dass Sie sich so viel Zeit genommen haben.»

Auf dem Rückweg durch den Pavillon machte ich in der Arena halt, dem zentralen Versammlungsort der Biennale, und setzte mich hin, um meine Gedanken zu ordnen. Auf der Bühne war ein Stapel Koffer aufgebaut, und der Raum wurde mit atonaler elektronischer Musik beschallt. Stockhausen. Eigentlich mochte ich Stockhausen. In kleinen Dosen. Ich sah auf den Titel, der an die Rückwand der Bühne projiziert war. Zehn Minuten Spieldauer. Das war kurz genug.

Nun hatte ich also den Beweis, dass Nicolodi ein Schwindler war, auch wenn ich das bereits wusste. Aber was hatte «Gast des Künstlers» eigentlich zu bedeuten? Considines

Gast oder Fitzgeralds? Was für eine Verbindung bestand zwischen ihnen?

Nachdem Stockhausens Mini-Epos bis an sein Ende gelangt war, hatte ich die Arena ganz für mich. Als dann zwei Personen auf die Bühne traten, zwei mächtige Textbücher auf Notenständer legten und anfingen, laut vorzulesen, kamen noch ein paar Besucher und nahmen ihre Plätze ein. Die erste Vortragende war eine hübsche junge Frau, die mit leichtem südwalisischem Akzent las. Ich schaute noch einmal auf die Titelkarte. Eine Komplett-Lesung von Friedrich Engels' *Die Lage der arbeitenden Klasse in England.* Nach einer Weile übergab sie an ihren Begleiter, einen etwas älteren, unkonventionell aussehenden Typ mit Locken und Oberlippenbart. Amerikanisch diesmal. Ein Anflug von Verärgerung überkam mich. Langsam gewann ich den Eindruck, als arbeitete jeder ausländische Einwohner Venedigs auf der Biennale, nur ich nicht.

So verlockend es war, noch zu bleiben und die ganze Performance zu hören, es wurde höchste Zeit. Ich würde nach Hause gehen und versuchen, meine Gedanken in die richtige Reihenfolge zu bringen, und mich dann mit Dario treffen. Draußen vor dem Pavillon erwartete mich die Nachmittagssonne, und ich steuerte Richtung Ausgang.

«Nathan!», rief da jemand. Es war Gheorghe. «Hier drüben.» Er winkte mich zu sich.

«Hallo, Gheorghe.»

«Diese Sache, um die du mich gebeten hast. Heute Morgen.»

«Ja?»

«Jetzt ist ein guter Zeitpunkt. Komm.» Er nahm meinen Arm und zog mich zurück in Richtung britischer Pavillon. «Hast du mal 'ne Zigarette?»

«Ich wusste gar nicht, dass du rauchst.»

«Tu ich auch nicht. Aber du. Komm mit auf die Rückseite, wir tun so, als würden wir gerade Zigarettenpause machen.»

«Warum denn hinter dem Gebäude?»

«Die Bosse wollen nicht, dass wir vor den Pavillons rauchen. Macht sich wohl nicht so gut. Deshalb gehen alle Raucher hinter den britischen Pavillon. Da kommt von den Besuchern keiner hin, weil gerade alles abgesperrt ist.»

«Na toll.»

Er antwortete mit einem kleinen Lächeln, wirkte aber zugleich angespannt und blickte sich nervös um. «Auf der Rückseite des Gebäudes ist ein Notausgang. Die Tür passt nicht richtig. Du erinnerst dich, dass sie das Ganze hier nach der letzten Biennale umgebaut haben. Man kriegt sie ziemlich leicht auf, beeil dich.»

Als Gheorghe sich einmal kurz mit der Schulter dagegenstemmte, gab es ein leises Klicken, und schon waren wir drin.

«Macht ganz schön was her, findest du nicht?» Der Raum sah noch genauso aus, wie ich ihn in Erinnerung hatte, nur dass er jetzt im Halbdunkel lag. Das einzige Licht, das hereinfiel, kam von der Notausgangstür, die draußen von Bäumen geschützt wurde. Es reichte trotzdem, um etwas zu sehen. Auf dem Boden neben der geborstenen Glasplatte, die Gordon Blake-Hoyt von seinem Kopf getrennt hatte, war ein dunkler rostroter Fleck.

Ich setzte den Fuß auf die Treppe, die zur Galerie hinaufführte, und hielt dann inne. Mindestens eine Glasplatte war locker, so viel wusste ich. Wer wusste schon, an wie vielen anderen sich sonst noch jemand zu schaffen gemacht hatte? Ich wandte mich wieder von der Treppe ab, lief an den Rand des gläsernen Labyrinths und reckte den Kopf nach oben. Es war nicht leicht, im Halbdunkel etwas zu erkennen, aber es ging.

Ich packte Gheorghe am Arm. «Okay, lass uns schnell machen», sagte ich und zeigte nach oben. «Eins, zwei, drei, vier, fünf, sechs, sieben. Sieben Dolche. Richtig?» Er nickte. «Gut. Jetzt da drüben.» Ich führte ihn zum Haupteingang, wo ich direkt vor der verriegelten Tür nach oben zeigte. «Wie viele Pfeile?»

«Sieben.»

«Stimmt. Jetzt Nummer drei.» Wir liefen zur gegenüberliegenden Wand und blickten hinauf. «Wie viele Sensen? Sieben?»

«Ja.»

«Na bitte. Sieben mal sieben mal sieben. Alles da.»

«Ich verstehe nicht. Was hat das zu bedeuten?»

«Francesco Nicolodi wurde mit einer gläsernen Sense getötet. Mit genau so einer wie der da oben. Auf Lewis und mich wurde mit Glaspfeilen geschossen. Mit genau den gleichen wie die da oben. Wenn aber hier nichts entfernt wurde, hat der Mörder offensichtlich Duplikate anfertigen lassen.»

«Aber wo?»

«Wo würdest du hingehen, um so was Ausgefallenes wie eine gläserne Sense in Auftrag zu geben? Murano. So steht's auch in der Beschreibung des Kunstwerks.»

«Also musst du nur die richtige Werkstatt auf Murano finden ...»

«... und schon hab ich den Mörder.»

Gheorghe grinste. «Genial!»

«Es fällt mir ja schwer, dir zu widersprechen, aber ohne dich hätte ich das nicht geschafft. Entschuldige, dass ich dich in eine unangenehme Situation gebracht habe.»

«Ist schon gut, Nathan. Wirklich.»

«Na ja, lass uns auf jeden Fall hier verschwinden, bevor ... Oh, verdammt.»

Draußen näherten sich Schritte, und bevor wir uns rühren konnten, fiel ein Schatten vor die Tür.

– 34 –

«Oh, verdammt», wiederholte ich leise. Gheorghe sah mich verzweifelt an. Mir war klar, was er dachte. Er würde wegen der Sache seinen Job verlieren. Es sei denn ...

«Hau mir eine rein!», flüsterte ich.

«Was?»

«Hau mir eine rein! Mach schon. Jetzt, oder ... Auaa ...» Obwohl ich damit gerechnet hatte, wurde ich von Gheorghes Schlag überrascht. Außerdem war er deutlich fester, als ich gehofft hatte.

«*Che cazzo è?*» Ich sah auf. Der Sprecher trug eine schwere beigefarbene Uniform mit Reflektorstreifen. Ein Feuerwehrmann. Natürlich, in den Giardini hatte immer ein Team der örtlichen Feuerwehr Bereitschaftsdienst. «Was zum Teufel geht hier vor?» Keiner von uns antwortete. «Englisch? Italienisch?»

Ich rappelte mich ein wenig schwankend hoch. «Ich kann alles erklären.»

«Ganz bestimmt. Und wer ist er?» Er deutete auf den in voller Abendgarderobe glänzenden Gheorghe.

«Ich bin einer der tanzenden Franzosen.»

«Aha. Ja, das dachte ich mir.» Er wandte sich wieder an mich. «Der Pavillon ist nicht ohne Grund für die Öffentlichkeit gesperrt. Es ist zu gefährlich, hier drin rumzulaufen. Ich warte auf Ihre Erklärung.»

Ich nickte. «Tut mir leid, es gab ein furchtbares Missverständnis. Ich war am Eröffnungsabend hier. Als der Unfall passierte. Und als ich heute Morgen bemerkt habe, dass mir meine *carta d'identità* fehlt, dachte ich, ich hätte sie vielleicht hier verloren.»

«Warum sind Sie nicht zum Fundbüro gegangen?»

«Ich dachte, ich schau einfach mal, ob hier auf ist. Der Notausgang war nicht verschlossen.»

«Als ich ihn vorhin kontrolliert habe, schon.»

«Dann kontrollieren Sie das nächste Mal lieber gründlicher. Vielleicht kommt es irgendwann einmal drauf an.» Er erstarrte, konnte aber natürlich nicht ganz ausschließen, dass ich recht hatte. «Jedenfalls bin ich offensichtlich nicht ganz geräuschlos gewesen. Dieser Gentleman hier», ich zeigte auf Gheorghe, «muss mich gehört und angenommen haben, dass ich hier einbreche.»

Gheorghe nickte. «Tut mir leid.»

Ich schüttelte den Kopf. «Schon gut. Ich hätte nicht einfach reinmarschieren sollen. Dumm von mir.»

«Haben Sie sie gefunden?», fragte der Feuerwehrmann.

«Entschuldigung, was gefunden?»

«Ihre *carta d'identità*.»

«Ach die. Nein. Ich versuch's mal im Fundbüro.»

«Das hätten Sie gleich tun sollen. Ziemlich dämliche Idee, hier ohne richtige Beleuchtung rumzumarschieren. Ein falscher Schritt, und Sie hätten sich umbringen können.»

«Sie haben recht. Tut mir leid.»

«Ich muss jetzt zurück an die Arbeit», sagte Gheorghe.

Der Feuerwehrmann nickte. «Gehen Sie nur. Gut, dass Sie hier waren. Und ich sollte mich besser mal um die Notausgangstür kümmern.»

«Stimmt», antwortete Gheorghe. «Ach, ähm, könnten Sie bitte niemandem von mir erzählen? Biennale-Besucher schlagen, so was – klingt nicht so gut.» Dann wandte er sich an mich. «Nichts für ungut, hoffe ich?»

«Nichts für ungut», antwortete ich. Wir schüttelten uns die Hand.

«Danke», flüsterte er.

Wir gingen zusammen hinaus. Gheorghe steuerte auf den französischen Pavillon zu, wo Louis Armstrong gerade «All of Me» anstimmte. Ich tupfte mir das Blut von der Nase, warf das Taschentuch in den nächstgelegenen Mülleimer und machte mich unter dem wachsamen Blick des Feuerwehrmanns auf den Weg zum Fundbüro, um dort ein Formular mit komplett erfundenen Angaben auszufüllen. Anschließend ging ich zur *vaporetto*-Haltestelle, quetschte mich auf ein stickiges, überfülltes Boot und machte mir während der ganzen Fahrt Gedanken. Bei San Samuele stieg ich aus und hastete durch die *calli*, bis ich zu den Brasilianern kam.

Ich könnte, ja, ich sollte, sagte ich mir selbst, sofort nach oben gehen und mich an den Computer setzen. Andererseits hatte ich heute gute Arbeit geleistet und war außerdem zum Lohn dafür ins Gesicht geschlagen worden. Ich verdiente einen Drink.

«'n Abend, Ned. Einmal Negroni und einmal Smartphone bitte.»

«Negroni ist unterwegs. Was ist Smartphone?»

«Ein hochentwickeltes Handy mit Eigenschaften, die normalerweise ein Computer bietet. Mit anderen Worten, etwas viel zu Modernes für mich. Aber du hast doch bestimmt eins und kannst was für mich nachschauen?»

«Vor oder nach dem Negroni?»

«Danach. Es stehen bloß mein guter Ruf und meine Freiheit auf dem Spiel.»

«Klar. Willst du ihn flambiert?»

«So flambiert wie noch nie.»

Er schälte rasch einen Streifen Schale von einer Orange und faltete ihn in der Mitte. Anschließend entzündete er ein Streichholz, wartete einen Moment, bis der Schwefel verbrannt war, und steckte dann die Zitrusöle an. Mein Drink flammte im Abendlicht kurz auf und zog die Aufmerksamkeit einiger Touristen auf sich, deren Blicke sofort «So einen will ich auch» sagten.

«Du bist ein Künstler, Ed.»

«Du auch, bloß auf einem anderen Gebiet, Nat. Also. Was soll ich für dich nachsehen?»

«Ich brauche den Infotext über den britischen Pavillon auf der Biennale.»

«Klar.» Er tippte drauflos. «Du könntest das aber auch selbst machen, oder? Ich meine, du hast doch einen Computer oben?»

«Ja. Aber dann müsste ich meine Drinks selber mixen und anzünden. Das könnte die ganze Stadt in Gefahr bringen. Das Risiko gehe ich lieber nicht ein.»

Er tippte weiter, dann schob er mir das Handy über die Theke. Ich überflog den Text. Die Glaswaffen. Wer hatte sie gemacht?

Am Ende der Ausführung dankte Considine seiner Galerie, seinem Agenten und dem British Council für ihre Unterstützung. Und dann: *«Sämtliche Glasobjekte wurden in traditionellen Verfahren auf der Insel Murano hergestellt.»*

Mist. Damit hatte ich nicht gerechnet. Ich war davon ausgegangen, dass die Glashersteller wenigstens namentlich genannt werden wollten. Ed bemerkte meinen Gesichtsausdruck. «Stimmt was nicht, Nat?», fragte er.

Ich fuhr mir mit den Fingern durch die Haare. «Nee, alles in Ordnung. Die Sache, um die es geht, ist bloß ein bisschen schwieriger geworden als nötig, das ist alles.» Wie viele Glasgießereien gab es wohl auf Murano? «Deshalb erfordert das Problem einen zweiten Negroni», sagte ich.

Er lächelte mitfühlend und schob mir noch einen über die Theke. Ich blickte mich um. Ein paar der Gesichter waren mir vertraut, Menschen, die ich bereits seit ungefähr fünf Jahren kannte. Aber wie oft hatte ich schon mit ihnen gesprochen? So richtig gesprochen?

Mein Blick fiel nach links. Da stand ein Fußballpokal vor einer verblassten Urkunde in einer Vitrine. Ein Buchhalterteam, das vor Jahren bei einem Amateurturnier ein Team von Anwälten geschlagen hatte. Und trotzdem etwas, das es wert schien, in Erinnerung zu bleiben. War bestimmt nicht leicht, ein Anwaltsteam zu schlagen, dachte ich. Erst recht in Italien.

Das brachte mich nicht weiter. Geh nach Hause, ruf Dario an, leg dich so bald wie möglich schlafen. Es wird sicher mühsam werden, sämtliche Glasgießereien auf Murano abzuklappern, aber was soll's. Ich schob mein Geld über die Theke, verabschiedete mich von Ed und ging.

«Fede?», rief ich auf dem Weg die Treppe hinauf. Keine Antwort. «Fede?!», rief ich noch einmal. «Es tut mir leid. Das weißt du. Ich …»

Sie war nicht da. Natürlich war sie nicht da. Seufzend hängte ich meine Jacke an die Rückseite der Tür und ging in die Wohnung, die mir sehr, sehr leer vorkam.

– 35 –

Sieben Dolche. Sieben Pfeile. Sieben Sensen. *Seven by Seven by Seven.* Bei unserem letzten Treffen hatte Nicolodi etwas davon gesagt, er werde schon aufpassen, dass Considine nicht mit einer Glassense auf ihn losginge. Wie war er gerade auf eine Sense gekommen?

Ich druckte die Adressen sämtlicher *fornaci* und Glasgeschäfte auf Murano aus. Verdammt viel Arbeit lag vor mir. Aber es war ein Anfang.

Ich nahm mein Handy aus der Tasche, legte es auf den Tisch und sah es an. Dann schüttelte ich den Kopf, schloss die Augen und versuchte, mich auf die Sachlage zu konzentrieren. Lewis und Paul. Sie waren in den vergangenen Tagen bestimmt in Venedig gewesen. Wie Nicolodi schon sagte, hätte es keinen Sinn gehabt, nach England zu fliegen, um dann ein paar Tage später zu Considines zweiter Ausstellungseröffnung zurückzukommen. Sie mussten noch in der Stadt sein. Und war Paul wirklich mit meinem Geld in sein privates langes Wochenende entschwunden, wie Lewis behauptete?

Fitzgerald. Nicolodi. Considine. Wo lag die Verbindung zwischen ihnen? Wenn ich doch Paul nur irgendwie auftreiben könnte, um mit ihm zu sprechen.

Vorher stand aber natürlich noch etwas anderes an. Ich musste mich der Sache stellen. Und zwar jetzt. Seufzend fuhr ich mir mit der Hand durch die Haare. Dann schlug ich die Augen wieder auf. Wie erwartet lag das Handy noch da.

Zum Glück klingelte es in dem Moment an der Haustür. Ich nahm den Hörer der Gegensprechanlage ab.

«*Chi è?*»

«*Ciao, vecio.*»

«Dario! Komm rauf.»

Er hatte einen kleinen Rucksack dabei. «Kann ich vielleicht heute bei dir übernachten?»

«Klar. Gibt's einen besonderen Grund?» Dann kam mir plötzlich ein Gedanke. «Oh nein, sag nicht, ihr hattet auch Streit?»

«Nein, nein. Ich arbeite bloß morgen in Venedig. Wenn ich zeitig anfangen kann, schaffe ich es, am frühen Nachmittag fertig zu sein, und kann dir mit dem Fall helfen.»

«Und Valentina und Emily?»

«Sind noch bei den Großeltern in Triest.»

«Großartig. Wie in alten Zeiten also. Pizza, Bier und Pink Floyd?»

Er schüttelte den Kopf. «Später vielleicht. Erst haben wir was zu erledigen. Erzähl mir von heute.»

«Okay. Lass uns ins Büro rübergehen.» Ich räumte ein paar Papiere weg, um Platz zu schaffen, und zog den Besucherstuhl auf meine Seite des Tisches herüber. «Setz dich doch, ja? Als Erstes müssen wir Considine finden. Damit wir mit ihm reden können. Richtig reden. Als Nächstes wäre da das.» Ich griff nach der Liste mit den *fornace* und tippte mit dem Kuli darauf. «Irgendwo auf Murano ist die Glasgießerei, die die gläsernen Waffen für ihn angefertigt hat. Wenn wir die ausfindig machen, kommen wir vielleicht an einen Namen, eine Beschreibung oder ...» Ich verstummte. Dario schüttelte den Kopf.

«Nicht das. Ich meinte das wirklich Wichtige.»

«Ich weiß nicht, wovon du sprichst.»

Er langte über den Tisch nach meinem Handy und brachte es mit einem Fingerschnippen zum Herumwirbeln. Wir saßen da und beobachteten schweigend, wie es immer langsamer rotierte und irgendwann zum Stillstand kam. Dann sah Dario mich an.

«Ich glaube, das weißt du doch, *vecio*.»

Ich nickte.

Er erhob sich. «Ich gehe jetzt runter zu Ed, okay? Komm nach, wenn du fertig bist. Lass dir Zeit, so viel du brauchst. Aber du weißt, was du zu tun hast, oder?»

«Ja. Du weißt, dass ich es weiß.»

Er lächelte, dann verließ er ohne ein weiteres Wort die Wohnung.

Ich nahm das Handy und wendete es hin und her. Legte es auf den Tisch zurück und ließ es wieder herumwirbeln. Dann holte ich tief Luft, packte es und wählte.

«*Pronto?*»

«Fede. Ich bin's.» Schweigen am anderen Ende der Leitung. Was die Sache minimal erleichterte. «Hör mir bitte einfach zu. Danach kannst du auflegen, wenn du willst. Dann weiß ich Bescheid. Aber bitte hör mir erst mal zu. Ich muss dir ein paar Dinge sagen.»

Als ich zu den Fabelhaften Brasilianern runterging, war ich immer noch ganz wackelig auf den Beinen. Die komplette Bar verstummte, als ich eintrat. Dario, ein Bierglas in der Hand, sah mich an und versuchte, meinen Gesichtsausdruck zu deuten. Ed erstarrte beim Gläserpolieren. Das halbe Dutzend Stammgäste drehte sich zu mir um.

Während sämtliche Blicke auf mir ruhten, ging ich zum Tresen. «Was darf's sein, Nat?», fragte Ed und versuchte, möglichst neutral zu klingen.

«Vor allem möchte ich, dass alle wieder anfangen, sich zu unterhalten und normal zu benehmen», sagte ich. Dann sah ich zu Dario hinüber. Und konnte mein Lächeln nicht länger unterdrücken.

Dario sprang von seinem Stuhl auf, packte mich und wirbelte mich herum. «Du alter Scheißkerl! Einen Moment lang hast du mir einen ganz schönen Schrecken eingejagt. Dann ist also alles …?»

«In Ordnung. Ja, hundertprozentig in Ordnung.» Er breitete wieder die Arme aus. «Bitte nicht mehr umarmen. Du hast wahrscheinlich sowieso die Wunde schon wieder aufgerissen.»

Er grinste und wandte sich an Eduardo. «Gib dem Mann einen Negroni.»

Ed schüttelte den Kopf. «Er hatte vorhin schon zwei.»

«Na schön, dann gib ihm ein Bier. Ein großes. Und gib ihm eine Zigarette, die hat er sich verdient. Aber nur eine.» Ed griff unter die Theke, holte ein Päckchen MS hervor und reichte mir eine.

«Danke. Gebt mir fünf Minuten, ja?» Ich ging nach draußen und setzte mich an den einzigen leeren Tisch. Mit zitternden Händen steckte ich die Zigarette an. Dann schloss ich die Augen, lehnte den Kopf zurück und genoss den Duft des Rauchs, das Schwatzen der Vorbeigehenden und die Wärme des frühsommerlichen Abends. Ich spürte, wie die Anspannung von mir abfiel und meine Schultern sich entspannten.

«Verzeihen Sie?» Ich öffnete die Augen. Der Akzent war amerikanisch, der Sprecher ein stämmiger graubärtiger Mann am Nachbartisch, den er mit einer etwa gleichaltrigen Frau und zwei jungen Mädchen teilte. «Wir haben uns gefragt, ob wir vielleicht gratulieren sollten?»

«Wie bitte?»

Er zeigte ins Innere der Bar. «Da wird offenbar etwas gefeiert. Wir dachten, Sie haben vielleicht Geburtstag.»

Ich schüttelte lächelnd den Kopf. «Sehen Sie den großen Burschen da an der Theke?» Er nickte. «Das ist mein bester Freund. Und er hat mir gerade das Leben gerettet.»

Dario gesellte sich zu mir an den Tisch und stellte zwei Gläser Bier ab. «Okay, dann machen wir uns mal an die Arbeit. Erzähl mir, was es Neues gibt.» Dann stutzte er und beugte sich näher heran. «Warst du etwa in eine Schlägerei verwickelt? Was hast du denn da an der Nase?»

«Hab bloß einen Freund gebeten, mir eine reinzuhauen.» Ich ging die Ereignisse des Nachmittags mit ihm durch.

«Das kapier ich nicht.» Er schien verwirrt.

«Ich dachte, ich lasse es so aussehen, als wäre ich ein Einbrecher und Gheorghe wäre gekommen, um nach dem Rechten zu sehen.»

«Ja, schon klar. Aber warum hast du nicht bloß so getan, als wärst du verletzt?»

«Hm, auf die Idee bin ich gar nicht gekommen.»

Er schüttelte den Kopf. Dann grinste er wieder. «Na schön, lass uns austrinken und gehen.»

«Gehen? Wohin?»

«Pizza und Bier, *vecio*. Außerdem haben wir einen Fall zu lösen.»

– 36 –

«Bacon und Eier?»

«Genau genommen Pancetta und Eier. Das ist nicht ganz dasselbe, aber es ist mein heimliches Laster. Fede hat das nie verstanden.» Ich lächelte. «Versteht das nicht, meine ich – dieses Bedürfnis, frühmorgens als Erstes etwas zu braten.»

Dario lachte. «Dann genieß es, solange du noch kannst. Heute Abend ist sie zurück, dann musst du dich wieder an ordentliches Essen gewöhnen.»

«Oder ich sitze bis dahin, na ja, schon im Gefängnis?»

«Du machst dir zu viele Sorgen, *vecio*. Es läuft so, wie wir's gestern Abend besprochen haben. Du fährst nach Murano. Du findest die richtige *fornace*. Du erfährst den Namen desjenigen, der die Waffen bestellt hat. Und dann gehst du direkt zur Polizei. Game over.»

Ich seufzte. «Eigentlich hab ich gar keine Lust, nach Murano zu fahren. Kannst du nicht wenigstens mitkommen?»

«Sorry, Kumpel. Heute Vormittag muss ich arbeiten. Den Nachmittag nehm ich mir dann frei, einverstanden? Ruf mich an, wenn du zurück bist.» Er stand auf und wischte sich den Mund ab. «Scheußliches Frühstück, Nat. Bis später, ja?»

Bacon und Eier gehörten zu den wenigen Dingen, die Gramsci nicht zu ergattern versuchte. Was das Frühstück immerhin ein bisschen weniger anstrengend machte als sonst. Ich aß Darios Rest auf, räumte die Teller in die Spüle und sah anschließend meinen Stapel Zeitungsausschnitte durch. Ich brauchte ein möglichst scharfes Foto von Considine, Fitzgerald und Nicolodi. Also riss ich die Titelseite von *La Nuova* heraus und steckte sie zusammengefaltet in meine Jacketttasche.

Von diesem Teil der Stadt aus war es mühsam, nach Murano zu kommen. Es gab keine direkte *vaporetto*-Verbindung über den Canal Grande. Theoretisch hätte ich ein Boot rauf zu Ferrovia oder Piazzale Roma nehmen und dort umsteigen können, aber von dort aus waren die Boote immer brechend voll mit Touristen, die zu einem Tagesausflug aufbrachen, um Souvenirs aus Glas zu erstehen. Es würde eine gefühlte Ewigkeit dauern, bis ich ankam.

Deshalb lief ich Richtung Rialto und von da aus nach Norden, vorbei an der Kirche von San Canziano und weiter durch eine der langen, geraden *calli*, die zu den Fondamente Nove führten. Jedes Mal kam es mir vor, als hinge eine gewisse Trauer über diesem Stadtteil. Die Enge der Gassen und das fehlende Licht hatten etwas Bedrückendes. Ab einem bestimmten Punkt fiel einem zunächst die ungewöhnliche Anzahl Blumenläden auf. Dann die vielen Steinmetze, die sich auf Grabsteine spezialisiert hatten. Und schließlich die zahlreichen Beerdigungsinstitute.

Der Grund dafür wurde offensichtlich, sobald man am Ende der *calle* auf die Uferpromenade trat und hinaus auf die Friedhofsinsel San Michele blickte. Und doch hatte die Aussicht etwas an sich, das stets die Stimmung hob. An klaren, kalten Wintertagen konnte man die schneebedeckten Dolomiten am Horizont erkennen. Dafür war es inzwischen schon zu warm, trotzdem heiterte der Blick über die nördliche Lagune mich auf. Dario hatte sicher recht. Die richtige *fornace* zu finden, mochte ein bisschen mühsam sein, aber der Prozess war reine Fleißarbeit, und vielleicht hatte ich ja Glück und landete gleich beim ersten Versuch einen Treffer. Ich nahm das nächste Boot zur Insel hinüber.

Während mir auf der fünfzehnminütigen Fahrt so richtig bewusst wurde, wie viel Arbeit auf mich zukam, löste sich meine gute Stimmung wieder in Luft auf. Ich blickte auf den Ausdruck, den ich mitgebracht hatte, eine Liste sämtlicher Glasgießereien und -fabriken Muranos. Es waren über zwanzig. Aber was sein musste, musste sein, und so groß war die Insel nun auch wieder nicht. An der *vaporetto*-Haltestelle Faro gleich neben dem Leuchtturm stieg ich aus. Hier anzufangen, lag am nächsten. Ich konnte bis hinunter zu Muranos eigenem Canal Grande laufen, dann über die Brücke und auf der anderen Seite wieder zurück. Und falls nötig, würde ich an jedem verdammten Laden, jeder Werkstätte und jedem Glasofen unterwegs haltmachen.

Ungefähr eine Stunde später legte ich eine Zigarettenpause ein, nach nicht mal einem Viertel des Weges. Ich hatte ganz vergessen, was mir an Murano missfiel. Beziehungsweise, ich hatte vergessen, was mir am allermeisten missfiel: die Glas-Shopperei.

Fremdenführer neigten dazu, von einer Fahrt nach Murano abzuraten, wenn es einem nicht wirklich darum ging, dort Glassouvenirs zu erstehen oder bei einer Glasbläservorführung zuzuschauen. Das hielt ich schon immer für einen Fehler. Die Häuser hier waren kleiner als im eigentlichen *centro storico*, was den Ort heller und luftiger wirken ließ als Venedig selbst. Der Canal Grande di Murano war ziemlich hübsch, es gab einige Kirchen, die den Besuch wert waren, und ein paar anständige Bars und Restaurants. Ich hätte mir nicht vorstellen können, hier zu leben, weil es den Anschein hatte, als würden nach Einbruch der Dunkelheit die Bürgersteige hochgeklappt, aber als Ausflugsort fand ich es schon immer sehr nett.

Vorausgesetzt allerdings, ich war nicht gezwungen, Glas zu kaufen.

Ich erinnerte mich noch lebhaft an den Versuch, mein erstes Weihnachtsgeschenk für Federica hier auszusuchen. Zweimal drehte ich eine Runde über die ganze Insel, verlief mich im dichten, eisigen Nebel, der sich wie eine Decke über die Stadt gelegt hatte; machte die Erfahrung, dass der wärmende Winterdrink, der so verlockend «heißer Spritz» genannt wurde, in Wahrheit wie das Elixier des Bösen schmeckte; und hatte am Ende rein gar nichts gefunden, das in Frage gekommen wäre. Ich kam an Geschäften vorbei, in denen kunstvoll gestaltete Kronleuchter ausgestellt wurden, die absolut umwerfend ausgesehen hätten, wäre man zufällig der Besitzer des kompletten *piano nobile* eines Barockpalastes gewesen, in dem man sie hätte aufhängen können. An Läden mit Vasen von außergewöhnlicher Gestaltungsvielfalt und Schönheit, die sich wunderbar für Leute mit dicken Brieftaschen und ohne zerstörungswütige Haustiere geeignet hätten. Schmuck in allen erdenklichen Varianten, von dem ich mir nichts an Federica vorstellen konnte, weshalb ich mir schließlich geschworen hatte, nie wieder ohne sie shoppen zu gehen.

Und das waren nur die Glanzstücke. Ich lief auch an einer schier endlosen Reihe von Schaufensterauslagen mit Dingen entlang, die einfach nur furchtbar waren, einschließlich einer kompletten Weihnachtskrippe, bei der die Heilige Familie so erschreckend hässlich aussah, dass ich mich ganz kurz fragte, ob Herodes nicht vielleicht richtiggelegen hatte. Und an Ein-Euro-Shops, in denen die Echtheit der Ware trotz des Hinweises «echtes italienisches Glas» ziemlich zweifelhaft erschien.

Am Ende kaufte ich in dem Geschäft, in dem ich zuallererst gewesen war, einen Weihnachtsmann-Flaschenverschluss. Fede tat so, als würde er ihr gefallen; meinte, es sei schließlich der gute Wille, der zählt. Und ich liebte sie dafür mehr denn je.

Kurz gesagt, Murano war ein schöner Ort zum Spazierengehen. Abgesehen vom Glas.

Also spazierte ich den Canal Grande der Insel entlang und machte bei jedem Laden und jeder Glaswerkstätte unterwegs halt. *Sie wollen einen Dolch kaufen, signore? Einen gläsernen Dolch? Eine Sense? Bei uns?* Sämtliche Verkäufer wichen einen Schritt vor mir zurück. Weihnachtsgeschenke von Murano würden wohl kein Problem mehr sein, nahm ich an. Nicht mal eine Option. Denn niemand machte den Eindruck, dass er Wert darauf legte, mich in Zukunft als Kunden zu sehen.

Ich bog in eine Seitengasse ab, um noch eine zu rauchen. Komm schon Nathan, bleib dran. Vielleicht ist es der letzte Laden, in dem du es versuchst. Halt durch, es ist wahrscheinlich der letzte.

Inmitten wuselnder Touristenhorden setzte ich meinen Weg entlang der *fondamenta* fort, behielt mein Dauerlächeln im Gesicht, während ich hinter einem französischen Ehepaar anstand, das sich nicht zwischen einem Gläserset für 13,50 Euro und einem für 18,50 Euro entscheiden konnte; unterdrückte den Drang, ihnen entgegenzuschreien, dass beide Sets von Kindern im Fernen Osten hergestellt worden waren und ihr Wert bei höchstens ein paar Euro lag; und ärgerte mich über mich selbst, weil ich mich genervt fühlte, während ich in einer Schlange von Menschen warten musste, die schließlich im Urlaub waren und nur versuchten, ihren Spaß zu haben.

Endlich kam ich zu der Brücke, die den örtlichen Canal Grande überquerte, und mein Blick fiel auf ein unscheinbares Schaufenster. *Fornace* Vianello. Trotz meiner miesen Laune musste ich unwillkürlich lächeln. Vianello war einer der häufigsten Nachnamen ganz Venedigs. Zu Hause in Aberystwyth hätte der Laden Jones geheißen. In Deutschland Meier oder Müller. Ich sah mir das Schaufenster näher an. Auf den ersten Blick sah es aus wie der übliche Kitsch – Gondeln, Harlekine, Glasfiguren mit den typischen Masken. Außerdem schien mir das Gebäude zu klein, um eine richtige *fornace* zu beherbergen, aber vielleicht war im hinteren Teil Platz für eine Werkstatt. Plötzlich fiel mit etwas ins Auge. Ein Pfeil. Ein Glaspfeil! Ich war mir nicht ganz sicher, ob es tatsächlich genau so einer war wie der, dem ich ein Loch im Jackett und drei Stiche an der Schulter zu verdanken hatte, aber Herrgott, es war ein Glaspfeil! Ich machte einen kleinen Luftsprung und gab ein leises «Yeah!» von mir, was einen vorbeigehenden Venezianer zu einem traurigen Kopfschütteln veranlasste, offensichtlich aus Enttäuschung darüber, wie leicht doch ein Tourist zu beeindrucken war.

Im Inneren des Ladens bearbeitete ein schnauzbärtiger Mann mittleren Alters gerade mit Hilfe eines Lötbrenners einen dünnen *millefiori*-Stab. Sonst war niemand da, und er ließ nicht erkennen, dass er mich bemerkt hätte. Ich wartete ein paar Minuten und überlegte schon, ob ich mich räuspern sollte oder vielleicht einfach noch einmal hereinkommen, als er den Lötbrenner ausstellte, seine Schutzbrille abnahm und mich anlächelte. «Guten Morgen. Kann ich Ihnen helfen?»

«Entschuldigen Sie. Ich glaube, ich störe Sie bei der Arbeit.»

«Nein, nein, bitte. Ich entschuldige mich. Man muss sich dabei sehr konzentrieren. Manchmal konzentriere ich mich ein bisschen zu sehr. Jemand betritt den Laden, ich bemerke ihn nicht, und plötzlich – *bam* –, ich schaue hoch, er geht schon wieder, und mir ist ein Geschäft entgangen. Aber was kann ich tun? Und noch wichtiger, was kann ich für Sie tun?»

«Mir ist da etwas in Ihrem Fenster aufgefallen. Es ist ein bisschen ungewöhnlich. Ein Glaspfeil?»

Er nickte. «Ach der. Eine Auftragsarbeit. Das war mein erster Versuch. Nicht besonders gut gelungen, offen gesagt. Den könnte ich Ihnen zum Sonderpreis überlassen.»

«Ihr erster Versuch? Das hätte ich wirklich nicht gedacht, er sieht wunderschön aus.» Wir nickten uns lächelnd zu, wohl wissend, dass dies die ersten Schritte beim Hin und Her des Handelns waren. «Ziemlich ungewöhnliche Auftragsarbeit allerdings.»

«Das stimmt. War eine seltsame Bestellung. Der Herr war Künstler, glaube ich.» Ich musste zusammengezuckt sein, denn er bemerkte meine Reaktion. «Jaja. Keine Ausnahme zu dieser Jahreszeit. Wir kriegen immer ein paar, sagen wir, eigenwillige Bestellungen während der Biennale.»

«Glaspfeile. Vielleicht wollte er schon mal für den Valentinstag vorsorgen?»

Er lachte. «Das will ich nicht hoffen. Sie hätten mal die anderen Sachen sehen sollen, die er haben wollte. Einen Glasdolch zum Beispiel. Und eine gläserne Sense. Stellen Sie sich das bloß mal vor. Eine Sense aus Glas!»

«Oha! Na dann hoffentlich nicht zum Valentinstag.» Wir lachten beide, daraufhin sah er mich erwartungsvoll an.

«Können Sie mir den Namen sagen? Von dem Mann, der die Sachen in Auftrag gegeben hat?»

Sein Lachen erstarb. «Sind Sie von der Polizei?» Ich schüttelte den Kopf. «Warum sollte ich Ihnen dann den Namen sagen?»

«Ich versuche, jemandem zu helfen. Ich bin der britische Honorarkonsul in Venedig. Ein britischer Staatsbürger steckt in Schwierigkeiten, und ich versuche, ihm aus der Patsche zu helfen.» Nämlich mir.

Der Mann schüttelte den Kopf. «Kommt nicht in Frage. Mit so was müssen Sie sich an die Polizei wenden.» Er drängte sich an mir vorbei zur Tür und hielt sie auf. «Tut mir leid, Sie sollten jetzt besser gehen.»

Ich rührte mich nicht. «Ich brauche weder seine Adresse noch seine Telefonnummer. Nur seinen Namen. Und ich würde Sie nicht darum bitten, wenn es nicht wirklich wichtig wäre. Bitte.» Er hielt weiter die Tür auf und sah mich auffordernd an.

Ein letzter Versuch. Der Laden lag ein wenig abseits der ausgetretenen Pfade. Gleich nebenan befand sich ein Billigladen, der chinesisches Glas verkaufte. Ich war der einzige Kunde an einem sonnigen Vormittag in der Haupttouristensaison. Ich griff nach meinem Portemonnaie, nahm einen Fünfziger heraus und legte ihn auf den Tresen. Er reagierte nicht. Ich nahm noch einen zweiten heraus. Er ließ die Tür zufallen. Ich legte einen dritten Geldschein dazu. «Es ist wichtig», sagte ich noch einmal. Er antwortete nicht, schaute jedoch auf den Tresen. Ich nahm einen vierten Geldschein heraus, meinen letzten, und legte ihn auf den Stapel. «Lebenswichtig.»

Er drehte das Schild an der Tür herum, sodass von außen in drei verschiedenen Sprachen «Geschlossen» zu lesen war, und stellte sich dann hinter die Verkaufstheke. «Na schön, wenn es so wichtig ist.»

Mit einer einzigen geschmeidigen Handbewegung beförderte er die Geldscheine vom Tresen in die Kasse. «Wollen wir mal sehen.» Er fuhr mit dem Finger die Einträge seines Kassenbuchs entlang. «Also, normalerweise führe ich ja kein Buch über meine Kunden, aber bei Auftragsarbeiten ist es etwas anderes. Da haben wir's.» Er zögerte.

«Der Name?», fragte ich.

«Considine. Paul Considine.»

– 37 –

Es gibt Situationen, in denen kann man einfach nur mit einem erstaunten «Was?» reagieren.

«Was?», fragte ich also.

«Considine. Paul Considine.»

«Das verstehe ich nicht.»

Ich fuhr mir mit der Hand durch die Haare. «Das kann nicht sein. Das kann unmöglich sein», dachte ich laut. «Erinnern Sie sich, wie er ausgesehen hat?»

«Nicht wirklich. Vage vielleicht.»

«Ungefähr meine Größe? Ziemlich lange Haare, unrasiert möglicherweise. Trug wahrscheinlich ziemlich viel Schwarz. Leicht rockige Aufmachung alles in allem?»

Vianello lächelte. «Oh nein, *signore.* Im Gegenteil. Er sah eher ein bisschen so wie Sie aus.»

«Soll heißen nicht besonders rockig? Okay, nicht der richtige Zeitpunkt, den Beleidigten zu spielen.» Ich zog den Ausschnitt aus *La Nuova* hervor und breitete ihn auf den Tresen. «Erkennen Sie jemanden auf diesem Foto?» Er sah sich kurz das Foto an und anschließend mich. «Abgesehen von mir.» Er beugte sich wieder über den Zeitungsausschnitt, dann wanderte sein Finger zu Francesco Nicolodi.

«Er war's.»

«Sind Sie sicher?»

Er schüttelte den Kopf. Ich versuchte, nicht genervt zu klingen. «Aber es könnte sein?» Er nickte. «Sie sind sich sicher, dass es nicht er war.» Ich deutete auf Considine und dann auf Fitzgerald. «Oder er?»

«Nein, *signore.* Die nicht. Ich bin mir sicher. Aber ich verstehe nicht …?»

«Ich langsam schon.»

«Hab ich irgendwas falsch gemacht?»

Ich schüttelte den Kopf. «Nein, Sie haben mir einen großen Gefallen getan. Vielen Dank», sagte ich und wandte mich zur Tür.

Leises Hüsteln. «Wie schon gesagt, ich kann Ihnen ein gutes Angebot für den Glaspfeil machen.»

Ich blieb wie angewurzelt stehen. Mir war gerade ein Gedanke gekommen. «Ein Glaspfeil. Kann man einen Glaspfeil wirklich abschießen?»

Nachdem er mich einen Moment verdutzt angesehen hatte, fing er an zu lachen. «Abschießen. Mit einem Bogen? Oh nein, *signore*, die sind bloß zur Dekoration. Sie sind nicht so gut austariert wie richtige Pfeile. Wahrscheinlich brechen sie durch, wenn man es versucht.»

«Erschießen könnte man also niemanden damit. Erstechen aber schon.» Er wich einen Schritt zurück. «Natürlich. Wenn derjenige nah genug ist.» Ich lachte.

Woraufhin Vianello noch einen Schritt zurückwich. Auf seiner Stirn hatten sich kleine Schweißperlen gebildet. «*Signore?*»

«Sie waren mir eine große Hilfe», versicherte ich ihm lächelnd. «Haben Sie vielen Dank.» Dann sah ich mich kurz in dem Laden um. «Ein paar hübsche Sachen haben Sie hier. Ich muss unbedingt noch mal wiederkommen, um Weihnachtsgeschenke zu kaufen.»

Er nickte mit weit aufgerissenen Augen, während er den Blick keine Sekunde von mir abwandte. Ich lächelte ihn noch ein letztes Mal an, dann drehte ich mich um und verließ das Geschäft. Kaum fiel die Tür hinter mir ins Schloss, hörte ich ihn durch den Raum hasten und sie fest verriegeln.

* * *

Francesco Nicolodi. Nicolodi, der mir erzählt hatte, Paul sei ein labiler, kaputter Mensch mit gewalttätiger Vergangenheit. Nicolodi, der direkt neben mir gestanden hatte, als ich die Geldbörse mit dem belastenden Beweis aufhob. Nicolodi, der unter Considines Namen Glaspfeile, einen Glasdolch und eine Glassense in Auftrag gegeben hatte.

Nicolodi, der inzwischen tot war.

Und es gab noch ein Problem. Ich hatte ihn nicht im Arsenale gesehen, und nun – nachdem die Aufzeichnungen der Überwachungskameras gelöscht worden waren – gab es keine Möglichkeit mehr zu beweisen, dass er je dort gewesen war. Trotzdem musste es eine Verbindung geben. Aus irgendeinem Grund hatte Nicolodi versucht, Considine einen Mord anzuhängen. Es war die fast perfekte Lösung. Wäre da nicht der Umstand seines Todes gewesen.

Ich rieb mir übers Gesicht und spürte einen stechenden Schmerz an der Nase. Darios Worte fielen mir wieder ein: *Warum hast du nicht bloß so getan, als wärst du verletzt?*

Warum hast du nicht bloß so getan ...?

Eigentlich hatte ich vorgehabt, direkt zur *Questura* an der Piazzale Roma zu gehen und Vanni alles zu erzählen. Doch die Schuld Nicolodi zuzuweisen, ergab zwar Sinn, es blieben aber noch letzte Details zu klären. Vanni würde sich garantiert ausführliche Notizen machen und mich dann unmissverständlich auffordern, mich da rauszuhalten. Nein, es gab sicher noch etwas, das ich selbst unternehmen konnte.

Ich stieg bei San Samuele vom Boot und lief nach Hause.

Gramsci begrüßte mich mit einem fröhlichen Maunzen, als ich durch die Tür trat, und fing sofort an, am Sofa zu kratzen. Futterzeit. Oder Zeit zum Ballspielen. Oder beides.

Ich hob ihn hoch, klemmte ihn mir unter den Arm und setzte ihn kurzerhand neben meinen Laptop auf den Schreibtisch. Dann senkte ich den Kopf und sah ihm direkt in die schwefelgelben Augen. «Also, die Sache ist die. Wir lösen jetzt diesen Fall, dann und nur dann kriegst du Futter. Dann und nur dann bin ich bereit, Ball mit dir zu spielen. Und solltest du anfangen, über die Tastatur zu laufen oder Kabel anzuknabbern oder Stecker aus der Dose zu ziehen, endest du heute als ziemlich hungriger, ziemlich gelangweilter Kater. Klar?»

Ich loggte mich ein. Wie weit reichten wohl die Online-Archive von Zeitungen zurück? Zwanzig Jahre vielleicht? Das müsste eigentlich genügen. Ich startete eine Suchanfrage nach «Francesco Nicolodi». Sie lieferte ein paar Treffer, doch ein kurzer Blick darauf sagte mir, dass eine andere Person gemeint war. «Lewis Fitzgerald» also. Mehr Treffer diesmal, größtenteils im Zusammenhang mit seiner Tätigkeit als Paul Considines Agent. «Lewis Fitzgerald Francesco Nicolodi» ergab nichts. Ich tippte «Lewis Fitzgerald Italiener» ein und drückte die Daumen.

Bingo. Ein Foto von Lewis auf einer Party Mitte der Neunziger. Die anderen Personen erkannte ich nicht auf Anhieb, erst als ich die Bildunterschrift las. Gwenant Pryce, die roten Haare kurzgeschnitten; und Adam Grant, zu der Zeit noch ein bartloser Jüngling. Zwischen den beiden stand Paul und hatte den Arm um Gwenants Hüfte gelegt. Er konnte damals höchstens Anfang zwanzig gewesen sein, und doch hatte er schon etwas von einem Rockstar an sich. Sie wirkten alle so glücklich. Lewis, fast schon glamourös und mit vollem

Haarschopf, stand neben einem jungen Mann, der laut Bildunterschrift, Riccardo Pelosi hieß. Fitzgeralds Assistent.

Es gab noch ein zweites Foto, diesmal aus einem *Guardian*-Artikel von 2008. Zwei Männer treffen bei Gericht ein. Lewis, die Haare inzwischen schon dünner, wirkt müde und abgehärmt, während er versucht, in die Kamera zu lächeln. Der andere Mann wurde, so war dem Artikel zu entnehmen, wegen Nötigung und Brandstiftung verurteilt. Ich sah näher hin. Ein Mann, der eine verblüffende Ähnlichkeit mit Francesco Nicolodi aufwies: Pelosi.

Die beiden hatten offenbar schon mehrere Verhandlungstage hinter sich. Fitzgerald hatte in sämtlichen Anklagepunkten auf unschuldig plädiert, während Pelosi die ganze Verantwortung auf sich genommen und behauptet hatte, er habe allein gehandelt. Schließlich war Fitzgerald freigesprochen und Pelosi zu sieben Jahren Freiheitsstrafe verurteilt worden. Das war 2008 gewesen. Bei guter Führung hätte er also seit ein oder zwei Jahren wieder draußen sein können.

Ich druckte Artikel und Foto aus, ging in die Küche und schüttete Gramsci seine Futterpellets in den Napf. Er stupste eins mit Käsegeschmack an und blickte ungläubig zu mir hoch. Ich blickte zu ihm hinunter. «Die Sorte, die du nicht magst, musst du schon selber aussortieren.» Er sah mich böse an, aber ich war heldenhaft genug, ihn einfach stehenzulassen. Ich hüpfte praktisch die Treppe hinunter. Zum ersten Mal seit langem hatte ich das Gefühl, die Dinge wieder unter Kontrolle zu haben.

Fünf Minuten später war ich wieder oben. «Sorry, Grams, mir ist gerade eingefallen, dass ich etwas vergessen habe.» Ich nahm die oberste Ausgabe von *Il Gazzettino* vom Stapel der ungelesenen Zeitungen. Als ich erneut auf dem Weg nach draußen war, hörte ich ein jämmerliches *M-jiep* hinter mir. Er saß noch immer reglos vor seinem Futternapf und blickte traurig auf den Inhalt.

«Ach, in Gottes Namen.» Ich legte die Zeitung ab, nahm seinen Napf vom Boden, las die Pellets mit Käse heraus, und stellte den Napf wieder zurück. Ohne das geringste *Miau* des Dankes fing er an zu fressen. Nachdem ich ihm einen Moment lang zugesehen hatte, nahm ich kopfschüttelnd wieder meine Zeitung und machte mich auf den Weg nach unten. Ich hatte alles unter Kontrolle. Mehr oder weniger jedenfalls.

Die Tür von Santa Maria Ausiliatrice war nur angelehnt. Als ich sie berührte, um zu klopfen, ging sie auf. «Gwen?», rief ich. «Gwen?»

«Nathan. Kommen Sie rein.» Ihre Stimme klang belegt. Ich trat ein. Gwen war gerade dabei, einen umgekippten Stuhl wieder aufzustellen. «Könnten Sie mir damit vielleicht behilflich sein, *cariad*? Die ist ein bisschen schwer für mich.» Sie deutete auf eine hölzerne Staffelei, die ebenfalls auf dem Boden lag, samt der großen Leinwand, die darauf gestanden hatte. Ich fasste an der einen Seite mit an, und wir zogen sie gemeinsam in die Ecke. Dann richteten wir sie wieder auf und stellten die Leinwand zurück in Position. Das grausige Porträt Lewis Fitzgeralds war jetzt in Fetzen geschlitzt. Gwen trat einen Schritt zurück. «Nicht ganz das, was ich im Sinn hatte, aber irgendwie hat es was.» Sie lächelte mich an, doch ihre Augen waren ganz rot.

«Was um Himmels willen ist hier passiert, Gwen?»

Sie zuckte mit den Schultern. «Ein allzu enthusiastischer Kritiker vielleicht? Sehen Sie sich ruhig um.»

Ich ging in den blauen Raum. Der Spiegel war zertrümmert und das Gemälde zerstört worden. Blau, Purpur, Grün, Orange, Weiß, Violett, Schwarz. In jedem Raum dasselbe: ein zerschlitztes Gemälde und ein zertrümmerter Spiegel.

«Gwen. Ach, Gwen, das tut mir so leid», sagte ich, als ich wieder zurückkam.

Sie tupfte sich die Augen trocken und tätschelte mir den Arm. «Schon gut, mein Lieber. Es sind ja nur Bilder, keine Menschen. Nur Bilder.»

Ich nahm sie tröstend in den Arm. «Das war er, stimmt's? Fitzgerald.» Sie nickte. «Waren Sie hier? Hat er Ihnen etwas angetan? Dann bring ich ihn verdammt noch mal um.»

Sie löste sich aus der Umarmung und versuchte zu lächeln. «Setzen Sie sich, *cariad*. Ich mache uns eine Tasse Tee.» Sie füllte den Wasserkocher und stellte ihn an. «Wenigstens der funktioniert noch. Nein, ich war nicht hier, als es passierte. Aber ich weiß, dass er es war.»

«Warum?»

«Weil er mich heute Morgen angerufen hat. Meine Ausstellung habe ihm gefallen, sagte er, und seine kleinen Eingriffe würden mich hoffentlich nicht stören. Dann sagte er noch, wenn ich keine Schwierigkeiten haben wolle, sollte ich gefälligst Paul Considine in Ruhe lassen. Und falls ich in den nächsten Tagen irgendwas mit der Post bekäme, müsse ich es ihm sofort ungeöffnet aushändigen.»

«Wie bitte?»

«Er würde die ‹Versicherungspolice eines Freundes einziehen›, sagte er. Keine Ahnung, was er damit meinte, Sie vielleicht?» Ich schüttelte den Kopf. Das Wasser kochte, und sie füllte zwei Becher. «Earl Grey, ist das recht?» Ich nickte. «Kekse?»

«Ach, Gwen, zum Teufel mit Tee und Keksen. Was werden Sie wegen Fitzgerald unternehmen?»

«Vermutlich werde ich tun, was er sagt.»

«Rufen Sie die Polizei. Er hat hier einen Schaden von Tausenden von Pfund angerichtet. Und obendrein bedroht er Sie auch noch.»

«Ach ja, das kann er gut. Erinnern Sie sich noch daran, was ich Ihnen letztes Mal erzählt habe? Er kennt ein paar ziemlich unangenehme Leute.»

Ich holte mein Handy hervor. «Also, wenn Sie die Polizei nicht rufen, mach ich es.»

Sie fasste mich am Arm. «Nein, das werden Sie nicht tun, Nathan.»

«Ich glaube doch.»

«Nein. Wenn Sie das machen, tut er Paul etwas an. Wirklich.»

Ich starrte sie einen Moment an, dann steckte ich mein Handy wieder weg. «Na schön, also müssen wir eine andere Lösung finden. Wo ist Paul überhaupt?»

«Er war ein paar Tage bei mir. Gestern Abend ist er dann zu Lewis zurück. Er sagte, er sei sich jetzt über alles im Klaren. Er werde sich von Lewis trennen. Seine Angelegenheiten wieder selbst in die Hand nehmen.»

«Er war bei Ihnen?» Ich musste lächeln. «War denn das Mittagessen neulich gut, Gwen?»

«Wie bitte?»

«Wie schade, dass Ai Mercanti geschlossen hatte. Paul wollte eine alte Freundin zum Essen ausführen, und Lewis sollte auf keinen Fall etwas davon erfahren. Sie haben hoffentlich noch ein nettes Restaurant gefunden.»

Sie antwortete mit ihrem klimpernden kleinen Lachen, und einen kurzen Moment schienen die Falten aus ihrem Gesicht zu verschwinden. «Wir sind in einer schrecklichen Touristenfalle in der Nähe der Piazza San Marco gelandet.

Tiefkühlpizza, die uns ein Vermögen gekostet hat.» Sie lächelte. «Aber es war trotzdem nett.»

«Sie und Paul. Sie waren einmal mehr als nur Freunde, hab ich recht?»

«Klug erkannt, Herr Konsul. Ja, wir waren einmal mehr als nur Freunde. Eine Zeitlang zumindest. Sehr lange her inzwischen.» Sie lächelte. «Sie haben Adams Rat also beherzigt? Die richtigen Fragen zu stellen?»

«Und die falschen, scheint mir. Aber die nächste ist wirklich wichtig. Sehen Sie sich das bitte mal an.» Ich zog den Artikel aus dem *Guardian* hervor. «Erkennen Sie hier jemanden?»

«Das ist natürlich Adam. Und das da Paul. Hübscher Junge damals, nicht wahr? Und daneben ich. Alle ganz schön aufgedonnert. Ich weiß nicht mehr, wo das aufgenommen wurde. Irgendeine Ausstellungseröffnung in Lewis' Galerie wahrscheinlich. Bevor er anfing, Paul zu vertreten. Bevor wir alle anfingen, uns zu fragen, wohin das ganze Geld verschwand.»

«Und wer ist das?» Ich zeigte auf Riccardo Pelosi.

«Ich erinnere mich an ihn. Lewis' Assistent. Unsympathischer Typ. Ich glaube, er ist später im Gefängnis gelandet.»

«Richtig. Er hat das Atelier eines Künstlers in Brand gesteckt, ‹als freundliche Warnung› gewissermaßen. Eine Warnung, könnte ich mir vorstellen, an Leute wie Sie und Adam, Lewis Fitzgerald nicht zu sehr zu reizen. Künstlerateliers sind allerdings für gewöhnlich voll mit brennbarem Material. Deshalb ging damals das ganze Gebäude in Flammen auf. Verdammtes Glück, dass niemand getötet wurde.» Gwenant sagte nichts. Ich legte das Foto des Zeitungsausschnitts direkt neben das auf der Titelseite des *Gazzettino*. «Sie sind ein und dieselbe Person, stimmt's? Riccardo Pelosi ist Francesco Nicolodi. Lewis Fitzgeralds Handlanger. Ein Mann, der sieben Jahre im Gefängnis verbracht hat. Ein Mann, der, davon dürfen wir ausgehen, wusste, wo die Leichen im Keller liegen. Er wurde vor zwei Tagen auf Lazzaretto Vecchio ermordet.»

Gwen sah mich an und nickte. Ich fuhr fort. «Ein Mann, der in einer billigen Absteige in Dorsoduro hauste, als er zur Biennale nach Venedig kam. Und der kurz darauf in eins der exklusivsten Luxushotels am Canal Grande umzog.»

«Das verstehe ich nicht.»

«Ich glaube, ich auch nicht, jedenfalls nicht ganz. Lassen Sie uns das Ganze mal durchspielen. Francesco Nicolodi – nennen wir ihn vorerst so – hat die letzten anderthalb Wochen damit verbracht, bei jedem, der es hören wollte, Gift zu verspritzen. Über Paul Considine. Einen Mann mit Drogen- und Alkoholproblemen. Einen Künstler, der womöglich ein Plagiator ist. Einen Kerl mit gewalttätiger Vergangenheit, der auf Medikamente angewiesen ist, um seine bipolare Störung in den Griff zu bekommen, und der möglicherweise aggressiv wird, wenn er vergisst, sie zu nehmen.» Ich hielt inne. «Also, ich kenne Paul erst seit zehn Tagen, Gwen. Und das klingt mir nicht nach der Person, mit der ich zu tun hatte. Aber Sie kennen ihn richtig. War er jemals so ein Mensch?»

Sie schüttelte den Kopf. «Pauls Problem ist, dass er zu schnell zu berühmt wurde. Zu viele Leute standen Schlange, um ihm zu sagen, wie großartig er sei. So etwas ist nie gut für einen Menschen. Deshalb ja, er hat zu viel getrunken. Zu viel geraucht. Viel zu viel Geld ausgegeben. Selbstzerstörerisch, oh ja. Und er hat mir das Herz gebrochen. Aber war er gewalttätig? Nie und nimmer.»

«Nicolodi hat mir erzählt, er hätte jemanden bei einem

Streit mit einer kaputten Flasche attackiert. Wissen Sie davon?»

«Es gab einen Streit. In einem Pub. Irgendwer zog ein Messer, eine Flasche ging zu Bruch, und er wurde verletzt. Mehr aber auch nicht. Das war vor vielen Jahren, als Paul noch jung und unreif war. Und es hat ihn erschreckt. Es hat ihn zu Tode erschreckt. Anschließend kam er auf die Idee, mit Glas zu arbeiten. Er wollte versuchen, mit sich ins Reine zu kommen, seine inneren Dämonen auszutreiben.»

Ich nickte. «Na bitte, sehen Sie. Daraufhin hat Nicolodi versucht, das Bild des irren Künstlers zu verbreiten, der eine Vorliebe für kaputtes Glas hat. Und wann haben Sie erfahren, dass er bipolar war?»

«Davon habe ich, kurz nachdem wir uns getrennt hatten, gehört. Es erklärte so einiges. Die Stimmungsschwankungen. Diese selbstzerstörerischen Züge.»

«Und was wäre, wenn er vergessen würde, seine Medikamente zu nehmen?»

«Ich weiß es nicht, Nathan. Mit so etwas kenne ich mich nicht aus.» Sie klang jetzt müde.

«Ich auch nicht. Aber was wäre höchstwahrscheinlich die Folge? Dass er depressiv wird, sich zurückzieht? Sich etwas antut? Vielleicht. Aber ich bin ziemlich sicher, dass er nicht plötzlich zum Psychokiller mutiert, der versucht, jeden, der ihm jemals Unrecht getan hat, auf zunehmend komplizierte Weise umzubringen.»

«Außerdem nimmt er seine Medikamente immer.» Sie trank einen Schluck von ihrem Tee. «Das kann ich zumindest für die letzten paar Tage mit Sicherheit sagen. Aber wo ist die Verbindung zu Lewis?»

«Denken Sie an 2008 zurück. Nicolodi hält für Lewis den Kopf hin. Er sitzt mehrere Jahre im Gefängnis und hält die

316

ganze Zeit den Mund. Dann kommt er raus. Er weiß, dass Lewis jahrelang Pauls Geld veruntreut hat. Lewis wird nervös, als Paul Anstalten macht, seine geschäftlichen Angelegenheiten wieder selbst zu regeln. Und er schuldet Nicolodi noch mehr als einen Gefallen. Er muss ihn auf seiner Seite halten. Also macht er einen Deal mit ihm.

Sie planen, Paul als durchgeknallten, gewalttätigen Psychopathen hinzustellen. Als einen Mann, der auf keinen Fall in irgendeiner Weise in der Lage ist, für sich selbst zu sorgen. Einen Mann, der vielleicht sogar ein verrückter Killer ist. Die Leute würden bloß die Köpfe schütteln und denken, dass wenigstens sein Manager versucht hat, sich um ihn zu kümmern.

Nicolodi stiehlt Pauls Geldbörse und deponiert belastendes Beweismaterial darin. Dann lässt er sie dem britischen Honorarkonsul direkt vor die Füße fallen, jemandem, der mit Sicherheit dafür sorgen wird, dass sie in die Hände der Polizei gelangt. Nur dass Nicolodi nachlässig war, seine Nachforschungen nicht gewissenhaft angestellt hat. Ihm ist entgangen, dass die Priadol-Tabletten, die er beschafft hat, nicht die richtige Dosis für Paul Considine haben.» Ich grinste. «Und an dem Punkt beginnt der Herr Honorarkonsul sich für die Sache zu interessieren.

Danach wird Nicolodi ziemlich schnell ziemlich gierig. Er will einen größeren Anteil von Lewis. Er platziert einen Artikel in der *Times*, in dem er Considines Management zur Zielscheibe macht. Jetzt hat Lewis ein Problem. Er muss auch ihn loswerden. Also lockt er ihn nach Lazzaretto Vecchio raus und rammt ihm eine Glasklinge in den Hals.»

«Wie stellt er das an, ihn da rauszulocken?»

«Ich weiß nicht genau. Aber wahrscheinlich erzählt er ihm, dass dieser Sutherland dort rumschnüffelt. Dieser

Sutherland, der nicht nur etwas zu viel herausgefunden hat, sondern auch ihre Pläne durchkreuzt, indem er Paul mit ein bisschen Taschengeld losschickt, wo der doch eigentlich im Arsenale Leute mit Glaspfeilen attackieren sollte. Also müssen sie diesen Sutherland loswerden und es so aussehen lassen, als ginge es auf Considines Konto. Dann taucht Nicolodi dort auf und stellt fest, dass ich gar nicht da bin, sondern nur Lewis. Der mit einer Glassense auf ihn wartet.»

Sie nickte. «Klingt kompliziert. Könnte aber sein.»

«Die beiden haben zusammengearbeitet. Nicolodi wurde gierig. Lewis hat ihn umgebracht. So war's. So muss es gewesen sein.» Ich hielt kurz inne. «Und jetzt müssen Sie mir sagen, wo Lewis und Paul sich aufhalten. Ich glaube nämlich nicht, dass sie Venedig verlassen haben. Lewis hat noch etwas zu erledigen.»

«Etwas zu erledigen? Was denn?»

«Die ‹Versicherungspolice›. Irgendetwas, das Nicolodi gegen ihn in der Hand hatte. Es ist zwar nicht genug, und Lewis hat es drauf ankommen lassen, aber was immer es ist, ich glaube nicht, dass er Venedig ruhigen Gewissens verlässt, bevor er es hat.» Ich lächelte. «Also kommen Sie schon, Gwen. Wissen Sie, wo die beiden sind?» Sie antwortete nicht. «Gwen, ich weiß, dass Sie glauben, ihn zu schützen, aber ...»

«Er hat gesagt, er tut ihm etwas an!», fiel sie mir ins Wort.

«Das tut er doch jetzt schon. Er stiehlt ihm sein ganzes Geld. Er hat versucht, ihm einen Mord anzuhängen. Vielleicht tauscht er auch seine Medikamente aus. Wie lange wird es wohl dauern, bis irgendwo von Paul Considines versehentlicher Überdosis berichtet wird?»

Sie tupfte sich wieder die Augen trocken. «Sie sind im Palazzo Papadopoli. Oder zumindest waren sie da.»

«Hätte ich mir denken können. Nicolodi hätte das bestimmt gefallen. Noch eine Möglichkeit, Lewis ein bisschen zu quälen. Wenn der hätte mit ansehen müssen, wie er da sitzt und teure Drinks auf seine Kosten schlürft.» Ich erhob mich. «Na schön, ich muss los.»

Sie ergriff meine Hand. «Wissen Sie eigentlich, was Sie da tun, Herr Konsul?»

«Ehrlich gesagt, nicht wirklich.» Ich steuerte Richtung Tür. «Aber ich krieg das schon hin. Versprochen. Und falls es Sie interessiert, Gwenant, für mich sind Sie immer noch eine bezaubernde walisische Lady.»

– 38 –

Dario und ich lehnten an einem Tisch vor der Birraria La Corte am Campo San Polo.

«Das funktioniert nicht, oder?», fragte ich.

Er trank einen Schluck von seinem Bier und wischte sich den Schaumbart weg. «Ähm, vielleicht nicht. Eher nicht. Eigentlich ziemlich wahrscheinlich nicht.»

«Das klingt nicht gerade beruhigend.»

«Sorry, Kumpel. Was Besseres fällt mir nicht ein. Dir?»

«Fehlanzeige. Ich weiß nur, dass wir Considine irgendwie von Lewis trennen müssen. Und wenn uns das gelingt, kriegen wir ihn vielleicht zum Reden.» Ich bemerkte Darios Gesichtsausdruck. «Nein, nicht *so*. Da gibt's schon noch eine andere Möglichkeit. Wir beobachten das Hotel so lange, bis er es verlässt.»

Dario schüttelte den Kopf. «Funktioniert nicht. Was, wenn er ein Wassertaxi nimmt? Den Haupteingang können wir unmöglich im Auge behalten, wenn wir nicht auf der anderen Seite vom Canal Grande sind. Abgesehen davon würde es Zeit kosten, und davon hast du nicht mehr viel.»

«Wie meinst du das?»

«Wie lange wird's wohl dauern, bis die Bullen auf dieselbe Idee kommen wie du und die *fornaci* auf Murano abklappern? ‹Ja, Herr Polizist, hier war ein Mann und hat sich nach der Herstellung von tödlichen Waffen erkundigt. Ein ausländischer Herr ist das gewesen.›»

«Ja, aber sie werden schnell kapieren, dass ich das nicht war.»

«Klar. Kommt bloß drauf an, was sie unter ‹schnell› verstehen und wie lange du *in gattabuia* warten willst, um das rauszufinden.»

«Du hast recht.» Ich war schon einige Male zu Besuch im Gefängnis gewesen und verspürte nicht den Wunsch, es noch näher von innen kennenzulernen. «Na schön, wir machen es.» Ich leerte mein Glas und ließ ein paar Euro auf dem Tisch zurück.

Dario lachte. «Was machst du da?»

«Ich leg das Geld für unser Bier hin.»

«Wir sind doch nicht in Mestre, *vecio*, und das hier ist nicht Tonis Bar. Das macht», er vergewisserte sich noch einmal auf der Karte, «acht Euro pro Flasche.»

«Acht Euro?!»

«Jep.» Er hob seine Bierflasche hoch. «Ist ja auch kein gewöhnliches Bier. Sondern eins mit den sanften Aromen von Zitrone, rosa Grapefruit und Orange und zarten Hopfennoten.»

«Trotzdem, acht Euro!»

«Zugegeben, ziemlich happig. Aber ich dachte, es wäre nett, was wirklich Gutes für dein letztes Bier als freier Mann auszusuchen.»

Ich fischte einen Zehner aus meinem Portemonnaie. «Großartig. Plötzlich erscheint mir Zwangsurlaub auf Staatskosten gar nicht mehr so übel. Komm, lass uns gehen.»

Wir liefen über den Campo und durch San Polo zum Palazzo Papadopoli, den wir, unauffällig unter ein paar Gäste gemischt, betraten.

«Wer von uns übernimmt das?», flüsterte ich.

«Du natürlich, Kumpel. Einen englischen Akzent krieg

ich nicht hin.» So unfair es mir auch vorkam, er hatte recht. Wir gingen getrennt zum Empfangsbereich. Dario lächelte der Rezeptionistin zu, setzte sich in einen Sessel und schlug eine Zeitung auf, als würde er auf jemanden warten.

Ich ging zum Empfangstresen. Die Chancen, dass die Sache funktionieren würde, standen nicht allzu gut. Angesichts der Tatsache, dass Considine nicht gerade zu den extrovertiertesten Menschen gehörte, bestand aber immerhin die Möglichkeit, dass er bisher keinen großen Eindruck beim Hotelpersonal hinterlassen hatte.

«Guten Tag», sagte ich. «Entschuldigen Sie, es ist mir wirklich peinlich, aber ich habe meine Schlüsselkarte verloren.» Ich hielt den Kopf gesenkt und starrte auf meine Schuhe, während ich sprach.

«Kein Problem, *signore*, ich mache Ihnen sofort eine neue. Ihr Name ist ...?»

«Considine. Paul Considine.»

«Mr. Considine. In Zimmer 313?»

«Richtig.»

«Gut, einen Moment bitte.» Sie griff in eine Schublade, nahm einen Stapel Kunststoffkarten heraus und legte eine davon in den Kartenschreiber. «Ach, und Post ist auch für Sie gekommen.» Sie drehte sich um, nahm einen dicken Umschlag aus einem Ablagefach und reichte ihn mir. Plötzlich schien sie erschrocken, als hätte sie gemerkt, dass sie einen Fehler gemacht hatte. «Oh, tut mir leid. Sie müssten das hier bitte erst unterschreiben.» Sie schob mir ein Formular über die Theke.

«Selbstverständlich.»

Sie wirkte ein bisschen verlegen. «Und ich müsste bitte Ihren Personalausweis sehen. Oder Ihren Führerschein. Irgendetwas in der Art.»

«Ah ja. Natürlich.» Bevor sie noch etwas sagen konnte, steckte ich den Umschlag in mein Jackett und machte anschließend viel Aufhebens darum, meine Taschen zu durchsuchen. «Tut mir schrecklich leid, ich muss meine Papiere im Zimmer gelassen haben.»

«Aha. Sie sollten aber besser darauf achten, sie immer dabeizuhaben. Für alle Fälle. Es ist Vorschrift, sich jederzeit ausweisen zu können.»

«Natürlich. Wie dumm von mir, nicht daran zu denken. Das kommt bloß, weil wir in England keine Personalausweise haben. Kaum vorzustellen, was?» Ich lachte ein bisschen zu laut und ein bisschen zu lange. «Na ja, ich gehe einfach schnell rauf und hole ihn für Sie.» Ich streckte die Hand nach der Schlüsselkarte aus.

Sie hob die Hände vors Gesicht und errötete verlegen. Sie hatte den vorgeschriebenen Ablauf nicht ganz eingehalten und befand sich jetzt in einer Zwickmühle. Ich lächelte, nahm meine Hand aber nicht weg. «Bin sofort wieder da», sagte ich.

«Stimmt etwas nicht, Sasha?» Die Stimme erkannte ich sofort. Die Empfangschefin. Unwillkürlich erstarrte ich und zog meine Hand zurück. Aus dem Augenwinkel sah ich, wie Dario diskret seine Zeitung zusammenfaltete.

«Alles in Ordnung, *signora*.» Man hörte der jungen Frau die Erleichterung an. Jemand Übergeordnetes würde sich jetzt der Sache annehmen. «Mr. Considine hat nur seine Schlüsselkarte verloren.»

«Oje. Nun ja, kein Problem, Mr. Considine, Sasha wird Ihnen gleich ...» Sie verstummte und sah mich verdutzt an. «Sie sind nicht Mr. Considine.» Ihre Augen verengten sich. «Ich kenne Sie. Wir sind uns schon einmal begegnet. Sie sind erst vor ein paar Tagen hier ...»

Ich schenkte ihr mein charmantestes Lächeln. «Ich kann das erklären.» Dario, bemerkte ich, am Rand meines Sichtfeldes, war aufgestanden.

«Ach ja?»

Ich schüttelte den Kopf. «Nein. Nein, nicht wirklich.»

«Sutherland, was zum Teufel wollen Sie denn hier?» Die Stimme war unverkennbar. Als ich mich umdrehte, erblickte ich die vertraute Erscheinung Lewis Fitzgeralds, Seite an Seite mit Paul Considine.

«Sasha, würden Sie bitte die Polizei rufen», sagte die Empfangschefin.

«Ja, Sasha, bitte tun Sie das», stimmte ich zu und zog den Umschlag aus meinem Jackett. Ich hatte keine Ahnung, was darin war, aber darauf kam es auch nicht unbedingt an. Es kam nur darauf an, dass Lewis glaubte, ich wüsste es. Ich streckte ihm den Umschlag entgegen, wie Peter Cushing, der ein Kruzifix schwingt. «Es ist vorbei, Lewis. Hier ist alles drin. Pelosis ‹Versicherungspolice›. Die Sache ist gelaufen.»

Paul trat lächelnd auf mich zu. Einen Moment lang wirkte er zehn Jahre jünger. Dann packte Lewis ihn am Arm und zerrte ihn zurück. Er wirbelte ihn zu sich herum, nahm sein Gesicht zwischen die Hände und zischte ihn an: «Weißt du noch, was ich dir gesagt habe, Paul?»

Paul sah wieder zu mir und schüttelte den Kopf. «Tut mir leid, Nathan.» Dann machten die beiden auf dem Absatz kehrt und rannten auf demselben Weg, auf dem sie gekommen waren, Richtung Ausgang davon; Dario und mich auf den Fersen.

«Das lief ja besser, als ich dachte.»

«Sie rufen die Polizei, Dario. Und wenn sie mich finden, sperren sie mich ein und werfen den Schlüssel weg!»

«Du machst dir zu viele Sorgen, *vecio*.»

Weder Lewis noch Paul wirkten besonders durchtrainiert, legten jedoch ein erstaunliches Tempo an den Tag. Ich hatte keine Ahnung, ob sie überhaupt wussten, wohin sie wollten. Und nach einigen Drehungen und Wendungen in den engen *calli* war ich überzeugt, dass ich es jedenfalls nicht wusste. Bestimmt würden sie hinter der nächsten Ecke in einer Sackgasse oder direkt n einem Kanal landen, und dann hätten wir sie. Sie sprangen über zwei kleine Hunde, während ein paar Taschen verkaufende *abusivi* sich flach an die Wand pressten, und bogen dann nach rechts Richtung Canal Grande ab.

San Silvestro. Irgendwie waren sie bei San Silvestro herausgekommen. Ich sah die *vaporetto*-Haltestelle in einiger Entfernung vor uns, wo gerade das nächste Boot anlegte. Als sie an Bord sprangen, lagen zwischen ihnen und uns noch gut fünfzig Meter. Dario und ich rannten wie verrückt und riefen dem *marinaio* zu, er solle auf uns warten. Der schätzte rasch die Entfernung, zuckte entschuldigend mit den Schultern und legte ab.

Wir blieben keuchend am Ufer des Kanals zurück. «Die Nummer», sagte Dario, «hast du die Nummer gesehen?»

«San Silvestro. Das ist Linie 1», antwortete ich, während ich versuchte, zu Atem zu kommen. «Es muss die 1 sein.»

«Dann ist die nächste Haltestelle …»

«Sant'Angelo.»

«Okay, da können wir ihnen den Weg abschneiden. Komm.»

«Dario, das funktioniert nicht.» Ich blickte den Canal Grande hinauf. «Wir müssten den ganzen Weg zurück und dann über die Rialtobrücke. Das schaffen wir nie rechtzeitig.»

«Doch, schaffen wir.» Er packte mich am Ellbogen und zog mich halb die *fondamenta* entlang und über die Mauer des angrenzenden Hotels. Dann sprintete er quer durch dessen Garten, versprengte Kellner und Touristen nach links und rechts, während ich ihm Entschuldigungen rufend hinterherrannte. Kurz darauf sprangen wir über die Mauer auf der anderen Seite und waren bei der Gondelstation San Silvestro angelangt. Bevor ich ihn daran hindern konnte, hatte Dario sich schon nach vorne gedrängt und sanft, aber bestimmt ein älteres Touristenpaar, das gerade einsteigen wollte, vom Anleger weggezogen. «Hat alles seine Ordnung», sagte er und deutete auf mich. «Er ist Polizist.»

«Wirklich?» Der Ehemann taxierte mich wenig überzeugt.

Ich schüttelte den Kopf. «Nein. Aber ich bin Honorarkonsul, falls das etwas nützt.»

«Steig ein!», rief Dario.

«Das ist Wahnsinn, Dario. Es ist eine Gondel. Die ist nicht für ein Hochgeschwindigkeitsrennen gebaut.»

«Steig in das verdammte Boot, Nathan. Und versuch nicht, einem Venezianer zu erzählen, was eine Gondel kann und was nicht.»

Ich sprang in die Gondel. Dario begann auf *Veneziano* auf den Gondoliere einzureden und machte dabei hektische Armbewegungen Richtung Sant'Angelo. Der Gondoliere schien verwirrt, nickte aber und legte ab, indem er sich mit dem Fuß vom Bootssteg abstieß. «Können Sie sich bitte setzen?» Wir sahen uns kurz an, dann ließen wir uns beide auf eine rote herzförmige Plüschbank plumpsen. «Danke, so ist's besser. Soll ich etwas singen?»

«Nein. Nein, wir verzichten, vielen Dank. Bringen Sie uns einfach nach Sant'Angelo. So schnell Sie können.»

«Geht klar. Aber um die Zeit ist es ziemlich voll. Wenn Sie wollen, können wir ein paar Seitenkanäle nehmen. Viel ruhiger, viel schöner.»

«Bitte. Bringen Sie uns einfach nur nach Sant'Angelo. Rudern Sie, was das Zeug hält.»

Er zuckte mit den Schultern und sagte nichts mehr. «Das funktioniert nie», wandte ich mich an Dario.

«Es funktioniert, *vecio*. Es ist schon mal jemand mit einer Gondel bis nach Kroatien gefahren, wusstest du das?»

«Und wie lange hat er gebraucht?»

«Ungefähr eine Woche. Und jetzt pass einfach auf.»

Das *vaporetto* war weit vor uns und – trotz größter Anstrengungen unseres Gondoliere – dabei, seine Führung noch auszubauen. Doch dann sahen wir, wie ein Alilaguna-Boot vor den Anleger von Sant'Angelo glitt, um eine Gruppe schwerbepackter Touristen abzuholen. Dahinter rangelten zwei Taxiboote um Platz, während sich davor ein *traghetto* in Bewegung setzte, um den Kanal zu überqueren. Dario grinste mich an. «Rushhour, Nathan, auf einem der meistbefahrenen Abschnitte des Canal Grande. Es war logisch, dass ihm irgendwas in die Quere kommen würde.» Und tatsächlich, wir saßen da und beobachteten, wie das *vaporetto* auf freie Fahrt wartete, während wir langsam, aber sicher aufholten.

Als der Anleger endlich frei war, befanden wir uns fast schon auf selber Höhe. Kaum hatte der *marinaio* festgemacht und das Gatter geöffnet, waren Lewis und Paul über die Brücke und den *campo* verschwunden. Sobald die Gondel nah genug war, sprang Dario ans Ufer und brachte dabei das Boot beängstigend heftig zum Schaukeln. Ich ließ den Gondoliere an den Anlegesteg fahren und wollte ihm nach, wurde jedoch von hinten zurückgezogen.

«Achtzig Euro, bitte, *signore*.»

«Achtzig Euro! Wir sind doch nur fünf Minuten gefahren.»

«Das ist der übliche Preis. Überzeugen Sie sich selbst ...»
Er deutete auf eine laminierte Preisliste, die seitlich an der
Gondel angebracht war.

«Ich weiß, dass das der übliche Preis ist. Aber wir wollten
ja keine Gondelfahrt mit allem Drum und Dran. Wir wollten
nur den Kanal überqueren.»

«Tut mir leid, *signore*. Um den Kanal zu überqueren, gibt's
die *traghetti*. Ich muss Ihnen schon achtzig berechnen, immerhin habe ich andere Kunden stehen lassen.»

Seufzend griff ich nach meinem Portemonnaie. Fünfund-
siebzig Euro. Ich lächelte ihn an. «Reicht das?»

Er schüttelte den Kopf.

Ich langte in meine Hosentasche und holte eine Handvoll Münzgeld heraus. «Eins ... zwei ... drei», zählte ich.
«Vier Euro. Vier-fünfzig. Vier-siebzig. Vier-neunzig. Fünf-
undneunzig. Siebenundneunzig. Achtundneunzig. Neun-
undneunzig.»

«Tut mir leid, *signore*, aber das ist kein *centesimo*.»

Ich sah nochmals hin. «Ah, Sie haben recht. Es ist ein Ein-
Penny-Stück. Wie das wohl dahinkommt?» Ich wandte mich
wieder meiner Handvoll Kleingeld zu. «Und zwei *centesimi*.
Bitte schön.»

«Danke, *signore*.» Er lächelte mich in Erwartung eines
Trinkgeldes an, auf das er allerdings lange warten konnte.
Dann überreichte er mir eine Visitenkarte. «Bitte hinterlas-
sen Sie eine Bewertung auf TripAdvisor.» Er lächelte noch
einmal, stieß sich vom Anlegesteg ab und gondelte in die
Richtung davon, aus der wir gekommen waren.

Ich steckte die Visitenkarte ein und blickte mich suchend
auf dem *campo* um. Dario war natürlich schon längst weg.

– 39 –

Ich ging zurück in die Wohnung. Viel mehr blieb mir nicht übrig. Draußen wurde es inzwischen langsam dunkel. Sicher würde Dario bald anrufen. Er kannte sich im Labyrinth der venezianischen Gassen besser aus als jeder andere, und es hätte mich gewundert, wenn Lewis und Considine es geschafft hätten, ihn abzuhängen. Früher oder später würde er bei mir auftauchen. Fede wollte heute Abend auch vorbeikommen, und wir würden alle herzlich drüber lachen, was für ein cleverer Kerl Dario doch war.

In der Zwischenzeit hatte ich einen dicken Umschlag zu inspizieren. Ich riss ihn auf. Er enthielt einen verschlossenen Briefumschlag, ein Bündel Zeitungsartikel und einen Packen Kontoauszüge. Außerdem einen USB-Stick. Ich öffnete den Briefumschlag. Billiges Notizpapier, das mit dem Logo des Hotel Zichy bedruckt war, ein möglichst preisgünstiger Versuch, exklusiv zu erscheinen. Darauf die Aufschrift: «Zur Kenntnisnahme. Für Paul Considine, Nathan Sutherland, Gwenant Pryce.» Und zwei Unterschriften: Francesco Nicolodi und Riccardo Pelosi.

Ich kontrollierte den Poststempel des äußeren Umschlags. Samstag, 21. Mai. Der Tag nach dem Mord. Sonntags kam keine Post. Warum diese drei Namen?

Ich überflog rasch die Bankauszüge, wurde jedoch nicht recht schlau daraus. Zu kompliziert für mich. Meine *commercialista* hätte sie mir wahrscheinlich erklären können, aber ich selbst verstand kaum mehr, als dass da offensichtlich große Geldsummen hin- und hergeschoben worden waren – wie viele Konten? Vier? Fünf? Ich schüttelte den Kopf und wendete mich den Zeitungsausschnitten zu.

Es waren Fotokopien von älteren Artikeln, in denen es um verschiedene Gerichtsverfahren gegen Fitzgerald ging, die jedes Mal mit einem Vergleich oder mit dem Fallenlassen der Klage geendet hatten. Unbedeutende Vergehen auf den ersten Blick, die eigentlich nur bewiesen, dass Lewis niemals wirklich das Gesetz gebrochen hatte. Auf der letzten Kopie war der Artikel im *Guardian* zu sehen, in dem von Lewis' Freispruch berichtet wurde und davon, dass stattdessen Riccardo Pelosi sieben Jahre ins Gefängnis wanderte.

Ich seufzte. Nach entscheidendem Beweismaterial sah das alles eher nicht aus. Ich steckte den USB-Stick in den Computer. Er enthielt nur ein einziges Dokument. Confiteor.pdf. *Confiteor. Ich gestehe.* Ich klickte es an.

Es war ein eingescanntes Textdokument. Unzählige Seiten, die sich jeweils auf einen der Zeitungsartikel bezogen und auf denen Riccardo Pelosi ausführlich schilderte, wie er Schläger engagiert hatte, um Gwenant Pryce und Adam Grant einzuschüchtern, wie er Geschworene bedroht und bestochen hatte, wie er Falschaussagen beschafft und wie er Brandstiftung begangen hatte, um «eine deutliche Warnung» auszusprechen. Und dass das alles mit dem Wissen und mit vollster Unterstützung Lewis Fitzgeralds passiert war. Jede Seite hatte er datiert und unterzeichnet. Auf der letzten befanden sich der Scan eines Reisepasses auf den Namen Riccardo Pelosi und eines italienischen Personalausweises auf den Namen Francesco Nicolodi.

Ich schloss das Dokument, warf den USB-Stick aus und

steckte ihn in meine Hosentasche. Dann raffte ich die Zeitungsausschnitte und die Bankauszüge zusammen und steckte sie wieder in den Umschlag.

Nicolodis Versicherungspolice. Nur um Fitzgerald auf Linie zu halten, falls er sich entschließen sollte, noch mal über ihren Deal nachzudenken. Doch dann war Nicolodi ein bisschen zu gierig geworden, und er war gezwungen gewesen, es drauf ankommen zu lassen.

Das würde wahrscheinlich reichen. Dieses Mal hatte ich nicht vor, lange abzuwarten und den Privatdetektiv zu spielen. Dieses Mal würde ich das tun, was ich gleich hätte tun sollen. Zur Polizei gehen und Vanni alles erzählen.

Plötzlich klingelte das Telefon. Darios Festnetznummer in Mestre.

«Dario! Was machst du denn zu Hause?»

Kurzes Schweigen. Dann: «Nathan. Hier ist Valentina.»

Darios Frau. Wir hatten schon immer eine etwas heikle Beziehung. Ich konnte mich nicht daran erinnern, dass sie mich jemals angerufen hätte. Und es konnte nur bedeuten, dass sie sich sorgte.

«Ist Dario bei dir? Wir sind gerade von Emilys Großeltern zurückgekommen. Wir dachten, er wäre zu Hause.»

Oh, Mist.

«Valentina. *Ciao cara.* Sicher kommt er bald. Er hat heute in Venedig gearbeitet. Hat davon erzählt, dass er am Nachmittag stundenlang in einer Besprechung sitzen muss. Da wird er sein Handy ausgeschaltet haben.»

«Ach, gut. Gut. Danke, Nathan. Dumm von mir, ich weiß, aber ich mach mir immer Sorgen, wenn ich ihn nicht erreiche.»

«Wahrscheinlich ist er schon auf dem Heimweg, Valentina, und hat bloß vergessen, sein Handy wieder einzuschalten.» Warum musste ich das bloß sagen? Ich wusste fast sicher, dass es nicht stimmte.

«Danke, Nathan.» Es folgte eine kurze Pause. «Du bist Dario schon immer ein guter Freund gewesen. Ich bin froh, dass er dich hat, weißt du das?»

«Danke, *cara*. Ich rufe dich an, falls er sich bei mir zuerst meldet.»

Sie legte auf.

Oh Gott. Dario, bitte ruf an. Ruf sofort an. Ich habe gerade deine Frau angelogen, die mich sowieso nicht besonders leiden kann, sich aber Mühe gegeben hat, nett zu sein, weil sie langsam Angst kriegt. Bitte ruf an. Ich saß da und trommelte mit den Fingern auf den Schreibtisch. Gramsci sprang aufs Fensterbrett und maunzte nach Futter, aber ich beachtete ihn nicht. Draußen war es schon dunkel. Die Touristen waren sicher schon auf dem Weg zurück zu den Kreuzfahrtschiffen oder zurück aufs Festland. Noch eine Stunde, dann würden die Restaurants anfangen, die Stühle auf die Tische zu stellen. Eigentlich hätte ich auf der Stelle die Polizei informieren müssen. Aber wenn ich das tat, würden sie garantiert Valentina anrufen, und das würde ihr Angst machen. Außerdem bestand immer noch die Möglichkeit, dass Dario sich meldete und alles in Ordnung war.

Das Telefon klingelte. Fedes Nummer.

«*Ciao, caro.*»

«*Ciao, tesora!*»

«Ich habe gerade mit Mamma telefoniert. Sie ist wieder gut zu Hause angekommen. Du musst sie ziemlich beeindruckt haben. Sie sagt, das nächste Mal sollst du unbedingt für uns kochen. Na ja, jedenfalls bin ich jetzt wieder allein. Es ist zwar schon ein bisschen spät, aber kommst du noch zu mir rüber, oder soll ich zu dir kommen?»

Verflucht.

«Äh, ich weiß nicht so recht, Darling. Ich hab gerade ziemlich viel um die Ohren. Einiges zu erledigen, aber morgen hab ich dann Zeit. Vielleicht können wir zusammen zu Mittag essen?»

Kurzes Schweigen. «Du lügst.»

«Wie meinst du das?»

«Du nennst mich nie ‹Darling›. Nicht auf Englisch. Du weißt genau, was ich dazu sagen würde, wenn du mir einen so lächerlichen Kosenamen verpasst. Was ist los?»

«Nichts. Es ist alles …»

«In Ordnung?» Die Frage hing in der Luft wie eine Drohung, und plötzlich wurde mir klar, dass es zwei Wege gab, die ich jetzt einschlagen konnte. Der eine würde unweigerlich zu unserer Trennung führen. Also blieb mir, so unangenehm es auch war, nichts anderes übrig, als dem anderen zu folgen.

«Nein, es ist nicht alles in Ordnung.» Ich versuchte, meine Stimme ruhig zu halten; vergeblich.

Eine Sekunde Schweigen. «Was kann ich tun, *caro*?», fragte sie dann. «Was ist passiert?»

«Dario. Er geht nicht an sein Handy. Ich weiß, das hört sich nicht schlimm an, aber wir haben versucht, diesen verflixten Fall zu lösen. Er wollte mir den Hintern retten.»

Sie lachte. «War mir klar, dass er das macht. Lieb von ihm.»

«Vor fünf Minuten hat mich Valentina angerufen. Sie macht sich langsam Sorgen. Das hab ich genau gemerkt. Und ich weiß nicht, was ich tun soll, Fede. Er ist mein bester Freund und …»

«Schschhh. Beruhige dich, *caro*. Ich komme zu dir, ja?»

«Das musst du nicht.»

«Das mache ich gerne. Ich kann dir helfen. Ich kann bei dir sein.»

Wieder versuchte ich, meinen Atem zu beruhigen. «Danke. Ich liebe dich.»

«Ich dich auch. In einer Dreiviertelstunde bin ich da, ja?»

Wir legten auf. Dreißig Sekunden später klingelte das Telefon erneut. Als ich die Nummer sah, blieb mir fast das Herz stehen.

«Dario! Du verrückter Mistkerl, ich hab langsam wirklich Angst gekriegt.»

Keine Antwort. Dann: «Dario kann im Moment leider nicht ans Telefon kommen, Sutherland.»

«Lewis! Also, das ist ein unerwartetes Vergnügen. Was kann ich für Sie tun?»

«Ach, ich dachte, Sie haben vielleicht Lust vorbeizukommen, Sutherland. Ein kleines bisschen Plaudern oder so.»

«Im Palazzo Papadopoli? Aber gerne. Ich gehe davon aus, dass Sie die Drinks zahlen?»

«Nicht im Hotel. Da habe ich schon ausgecheckt. Sie wissen bestimmt, wohin es geht. Aber für den Fall, dass Sie den Weg nicht kennen, habe ich mir die Mühe gemacht, einen Führer für Sie zu organisieren. Schauen Sie mal aus dem Fenster.»

Ich verscheuchte Gramsci vom Fensterbrett und spähte hinaus. Direkt neben der Fläche, die vom Fabelhaften Brasilianischen Café beleuchtet wurde, stand eine Gestalt im Schatten.

«Lehnen Sie sich raus. Winken Sie ihm zu.»

Der Mann drehte sich zu mir um und blickte hinauf. Seinen Gesichtsausdruck konnte ich nicht sehen, aber ich erkannte ihn sofort. «Hallo, Paul», sagte ich. Er nickte.

«Gut gemacht, Sutherland. Jetzt sprechen Sie weiter mit

mir, während Sie Paul die Tür öffnen und ihn in Ihre Wohnung lassen.»

«Was hat er vor? Mich umbringen? Ich bin zwar nicht in Bestform, Lewis, aber ich glaube, gegen einen Mann, der aussieht, als hätte er tagelang nicht geschlafen, stehen meine Chancen ganz gut.»

Lewis fing an zu kichern. «Wenn ich ein Spieler wäre, würde ich sagen, ich gehe mit. Nein, er wird Sie nicht umbringen. Er soll Sie nur herbegleiten. Damit Sie mir nicht auf die Idee kommen, die Polizei anzurufen. Sind Sie noch dran, Sutherland?»

«Ja, bin ich. *Stai tranquillo!*» Ich betätigte den Türöffner, woraufhin unten im Flur mit einem Klick die Haustür aufging. «Haben Sie das gehört?»

«Hab ich. Sprechen Sie weiter mit mir.»

Ich hörte Considines Schritte auf der Treppe. Mir blieben höchstens zwanzig Sekunden. Hinterlass eine Nachricht, Nathan. Aber wie? Und wo?

Gramsci maunzte und stupste seinen leeren Fressnapf an. Natürlich.

«Worüber soll ich denn mit Ihnen reden, Lewis? Übers Wetter?» Ich schüttete ein paar Futterpellets in Gramscis Napf. Nicht allzu viele.

«Was war das?», fragte Lewis.

«Mein Kater. Er beschwert sich. Ich stelle ihm nur ein bisschen Futter hin.» Ich nahm die Titelseite des *Gazzettino* aus meiner Hosentasche, knüllte sie zusammen und steckte sie in die Katzenfutterpackung.

«Muss das sein?»

«Liegt ganz bei Ihnen. Wenn ich es nicht mache, fängt er an zu jaulen, bis der Bursche aus der Bar unten raufkommt, um nachzusehen, ob ich noch lebe.»

Kurzes Schweigen. «Na schön.» Dann wieder Kichern. «Wäre vielleicht gut, etwas mehr Futter hinzustellen, Sutherland.»

Ich verstaute die Packung auf dem Kühlschrank und öffnete die Tür. «Hallo, Paul, schön, dass Sie vorbeikommen», sagte ich.

«Gut, Sutherland, geben Sie Ihr Handy jetzt bitte Mr. Considine.» Ich übergab Paul mein Handy.

«Ich hab es, Lewis», sagte Paul.

«Mr. Fitzgerald, wenn ich bitten darf», blaffte Lewis. «Ich lege jetzt auf. Und erwarte Sie beide in Kürze. Beziehungsweise, nur zur Erinnerung, Sutherland, *wir* erwarten Sie in Kürze. Dario und ich.»

Paul und ich gingen die Treppe hinunter, und ich schloss die Haustür hinter uns ab. Wir sahen uns an. «Aha», sagte ich, «Lewis hat also vor, mich umzubringen?»

Seine Augen waren gerötet, und er wirkte müde und verhärmt. «Ich weiß es nicht, Nathan. Tut mir leid. Tut mir schrecklich leid.»

«Ist schon gut, Kumpel.» Ich zögerte kurz. «Wir könnten immer noch die Polizei rufen, wissen Sie.»

Er schüttelte den Kopf. «Das geht nicht. Tut mir leid.»

«Alles klar. Verstehe. Erzählen Sie mir, was er zu Ihnen gesagt hat?»

«Dass er Gwen wehtut. Richtig wehtut.»

Ich nickte. «Dasselbe hat er zu ihr gesagt, wissen Sie. Herrje, Sie sind ein Paar, was? Aber wie will er das anstellen, wenn er in einer Gefängniszelle sitzt?»

Er schüttelte den Kopf. «Das kann ich nicht riskieren, Nathan. Außerdem hat er auch Ihren Freund.»

«Okay. Keine Sorge. Wir finden einen Weg. Wohin gehen wir denn?»

«Giardini.»

Ich nickte. «Dachte ich mir.» Ich sah auf die Uhr. «Na schön, in fünf Minuten fährt ein Boot.»

«Ist es zu Fuß nicht schneller?»

Natürlich ist es zu Fuß schneller, dachte ich. Aber ich muss etwas Zeit gewinnen. «Wir können auch laufen, heute Abend gibt's allerdings *aqua alta*. Das wird ziemlich mühsam, und keiner von uns hat Gummistiefel an.»

Die Jahreszeit für *aqua alta* war schon lange vorbei, aber Considine, nahm ich an, würde das nicht wissen. Und tatsächlich nickte er.

«Rialto. Kommen Sie. Es sind nur ein paar Minuten.» Ein paar Minuten Fußweg, allerdings in die falsche Richtung, was die Bootsfahrt um zehn kostbare Minuten verlängern würde. Wir liefen über den Campo Manin zum Campo San Luca und dann durch eine der engen *calli*, die zum Canal Grande führten. Gerade als wir ankamen, legte ein *vaporetto* an. Voll, aber nicht zu voll. Das Wetter warm, aber nicht zu warm. Gut. Wir würden draußen Plätze bekommen.

«Sollen wir uns hinten hinsetzen, Paul? Wo wir ein bisschen ungestörter sind?» Er nickte. Wir gingen durch die Kabine zu den Sitzen im Freien. Ich setzte mich neben ihn und blickte mich um. «Wunderschön, nicht? Jetzt ist die beste Zeit des Tages, wissen Sie. Und die beste Zeit des Jahres. Noch vier Wochen, dann wird es langsam zu heiß, aber jetzt ... man kann einfach hier sitzen und zusehen, wie die ganze Stadt vorbeizieht.»

Wir lächelten. Unmöglich, nicht zu lächeln. Wie deprimiert man sich auch fühlte, Venedig bei Nacht verzauberte einen einfach immer. «Ich bin vorher noch nie in Venedig gewesen», sagte Paul.

«Nein? Hat es Ihre Erwartungen erfüllt?»

Er stieß ein trockenes Lachen aus. «Nicht direkt.»

«Es tut mir leid, Paul. Wirklich.» Ich lehnte mich auf meinem Sitz zurück und schloss die Augen. Ich spürte das *vaporetto* an den Ponton stoßen. Wo waren wir jetzt? San Tomà wahrscheinlich. Federicas Boot war bestimmt noch eine halbe Stunde entfernt. Wenn ich Glück hatte. Ich schlug die Augen wieder auf. «Also schön, Paul», sagte ich. «Sie müssen mir jetzt vertrauen.»

«Wie meinen Sie das, Nathan?»

«Genau so, wie ich es sage. Wenn wir ankommen, vertrauen Sie mir einfach. Ich glaube, ich kann uns alle da raushauen.»

«Sie glauben?» Ich nickte. «Aber versprechen können Sie es nicht?»

Ich schüttelte den Kopf. «Nein. Ich wünschte, ich könnte es. Aber gemeinsam schaffen wir es vielleicht, diesen Mistkerl für immer loszuwerden. Also, werden Sie mir vertrauen?»

Gerade als er antworten wollte, ging die Tür auf, und eine vierköpfige Familie gesellte sich zu uns. Mutter und Vater mühten sich damit ab, zwei riesige Rucksäcke durch die Schwingtür zu befördern, während die Kinder zu den hinteren Sitzen stürmten, sich daraufknieten und aufgeregt einer Gruppe Touristen zuwinkten, die in einem Wassertaxi in die entgegengesetzte Richtung fuhr. Ich lächelte ihnen zu.

Paul und ich saßen jetzt schweigend nebeneinander, umgeben vom Geplapper unserer neuen Begleiter, die staunend beobachteten, wie die Stadt vorbeiglitt. Unter der Accademia-Brücke hindurch und an der Salutekirche vorbei, die im Mondlicht schimmerte. Die Kinder zeigten auf jedes neue Wunder entlang des Kanals. Ihre Mutter hielt sie, die Hände auf ihre Schultern gelegt, sanft, aber bestimmt davon ab, sich zu weit hinauszulehnen. Der Vater versuchte, mit Hilfe seines Reiseführers herauszufinden, was genau sie da gerade betrachteten. Ich warf einen Blick auf den Buchumschlag. *Venedig och lagunen.* Schweden also. Es schien ihr erster Besuch zu sein. Wie schön für sie.

Wir hatten die Salutekirche hinter uns gelassen und kamen ins offenere Wasser des *bacino* von San Marco. Links von uns lagen Markusbasilika und der Dogenpalast, um diese Zeit ohne die Touristenschwärme und prächtig im Mondlicht glänzend. Ich lächelte Considine an.

«Nicht schlecht, was?»

Er erwiderte mein Lächeln. «Ganz und gar nicht schlecht. Sie sind ein Glückspilz, wissen Sie das?»

«Ich weiß. Obwohl das in diesem Moment gerade weniger zutrifft.» Er zuckte zusammen und hatte offenbar ein schlechtes Gewissen, aber ich schmunzelte nur und klopfte ihm auf die Schulter.

Das *vaporetto* legte bei San Zaccaria an, und ich hielt, so gut ich konnte, die Schwingtür für den Vater auf, während die Mutter hinter den beiden Kindern herhastete, die durch die Kabine davonsausten. «Trevlig semester», sagte ich. Er nickte lächelnd.

Uns blieben vielleicht noch zehn Minuten. Ich nahm den Umschlag, den ich im Palazzo Papodopoli mitgenommen – gestohlen – hatte, aus der Tasche und reichte ihn Paul. «Da ist alles drin, Paul. Alles, was er getan hat. Alle Leute, die er bedroht hat. Die ganzen zerstörten Karrieren. Und sämtliche Details über das Geld, um das er Sie betrogen hat.»

Er nickte. «Wir haben nicht wirklich eine Wahl, oder?»

«Nicht wirklich.»

«Und mir bleibt nichts anderes übrig, als Ihnen zu vertrauen?»

«Sieht ganz danach aus.»

«Können Sie mir sagen, was Sie vorhaben?»

«Nein.»

«Warum nicht?»

«Zu gefährlich.» Aber hauptsächlich, weil ich eigentlich keinen Plan hatte.

Er schloss kurz die Augen, dann lächelte er. «Na gut, Nathan. Wir tun es.»

«Guter Mann.» Ich hörte, wie der Antrieb in den Rückwärtsgang wechselte, während wir verlangsamten und uns dem Arsenale näherten. Wir hielten nur ganz kurz, um ein paar Fahrgäste aussteigen zu lassen, dann hatte der *marinaio* schon wieder abgelegt. Nach ein paar weiteren Minuten erreichten wir die Bäume und Grünflächen der Giardini.

«Kommen Sie.» Wir durchquerten die Kabine des *vaporetto* und waren die Einzigen, die von Bord gingen. Es gab in der Tat herzlich wenig Gründe, zu dieser späten Stunde bei den Giardini auszusteigen. «Wunderbar, wenn es so still ist, nicht? Keine Menschenseele weit und breit. Und es ist Montagabend. Das heißt, der Park war den ganzen Tag geschlossen. Und das bedeutet nur ein Minimum an Sicherheitskontrollen und wahrscheinlich nicht mal Kameraüberwachung.» Ja, Lewis hatte die Sache ziemlich gut durchdacht. «Zigarette vielleicht?» Paul nickte. Mein Handy begann in seiner Tasche zu klingeln. Er wollte danach greifen, doch ich winkte ab. «Beachten Sie es einfach nicht. Ist sicher unwichtig. Genießen wir doch lieber den Augenblick.» Wieder lächelte er, und wir rauchten schweigend und blickten über das *bacino* hinüber auf die im Mondlicht liegende Stadt.

Nach einer Weile trat ich meine Zigarette aus. «Jetzt sollten wir wohl besser gehen?» Er folgte mir in den Park und den Fußweg entlang zu dem eingezäunten Bereich, der den öffentlichen Teil von den eigentlichen Giardini della Biennale trennte. «Wir gehen hinein, nehme ich an?» Er nickte. «Okay. Wenn wir versuchen, hier reinzukommen, lösen wir wahrscheinlich nicht nur einen Alarm aus. Folgen Sie mir lieber hier entlang.»

Ich führte ihn zu einem dicht mit Bäumen bewachsenen Bereich vielleicht hundert Meter weiter rechts, wo der Zaun gut verborgen war. «Hoffentlich haben Sie nicht Ihr bestes Jackett an», scherzte ich, während wir uns darüberhievten. Vor uns schimmerte der Fußweg zum britischen Pavillon im Mondschein. «Wir sollten uns besser ein bisschen abseits halten, was meinen Sie? Gehen wir lieber hinten herum. Aber passen Sie auf, wo Sie hintreten, der Untergrund hier ist ein bisschen tückisch.»

Wir schlichen uns durchs Gebüsch bis zum Notausgang auf der Rückseite des Pavillons, der jetzt wieder offen stand und durch den schwaches Licht nach außen drang.

«Na schön, Paul, ich glaube, wir sind da. Gehen wir rein. Viel Glück, was?»

Ich sah auf meine Uhr. Fast elf. Ich hatte so viel Zeit wie möglich geschunden. Trotzdem würde Federica gerade erst die Haustür aufschließen.

Von ihr hing jetzt alles ab. Und – was mich noch mehr beunruhigte – von Gramsci.

– 40 –

«Wo zum Teufel waren Sie so lange?»

Ich blickte mich um, konnte aber nicht feststellen, woher Lewis' Stimme kam. «Wir mussten vorsichtig sein, Lewis. Sie wollten doch bestimmt nicht, dass uns jemand sieht.»

«Da ist was dran, Sutherland. Und ich bin hier oben.» Mein Blick wanderte zur Galerie hinauf, wo Lewis – ziemlich theatralisch für meine Begriffe – am gläsernen Geländer lehnte. Seine Silhouette hob sich deutlich von der Notfallbeleuchtung ab, die ihn von hinten anstrahlte.

«Schöne Pose, Lewis. Ich wäre mir bloß nicht sicher, ob ich dem Geländer trauen würde.»

«Das hier ist völlig in Ordnung, verlassen Sie sich drauf. Dafür leg ich meine Hand ins Feuer.»

«Dann bin ich ja beruhigt. Wo ist Dario?»

Keine Antwort.

«Wo ist Dario?», fragte ich noch einmal und versuchte dabei, meine Stimme ruhig zu halten.

«Er ist hier oben, Sutherland. Und noch völlig unversehrt. Sagen Sie Considine doch bitte, er soll raufkommen, ja?»

«Sagen Sie es ihm doch selbst, Lewis. Oder noch besser, bitten Sie ihn darum. Er ist doch schließlich Ihr Freund, oder nicht?»

«Sie haben recht. Paul, würdest du bitte kurz heraufkommen? Sei ein guter Junge.»

Considine sah mich an. «Schon gut, Paul», sagte ich. «Gehen Sie nur. Das wird schon, versprochen.» Er wirkte ver-

342

ängstigt, aber er nickte und ging langsam die Treppe hinauf und den gläsernen Laufgang entlang.

«Jetzt Sie, Herr Honorarkonsul.»

Ich zuckte mit den Schultern. «Wie Sie wollen.» Dann folgte ich Paul, bis Fitzgeralds Stimme mich auf halbem Weg stoppte. «Weiter nicht.»

Ich blieb stehen.

«Sie wissen, warum Sie hier sind, Sutherland?»

«Na ja, es gibt zwei Möglichkeiten, nehme ich an. Entweder hierbei handelt es sich, was ich hoffe, um eine exklusive Privatführung. Oder …»

«Oder?»

«Sie werden uns drei auf schreckliche Weise töten und sich mit Considines Geld aus dem Staub machen.»

Er grinste. «Lewis», wandte Paul sich an ihn, als sein Name erwähnt wurde, «das Geld ist mir egal. Nimm alles. Aber geh einfach und lass uns in Ruhe.»

Fitzgerald lächelte und tätschelte ihm die Wange. «Ach, Paul, ich hab mich so gut um dich gekümmert. *Signor* Nicolodi hat ein paar furchtbare Dinge über dich geschrieben und nur bekommen, was er verdient hat. Und Scarpa, der alte Kotzbrocken, kriegt den Schock seines Lebens.» Er kicherte. «Der Schwachkopf sitzt jetzt wahrscheinlich daheim und fragt sich, ob er es je wieder riskieren kann, ein Bad zu nehmen. Und diese miese Schwuchtel Gordon Blake-Hoyt hat's kurz und schmerzlos erwischt. Wie jeden, der schlecht zu dir war. Hab ich nicht unglaublich viel getan, um dir zu helfen?»

«Nur dass es nicht ganz so gewesen ist, Lewis, stimmt's?» Er sah mich leicht verärgert an. «Nicolodis Artikel zielte nicht auf Paul ab, richtig? Er galt Ihnen. ‹Sieh mal, ich werde in einer großen, ernstzunehmenden Zeitung abgedruckt, vielleicht komme ich ja nun auf die Idee, dass bei unserem Deal nicht genug für mich rausspringt. Immerhin weiß ich über jede einzelne Leiche Bescheid, die du im Keller hast. Und weißt du was, dieses Hotel ist ein bisschen zu schäbig für meinen Geschmack, da kannst du doch sicher was machen?»»

«Papperlapapp, Unsinn, Geschwafel, Sutherland. In welcher Reihenfolge auch immer.»

Ich ignorierte ihn. «Und der alte Fiesling Vincenzo Scarpa? Der war bloß ein fetter Köder. Jemand, dem man eine gruselige Postkarte schicken konnte und der garantiert einen Riesenaufstand machen und uns von der richtigen Fährte ablenken würde.»

«Halten Sie die Klappe, Sutherland. Sie langweilen mich.»

«Aber es stimmt alles. Hab ich recht? Paul und ich haben auf dem Boot eine nette kleine Unterhaltung darüber geführt. Er hat sämtliche Unterlagen gesehen. Nicolodi hat alles zugegeben. Nötigung, Brandstiftung, falsche Zeugenaussagen, sogar Mord. Und mit alldem ist Ihr Name verknüpft.»

Paul zog mit zitternder Hand den Umschlag aus der Tasche. «Er sagt die Wahrheit, Lewis. Ich habe alles hier drin gesehen. Du hast mir Angst gemacht. Behauptet, man würde mir die Schuld für GBHs Tod geben und nur du könntest mir helfen. Und als das nicht mehr funktioniert hat, hast du mir damit gedroht, Gwen etwas anzutun.»

Als Antwort zeigte Lewis nur sein Haifischgrinsen.

«Ich habe dir jahrelang vertraut. Ich dachte, du wolltest mir helfen. Und jetzt? Das ganze Geld, das ich verdient habe. Wo ist es, Lewis? Was hast du damit gemacht?»

Lewis grinste weiter. «Sicher verwahrt, Paul. Es ist alles da, wo es sein sollte.» Er streckte den Arm aus, als wollte er ihm auf die Schulter klopfen, doch dann zuckte plötzlich seine Faust nach vorn und traf ihn mitten im Gesicht. Pauls Kopf ruckte nach hinten und knallte gegen die Wand. Er sank zu Boden und rührte sich nicht mehr. Trotzdem trat Lewis ihn ins Gesicht, entweder, um absolut sicherzugehen, oder aus reiner Niedertracht. Dann wischte er sich demonstrativ die Hand mit dem Taschentuch ab. «Das Geld ist sicher. Auf meinem Konto. Und da wird es auch bleiben. Ach, und tut mir leid, wenn ich irgendwas Unschönes über deine walisische Künstler-Omi gesagt habe.»

«Der Hand scheint's ja schon wieder ziemlich gut zu gehen», stellte ich fest. Er nickte und steckte das Taschentuch zurück in sein Jackett. «So schlimm war die Verletzung auch gar nicht, stimmt's? In dem Raum im Arsenale ist außer Ihnen, Scarpa und mir niemand sonst gewesen. Sie haben einfach auf den Nächstbesten von uns beiden eingestochen und sich danach die eigene Hand aufgeritzt, gerade so, dass sie blutete. Um mir anschließend auf dem ganzen Weg zum Krankenhaus vorzujammern, der Pfeil hätte sie durchbohrt. Und das hab ich Ihnen auch noch abgenommen. Ich habe wirklich langsam geglaubt, Sie wären der Manager eines drogenabhängigen durchgeknallten Künstlers im Mordrausch.» Ich fasste mir an die Nase. «Dario hat mich drauf gebracht. ‹Warum hast du nicht bloß so getan, als wärst du verletzt?›, hat er mich gefragt. Und natürlich, genau das haben Sie gemacht.»

Als er seinen Namen hörte, fing Dario an zu stöhnen. Ich konnte ihn nicht richtig erkennen, weil er von Considines bewusstlosem Körper verdeckt wurde.

«Bist du okay, Dario?»

Er erhob sich ein wenig und nickte. «Alles paletti, Kumpel.» Seine Stirn blutete. Und ich sah, dass er die Hände hinter dem Rücken gefesselt hatte. Trotzdem versuchte er, auf die Knie hochzukommen.

«Dem Gorilla geht's gut, Mr. Sutherland. Leider hatte er keine von denen hier dabei.» Plötzlich fuchtelte er mit einer Pistole herum, wirbelte sie einmal zwischen den Fingern und schlug Dario, fast beiläufig, damit ins Gesicht.

«Mistkerl!» Dario sackte nach hinten.

«Aber, aber, Herr Konsul, ich verbitte mir solche Ausdrücke», sagte Fitzgerald gelassen und holte aus, um noch einmal zuzuschlagen.

Ich hob die Hände. «Aufhören. Bitte, Lewis, hören Sie auf. Er hat nichts damit zu tun.»

Lewis zuckte mit den Schultern. «Sorry, Nathan, aber mir scheint, er hat ziemlich viel damit zu tun.» Er schlug erneut zu, und diesmal spritzte Dario das Blut aus der Nase.

«Herrgott, er hat Frau und Kind.»

«Tragisch, nicht wahr?»

«Bitte. Sie wollen doch mich. Lassen Sie ihn einfach gehen.»

«Das ist sehr großmütig von Ihnen, Nathan, aber Sie werden warten müssen, bis Sie an der Reihe sind.»

«Warum denn, um Himmels willen?»

«Na ja, es muss überzeugend wirken. Ich meine, sehen Sie sich doch den armen Considine an. Er macht nicht gerade den Eindruck, als wäre er in der Lage, Sie beide zu erledigen, oder? Aber wir werden uns Mühe geben, dass es trotzdem echt aussieht.»

«Lewis, bitte denken Sie nach. Das ist Wahnsinn. Sie können uns doch nicht alle drei umbringen.»

Er kratzte sich am Kopf. «Ich glaube, das kann ich eigentlich doch, wissen Sie.»

«Und wie soll das Ganze aussehen? Dario und ich wollten

meine Unschuld beweisen und sind dabei von dem verrückten Künstler-Serienkiller im Ausstellungsraum ermordet worden?»

«Ziemlich genau so. Messerscharf geschlossen, Sutherland.»

«Herrje, überlegen Sie mal. Das fliegt doch auf. Viel zu viele Leute wissen schon Bescheid.» Er zögerte. «Die Sache mit ihnen und Nicolodi ist kein Geheimnis mehr. Was meinen Sie, wem er noch alles seine Versicherungspolice geschickt hat? Sie werden eins und eins zusammenzählen.»

Lewis kratzte sich am Kinn. «Kann sein. Leider sehe ich jetzt aber keine andere Möglichkeit mehr.» Er stampfte mit dem Fuß auf, woraufhin die Galerie ein wenig zitterte. Ich presste die Augen zu und klammerte mich ans Geländer. Er grinste. «Höhen sind nicht so Ihr Ding, stimmt's, Nathan? Was, wenn ich das wiederhole?» Er stampfte noch einmal auf, richtig fest dieses Mal, und die Galerie fing an zu schwanken.

«Sie dämlicher Mistkerl, Sie werden uns noch alle umbringen.»

«Nicht uns alle. Nur Sie. Hier, wo ich stehe, ist die Konstruktion sicher.»

Ich griff nach dem Geländer, spürte es jedoch unter meiner Hand wackeln, bevor ich mich mit meinem ganzen Gewicht darauf abstützte. Erschrocken sprang ich zurück, brachte durch meine Bewegung die ganze Galerie heftig zum Beben und musste mit ansehen, wie der gläserne Abschnitt auf den Boden unter uns krachte.

Lewis griff in sein Jackett und holte einen Inbusschlüssel hervor. «Sorry, Nathan. Das Ding ist, ehrlich gesagt, eher eine Behelfskonstruktion. Es lässt sich in wenigen Stunden aufbauen. Und genauso schnell wieder abmontieren.» Er stampfte wieder auf, ich sackte auf die Knie und suchte Halt am Boden unter meinen Füßen.

«Das wird wohl nichts nützen. Erinnern Sie sich noch an den armen Gordon Blake-Hoyt, Nathan?» Ich antwortete nicht. Noch einmal stampfte er mit dem Fuß auf. «Ob Sie sich noch an den armen Gordon erinnern, Nathan?»

Es kostete mich all meine Willenskraft, die Augen offen zu halten. «Wie könnte ich den vergessen?», erwiderte ich.

«Haben Sie sich jemals gefragt, wie es sich angefühlt haben muss? Als ihm klar war, dass er stürzte. Haben Sie das?»

Ich nickte.

«Das hier ist wahrscheinlich schlimmer?»

Wieder nickte ich.

«Der Unterschied ist, dass Sie jetzt Zeit haben, darüber nachzudenken. Als Gordon stürzte, blieb ihm vielleicht der Bruchteil einer Sekunde? Aber Sie, jedes Mal, wenn ich das mache», er stampfte wieder auf, «haben Sie Zeit, so viel Zeit, sich zu fragen, ob das nun das letzte Mal ist, ob das nun der eine Tritt ist, der die Konstruktion zum Einsturz bringt. Wo werde ich auftreffen, habe ich irgendeine Chance zu überleben? Das muss doch entsetzlich sein. Oder?»

Ich kniff die Augen zu, holte tief Luft und hob den Kopf. Dann stand ich langsam, ganz langsam auf und zwang mich, die Augen wieder zu öffnen. Es fiel mir schwer, meine Stimme ruhig zu halten. «Ja, ich habe Angst», sagte ich.

Dann streckte ich die Hand in Richtung der Wand rechts von mir aus. Massiv, beruhigend. Allerdings nichts, um sich daran festzuhalten. Nichts, was mir helfen würde, wenn die Galerie, die unter mir schwankte, zusammenbrach. «Ich habe Angst», wiederholte ich, «aber ich gebe Ihnen noch eine letzte Chance.»

Sein Gesicht war im Halbdunkel kaum zu erkennen, aber den Ausdruck darin konnte ich mir vorstellen. «Was?»

«Eine letzte Chance, Lewis. Sie verschwinden jetzt. Sie sehen zu, dass Sie so schnell wie möglich hier rauskommen. Ohne mir, Dario oder Considine noch ein weiteres Haar zu krümmen. Sie steigen in den nächsten Flieger nach China oder Belarus oder Iran oder sonst wohin, von wo man nicht ausgeliefert wird. Und Sie haben mein Wort – mein heiliges Ehrenwort –, dass ich nichts über Sie sage, weder über Ihre vergangenen Verbrechen noch über das, was hier gerade passiert. Ich lasse Sie mit Mord davonkommen, wenn Sie uns freilassen. Verstanden?»

Einen Moment lang keine Reaktion, dann fing er an zu lachen. «Sie müssen total verrückt sein.» Er stampfte wieder mit dem Fuß auf, ich presste mich an die Wand, und etwas Metallenes löste sich von der Galerie und traf klirrend auf den Boden. Viel länger würde sie nicht mehr halten.

«Ich bin nicht verrückt. Ich gebe Ihnen eine Chance. In diesem Umschlag steckt ein ganzer Packen Beweise gegen Sie.»

«Ach ja, danke, dass Sie mich daran erinnern.» Er bückte sich und hob den Umschlag auf. «Ich werde bestimmt gut darauf aufpassen.»

Ich nickte. «Na schön. Ich hab's versucht.» Dann griff ich in mein Jackett und holte den USB-Stick hervor. «Wissen Sie, was das ist?»

Lewis, der den Fuß schon wieder angehoben hatte, hielt abrupt inne.

«Ah, Sie wissen es, stimmt's?» Ich warf den Stick mit der linken Hand in die Luft und fing ihn wieder auf. Während ich die rechte, ob es nun nützte oder nicht, immer noch an die Wand presste. «Wollen Sie ihn haben?»

Lewis machte einen Schritt auf mich zu. Als die Galerie kaum merklich wackelte, wich er schnell wieder zurück. Er fuhr sich mit den Händen durch die Haare und zwang sich ein Lächeln ins Gesicht. «Ach, armer Mr. Sutherland. Keine Ahnung, was Sie glauben, da in der Hand zu haben, aber – und das tut mir schrecklich leid – es wird Ihnen nicht helfen.»

«Nicht?», entgegnete ich. «Schön. Dann stampfen Sie ruhig weiter auf den Boden.»

Er hob den Fuß. Und zögerte.

«Kommen Sie schon. Machen Sie's. Ein-, zweimal noch, dann stürze ich ab. Bloß dass der hier», ich schwenkte den USB-Stick, «dann mit mir runterfällt. Und hier ist alles drauf. Nicolodis komplettes Testament. Den müssen Sie dann irgendwie aus dem riesigen Scherbenhaufen fischen.»

In dem Moment hörte ich sie. Weit entfernt noch, aber unverkennbar. Eine Sirene.

Federica. Gramsci.

Sie hatten es geschafft.

Ich legte die Hand ans Ohr. «Hören Sie das? Da kommt ein Polizeiboot über die Lagune.»

«Lügner!», brüllte er. «Verdammter Lügner!»

«Das hätten Sie wohl gern, Lewis, aber es stimmt. Sie haben zwar mit allen Mitteln versucht, mich daran zu hindern, die Polizei zu rufen. Aber Sie halten meinen besten Freund gefangen, war doch logisch, dass ich da einen Weg finde. Was denken Sie, was das hier ist, irgendein beschissener Gangsterfilm? Letztendlich war es gar nicht mal so schwer. Und wissen Sie warum? Weil meine großartige Freundin cleverer ist als Sie. Und nicht nur das. Sogar mein Kater – mein Kater, Lewis – ist cleverer als Sie.»

«Arschloch!»

«Jetzt bringen Sie ja noch nicht mal mehr ganze Sätze zustande, Lewis. Kommen Sie. Beenden Sie die Sache. Geben Sie auf. Mein Angebot steht noch, wenn Sie wollen.»

«Arschloch! Verlogenes Arschloch!»

«Ja, das sagten Sie schon. Fällt Ihnen nichts Originelleres ein?» Ich hob noch einmal die Hand ans Ohr. «Klingt schon näher. Bestimmt San Zaccaria. Zwei, drei Minuten vielleicht noch bis Giardini. Dann vielleicht ein paar Minuten, bis sie uns finden. Lange wird es nicht dauern, wir sind ja nicht gerade leise.»

«Her mit Stick, Sie Mistkerl. Oder ich bring die beiden um.» Er wirbelte herum und richtete die Waffe auf Considine, der gerade versuchte, auf die Beine zu kommen.

«Ziemlich nutzlose Drohung, Lewis. Ich kenne ihn kaum. Da macht es mir nicht wirklich was aus. Die Sirene kommt näher, oder? Nächster Versuch.»

Er hob die Pistole und knallte sie Considine gegen die Stirn. Dann wandte er sich Dario zu. Dario versuchte, noch ziemlich benommen, sich aufzurichten. Doch Lewis stellte ihm langsam, aber entschieden den Fuß auf die Brust und zwang ihn nach unten. Er drückte ihm den Pistolenlauf an die Stirn. Dann drehte er sich um und sah mich an.

«Lewis. Bitte.»

Keine Reaktion.

«Lewis. Er ist mein bester Freund. Vielleicht sogar mein einziger. Er hat eine Frau. Seine Tochter ist noch nicht mal ein Jahr alt. Bitte.»

Er grinste.

«Es ist Ihre letzte Chance, Lewis.»

Sein Grinsen verschwand. «Was meinen Sie damit?»

«Geben Sie jetzt auf. Was soll ich sonst damit meinen?» Inzwischen hörte ich außer dem Geheul der Polizeisirene auch noch das Knirschen von Schritten auf Kies.

«Scheißkerl», fluchte Lewis, drückte Dario die Pistole noch fester gegen die Stirn und zwang ihn zu Boden. Hatte sich da etwa sein Finger am Abzug gespannt? Bis heute bin ich mir nicht sicher. Ich wusste nur, dass Valentina und Emily zu Hause auf Dario warteten. *Mach ihn wütend, Nathan. Mach ihn so wütend, dass er nicht mehr denken kann.* Ich umklammerte den USB-Stick. «Na schön, Lewis. Holen Sie ihn sich doch! Komm schon, Mann. Fang!» Und damit warf ich den Stick übers Geländer. Wir hörten ein leises Pling, als er sechs Meter unter uns in einem Labyrinth aus zerklüftetem Glas landete.

Ein Moment Stille, bis auf das Hämmern gegen die Tür. Lewis ließ kurz die Schultern sinken. Dann hob er den Kopf und grinste mich an. Und dann stürzte er sich auf mich.

Mit dieser Möglichkeit hatte ich gerechnet. Blitzschnell zog ich das Knie hoch, um seinen Angriff abzuwehren, doch seine Stirn knallte mit voller Wucht gegen das Kinn. Ich sah nur noch Sternchen, und doch dachte ich: *Festhalten. Halt dich irgendwie fest, Nathan.* Ich klammerte mich an den Boden, während der Galerieteil hinter Lewis mit lautem Kreischen einstürzte. Wir wurden abwärtsgeschleudert und krachten mit solcher Wucht gegen einen Stützpfeiler, dass Lewis sich nicht mehr halten konnte.

Nicht einmal Zeit zum Schreien blieb ihm. Er stürzte stumm auf ein Heer zerklüfteter Glasplatten. Anschließend Stille, ungefähr dreißig Sekunden, unterbrochen vom Türgehämmer der Polizei draußen. Da hörte ich ein Quietschen über mir, danach ein metallisches Pling, als die letzte stählerne Schraubverbindung sich löste und in die Tiefe fiel, und dann nahm ich – wenn auch nur einen kurzen Moment – noch meinen eigenen Schrei wahr, gefolgt von einem entsetzlichen stechenden Schmerz.

– 41 –

«Du willst mir also erzählen, dein Kater hätte dir das Leben gerettet, Nathan?» Vanni grinste, während er eifrig in sein Notizbuch schrieb.

«Ganz so würde ich es vielleicht nicht ausdrücken. Auf jeden Fall würde ich ihm das nicht sagen. Womöglich versteht er es noch und kriegt Allüren. Aber mir war klar, dass ich vielleicht noch eine halbe Minute hatte, bis ich Paul reinlassen musste. Mir war auch klar, dass Lewis ihm sicher aufgetragen hatte, darauf zu achten, dass ich keine Nachricht auf die Rückseite der Tür oder sonst wohin schreibe. Also habe ich Gramsci einfach ein paar Futterpellets in seinen Napf gekippt.»

Vanni schüttelte den Kopf. «Und?»

«Die mit Käsegeschmack frisst er nicht. Und wenn davon welche in seinem Napf sind, maunzt und maunzt und maunzt er, bis jemand kommt und sie rausliest. Federica würde ungefähr eine Dreiviertelstunde später eintreffen, das wusste ich. Sie kommt an, ich bin nicht da. Sie wartet eine Weile. Als sie mich anruft, gehe ich nicht ran. Dann hört sie Gramsci quengeln. Das hält man vielleicht zwei Minuten aus, weißt du. Vielleicht sogar fünf. Aber länger kann es keiner ertragen. Also geht sie zu seinem Napf und fängt an, die Pellets mit Käsegeschmack rauszulesen. Gramsci maunzt nach mehr Futter, also nimmt sie die Packung vom Kühlschrank. In der ganz oben eine zusammengeknüllte Seite des *Gazzettino* mit der Schlagzeile «Tod in den

Giardini» steckt. Den Rest hat sie sich dann zusammenge-
reimt.

«Du hast dein Leben deinem Kater anvertraut?»

«Nein, ich habe es Federica anvertraut. Obwohl es auch
ziemlich von Gramscis durch und durch schlechtem Cha-
rakter abhing. Auf jeden Fall ist mir nichts Besseres eingefallen.»

«Du bist verrückt, Nathan.» Ich zuckte mit den Schultern
und stöhnte auf. «Wie geht's deiner Schulter?», fragte Vanni.

«Tut weh, wenn ich sie bewege. Ist aber kein Wunder. Ich
hatte Glück. War ein verdammt großer Glasspieß, der sie
durchbohrt hat. Dabei hat er knapp die großen Arterien ver-
fehlt. Ich werde wohl so einige Stunden Physiotherapie brauchen, wenn die Wunde verheilt ist, aber der Arzt sagt, es wird
wieder. Wahrscheinlich behalte ich so was wie eine Helden-
Narbe zurück, aber ich hoffe, das wird Federica gefallen.»

Vanni lachte. «Wann kommst du hier raus?»

«Morgen früh, wenn alles gut geht.»

«Gut. Gut. Irgendwas, das ich tun kann, in der Zwischenzeit?»

«Eins verstehe ich immer noch nicht», antwortete ich. Er
hob eine Braue. «Pelosis Versicherungspolice. Wie sollte das
funktionieren?»

«Wir haben mit einem rumänischen Mitarbeiter im Hotel
Zichy gesprochen», erklärte er. «Pelosi hat ihm drei Um-
schläge gegeben. Mit der Ansage, er solle sie abschicken,
sobald er einmal nicht, wie verabredet, um vier Uhr anruft.
Für jeden Tag hat er ihm hundert Euro gezahlt. Am Sonntag
wird keine Post zugestellt. Also kam Considines Umschlag
am Montag als Erstes an. Deiner und der von Ms. Pryce warten wahrscheinlich zu Hause auf euch. Drei Menschen, von
denen er glaubte, sie würden Fitzgerald maximal schaden.»

«Und nicht die Polizei?»

Vanni lachte. «Du lieber Himmel, nein. Er war Berufskrimineller. Alte Gewohnheiten legt man nicht so einfach ab.»

«Und ich dachte, er könnte mich nicht ausstehen.»

«Konnte er wahrscheinlich auch nicht. Trotzdem hat er dir vertraut.»

«Ich fühle mich geehrt.» Ich wechselte mühsam meine Position im Bett. «Borgst du mir vielleicht eine Zigarette?»

«In einem Krankenhauszimmer? Nein, tut mir leid. Selbst meine Macht hat ihre Grenzen.»

«Tatsächlich? Oje.»

Er nahm ein Päckchen MS heraus und ließ zwei in die Tasche meines Morgenmantels gleiten. «Mach wenigstens das Fenster auf», sagte er.

Ich lächelte. «Danke, Vanni. Deine Macht ist ja doch unermesslich.»

«Gern geschehen. Ach, und komm doch mal in der *Questura* vorbei, sobald du es einrichten kannst. Es gäbe da ein paar Formulare zu unterschreiben. Und eine Leiche – oder besser gesagt, zwei Leichen – nach England zu überführen.»

Die Schmerzmittel machten mich schläfrig, und ich musste eine Weile eingedöst sein. Bis ich irgendwann merkte, dass noch jemand im Zimmer war. Jemand, der meine Hand hielt.

«Fede?», fragte ich verschlafen und schlug die Augen auf. Dann lächelte ich. «Gwenant!»

«Wie geht's Ihnen, *cariad*?»

«Gar nicht so übel. Die Ärzte sagen, irgendwann könnte ich vielleicht sogar wieder Klavier spielen.»

«Der Witz hat aber schon einen ziemlichen Bart, oder?» Wir lachten. «Ich wollte mich nur bedanken, Nathan. Danke für alles, was Sie für Paul getan haben. Und für mich.»

Ich schüttelte den Kopf. «Ich verstehe es nicht, Gwen. Wozu diese ganze Geheimnistuerei, dieses ‹Sie müssen derjenige sein, der die schwierigen Fragen stellt›-Theater?»

«Für Sie war es einfacher, mein Lieber. Mich kannte Lewis von früher. Ich konnte nicht plötzlich anfangen, Detektivin zu spielen. Außerdem hat er Paul und mich gegeneinander ausgespielt. Das habe ich Ihnen ja gesagt. Er wusste, wie er uns Angst macht. Sie dagegen konnte er nicht einschüchtern.»

«Ach, vermutlich werden Sie feststellen, dass er das doch konnte. Und was jetzt?»

«Was jetzt?»

Ich zog eine Augenbraue hoch, aber selbst das schmerzte. «Sie und Paul?»

Sie antwortete mit ihrem klimpernden Lachen. «Na ja, er wird ein bisschen Hilfe brauchen, um wieder auf die Beine zu kommen. Während sie rauszufinden versuchen, wie viel von seinem Geld Lewis noch nicht auf den Kopf hauen konnte. Ich kenne ein paar anständige Agenten. Mit einem von denen werde ich ihn zusammenbringen.»

«Das meine ich nicht, das wissen Sie.»

«Ach, *cariad*. Für solche Verrücktheiten bin ich inzwischen viel zu alt.»

Ich schüttelte den Kopf. «Das finde ich nicht. *Cariad*.»

Sie antwortete nichts, sondern strich mir lächelnd über die Haare, das Gesicht nur ein paar Zentimeter von meinem entfernt. Sie gab mir einen Kuss auf die Stirn, hauchte noch einmal «Danke», und dann war Gwenant Pryce, die bezaubernde walisische Lady, verschwunden.

– 42 –

«Das machst du wirklich gut, *cara*!»

Federica hörte auf, Gramsci den Ball zuzuwerfen. «Übertreib's nicht, *tesoro*.»

Dario grinste. Ich zuckte mit den Schultern, dann zuckte ich vor Schmerz zusammen. «Du weißt, ich würde es selbst machen, wenn ich könnte. Aber der Arzt sagt, es dauert locker noch sechs Wochen, bis mein Wurfarm wieder voll einsatzfähig ist. Und wenn Gramsci bis dahin nicht unterhalten wird, könnte das eine Welle der Zerstörung entfesseln.»

«Und wie steht's mit Kochen?», fragte Dario.

«Oh, ich bin ein Meister im Einhandkochen. Aber heute Abend ist Federica zuständig.»

«In der Tat.» Sie stellte sich hinter mich, legte mir die Arme um den Hals und presste mich an sich. Ein bisschen zu fest vielleicht, denn mir entfuhr ein «Autsch». «Wir haben Bier im Kühlschrank und Rosa Rossa auf Kurzwahl. Das ist meine Antwort aufs Einhandkochen.»

«Du bist wirklich ein Glückspilz, Nathan.»

«Ich weiß.»

Federica ging in die Küche und kam mit drei Flaschen Bier zurück. «Recht so?» Wir nickten. «Also, was passiert nun? Mit Considine, meine ich.»

«Er bekommt jetzt hoffentlich professionelle Hilfe. Viele wünschen ihm nur das Beste, vor allem nach dem, was passiert ist. Keine Ahnung, ob er je sein Geld zurückbekommt – Fitzgeralds Machenschaften alle aufzudecken, wird eine

Weile dauern –, aber zumindest hat er die Chance auf einen Neuanfang. Und Gwenant ist ja auch noch da.»

«Glaubst du, sie könnten wieder zusammenkommen?»

«Sie beteuern zwar beide felsenfest, das würden sie nicht, aber ich hoffe es trotzdem. Sonst fühle ich mich irgendwie betrogen.»

«Und was ist mit dir?», fragte Dario.

Ich seufzte. «Vor mir liegen anstrengende Tage. Inzwischen warten schon zwei Leichen darauf, zur Rückführung nach England freigegeben zu werden, aber Vanni meint, die Behörden werden mitspielen. Dann sind sie die Verantwortung los. Die Italiener können sich um *signor* Nicolodi oder Pelosi kümmern, unter welchem Namen auch immer er beerdigt werden will. Und ich muss mich nie wieder von Mr. Blake-Hoyts Bruder anbrüllen lassen.»

«Und dein Job?»

«Ach, das ist was anderes. Da werden mich sicher noch so einige Leute anbrüllen wollen. Vorhin hatte ich schon den Botschafter am Telefon. Ja, ich kann meine unbezahlte, ehrenamtliche Tätigkeit zurückkriegen, aber ich darf in Zukunft auf keinen Fall mehr in so einen Bockmist verwickelt werden. Entspricht wohl nicht ganz den Erwartungen Ihrer Majestät. *Signor* Scarpa und seine drei reizenden Jungs wollen möglicherweise immer noch ein Wörtchen mit mir reden, obwohl ich langsam den Eindruck habe, dass seine Gedächtnisspanne recht kurz ist, was solche Dinge betrifft. Wahrscheinlich gibt es in der Kunstwelt viel wichtigere Leute, die er drangsalieren muss, und er ist ein vielbeschäftigter Mann.

Gramsci maunzte wieder. Federica griff seufzend nach seinem Ball. «Spricht eigentlich irgendwas dagegen, dass du mit dem linken Arm wirfst?»

«Mit links ist meine Technik unterirdisch. Das würde ihm auffallen, glaub mir.»

«Sechs Wochen, sagt der Arzt?»

«Sechs Wochen.»

«Na schön. Das krieg ich hin. Aber dann verlasse ich dich.»

«Das kannst du nicht machen. Er hat sich inzwischen an dich gewöhnt. Er würde dich vermissen.»

«*Er* würde mich vermissen? Und was ist mit dir?»

«Ich? Na klar. Ich auch. Also, vermutlich. Ein bisschen bestimmt.»

Sie warf Gramsci den Ball zu, worauf der ihn so fest in meine Richtung schlug, dass er mir mit voller Wucht gegen die Nase prallte. Die beiden sahen sich zufrieden an. «Also gut, Kater», sagte Federica. «Vielleicht gewöhnen wir uns tatsächlich aneinander.»

Dario packte mich lachend an den Schultern. Ein bisschen fester, als mir lieb war. «Danke, *vecio.*»

«Wofür denn?»

«Du hast mir das Leben gerettet.»

«Nee. Du mir. Ehrlich.» Wir stießen alle mit den Bierflaschen an. «Valentina und Emily kommen also morgen mit in die Stadt?»

«Jep, morgen Nachmittag.»

«Großartig. Im thailändischen Pavillon findet eine Veranstaltung statt. Ich kann euch allen Tickets besorgen, wenn ihr wollt.»

Er sah mich nachdenklich an. «Ich weiß nicht, ob das so wirklich ihr Ding ist, *vecio.*»

Ich lächelte. «Natürlich ist es das, Dario. Das Beste an der Biennale ist schließlich immer die Vernissage.»

– GLOSSAR –

a domani: bis morgen

a dopo: bis dann, bis später

abbastanza bene: ganz gut

abusivi: Illegale

aqua alta: Hochwasser in Venedig, bei dem der Wasserspiegel mehr als 90 cm über den Normalstand ansteigt

bacino: Becken

barista: Barkeeper, Barkeeperin

bruschette: geröstete Weißbrotscheiben mit Olivenöl, Tomaten und Knoblauch

buon lavoro: viel Vergnügen

caffè corretto: Kaffee mit Schuss

caffè macchiato: Kaffee mit (wenig) Milch

calle/calli: Gasse/Gassen

cameriera: Zimmermädchen

campo: Platz

cara: meine Liebe

cariad: mein Lieber

caro: mein Lieber

carta d'identita: Personalausweis

centesimo: Cent

centro storico: historisches Stadtzentrum

che cazzo è: Was zum Teufel ist hier los?

chi è?: Wer ist da?

ciccheti: kleine Häppchen, die aus lokalen Spezialitäten zubereitet und in und rund um Venedig serviert werden

cichetterie: Bar, in der es Häppchen und andere kleine Spei-
sen gibt

come stai?: Wie geht's?

commercialista: Steuerberaterin

comune: Stadt/Gemeinde

con grappa: mit Grappa

Condominio: Mehrfamilienhaus

denuncia: Strafanzeige

edicola: Zeitungskiosk

fondamenta: hier: befestigter Uferstreifen

fornace: Glashütte

in gattabuia: im Knast

incorreggibile: unverbesserlich

macchiatone: Milchkaffee

marinaio: hier: Mitarbeiter auf einem *vaporetto*, der an den
Haltestellen das Boot festmacht und die Fahrgäste ein-
und aussteigen lässt

marocchino: italienisches Kaffeegetränk aus Espresso, Ka-
kaopulver und Milchschaum und dickem, heißem Kakao,
das in einem kleinen Glas aufgeschichtet serviert wird

millefiori-Stab: ein Stab aus Millefiori-Glas (millefiori = «tau-
send Blumen»). Dieses wird hergestellt, indem ein Glas-
stab mit verschiedenfarbigen Glasschichten überzogen
wird oder mehrere bunte Glasstäbe zu einem größeren
verschmolzen werden

nac ydw: nein

noli me tangere: Rühr mich nicht an

noroc: Prost

numai putin: nur ein bisschen

lucrez ca traducator: Ich arbeite als Übersetzer

ovovia: die Behindertengondel an der Calatrava-Brücke

pantagane: Ratten

passegiata: Spaziergang

permesso: Entschuldigung

piacere: sehr erfreut

piano nobile: Hauptgeschoss, erster Stock (eines Palazzo)

polpette: Fleischbällchen

pontile: Steg an der Anlegestelle

pronto soccorso: Notaufnahme

questura: Polizeipräsidium

riva: Ufer

scendiamo: Wir steigen aus

Siarad yr iaith?: Sprechen Sie die Sprache?

soffrito: angebratenes Gemüse als Soßenbasis

sotto voce: leise

spaghetti al pomodoro: Spaghetti mit Tomatensoße

spritz al bitter: Spritz mit Bitterlikör, z.B. Campari, Aperol, Cynar

spritz al campari: Spritz mit Campari

stai tranquillo: Sei leise

stucco: Stuck

stupidaggine: Dummheiten, Blödsinn

terrazza: Terrasse

tesoro: (mein) Schatz

tessera sanitaria: Krankenversicherungskarte

traghetto/traghetti: hier: Gondeln, die nur zum Übersetzen über den Canal Grande dienen

ultras: Hooligans

vaporetto: Wasserbus

vecio: venezianisch für *vecchio* = Kumpel, Alter

Veneziano: venezianischer Dialekt

vera da pozzo: steinerner Brunnen(kopf) über einer unterirdischen Zisterne

vorbiti romana?: Sprechen Sie Rumänisch?

– DANK –

Die Idee zu diesem Roman entstand während der Kunstbiennale 2015, auf der ich zusammen mit einer Gruppe anderer Akteure in einer Dauer-Lesung im zentralen Ausstellungspavillon *Das Kapital* von Karl Marx vortrug. Ich bedanke mich bei dem Künstler Isaac Julien und dem Filmemacher Mark Nash, die mir die Möglichkeit dazu boten, sowie bei meinen großartigen Mitstreitern und Freunden Steven Varni, Francesco Bianchi, Jenni Lea-Jones, Jacopo Giacomoni und Ivan Matijasic.

Alle Örtlichkeiten in diesem Buch, mit Ausnahme des Hotels Zichy, das es in Wirklichkeit nicht gibt, entsprechen meiner Beschreibung. Hier und da habe ich lediglich die Namen geändert. Außerdem habe ich mir bezüglich der Lage von Federicas Wohnung und der Darstellung der *vaporetto*-Haltestelle San Silvestro ein paar Freiheiten erlaubt.

Mein Dank gilt auch meinem Freund und gelegentlichen Katzensitter Duncan Robertson, der wundervolle Kunstwerke aus Hochzeitskleidern und vielen anderen Dingen herstellt; und Sergio Gallinaro für viele schöne Stunden, die wir unter dem Deckmantel von Englischunterricht mit Gesprächen über progressive Rockmusik verbrachten.

Vielen Dank, Dinah Fischer und allen bei Rowohlt sowie meiner großartigen Übersetzerin Birgit Salzmann.

Außerdem danke ich meinem Agenten John Beaton, meinem Lektor Colin Murray, meinem Freund Gregory Dowling; Krystyna Green, Clive Hebard, Rebecca Sheppard, Jess Gulliver, Kate Hibbert und Andy Hine von Little Brown.

Und natürlich meiner Frau Caroline für ihre Liebe, Unterstützung und ihre unendliche Geduld.

Philip Gwynne Jones
Das venezianische Spiel

Band 1 der atmosphärischen Venedig-Krimi-Serie um Nathan Sutherland.

Britischer Gentleman-Charme trifft auf italienisches Dolce Vita.

Als britischer Honorarkonsul in Venedig hat Nathan Sutherland nicht gerade den aufregendsten Job der Welt: Er schlägt sich mit verlorenen Pässen und Wegbeschreibungen herum. Gesellschaft leisten ihm seine grantige Katze

336 Seiten

und das Porträt Ihrer Majestät. Daneben genießt er das venezianische Leben: Sprizz am Canale, Tramezzini in der Trattoria.
Dann geschieht etwas Unvorhergesehenes: Ein Unbekannter spielt Nathan ein Päckchen zu – ein Buch mit augenscheinlich originalen Illustrationen des Künstlers Giovanni Bellini aus dem 15. Jahrhundert. Schon bald muss Nathan feststellen, dass sich noch jemand anderes für das Buch interessiert …

Weitere Informationen finden Sie unter **rowohlt.de**